Ellen Berg

Mach dich locker

atb aufbau taschenbuch

Ellen Berg

Mach dich locker

(K)ein
Frauen-Roman

atb aufbau taschenbuch

MIX
Papier aus verantwortungsvollen Quellen
FSC® C083411

ISBN 978-3-7466-3690-0

Aufbau Taschenbuch ist eine Marke
der Aufbau Verlage GmbH & Co. KG

1. Auflage 2021

Satz LVD GmbH, Berlin
Druck und Binden CPI books GmbH, Leck, Germany
Printed in Germany

www.aufbau-verlage.de

Für alle, die der Perfektion hinterherjagen –

und hoffentlich sich selbst finden

Kapitel 1

Das Leben konnte so wundervoll sein, nahezu perfekt! Marie atmete auf. Soeben hatte sie ihre Präsentation beendet, offensichtlich mit durchschlagendem Erfolg. Unter dem Applaus ihrer Kollegen schwebte sie zu einem der Ledersessel, die sich um einen Konferenztisch aus poliertem Schiefer gruppierten. Präsentationen in der Chefetage waren in etwa so angenehm wie Balancieren auf einer Rasierklinge, umso erleichterter sank sie jetzt auf ihren Platz. Geschafft!

Ihr Blick wanderte zu den bodentiefen Fenstern. Hier oben im zweiundzwanzigsten Stock des vollverglasten Bürogebäudes hatte man eine spektakuläre Aussicht auf die Stadt. Wie hellblaue Seide wölbte sich der Himmel über den Dächern, nur ein paar kleine weiße Wölkchen glitten wie hingetupft durch das unendliche Blau. Fast konnte man ins Träumen geraten bei diesem Anblick. Nein, nicht träumen, ermahnte sich Marie. Du hast die perfekte Präsentation abgeliefert, aber auch eine dicke Suppe muss durch einen dünnen Strohhalm – beziehungsweise durch die anschließende Diskussion. Also bleib konzentriert.

Sieben Männer befanden sich in dem lichtdurchfluteten Raum, sieben Männer und eine Frau: Marie Hasemann, das Kaninchen im Raubtiergehege. Seit fünf Monaten arbeitete sie bei *FeelBetter-Food,* auf Deutsch: Essen zum Besserfühlen, auf Ehrlich: überteuerte, mit Nahrungsergänzungsmitteln vollgepumpte Trendprodukte. Aber irgendwie musste man ja sein Geld verdienen, und Marie brannte leidenschaftlich für alles, was mit gesunder Ernährung zu tun hatte. Warum nicht als Food-Designerin?

Ja, so was gab es wirklich. Ihre Aufgabe bestand darin, Dinge zu erfinden, die frühere Generationen nicht mal hätten aussprechen können. Power-Kichererbsen-Chili-Chips mit Zink und Magnesium zum Beispiel. Oder Advanced-Lavendel-Grapefruit-Popcorn, dem ein Vitamincocktail von A bis K den zeitgemäßen Gesundheitskick verlieh. Und das waren nur zwei der Zungenbrecher, die sie heute vorgestellt hatte.

Vorerst schien alles bestens zu laufen. Sogar ihr Chef, ein smarter Mittdreißiger mit modischem Dreitagebart, hob anerkennend beide Daumen. Dankbar lächelte sie ihm zu und wunderte sich mal wieder im Stillen, wie erfolgreich er seine Firma managte. Holger Christiansen war der Typ Mann, den man sich eher auf einem Surfbrett als am Schreibtisch vorstellen konnte: durchtrainiert, braun gebrannt, lässig und dynamisch zugleich. Wie bei einem berufsjugendlichen Start-up-Unternehmer kaum anders zu erwarten, trug er einen schwarzen Designer-Hoodie zu sündteuren durchlöcherten Designer-Jeans und schneeweißen Sneakers.

»Sehr cool, Frau Hasemann.« Beiläufig zog er sich die Kapuze vom Kopf. »Ihr Konzept zur Erweiterung der Produktpalette ist mega. Sie sind unsere Star-Performerin!«

»Vielen Dank«, hauchte Marie.

Am liebsten hätte sie jetzt einen hüftwackelnden Freudentanz auf der Tischplatte hingelegt. Auch ein bisschen Konfetti wäre schön gewesen. Das Kind in ihr wollte tanzen und jubeln und in die Hände klatschen. Doch Maries Pokerface saß so untadelig wie ihr grauer Hosenanzug. Gut, äußerlich gab man sich hier betont locker; die Kollegen hingen entspannt in ihren Sesseln, statt Anzug und Krawatte dominierten Jeans, T-Shirts und Pullover. Was allerdings nichts daran änderte, dass Marie in ihrem Job perfekt rüberkommen musste, perfekt und professionell.

Es war ein harter Lernprozess gewesen. Anfangs hatte sie gedacht, Kompetenz spreche für sich, und war in hübschen Kleidern im Job erschienen, immer freundlich, immer lustig, immer locker drauf. Mit dem Resultat, dass sie keiner ernst genommen hatte. Es war wirklich schlimm, als Frau immer noch um Akzeptanz kämpfen zu müssen. Dass sie diplomierte Ernährungswissenschaftlerin war, interessierte hier keinen. Nach wie vor zählten das Auftreten und die äußere Erscheinung. Seither trug sie bei der Arbeit nur noch uniformartige Hosenanzüge – dress for success! –, verkniff sich jeglichen Hinweis auf ihr Privatleben und setzte eine unverbindliche Maske auf.

Vor allem die Familie ließ man besser unerwähnt. Eine Frau, die von Kindergeburtstagen und Schulfesten erzählte, wurde rasch als unbedarftes Weibchen ohne Ahnung von nix abgestempelt. Deshalb hätte Marie niemals verraten, dass sie heute schon in aller Frühe Muffins für den Elternabend gebacken, den Turnbeutel ihrer siebenjährigen Tochter Lilli gepackt und die Hockeyklamotten ihres pubertierenden Sohns Robin zusammengesucht hatte. Genauso wenig hätte Marie erzählt, dass sie in Gedanken bereits die Einkaufsliste fürs Abendessen durchging. Außerdem musste sie noch zwei Anzüge des werten Gatten von der Reinigung abholen, ein Geburtstagsgeschenk für ihre Schwiegermutter besorgen und die Themenliste für den heutigen Elternabend vervollständigen.

Multitasking war Maries täglich Brot. Weil sie eben eine Frau war, und daran hatte auch der Feminismus nichts ändern können, leider. Mein Leben ist wie Jonglieren mit Dynamit, dachte sie. Einmal die Kontrolle verlieren, und schon fliegt mir alles um die Ohren.

Unhörbar seufzend schaute sie in die Runde. Keiner dieser Herren musste sich so einen irren Hindernisparcours antun. Wenn die mittags zum Lunch verschwanden, koordinierte Marie die Termine ihrer Kinder. Vom Kieferorthopäden über Nachhilfestunden bis zu Lillis Playdates gab es immer was zu regeln. Zischten die lieben Kollegen ein Feierabendbier, sprintete Marie im Zickzack durch Bioläden und Supermärkte. Obendrein kümmerte sie sich auch noch um die Termine ihres Mannes: Tennisclub, Friseurbesuche, ärztliche Kontrolluntersuchungen, es nahm einfach kein Ende. Eigentlich stand sie ständig unter Druck.

Kommt Zeit, kommt Spaß, beruhigte sie sich. Freu dich, dass du alles im Griff hast, weil du die Kunst der perfekten Organisation beherrschst: im Job, im Alltag, bei den Kindern, bei deinem Ehemann. Wobei der neuerdings …

»Besonders hat mir der Quinoa-Proteinriegel mit Goji-Beeren und Coenzym 17 gefallen«, unterbrach der Chef ihre Grübeleien. »Noch Fragen, Leute?«

Marie klappte ihren Laptop auf. Das Palaver, das unweigerlich folgen würde, betrachtete sie als reine Zeitverschwendung. Sie hatte die perfekt durchgegarten Würstchen serviert, nun würde jeder seinen Senf dazugeben. Männer eben. Großes Ego, viel, viel Senf. Da arbeitete sie doch lieber an ihrer Themenliste für den heutigen Elternabend.

Nachdem sie eine geschäftsmäßige Miene aufgesetzt hatte, öffnete sie die Datei *Robins Schule, Elternabend XII* und überflog ihre bisherigen Stichpunkte. Vollwertigeres Schulessen. Ideen für das alljährliche Schulfest. Erörterung der bevorstehenden Klassenfahrt. Das konnte sich doch schon mal sehen lassen. Auch als Elternsprecherin legte sich Marie selbstverständlich voll ins Zeug. Eskimos hatten fünfzig verschiedene Wörter für Schnee, Marie hatte mindestens hundert für ihre Vorstellung von Perfektion. Was immer sie tat, erledigte sie engagiert und strukturiert.

»Es gibt da noch einigen Gesprächsbedarf«, mäkelte jemand. »Ehrlich, Holger, deine Begeisterung in allen Ehren, aber das war mir jetzt zu viel Konsensklebstoff.«

Marie sah auf. Ein rundlicher junger Mann hatte sich zu Wort gemeldet, Ben Haller, seines Zeichens für die Pressearbeit zuständig. Das Milchgesicht. Als Expertin für Ernährung kannte sich Marie mit dem sogenannten Face Mapping aus. Demnach waren Gesichter Landkarten, von denen man die Essgewohnheiten ablesen konnte. Ben Haller hatte ein typisches Milchgesicht: Zu viel Laktose sorgte für geschwollene Augenlider, weiße Flecken auf der Haut und kleine Unreinheiten im Kinnbereich. Es gab auch Glutengesichter, Koffeingesichter und Zuckergesichter. Marie las darin wie in einem offenen Buch.

»Man müsste erst mal sehr genau prüfen, ob die Kunden solche Produkte wollen«, fügte das Milchgesicht hinzu.

»Die Leute wissen gar nicht, was sie wollen, bevor man es ihnen vorsetzt«, entgegnete der Chef. »Im Ernst, Bennie, hättest du vor zehn Jahren gedacht, dass du deine Kohle mal mit Banane-Kresse-Spinat-Smoothies machen würdest? Früher hieß das: Spiel nicht mit dem Essen. Heute ist das Power Food.«

»Trotzdem.« Ben Haller feuerte einen vorwurfsvollen Blick auf Marie ab. »Mir ging das alles viel zu schnell.«

»So was höre ich öfter.« Sie lächelte verbindlich. »Bei mir geht immer alles schnell.«

Weil ich längst hupend im Stau stand, als du dir bei der Verteilung typischer Eigenschaften eine Extraportion Bedenkenträgerei abgeholt hast, fügte Marie innerlich hinzu. Sie hatte einfach keine Zeit für langatmige Diskussionen. Unauffällig linste sie zur Uhr. Wenn diese Konferenz länger dauerte als geplant, würde sie den Telefontermin mit Lillis Klavierlehrer verpassen. Und das Zeitfenster auf Ebay, in dem sie das Geschenk für ihre Schwiegermutter zu ersteigern gedachte, eine antike Kuchenplatte aus weißem Marmor.

»Wir brauchen detaillierte Zahlen und Fakten über die Marktchancen«, insistierte Ben Haller.

»Nein, wir brauchen spontane Kreativität, und genau die hat uns Frau Hasemann geliefert«, hielt Holger Christiansen dagegen. »Wer immer weiß, was er tut, bleibt unter seinem Niveau.«

Starke Worte. Staunend registrierte Marie, wie ritterlich ihr der Chef zur Seite sprang.

»Gern maile ich Herrn Haller die relevanten Daten«, sagte sie, um ihren guten Willen unter Beweis zu stellen. »Ich kann Ihnen versichern, dass sämtliche Produktideen auf den Erkenntnissen der aktuellen Trendforschung beruhen und in puncto Datenlage perfekt abgesichert sind.«

»Super, Frau Hasemann, ich habe nichts anderes erwartet.« Holger Christiansen strich sich durch den gepflegten Dreitagebart, in seine goldbraunen Augen trat ein belustigtes Funkeln. »Wissen Sie, Ben nimmt es eben immer sehr genau. Bevor der ein

Ei isst, pellt er erst mal das Huhn. Vielleicht reden wir lieber über die einzelnen Produkte. Ich bitte um fundierte Wortbeiträge.«

Wie die ausfallen würden, ahnte Marie ja bereits. FeelBetter-Food war halt ein Männerding. Die glorreiche Firmengeschichte hatte in einer Garage begonnen, wo Holger Christiansen aus einer Katerlaune heraus mit ein paar Kumpels schräge Energydrinks zusammengebraut hatte. Wodka-Litschi mit Basilikum zum Beispiel, oder Aquavit-Gurke auf Mangobasis. Mittlerweile lief alles alkoholfrei, doch die alten Kumpels gehörten nun zur Führungsriege des Start-up-Unternehmens. Das Durchschnittsalter lag bei knapp dreißig, Marie war der einzige Neuzugang, die einzige Frau und mit ihren neununddreißig Jahren auch die weitaus Älteste. Eine Außenseiterin. Ihre einzige Vertraute war ihre Assistentin Scarlett, eine junge Frau mit dem Herzen auf dem rechten Fleck. Mit ihr konnte Marie auch mal lachen über diesen testosteronhaltigen Club. Scarlett nannte es die Hengstparade.

»Frau Hasemann«, drang eine sonore Stimme an ihr Ohr. »Glauben Sie wirklich, dass vitaminisiertes Lavendel-Grapefruit-Popcorn die Zukunft ist?«

Es war der Kollege vom Marketing, der die Frage gestellt hatte. Ein Weingesicht. Marie erkannte es an den tiefen Nasolabialfalten und am feinen Geflecht roter Äderchen auf den Wangen. Ein Grund mehr, warum sie ihren Weinkonsum drastisch eingeschränkt hatte, obwohl ihr hektisches Leben durchaus betrinkenswert gewesen wäre.

»Wie Sie ja sicherlich wissen, geht der Trend zum gesunden Snack in exotischen Geschmacksrichtungen«, erklärte sie freundlich. »Auf diese Weise kann man Genuss und Gesundheit verbinden.«

»Sehr richtig«, pflichtete der Chef ihr bei. »Man nennt es übrigens Snackification. Popcorn ist die geniale Antwort darauf.«

Wow. Marie hielt die Luft an. Noch mehr Schützenhilfe vom Chef? Dies war wirklich ein wundervoller Tag. Holger Christiansen zwinkerte ihr sogar zu – oder flirtete er etwa mit ihr? Obwohl das im Grunde durchaus schmeichelhaft war, konnte so was kompliziert werden. Aber nein, das mit dem Flirt hatte sie sich bestimmt nur eingebildet.

Während das Lavendel-Grapefruit-Popcorn weitere Senfkleckse abbekam, widmete sich Marie wieder ihrer Liste. Beim Stichpunkt Klassenfahrt blieb sie hängen. Achtung, Achtung, da lauerten gewisse Fallstricke. Schon die bloße Vorstellung, ihr vierzehnjähriger Sohn könnte auf der geplanten Amsterdamreise etwas Dummes anstellen, trieb ihr kalte Schweißperlen auf die Stirn. Amsterdam, das bedeutete ja nicht nur Grachten, Gouda und Museen, dort lauerten auch Marihuana-Shops und Prostituierte, die ihre weiblichen Reize ungeniert in Schaufenstern präsentierten. Pures Gift für eine naive Seele wie Robin. Zwar fühlte er sich unheimlich erwachsen, doch wie reif er tatsächlich war, bewies er damit, dass er jedem, aber auch wirklich jedem vorführte, wie musikalisch er »Hänschen klein« rülpsen konnte.

Bis jetzt hatte Marie Schlimmeres verhindern können, weil sie regelmäßig Robins Zimmer checkte. Heimlich natürlich. Als selbst ernannte Miss Marple fahndete sie nach Spuren von Alkohol, Zigaretten und – Gott behüte! – Joints. Bei der Gelegenheit durchforstete sie auch Robins Laptop nach verdächtigen Webadressen. Seit sie ihn einmal dabei erwischt hatte, wie er die Droge Ecstasy googelte, waren ihre Antennen voll ausgefahren. Auch Pornoseiten hatte sie schon in seinem Browserverlauf gefunden.

So ein pubertierender Junge war halt eine tickende Zeitbombe. Da wirkte es fast schon harmlos, dass sie unlängst ein Herrenmagazin unter seinem Bett gefunden hatte, mit einer weitgehend textilfreien Sexbombe auf dem Cover. Robins Reaktion: »Ich lese nur die Artikel.« – »Ja, wer liest die nicht«, hatte Marie ironisch erwidert und das Heft in den Müll geschmissen.

Ihr Mann nannte sie einen Kontrollfreak. Der hatte gut reden. Als Anwalt war Alexander Granate, im wahren Leben so gut wie orientierungslos. Er gehörte zu jenen Männern, die zwei verschiedene Socken trugen, wenn man nicht aufpasste. Das war irgendwie süß, andererseits konnte er nicht mal einen Aufzug betreten, ohne sich zu verlaufen.

Du hast einen Penis, damit du weißt, wo vorn ist, sagte Marie manchmal, was nicht gerade ladylike klang, in Alexanders Fall aber zutraf. Bat sie ihn, Auberginen fürs Abendessen zu besorgen, kam er mit Zucchini angezuckelt. Trug sie ihm auf, Bio-Tee zu kaufen, brachte er garantiert ein billiges Supermarktprodukt mit. Und bei der Hausarbeit stellte er sich so dusselig an, dass er beim letzten Versuch, die Waschmaschine zu bedienen, Maries teuren Kaschmirpullover auf Bonsaiformat geschrumpft hatte. Da war es ihr doch wesentlich lieber, ein Kontrollfreak genannt zu werden, statt in der Dauerkatastrophe zu leben.

Klar, einfach war es bestimmt nicht, mit einer Powerfrau verheiratet zu sein, die noch dazu eine Orga-Queen sein musste. Doch was blieb ihr denn anderes übrig? Da sich Alexander in allen organisatorischen Dingen vornehm zurückhielt, lastete die gesamte Verantwortung auf ihren Schultern. Übermutter? Kontrollfreak? Von wegen. Für Alexander war die Vaterrolle ein Spaziergang, als Mutter befand sich Marie permanent auf einer

Hochgebirgstour, und die anderen Mütter führten ihr unablässig die Absturzgefahren vor Augen. Schon im Geburtsvorbereitungskurs hatten sie Marie über die lebenswichtige Bedeutung einer Zweitsprache im Vorschulalter aufgeklärt, und ohne frühmusikalische Erziehung gehe nun wirklich gar nichts. Außerdem dürfe man bloß kein Zeitfenster verpassen, denn gute Kitas, Schulen und Hockeyclubs seien hoffnungslos überlaufen.

Das Ganze lief darauf hinaus, dass man ein kleines Genie von Baby gebären musste, das direkt nach der Geburt zum Nobelpreisträger geformt werden wollte. Als Marie im siebten Monat mit Robin schwanger gewesen war, hatte sie ihn in einer Super-Kita mit Englisch, Musikunterricht und Kinderyoga angemeldet, kurz darauf in einer Grundschule, die sowohl musisch als auch naturwissenschaftlich als Top-Adresse galt. Zur Not hätte sie auch Handtücher auf die Kinderstühlchen gelegt, um sich einen festen Platz zu sichern. Liegestuhlwettläufe und Büfettschlachten in Clubhotels waren nichts dagegen, nur dass es bei Kindern leider kein All-inclusive-Paket gab. Da musste man alles selbst in die Hand nehmen.

Nach Robins Geburt hatte sich der Druck eher noch gesteigert: Was, dein Kind kann noch nicht laufen? Wie, es ist noch nicht trocken. Und es hat wirklich noch nicht Mama gesagt? Vielleicht müsstest du einen Ergotherapeuten oder einen Logopäden zurate ziehen. Übrigens solltest du ihn schon mal im Hockeyclub anmelden. Und kennst du überhaupt diese sagenhaften englischen Internate, in denen Schüler kurz vor dem Abitur den letzten Schliff bekommen?

Während Marie weiter über dem Thema Klassenfahrt brütete, lauschte sie mit einem halben Ohr den Gesprächen am Konferenztisch. Inzwischen war eine Debatte über ihre Algenkekse mit Kurkuma-Zimt-Geschmack entbrannt.

»Zimt? Ja, ist denn schon Weihnachten, Frau Hasemann?«, witzelte der Kollege vom Online-Vertrieb.

»Grenzwertig«, schloss sich der Experte für Verpackungsdesign an.

Letzteren kannte Marie bereits als recht quengeligen Zeitgenossen. Wenn der sich in einen Konflikt einmischte, dann ganz bestimmt nicht, weil er einen Friedensnobelpreis abräumen wollte. Aufmerksam musterte sie sein Gesicht. Zwei winzige Pickel zwischen den Augenbrauen sagten ihr, dass der Verpackungsspezi seinen Körper mit fettigem Essen überforderte. Laut Face Mapping entsprach die Stelle zwischen den Augenbrauen nämlich der Leber, und die nahm übel, wenn man sie mit miesen Transfetten belästigte. Tja, es war schon krass: Alle, die hier saßen, beschäftigten sich den lieben langen Tag mit gesunder Ernährung, stopften sich jedoch frohgemut mit ungesunden Sachen voll.

»Frau Hasemann?« Ihr Chef verschränkte die Arme hinter dem Kopf und lehnte sich zurück. »Was ist Ihr Kekskonzept?«

Marie unterdrückte den Impuls, laut loszulachen. *Kekskonzept.* Hörte der sich eigentlich selber zu? Klar, sie ging voll in ihrem Job auf, aber manchmal hätte sie sich kringeln können über die Begriffe, die man sich hier so an den Kopf warf.

»Zimt ist längst kein Saison-Geschmack mehr, sondern ganzjährig im Rennen«, erläuterte sie ihre Überlegungen. »Einen Zimt-Latte bekommen Sie an jeder Ecke, und seit die gute alte Zimtschnecke Cinnamon Bun heißt, ist sie in jedem angesagten Café zu haben.«

»Ich hätte ja lieber Kekse mit Leberwurstgeschmack«, sagte das Weingesicht.

Alle brachen in Lachen aus, nur Marie sah wieder zur Uhr. Manchmal sehnte sie sich nach ihrem alten Job in einem kleinen Lebensmittellabor. Dort war sie überqualifiziert und unterbezahlt gewesen, hatte jedoch mehrheitlich mit Frauen gearbeitet, die genauso viel um die Ohren hatten wie sie. Flüssige Abläufe waren deshalb wichtiger gewesen als Selbstdarstellungspirouetten.

»Hallo?« Ungehalten klopfte der Chef mit den Fingerknöcheln auf die Schieferplatte. »Mal bei der Sache bleiben, Jungs, okay?«

»Leberwurstkekse sind gar keine so schlechte Idee«, legte das Weingesicht nach. »Wir brauchen auch was für echte Kerle, so nach dem Motto: Hoffentlich merkt mein Steak nicht, dass ich es mit einem Salat betrüge. Also, Frau Hasemann, wie sieht's denn aus mit Produkten für die männliche Zielgruppe?«

»Gern gehe ich darauf ein«, versuchte sie ihm den Wind aus den Segeln zu nehmen. »Speziell für die männliche Zielgruppe habe ich einige zusätzliche Innovationen kreiert. Unter anderem Algenkekse mit Frühstücksspeckgeschmack.«

Das kam gut an. Allen lief sichtlich das Wasser im Mund zusammen.

»An dieser Stelle möchte ich nochmals auf meine völlig neue Schwarze Linie hinweisen, die speziell männliche Kunden anspricht«, fuhr sie fort. »Zum BetterBlackPack, wie ich es nenne, gehört ein Brombeer-Kokosflocken-Müsli, das mit gesunder Aktivkohle aus gerösteten Kokosnussschalen veredelt wurde. Auch der Black Velvet Power Drink gehört in diese Linie: eine Mischung aus Granatapfelsaft und schwarzer Johannisbeere, prallvoll mit Antioxidantien und ebenfalls mit gesunder Aktivkohle angereichert. Das ist echtes Super Food. Nebenbei wirkt es verdauungsfördernd, also entgiftend oder, wie wir sagen, ähm …«, sie suchte nach einem schicken englischen Wort, »detox!«

»Hammer!« Ihr Chef riss die Arme hoch. »Frau Hasemann, die Entscheidung, Sie als Food-Designerin einzustellen, war wirklich mega. Schon heute Nachmittag werden wir die ersten Produkte in unseren Fokusgruppen testen lassen!«

Das war der ultimative Ritterschlag. Nur was den Chef überzeugte, durfte anschließend Testessern vorgesetzt werden. Blicke flogen hin und her. Keine sonderlich netten Blicke. Wie hieß das noch? Neid musste man sich genauso verdienen wie Erfolg? Marie war es gewohnt. Dunkel ahnte sie, dass sie eine Spur zu perfekt wirkte, um gemocht zu werden. Dabei war sie gar nicht so perfekt. In ihren eigenen Augen reichte es nie. Obwohl sie sich ungeheuer ins Zeug legte, hatte sie immer das Gefühl, nicht gut genug zu sein.

»Danke, Leute, das war's für heute«, sagte Holger Christiansen und stand auf. »Marie? Könnten Sie Ihre Präsentation bitte für alle auf dem Server ablegen?«

Eine heiße Röte überlief ihre Wangen. Wenn der Chef sie mit Vornamen ansprach, kam das einem Orden mit drei Sternchen gleich. Alle duzten sich hier, nur Marie wurde nach wie vor gesiezt. Insofern war die vertrauliche Anrede so etwas wie ein vorläufiger Mitgliedsausweis im Herrenclub der Chefetage.

»Gern, Holger«, lispelte sie, verlegen vor Freude.

In diesem Moment surrte ihr Handy. Alexander. Wenn man sich auf die Stimme eines Mannes freute, war man verliebt, wenn man das Gespräch wegdrückte, war man verheiratet. Und Marie war so was von verheiratet. Seit fünfzehn Jahren. Da kamen meist unerfreuliche Dinge angeflogen – entweder Aufträge oder Beschwerden, in jedem Fall aber Probleme, die sie lösen sollte. Deshalb drückte sie den Anruf weg, steckte das Handy ein und wartete auf die üblichen Verabschiedungsfloskeln des Chefs.

Nichts dergleichen geschah. Stattdessen schaute *Holger* sie länger an als nötig, mit einer irrlichternden Intensität, die Marie einen Schauer über den Rücken jagte. Das kleine Mädchen in ihr reagierte prompt verunsichert. Stimmte was nicht?

Blitzschnell ging sie alle möglichen Pannen durch. Hm. Ihre kinnlange Ponyfrisur mit den frisch eingefärbten hellbraunen Strähnchen saß perfekt, so viel stand fest. Vielleicht hing ja ihre Wimperntusche auf halb neun? Oder war etwa der kussechte Lippenstift verschmiert? Weder das eine noch das andere hätte sie sich verziehen, genauso wenig wie irgendeine Nachlässigkeit im Job oder im Familienalltag. Das war halt die Kehrseite ihres Perfektionismus – Marie gestattete sich keinerlei Schwächen.

»Was ich noch sagen wollte, ich bin wirklich total happy, Sie in unserem Team zu haben«, erlöste sie der Chef aus ihren Selbstzweifeln.

»Danke.« Marie hob das Kinn. »Das bedeutet mir viel.«

Ein Lächeln huschte über Holger Christiansens gebräuntes Gesicht. Es war völlig makellos. Wenn sich hier einer gesund ernährte, dann er.

»Wir sollten uns demnächst mal privat treffen«, schlug er vor. »So ein Gedankenaustausch in entspannter Atmosphäre wäre doch super, damit wir uns ein bisschen näher beschnuppern können.«

Wie war das denn gemeint? Aufregung und Panik trieben noch

mehr Blut in Maries Wangen. Aufregung über das Interesse an ihrer Person, Panik, weil die Stimme des Chefs eigentümlich vibrierte. Flirtete er etwa doch mit ihr?

»Wir könnten zum Beispiel tanzen gehen, so zur mentalen Lockerung«, setzte er jetzt noch hinzu.

Tanzen? Herrje, sie war verheiratet, Mutter zweier Kinder und mit ihren neununddreißig Jahren deutlich älter als Holger Christiansen! Das konnte ihm doch eigentlich nicht entgangen sein. Fieberhaft überlegte sie, wie sie sich aus der Affäre ziehen könnte, ohne ihren Chef vor den Kopf zu stoßen.

»Ähm, also, Tanzen sieht bei mir immer ein bisschen nach Waldbrand austreten aus, aber kommen Sie doch demnächst zum Abendessen vorbei«, hörte sie sich sagen. »Mein Mann wollte Sie immer schon mal kennenlernen, und die Kinder brennen förmlich darauf.«

Das war gleich dreifach geflunkert. Marie besaß die Goldene Nadel für Standardtänze, Alexander interessierte sich null für ihren Job, ihre Kinder fanden offizielle Dinner daheim einfach nur öde. Doch etwas Besseres war ihr gerade nicht eingefallen, und Marie folgte stets ihrem Leitspruch, dass der Erfinder der Notlüge die Harmonie mehr geliebt hatte als die Wahrheit.

»Vielleicht am Freitag?«, fragte sie.

»Cool.« Es klang ein bisschen eingeschnappt. Offensichtlich hatte *Holger* ein etwas intimeres Ambiente erwartet als einen Hausbesuch nebst Gatte, Kind und Kegel. »Freitag passt.«

»Neunzehn Uhr Aperitif?«

»Gebongt. Wir sehen uns.«

»Schön, toll, freu mich«, flötete Marie. »Wir wohnen im Amaryllisweg, ich maile Ihnen die genaue Adresse.«

Im selben Moment bereute sie ihre spontane Einladung schon wieder. Du lieber Himmel, wie konntest du nur?

In Maries Welt war ein Abendessen in den eigenen vier Wänden in etwa so erfreulich wie ein Marathonlauf auf High Heels. Mit Zehn-Kilo-Hanteln. Bei vierzig Grad Außentemperatur. Perfektion hatte halt ihren Preis. Tagelang würde sie das Menü vorbereiten, extravagante Tischdekorationen ersinnen und die Wohnung auf Vordermann bringen. Außerdem musste sie Mann und Kinder instruieren, damit sie auch bloß einen guten Eindruck machten. Das Ganze war megaanstrengend und kostete Zeit – die sie nicht hatte. Mal ganz abgesehen von den tausend kleinen Fettnäpfchen, in die man bei einer Essenseinladung tappen konnte.

»Wäre Weißwein in Ordnung?«, erkundigte sie sich vorsichtig. »Manche Leute vertragen die Sulfate nicht. Wie steht's mit Nudeln? Sind Sie eventuell auf Low Carb? Na ja, ich könnte Garnelen mit Orangen-Guacamole als Vorspeise machen«, dachte sie weiter laut nach. »Aber eine Freundin von mir hatte neulich einen Herpesausbruch nach Garnelen. Und Orangen sind natürlich pures Gift bei Fruktoseintoleranz. Vielleicht koche ich besser ein Kresseschaumsüppchen, es sei denn, Laktose …«

»Halt, stopp, Marie.« Amüsiert lächelnd legte Holger Christiansen den Kopf schräg. »Hat Ihnen schon mal jemand gesagt, dass Sie dazu neigen, die Dinge zu komplizieren?«

»Mein Mann. Täglich.« Sie brachte ebenfalls ein Lächeln zustande, obwohl sie diesmal die Wahrheit und nichts als die Wahrheit gesprochen hatte. »Ähm, Scherz.«

»Ihr Mann muss sehr stolz auf Sie sein«, schmunzelte Holger Christiansen.

Ganz deutlich hörte Marie den ironischen Unterton heraus, tat jedoch so, als sei sie die Begriffsstutzigkeit in Person.

»O ja«, beteuerte sie, »hinter jeder erfolgreichen Frau steht ein stolzer Ehemann. Und eine fassungslose Schwiegermutter.«

Letzteres stimmte immerhin. Ob sie jetzt wohl endlich in ihr Büro gehen durfte? Marie stand wie auf glühenden Kohlen. Es gab noch einen Berg von Aufgaben zu erledigen, und dieses Gespräch überforderte sie ein bisschen. Lieber wäre sie jetzt mit den anderen Kollegen aus dem Raum geschlendert. Aber keiner fragte, ob sie mit zum Essen kommen wollte. Mittlerweile wusste jeder, dass Marie ihre Mittagspause am Schreibtisch verbrachte, wo sie gleichzeitig telefonierte, mailte und einen Happen aß.

»Heute wieder Mousepad Snacking?«, fragte Holger Christiansen, als hätte er ihre Gedanken erraten.

Heiliger Bimbam, der kannte wirklich für jede Kleinigkeit einen englischen Begriff.

»Mmmm, sieht so aus«, nuschelte Marie, während sie ihren Laptop unter den Arm klemmte. »Jede Minute zählt, wenn man alles perfekt hinkriegen will.«

»Verstehe. Aber nicht das Leben vergessen, ja?«

Stirnrunzelnd sah sie ihn an. Welches Leben? Er war es doch, der völlig selbstverständlich Überstunden und Wochenendarbeit von ihr erwartete. Seit knapp einem halben Jahr ackerte Marie quasi rund um die Uhr für FeelBetterFood, in der Hoffnung, sich hier eine solide Karriere zu erarbeiten, vielleicht sogar einen Platz im Leitungsteam. Der Chef legte Wert auf flache Hierarchien, weshalb jeder im Leitungsteam stimmberechtigt war. Eine verlockende Perspektive. Marie hatte noch so viele Ideen, die sie gern verwirklichen wollte.

»Ich weiß, Sie hängen sich voll rein«, sagte Holger Christiansen anerkennend. »Andererseits braucht jeder mal Auszeiten, um kreativ zu bleiben. Einfach das Nichtstun genießen. Die Gedanken fliegen lassen. Mit der Seele atmen.«

Für Marie hörte sich das an wie Kisuaheli oder eine andere exotische Sprache, die sie nicht beherrschte. In ihrem Kaum-Zeit-Kontinuum musste sie rund um die Uhr funktionieren. Selbst wenn sie zur Pediküre ging, las sie nebenbei Fachartikel oder beantwortete Mails. Das Wort Auszeit existierte einfach nicht in ihrem Wortschatz.

»Sie meinen diese Work-Life-Sache …?«

»Genau das«, bekräftigte Holger Christiansen.

Natürlich hatte Marie schon davon gehört. Alle Welt redete von der berühmten Work-Life-Balance, doch als berufstätige Mutter saß sie nun mal zwischen allen Stühlen. Im Job erwartete man unbegrenzten Arbeitseinsatz ohne Rücksicht aufs Familienleben, von den anderen Müttern hatte sie früher nur kleine Spitzen zu hören bekommen: Wie konntest du nur die Theateraufführung deiner Tochter verpassen? Warum hast du keinen selbst gebackenen Kuchen zum Schulbasar mitgebracht? Den neuen jungen Vätern, die überall bejubelt wurden wie Heilige, die über Wasser liefen, stellte man solche Fragen garantiert nicht. Doch seitdem versuchte Marie, es wirklich allen recht zu machen. Rastlos hetzte sie von Termin zu Termin und fabrizierte zur Not eben schon mal morgens um fünf supergesunde Muffins, die vor den anderen Müttern Gnade fanden.

Im Büro funktionierte sie ebenfalls wie eine Eins. Die Gemeinschaftsräume der Firma, *BetterPlayRooms* genannt, in denen man Dart und Tischfußball spielen konnte, kannte sie nur vom

Hörensagen. Wie festgetackert saß sie mindestens acht Stunden an ihrem Schreibtisch, Sinnfragen stellte sie selten.

Aber dummerweise gab es da dieses kleine Mädchen in ihr, das manchmal keine Lust mehr auf das ewige Hamsterrad hatte. Insgeheim sehnte sich Marie nach einem sorglosen Leben voller Liebe und Wärme und Lachen, nach saumselig verbummelten Nachmittagen in Straßencafés und langen Spaziergängen im Wald. Einmal ausschlafen hätte ihr im Grunde schon gereicht. Doch dann siegte wieder das Pflichtbewusstsein, das ihr einflüsterte, sie müsste sowohl im Job als auch in der Familie ihr Bestes geben. Deshalb machte sie schweigend weiter, immer perfekt, immer professionell, auch wenn's manchmal wehtat.

»Wer dauernd Vollgas fährt, kann sich leicht ein Burn-out einfangen«, sagte Holger Christiansen etwas leiser. »Da tut es ganz gut, sich an seine Träume von einst zu erinnern, damit das Herz lebendig bleibt. Wovon träumen Sie, Marie?«

Wie viel Zeit haben Sie, *Holger?* Einen Tag? Eine Woche, einen Monat? Sie räusperte sich.

»Ich habe keine Träume, ich habe Ziele.«

Und zwar zumindest einen unbefristeten Arbeitsvertrag zu bekommen, verbunden mit der überfälligen Gehaltserhöhung.

»Ziele? Ist das so?« Holgers hellbraune Augen funkelten auf einmal wie Bernstein in der Sonne. »Aber nicht übers Ziel hinausschießen, ja? Loslassen ist genauso wichtig. Hey, Marie, ich meine es gut mit Ihnen.«

Sacht berührte er sie an der Schulter. Wie vom Blitz getroffen zuckte sie zusammen, und dann passierte auf einmal etwas mit ihr, etwas sehr, sehr Beunruhigendes. Lag es an der Berührung? Am warmen Timbre seiner Stimme? Bislang hatte sie Holger

Christiansen immer nur unter der Rubrik Chef einsortiert, jetzt wurde ihr plötzlich bewusst, dass er ein Mann war, ein ziemlich attraktiver dazu. Sie schluckte. Er sah nahezu erschreckend gut aus. Und nicht nur das. Eine spielerische Leichtigkeit umgab ihn, etwas unwiderstehlich Jungenhaftes, das Maries Herz gefährlich flattern ließ.

»Ich, ich, also …«, stammelte sie.

»Schon gut.« Er zog sich die Kapuze über den Kopf. »Ich gehe jetzt eine Runde joggen – und Sie hoffentlich in sich. Nicht vergessen: Der Herzmuskel sollte immer größer sein als das Hirn. Ciao, Marie.«

Sprachlos schaute sie ihm hinterher, wie er federnden Schritts den inzwischen leeren Konferenzraum verließ. Alles, was blieb, war der Duft eines hippen Rasierwassers und das abgründige Gefühl emotionaler Auflösung. Sekundenlang starrte Marie die abstrakten Gemälde an, die die Wände zierten. Lauter bunte Linien und Schnörkel, die keinen Sinn ergaben. So wenig wie das Verhalten ihres Chefs.

»Hey, Frau Hasemann!«

Eine junge Frau mit blonder Raspelfrisur und schwarzer Nerdbrille stürmte herein, Maries Assistentin, die wie stets ein weißes T-Shirt mit FeelBetterFood-Aufdruck zur figurbetonten Jeans trug.

»Da sind Sie ja«, hechelte sie außer Atem. »Ich habe schon überall nach Ihnen gesucht.«

Es kostete Marie einige Mühe, in die Realität zurückzukehren. Durch ihren Kopf gondelten bernsteinfarbene Linien und Schnörkel, ihre Knie waren weich wie Mascarpone. Sie versuchte, sich zu sammeln. Einfach weitermachen, Marie.

»Hallo Scarlett.« Sie zog eine hübsch verpackte Schachtel aus ihrer Tasche. »Schauen Sie mal, ich habe Ihnen was mitgebracht.«

»Etwa die vegane Bodylotion, die überall ausverkauft ist?«

»Ehrensache. Sie tun so unendlich viel für mich, da möchte ich mich auch mal revanchieren.«

Aufgeregt riss ihre Assistentin die Verpackung auf, schraubte den Deckel der Flasche ab und schnupperte daran.

»Mmmh, Kokosduft! Danke!«

Ein warmes Gefühl durchströmte Marie, als sie Scarletts freudig gerötetes Gesicht sah. Sie waren einander auf Anhieb sympathisch gewesen, obwohl ihre Assistentin deutlich jünger war. Inzwischen hatte sich ein fast freundschaftliches Verhältnis zwischen ihnen entwickelt. Für Marie war das ein Labsal, weil sie schon lange keine Freundin mehr hatte. Eine nach der anderen hatte sich in Luft aufgelöst. Kein Wunder, wenn man nie Zeit hatte und selbst die wenigen Verabredungen oft absagen musste.

»Was gibt es denn so Wichtiges, das Sie mir mitteilen wollten, Scarlett?«, fragte sie.

Ihre Assistentin stopfte die Schachtel samt Bodylotion in den Hosenbund ihrer Jeans, dann schaute sie auf ihr Tablet, das sie stets bei sich trug, und scrollte eine Liste entlang.

»War einiges los, während Sie die Jungs mit Ihren neuen Produkten beglückt haben. Die aktualisierten Termine finden Sie im elektronischen Kalender, daneben gab es diverse Bitten um Rückruf: vom Quinoa-Lieferanten, von der Klassenlehrerin Ihres Sohns, von der Firma, die unsere Verpackungen herstellt, ach ja, und Ihr Mann braucht für sein Tennismatch morgen Nachmittag ein neues Polohemd.« Sie scrollte weiter. »Lillis Klavierlehrer hat sich mehrmals gemeldet, eine Bioladenkette und Ihre Schwiegermutter.«

»O nein!«, entfuhr es Marie. »Ich habe die Ebay-Versteigerung verpasst!«

»Haben Sie nicht«, strahlte Scarlett. »Ich war so frei, die Kuchenplatte für Sie zu ergattern.«

»Von welchem Planeten kommen Sie? Danke, Sie sind ein Engel.«

»Nein, Ihr glühendster Fan.« Mit einem treuherzigen Augenaufschlag presste Scarlett das Tablet an ihren Oberkörper. »Wie gewünscht, steht auch schon die Salat-Bowl mit Avocado, Kürbiskernen und Joghurtdressing auf Ihrem Schreibtisch. Kann ich sonst noch was für Sie tun?«

Erschöpft legte Marie eine Hand auf die Stirn. Ihr schwirrte immer noch der Kopf, kein Wunder nach dem seltsamen Gespräch mit Holger Christiansen. *Holger.*

»Die Blumendekoration im Eingangsbereich sollte erneuert werden«, antwortete sie nach kurzem Überlegen. »Unsere neuen Flyer haben eine etwas zu kleine Schrift, die müssen zurück in die Druckerei, und der Hausmeister sollte unbedingt die Fußleisten im Chefbüro überstreichen, die sehen etwas ramponiert aus.«

»Kein Problem, ist so gut wie erledigt.« Ihre Assistentin nickte eifrig. »Wenn Sie möchten, besorge ich auch das Polo-Shirt für Ihren Gatten.«

Marie fiel ein Stein vom Herzen. »Wirklich?«

»Ich halte es mit Margaret Thatcher, der Eisernen Lady«, schmunzelte Scarlett. »Sie sagte: Wenn Sie wollen, dass man Ihnen etwas erklärt, fragen Sie einen Mann, wenn Sie etwas erledigt haben wollen, fragen Sie eine Frau. Was darf's denn sein?«

Auch Marie musste schmunzeln. Scarlett war wirklich unglaublich auf Zack.

»Weiß, Größe L«, erwiderte sie. »Slim-Line, doppelt gesteppter Kragen, Perlmuttknöpfe, Stoff aus Baumwolle mit genau zehn Prozent Elastan, nicht mehr, nicht weniger. Die Marke maile ich Ihnen, es kommt auf die exakte Schreibweise an.«

Mit gesenktem Kopf tippte Scarlett alles in ihr Tablet. Dann seufzte sie tief.

»Bei Ihnen muss immer alles perfekt sein, stimmt's? Hundertprozentig? Rund um die Uhr?«

»Genau«, nickte Marie.

»Ich verstehe gar nicht, wie Sie da noch schlafen können.«

»Wer sagt denn, dass ich schlafe?«

»Haha, guter Witz«, lachte Scarlett. »Ehrlich, Sie sind mein großes Vorbild. Sensationell, wie Sie das alles schaffen. Ich stehe ja noch ganz am Anfang meiner Laufbahn, aber später möchte ich genauso ein Leben wie Sie.«

Willst du nicht, dachte Marie. Und wie, bitte schön, atmet man mit der Seele?

Kapitel 2

Marie liebte es, abends mit Lilli zu kuscheln. Das waren die kostbarsten Momente des Tages, wenn sie zu ihrer Tochter ins Bett krabbelte und dieses ganz besondere Gefühl der Geborgenheit genoss, wie es einem nur kleine Kinder schenken konnten. Überhaupt war ihre siebenjährige Lilli das süßeste kleine Mädchen der Welt. Goldbraune Löckchen umrahmten das rosige Gesicht, auf der kleinen Stupsnase tummelten sich allerliebste Sommersprossen. Anders als der vierzehnjährige Robin, dessen Aufsässigkeit Marie langsam in den Wahnsinn trieb, war die siebenjährige Lilli noch herrlich pflegeleicht. Aus ihren himmelblauen Augen leuchtete das Urvertrauen eines Kindes, das die Mutter als Zentralgestirn seines Universums empfand.

Warum konnte es nicht immer so bleiben? Aber vielleicht änderte sich ja auch gar nichts? Eine Welle der Zärtlichkeit überrollte Marie, als sie Lilli sacht an sich drückte. Nie, nie würde sich ihr kleiner Goldschatz in einen garstigen Teenager verwandeln.

Sie ließ ihren Blick durchs Zimmer schweifen. So einen Traum in Rosa hatte sie sich damals als Kind vergeblich gewünscht. Alles war farblich exakt aufeinander abgestimmt: die Wände mit der rosa schimmernden Strukturtapete, die rosa Möbel im Prinzessinnenstil, die duftigen rosa Tüllgardinen mit eingestickten Einhörnern. Selbst das Klavier hatte Marie rosa lackieren lassen. Aus den Boxen der Musikanlage plätscherten romantische Harfenklänge, die Kinder angeblich schneller zum Einschlafen brachten.

»Mami?« Ungeduldig zupfte Lilli an Maries Jackett. »Liest du jetzt weiter?«

»Sicher, Liebling.«

Das Buch war Marie vom Schoß geglitten. Sie angelte danach und schlug es auf.

»Dann sagte der Drache zur Prinzessin, du musst nicht extra den Grill anwerfen, ich speie eine Runde Feuer, dann sind die Würstchen im Handumdrehen heiß«, trug sie mit sanfter Stimme vor.

»Vegane Würstchen?«, hakte Lilli nach.

»Selbstverständlich. Prinzessinnen essen nur gesunde Sachen, damit sie so wunderschön bleiben. Junkfood und Süßigkeiten kommen nicht infrage, weil sie zu Fettleber, Konzentrationsschwierigkeiten und hässlichem Teint führen. Auf einem Schloss wird nur gesundheitsbewusst gespeist.«

Gut, das war vielleicht ein bisschen dick aufgetragen und stand so auch nicht im Buch. Marie wählte ausschließlich Geschichten mit pädagogischem Mehrwert aus, besserte die Inhalte bei Bedarf aber ein wenig nach. Man konnte gar nicht früh genug damit anfangen, Kindern das richtige Weltbild zu vermitteln.

»Der ganze Hofstaat war entzückt von dieser Freundschaft«, las sie weiter. »Das Orchester fing an zu spielen, die Prinzessin wiegte sich im Takt eines Walzers, und der Drache flog eine Extrarunde durch den Schlosssaal.«

Sie schaute zur Uhr. Es ging auf halb acht zu, höchste Zeit, sich auf den Weg zu Robins Schule zu machen. Behutsam gab sie ihrer Tochter einen Kuss auf die rosige kleine Wange. Noch einen. Und noch einen.

Heute Abend fiel es Marie besonders schwer, Lilli der Obhut einer Babysitterin zu überlassen. Doch sie liebte ihre Kinder nicht nur über alles, sie war auch überzeugt, dass so einiges schiefgehen konnte, wenn man sich nicht selbst um jedes Detail kümmerte. Schließlich ging es darum, die richtigen Weichen für die Zukunft zu stellen. In diesem Zusammenhang waren Elternabende eine Kontaktsportart der gehobenen Art. Man konnte auf die Lehrer einwirken, auf die anderen Eltern, sogar der Hausmeister hörte Marie bereitwillig zu. Nur aus diesem Grund hatte sie sich für den Posten der Elternsprecherin zur Verfügung gestellt, obwohl sie eigentlich gar keine Zeit dafür hatte.

»Das war's für heute«, seufzte sie und klappte das Buch zu. »Das Ende der Geschichte lese ich dir morgen vor. Mami muss los.«

»Och nee.« Lilli zog einen Flunsch, was äußerst niedlich aussah, dann trat ein ungewohnt kritischer Ausdruck in ihr Gesicht. »Sag mal, kannst du mir morgen was anderes vorlesen? Ich möchte lieber was mit gruseligen Vampiren, die nachts das Blut aus den Leuten saugen. So Geschichten, wie sie Luna-Rosé vorgelesen bekommt.«

Ein Nadelstich bohrte sich in Maries Herz. Alarmiert setzte sie sich auf.

»Wie – wer?«

»Luna-Rosé, die Neue in unserer Klasse.« Lilli pustete sich ein Löckchen aus der Stirn. »Die ist echt cool und hat immer ganz, ganz krasse Sachen an. Kriege ich auch Jeans wie Luna-Rosé? Eine mit Rissen und Flicken?«

Ach, du große Güte. Maries Kleidergeschmack war nicht gerade dehnbar. Sie hielt sich viel darauf zugute, dass Lilli zu den am besten angezogenen Kindern der Schule gehörte. Kein Mädchen trug so hübsche Faltenröcke und Pullover, keines sah so perfekt aus. Zerrissene Jeans mit aufgenähten Flicken gehörten definitiv nicht in Maries textiles Programm.

»Wir sprechen morgen darüber«, bog sie das Thema ab.

»Das sagst du immer: morgen.«

»Versprochen, Kleines«, versicherte Marie. »Großes Ehrenwort.«

Nach einem vierten Gutenachtkuss erhob sie sich aus dem Bett und schlüpfte in ihre Pumps. Sie musste unbedingt herausbekommen, wer diese Luna-Rosé war. Das Mädchen schien einen ausgesprochen schlechten Einfluss auf Lilli zu haben. Wehret den Anfängen! Aber wenigstens erzählte Lilli noch arglos alles, was sie erlebte. Robin hingegen ließ seine Eltern bei der Frage »Wie war's in der Schule?« mit einem notorischen »Keine Ahnung« abtropfen. Umso wichtiger nahm Marie den heutigen Elternabend. Im besten Falle erfuhr sie dort ganz nebenbei, was der Herr Sohn hinter ihrem Rücken anstellte. Letzthin hatte er eine Mülltonne auf dem Schulhof angezündet, so jedenfalls die Version des Hausmeisters, der Marie zuliebe dichtgehalten hatte.

Ja, Robin war eine tickende Zeitbombe. Doch auch bei Lilli musste man genau hinsehen. Maries Blick fiel auf das Ungetüm aus Pappe und Papier, das in der Ecke stand. Es war ein Projekt für den Sachkundeunterricht und sollte eigentlich einen Vulkan darstellen, sah aber eher nach einem vergammelten Komposthaufen aus. Was bedeutete, dass Marie die Nacht mit Schere, Kleber und Malkasten verbringen würde, um das Machwerk zu perfektionieren. Tja, was tat man nicht alles für seine über alles geliebte Tochter?

»Hab dich ganz doll lieb, Lillimaus«, murmelte sie.

»Ich dich auch, Mami«, piepste es aus den rosa Kissen. »Wer passt denn heute auf mich auf?«

»Warte, lass mich überlegen – es ist Tamara.«

»Tamaaaraa!«, jubelte Lilli. »Danke, Mami!«

Ihre unverhohlene Begeisterung weckte sofort Maries Misstrauen. Jetzt fiel ihr wieder ein, dass sie nach Tamaras letztem Babysittereinsatz Bonbonpapier im Kinderzimmer gefunden hatte, und das, obwohl Süßigkeiten in diesem gesundheitsbewussten Haushalt streng verboten waren. Nun, der Spuk würde nicht lange währen. Voller Genugtuung schaute Marie zu dem neuen altrosa Plüschteddybären, der dem Bett gegenüber auf einer Kommode hockte. Es war ein Spionageteddy. In seinem linken Auge befand sich eine Weitwinkelkamera, deren Aufnahmen man wahlweise auf dem Handy oder auf dem Laptop anschauen konnte. Marie hatte eingehend recherchiert. Es war die beste Überwachungskamera im Nanny-Segment und die technikgewordene Erfüllung ihrer geheimsten Wünsche.

»Schlaf schön, träume süß«, sagte sie weich. »Der Teddy wird gut auf dich aufpassen.«

Zu ihrer größten Verwunderung zog Lilli eine abfällige Schnute.

»Boah, Mama, ich bin doch kein Baby mehr, ich weiß, dass Teddybären nur Spielzeug sind. Kann ich zum Geburtstag ein Handy haben?«

Na toll. Erst wollte Lilli abartige Vampirgeschichten, jetzt ein Handy. Bestimmt lag das an dieser Luna-Rosé.

»Für ein Handy ist es viel zu früh, sei froh, dass du noch nicht rund um die Uhr erreichbar sein musst«, beendete Marie die Diskussion, bevor sie anfing. »Heute hat sich übrigens dein Klavierlehrer im Büro gemeldet, ich hatte nur keine Zeit zurückzurufen. Gibt es Probleme?«

»Ich mag nicht dauernd Klavier üben.« Lilli zog die Mundwinkel herab, was ihren kindlichen Gesichtszügen etwas unangenehm Erwachsenes verlieh. »Luna-Rosé spielt Schlagzeug. Ich will auch ein Schlagzeug, Mami. Das fetzt. Klavier ist sooowas von langweilig.«

»Nein, Klavierspielen ist eine Eintrittskarte für die gute Gesellschaft«, widersprach Marie, höchst irritiert von Lillis neuer Widerspenstigkeit. »Ich mache euch nicht fit für die Straße, ich mache euch fit fürs Parkett!«

»Ich bin aber kein – Paket«, sagte Lilli nach kurzem Nachdenken.

»Parkett, Liebling, es heißt Parkett. Morgen werde ich persönlich dafür sorgen, dass du vor dem Schlafengehen eine Stunde Klavier übst.«

»Aber …«

»Nichts aber. Und jetzt muss ich wirklich los.«

Nachdem Marie die Tür hinter sich geschlossen hatte, atmete sie einmal tief durch. Wie konnte es sein, dass Lilli gegen ihr perfektes Erziehungskonzept aufbegehrte? Ohne Zweifel lag es an dieser unmöglichen Luna-Rosé.

Verstimmt lief sie ins Badezimmer, wo sie ihre Frisur mit einer Extradosis Haarspray fixierte und ihrem blassen Gesicht mit Bräunungspuder ein erholtes Aussehen verpasste. Niemand brauchte zu sehen, dass ihr Stresspegel heute besonders hoch lag. Bis zum letzten Moment hatte sie im Büro geackert, danach eingekauft, die Anzüge des Gatten von der Reinigung abgeholt, daheim ein veganes Chili sin carne im Thermomix zubereitet und die Hausaufgaben der Kinder durchgesehen. Der übliche Hindernisparcours. Ganz zu schweigen von den goldfunkelnden Bernsteinpünktchen, die immer noch vor ihren Augen tanzten. Nicht mal dran denken, Marie. Holger Christiansen ist tabu!

Als Nächstes musste sie ihren Mann vom Fernseher loseisen, was ein hartes Stück Arbeit werden würde. Alexander hielt Elternabende für eine weibliche Domäne, im Übrigen fand er sie komplett überflüssig. Gut möglich, dass ein gewisser Zusammenhang zwischen diesen beiden Einschätzungen bestand.

Marie entdeckte ihn im Schlafzimmer, wo er in einem ausgeleierten Jogginganzug auf dem Bett herumlümmelte. Wie hypnotisiert starrte er auf den Fernseher. Gegen Maries Protest hatte das Gerät das Schlafgemach erobert, wo es sich über dem stilvollen Elektrokamin breitmachte. Seitdem schaute Alexander vor dem Einschlafen Krimiserien, während Marie Ratgeber über das Geheimnis glücklicher Ehen las, in denen stand, wenigstens vor dem Schlafengehen sollten sich Paare ausgiebig unterhalten. Finde den Fehler.

Neuerdings zappte sich der werte Gatte durchs Vorabendprogramm. Und dann dieser Schlabberlook. Das edle Polsterbett mit der weinroten Samtbespannung schien ihn ebenso wenig zu interessieren wie der handgeknüpfte weinrote Teppich, die rötlich schimmernden Schränke aus Wurzelholz und die aparte Kakteensammlung auf dem Fensterbrett. Unausgepackt lag das funkelnagelneue weiße Polohemd auf seinem Nachtschrank.

»Alex. Schatz.« Marie schlug bewusst einen beiläufig unaufdringlichen Ton an, so stand es nämlich in ihren Ratgebern. »Du solltest dich allmählich für den Elternabend umziehen. Schau, ich habe dir die dunkelblaue Hose und das blau-weiß gestreifte Oberhemd rausgelegt.«

»Wieso, die anderen Eltern rüschen sich doch auch nicht übertrieben auf«, sagte er, ohne sie anzusehen. »Warum so förmlich?«

»Weil wir mit korrekter Kleidung unseren Autoritätsanspruch unterstreichen«, erwiderte sie ruhig. »Es hat mich Jahre gekostet, zu den tonangebenden Müttern in Robins Schule zu gehören, das sollten wir jetzt nicht mit Schluffiklamotten gefährden. Und wenn ich mir die Bemerkung erlauben darf: Auch hier zu Hause könntest du dich etwas adretter anziehen.«

Gleichgültig schaute Alexander an sich herab.

»Wieso, für dich und die Kinder reicht das doch wohl, oder?«

»Und da sage noch einer, die Romantik stirbt, nachdem man Ja gesagt hat«, lächelte Marie, obwohl sie dieses Lächeln einige Anstrengung kostete.

»Romantik?« Er blinzelte sie an. »Ich befürchte, die ist mausetot, weil du selbst die schönsten Momente mit deinem Perfektionismus zerstörst.«

»Wie kommst du denn darauf?«

»Na ja, ich mache es mir hier gerade gemütlich, aber dich stört mein Jogginganzug, weil er nicht deinen Vorstellungen eines adretten Ehemanns entspricht. Und weißt du noch, als wir das letzte Mal essen waren? Der Kellner war dir nicht höflich genug, das Risotto zu salzig, der Wein zu warm, schon war die Stimmung im Eimer.«

»Ich gebe mich halt nicht mit Mittelmaß zufrieden«, verteidigte sie sich. »Sei froh, dass ich gut auf alles achtgebe, übrigens auch auf dich und dein gesundheitliches Wohlergehen.«

Er lächelte schief. »Auch der Weg zur Hölle ist bekanntlich mit guten Vorsätzen gepflastert.«

Marie fand das ziemlich undankbar. Für seine Anfang vierzig sah Alexander noch recht passabel aus, allerdings war nicht zu übersehen, dass der Lack langsam abblätterte. Er naschte heimlich Gummibärchen und tendierte daher zum Zuckergesicht, was sich durch beginnende Tränensäcke und Stirnfalten ankündigte. Auch sein Teint, der trotz der Tennisstunden im Freien leicht fahl wirkte, zeugte von unkontrolliertem Zuckerkonsum.

Ein Satz aus ihrer Hochzeitsrede fiel ihr ein: »Ich habe nicht auf den perfekten Mann gewartet, ich habe den genommen, der da war, und werde ihn jetzt perfektionieren.« Alexanders Gesicht – unbezahlbar. Natürlich hatte Marie den Satz damals als Scherz gemeint und die Lacher auf ihrer Seite gehabt. Doch mittlerweile war voller Ernst daraus geworden. Das Projekt »Ich bastele mir den idealen Ehemann« hatte höchste Dringlichkeit, denn nach fünfzehn Jahren Ehe zeigten sich gewisse Ermüdungsbrüche.

Was Alexanders Gewicht betraf, hatte Marie bereits die Notbremse gezogen. Den kleinen Bauchansatz, den das XXL-Sweatshirt gnädig kaschierte, würde er mithilfe des neu angeschafften Rudergeräts wegtrainieren müssen. Bekanntlich erhöhte Bauchfett das Herzinfarktrisiko, und Alexanders recht beleibter Vater war an einem Herzleiden gestorben. So weit durfte es nicht kommen. Marie hatte ihrem Mann das Rudergerät zum letzten Hochzeitstag geschenkt, einstweilen verstaubte es in der Abstellkammer. Leider. Alexander ließ sich gehen, ein Zeichen seiner unfassbaren Antriebsschwäche, die auch sein Desinteresse an Hausarbeit und Familienpflichten erklärte. Er gehörte halt zu jener männlichen Spezies, die man am besten als aktiven Nichtstuer bezeichnete. Gern sagte er, sein größtes Talent bestehe darin, Dauerkuhlen in neue Sofas einzusitzen.

Maries Ansprüche waren keineswegs hoch. Sie wollte nur etwas mehr Lebendigkeit in ihrer Ehe, mehr intensive Momente, mehr emotionale Erlebnisse. Und nicht das Gefühl, sie veranstalte eine Art betreutes Wohnen für ihren Mann. Manchmal kam es ihr vor, als sei Alex nur noch ein Gast, der ihre Gastfreundschaft über Gebühr strapazierte.

Seit Jahren wünschte sie sich zum Beispiel einen gemeinsamen Tangokurs. Doch Alex erfand immer neue Ausflüchte, warum das gerade nicht passte. Kam es hart auf hart, schützte er einfach einen Kumpelsabend vor und ward nicht mehr gesehen. Dabei hatte Marie den Wunsch jüngst erneuert, weil ihr vierzigster Geburtstag unmittelbar bevorstand. Sie träumte davon, zu heißen Tangorhythmen in ihr neues Lebensjahrzehnt zu schweben. In Alexanders Armen. Aber vermutlich würden sie nur wieder mit einem Piccolo auf der Couch rumsitzen und darauf warten, dass es endlich Mitternacht wurde.

War es ungerecht, Alex mit Holger Christiansen zu vergleichen? Ja, war es. Dennoch konnte Marie nicht anders, als gedanklich *Holger* auf das Bett zu beamen, in der ganzen Herrlichkeit seiner sportlichen Erscheinung und seines energetischen Charismas. Wie kaum anders zu erwarten, fiel der Vergleich zu Alexanders Ungunsten aus.

»Was ist denn mit deinem Haar?«, fragte sie nicht mehr ganz so sanft, während sie unruhig auf und ab tigerte. »Hinter den

Ohren ist es viel zu lang. So sieht ein windiger Gebrauchtwagenhändler aus, aber doch kein Anwalt. Ich hatte dir extra für heute Mittag einen Friseurtermin gebucht – hast du den etwa versäumt?«

»Ja … nein … ach, was soll's«, brummte Alexander in sich hinein. »Bevor du hier Kornkreise in den Teppich läufst, solltest du wissen, dass dein Optimierungswahn langsam zum Tick wird. Dauernd schickst du mich zum Friseur, dauernd muss ich fürs berufliche Networking Tennis spielen, nun willst du mich auch noch in so einen Tangokurs schleppen. Das Programm der Kinder ist ähnlich vollgestopft. Und überall hängen Listen: am Kühlschrank, im Badezimmer, sogar im Klo hast du eine To-do-Liste an die Wand gepinnt!«

Ja, weil ich hier diejenige bin, die den ganzen Laden zusammenhält, dachte Marie. Wer sorgt denn dafür, dass immer Essen auf dem Tisch steht, dass die Kinder pünktlich mit Hausaufgaben und Pausenbrot zur Schule kommen und keiner seine Termine versäumt? Aber das durfte sie nicht sagen, weil es nach Vorwürfen geklungen hätte, und die waren in Eheratgebern verboten.

»Was ich für dich und unsere Kinder tue, kommt einem Job im mittleren Management gleich«, erinnerte sie Alexander an das Wesentliche. »Meine Liebe gibt's gratis obendrauf.«

»Irrtum, deine Liebe kostet mich eine Menge Nerven«, erwiderte er mit einem kleinen Lächeln. »Findest du es etwa normal, dass du täglich Buch über mein Gewicht führst? Sogar die Gummibärchen hast du mir verboten, dabei hat ein bisschen Beziehungsspeck noch keiner Ehe geschadet.«

So kamen sie nicht weiter. Kinder wurden erwachsen, Ehemänner blieben Kindsköpfe, und Erziehung beruhte bekanntlich auf geschickter Manipulation. Deshalb musste Marie es raffinierter angehen. Ihr Blick wanderte zum Fernseher, wo eine alberne Pannenshow lief. Auch so eine unsägliche Vorliebe von Alexander – er amüsierte sich über Pannen, während sie um Perfektion kämpfte. Marie schaute genauer hin. Gerade versuchten zwei ebenso betagte wie beleibte Camper im scheußlich bunten Freizeitdress, ein Zelt aufzubauen. Immer wieder brach das Zeltgestänge mit Getöse zusammen, untermalt von blechernem Konservenlachen.

»Alex.« Sie holte tief Luft. »Versprichst du mir, dass wir in zehn Jahren nicht genauso aussehen wie diese Typen?«

»Kein Problem«, grinste er, »das schaffe ich in drei Monaten.«

Langsam und kontrolliert ließ Marie die Luft aus ihren Lungen entweichen. Verflixt, er nahm das alles überhaupt nicht ernst. Stattdessen schien er sogar Spaß daran zu haben, die Elastizität ihres Geduldsfadens zu testen.

»Schatz, zieh dich jetzt bitte um. Du kannst es dir aussuchen: die blaue Hose oder gar keine. Ich hole schon mal den Wagen aus der Garage, in elf Minuten bist du unten, okay? Deine Anwesenheit beim Elternabend liegt mir wirklich sehr am Herzen. Betrachte es doch als kleinen Dank dafür, dass ich mich um alles andere kümmere.«

»Na klar«, gähnte Alexander. »Du bist die Oberkümmerin und das ultimative Maximum. In der Schule warst du immer die Jahrgangsbeste, dein Studium der Ökotrophologie hast du mit Auszeichnung abgeschlossen, im Job bist du top. Jetzt arbeitest du an deiner Bilderbuchfamilie, als wären wir auch nichts weiter als ein Vorzeigeprojekt.«

Damit traf er sie an einer verwundbaren Stelle. Ja, Marie wollte unbedingt eine Bilderbuchfamilie, aber nur deshalb, weil sie selbst keine gehabt hatte. Ihre Kindheit war ein einziges Chaos gewesen. Als älteste Tochter eines alkoholsüchtigen Vaters und einer überforderten Mutter, die regelmäßig mit Liebhabern durchbrannte, war es Maries Aufgabe gewesen, sich um alles zu kümmern. Unermüdlich hatte sie für ihre jüngeren Geschwister eingekauft, gekocht, geputzt, und noch immer schämte sie sich für die zerrütteten Verhältnisse, in denen sie groß geworden war. Deshalb wollte sie es besser machen als ihre Eltern. Nein, nicht nur besser, sondern wirklich perfekt.

Aus diesem Grund las sie auch so viele Ehe-, Familien- und Erziehungsratgeber. Früher hatte man geheiratet, Kinder in die Welt gesetzt und sich irgendwie durchgewurschtelt, basta. Heutzutage wusste man nur eins: Die Wahrscheinlichkeit, schwere Fehler zu begehen, war weit höher als die Chance, alles richtig zu machen. Auch die anderen Mütter brachten sich stets auf den neuesten Stand und verunsicherten Marie mit ihrem frisch angelesenen Wissen: Denk dran, Cashewnüsse vor dem Hockeytraining beugen Magnesiummangel vor. Ist dir bekannt, dass Videospiele die Ausprägung emotionaler Intelligenz verzögern? Wusstest du, dass Musik von Mozart die Bildung neuer Synapsen im Gehirn begünstigt? Es gab nichts, was es nicht gab, um den Nachwuchs sachgerecht ins Erwachsenenleben zu begleiten.

»Marie, ich weiß, du meinst es gut und willst nur, dass alles reibungslos läuft«, stimmte Alexander einen versöhnlicheren Ton an. »Aber in letzter Zeit wirkst du irgendwie übersteuert. Ehrlich, ich mache mir ein bisschen Sorgen um dich. Du jagst einer Perfektion hinterher, die vermutlich gar nicht existiert.«

»In meinem Universum schon«, erwiderte sie. »Perfektion ist der Schlüssel zur Zufriedenheit.«

»Woher hast du das denn? Aus einem Glückskeks?« Ein gutmütiges Lachen erschien auf Alexanders Gesicht. »Weißt du, ich finde, jeder sollte jemanden haben, bei dem er nicht perfekt sein muss. Auch du. Das ist übrigens meine Interpretation von Liebe.«

Nach diesen Worten drehte er den Ton des Fernsehers lauter. Soeben sauste ein Hobbyskifahrer in Unterhose von einem dick verschneiten Dach und legte eine Bruchlandung im Vorgarten hin.

Es muss dringend etwas geschehen, ging es Marie durch den Kopf, als sie das Schlafzimmer verließ. Sie musste Alexander irgendwie motivieren, mehr für sich und seine Familie zu tun, subtil natürlich, zur Not mit vollem Körpereinsatz. Seit Wochen, vielleicht auch Monaten hatten sie nicht mehr miteinander geschlafen, was womöglich seine Lethargie erklärte. Da Marie durch ihre Ratgeberlektüre ein wenig mit den Geheimnissen des Hirnstoffwechsels vertraut war, wusste sie, dass eheliche Freuden ein wahres Feuerwerk aus Bindungs- und Wohlfühlhormonen entzündeten. Sie brauchte nur noch einen guten Plan. Einen perfekten Sexplan, um genau zu sein. Aber jetzt stand erst mal der Elternabend auf der Agenda.

Im Laufschritt stieg sie die Treppe zum Erdgeschoss hinunter und durcheilte die unteren Räume, um Handtasche und Laptop zu holen, wobei sie befriedigt feststellte, dass alles tipptopp aussah. Seit drei Jahren wohnten sie in der schicken Doppelhaushälfte mit Vorgarten und überdachter Terrasse, für die sie sich bis über beide Ohren verschuldet hatten. Aber Marie war der Meinung gewesen, es müsse was Standesgemäßes sein, und hatte sich auch um die entsprechende Einrichtung gekümmert.

Das Wohnzimmer bestach durch ein lila Farbkonzept. Zwei

Couchen in sattem Aubergine mit je fünf exakt aufgereihten fliederfarbenen Kissen standen vor einem dekorativen Marmorkamin. Im Gegensatz zum Schlafzimmerkamin war er sogar echt, wurde aber nie benutzt, weil Marie befürchtete, es könnte Asche auf die hochflorige Auslegeware geraten. Den gläsernen Couchtisch schmückte eine lila Vase mit drei lila Tulpen, daneben standen fünf lila Kerzen, die Marie im Vorübergehen parallel zur Tischkante ausrichtete. Gut, vielleicht war ihre Vorstellung von Harmonie etwas überkandidelt, aber sie ertrug es nun mal nicht, wenn das Arrangement nicht hundertprozentig stimmig wirkte.

Das Esszimmer hatte ein Farbkonzept in zurückhaltendem Grau. Sogar die Bilder an den Wänden zeigten graue Nebellandschaften, weil nichts von der Nahrungsaufnahme ablenken sollte, und natürlich umstanden die Stühle genau symmetrisch den Tisch. Die Küche erstrahlte in klinischem Weiß. Sie war zweckmäßig eingerichtet, inklusive Thermomix fürs effiziente Kochen und eines Dampfgarers zur schonenden Zubereitung von frischem Gemüse.

Hach, die Küche. Sie war Maries Reich, schon von Berufs wegen. Dementsprechend hatte alles System, von der Anordnung der Lebensmittel im Kühlschrank bis zu der Art und Weise, wie man die Spülmaschine sachgerecht einräumte. In dieser Hinsicht war Marie besonders empfindlich. Niemand durfte an ihre heilige Spülmaschine, vor allem nicht ihre Schwiegermutter. Wenn Frau Hasemann Senior die Küche kaperte, musste man aufpassen wie ein Luchs, damit nicht alles grundfalsch in den Fächern landete.

Marie war sich durchaus bewusst, dass sie es vielleicht ein winziges bisschen übertrieb mit ihrem Ordnungssinn. Aber es war wie bei einer Sekte: War man erst mal drin, kam man nie wieder raus. Sie glaubte an Ordnung, sie liebte Ordnung, Ordnung machte sie glücklich. Deshalb gab es nichts Schöneres für sie, als selbige zu schaffen. Beispielsweise genoss sie den Anblick des Christbaumschmucks erst dann, wenn er Teilchen für Teilchen wieder in Noppenfolie verpackt war, damit die Kugeln und Sterne die nächsten elf Monate ohne Durcheinander überstanden.

Keine Frage, in diesem Haus herrschte Ordnung, das Resultat sorgfältigster Planung und unermüdlicher Aufräumaktionen. Es gab nur eine Ausnahme: Robins Zimmer. Marie hatte heute schon genug Stress gehabt, deshalb ersparte sie sich den Anblick seiner zugekramten Bude, in der Poster mit zwielichtigen Hip-Hop-Stars die Wände verhunzten und sämtliche Möbel unter achtlos hingeworfenen Klamotten versanken. Von einem Einrichtungskonzept konnte beim besten Willen nicht mehr die Rede sein. Und dann dieser Geruch, irgendwas zwischen Turnhallenmief und Raubtierkäfig. Eine Sightseeing-Tour durch die städtische Müllkippe wäre angenehmer gewesen.

Aber was sollte man auch von einem Vierzehnjährigen erwarten, der ein Leben in Großbuchstaben führte? LOL und YOLO kannte Marie noch so gerade. All die anderen Abkürzungen, mit denen Robin seine Handynachrichten spickte wie einen Sonntagsbraten, erschlossen sich ihr nicht, und irgendwann hatte sie es aufgegeben, all diese Dinge zu googeln.

O ja, Marie hatte längst die magische Grenze überschritten und checkte regelmäßig Robins Handy. Natürlich tat sie es. Als engagierte Mutter musste man halt erfinderisch sein. Die Passwörter von Computer und Handy hatte sie mithilfe des IT-Experten von FeelBetterFood herausbekommen, der sich ebenfalls mit einem Sohn im Teenageralter herumschlug und vollstes Verständnis für derartige Spionageaktionen aufbrachte. Aber im Grunde war es weniger Spionage als mütterliche Fürsorge. Am liebsten hätte Marie auch ihre Kinder in Luftpolsterfolie eingewickelt, damit ihnen nichts, aber auch gar nichts Böses passieren konnte.

Sie holte gerade eine große braune Pappschachtel mit ihren selbst gebackenen Muffins aus dem Kühlschrank, als die Türklingel schrillte. Sicher war das Tamara, die Babysitterin. Wie ein Blick zur Uhr verriet, kam sie sieben Minuten und zehn Sekunden zu spät. Wofür gab sich Marie eigentlich so viel Mühe mit ihrem ausgeklügelten Zeitmanagement?

Nachdem sie die Muffins auf dem Küchentisch deponiert hatte, lief sie in den Flur, nur um festzustellen, dass Robin ihr bereits zuvorgekommen war und Tamara die Tür öffnete. Wie stets in letzter Zeit trug ihr Herr Sohn ausgebeulte Jeans, die er einem Schulfreund abgeluchst hatte, dazu einen verwaschenen Hoodie, den Marie schon seit Monaten aussortieren wollte. Ein schauriger Anblick.

Überhaupt störte sie Robins schlampige Erscheinung. Strähnig hing ihm das dunkle Haar in die Stirn, denn die Zeiten, als sie ihm noch den Pony mit der Nagelschere schneiden durfte, waren lang vorbei. Außerdem erzählte die schlaffe Körperhaltung von seiner Lieblingsbeschäftigung: abhängen. Eine Todsünde in Maries Welt. Beim Chillen kann man förmlich sehen, wie sich die Doofheit vors Gehirn schiebt, sagte sie oft. Deshalb hatte sie Robin nicht nur Nachhilfestunden aufgebrummt, sondern seinen Terminplan auch mit Hockeytraining, Schachclub und einem Lesezirkel für zeitgenössische Literatur aufgepeppt. Was noch fehlte, war der Benimmkurs, gegen den er sich bislang mit Händen und Füßen sträubte.

Tamara hingegen befand sich in einem Zustand, den man wohl nur als Experimentierphase bezeichnen konnte. Ihr langes Haar war tiefschwarz gefärbt, der Mund knallrot geschminkt, ihre schlanke Figur betonte sie mit einem bauchfreien neongelben Top zu einem knappen schwarzen Kunstlederrock. Nun ja, nicht aus jeder Raupe wurde ein Schmetterling. Was jedoch Maries Argwohn weckte: Robin und Tamara schienen sie gar nicht zu bemerken. Verschwörerisch flüsterten die beiden Teenager miteinander und kicherten in einem fort. Was war hier los? Bahnte sich da etwas Ungebührliches an?

Innerlich strich Marie das junge Mädchen augenblicklich von ihrer Babysitterliste. Robin und Lilli mochten Tamara, deshalb hatte sie bisher ein Auge zugedrückt. Schluss damit. Eine Siebzehnjährige, die so kurze Röcke trug, war ohnehin kein geeigneter Umgang für ihre Kinder, das Bonbonpapier in Lillis Zimmer sprach Bände, und wenn dieses aufgedonnerte Wesen jetzt auch noch Robin den Kopf verdrehte, war das Maß voll.

»Hallo Tamara.« Sie rang sich ein Lächeln ab, danach wandte sie sich an ihren Sohn. »Hallo Liebling.«

Robin reagierte darauf, indem er sich die Earphones seines Handys in die Ohrmuscheln steckte. Aber man musste es behutsam angehen, das stand nun wirklich in jedem Pubertätsratgeber. Vor allem musste sie die beiden Teenager umgehend voneinander trennen.

»Tamara?« Sie lächelte zuckersüß. »Sehen Sie bitte mal nach Lilli? Und Robin, hättest du vielleicht die Freundlichkeit, dein Zimmer aufzuräumen?«

»Wenn du mir einen Benzinkanister und Streichhölzer gibst, kein Problem«, grinste er.

Marie überging diese kleine Frechheit. Seit ihre Assistentin vom Anruf aus Robins Schule berichtet hatte, rumorte ein ganz anderes Thema in ihr.

»Papa und ich fahren gleich zum Elternabend. Gibt es irgendetwas, das ich wissen sollte?«

Er verzog den Mund, dann rülpste er »Hänschen klein«, Ton für Ton, um sich anschließend wieder seinem Handy zu widmen.

»Robin!« Maries Stimme nahm ungewollt einen scharfen Ton an. »Könntest du mir bitte deine ungeteilte Aufmerksamkeit schenken?«

»Frag doch den Weihnachtsmann, ob er dir ein Pony schenkt.«

So ein halb gares Wesen war schwer zu ertragen. Doch Maries Pubertätsratgeber empfahlen, niemals, wirklich niemals aus der Haut zu fahren. Man musste es quasi mikroinvasiv angehen.

»Würdest du bitte kurz dein Handy mit der Realität vertauschen?«, versuchte sie es aufs Neue. »Ich habe Verständnis für vieles, doch ich möchte heute Abend nicht wieder von einer angezündeten Mülltonne überrascht werden. Der Hausmeister hat mir sogar ein Foto davon geschickt.«

»Wow, du hast eine Mülltonne abgefackelt?« In Tamaras schwarz umränderten Kajal-Augen loderte ehrliche Bewunderung auf. »Finde ich ja abgefahren.«

Nie, nie wieder würde dieses Mädchen einen Fuß über die Schwelle setzen. Aber äußerlich blieb Marie gefasst, wofür sie sich insgeheim beglückwünschte. Warum hatte sie eigentlich keine diplomatische Laufbahn eingeschlagen? Eine Karriere als

Friedensstifterin in den brisantesten Konfliktgebieten der Welt wäre ihr sicher gewesen.

»Robin, Liebling«, flötete sie, »das war keine so gute Idee mit der Mülltonne, glaub mir.«

»Ach, Mum, bestimmt hast du doch früher auch mal Blödsinn angestellt, als du jung warst. Dein Glück, dass es damals noch keine Handyfotos gab.«

»Also, ich weiß manchmal gar nicht, was du eigentlich in der Schule machst.«

»Ich auch nicht, ich geh da einfach hin.«

»Bitte räum jetzt dein Zimmer auf und übe danach für die Mathearbeit«, ordnete Marie mit sanftem Nachdruck an. »Binomische Formeln, lineare Funktionen, Analyse von Termen.«

Missmutig vergrub Robin die Hände in den Hosentaschen.

»Wieso? Das Zeug hab ich doch längst drauf. Ohne Scheiß.«

»Ich tu mal so, als hätte ich den Ausdruck nicht gehört.« Marie musste mittlerweile schwer an sich halten, um nicht das Bild der stets souveränen, stets verständnisvollen Mutter zu atomisieren. »Morgen frage ich dich vor dem Frühstück ab. Du wirst übrigens in anständigen Klamotten erscheinen, und falls nötig, kämme ich dir die Haare persönlich.«

Robin wechselte einen Blick mit Tamara, die feixend neben ihm stand.

»Mama hat keine Gegner, nur Opfer«, flüsterte er gerade laut genug, dass Marie es hören konnte. »Sie muss immer die Mutter des Jahres spielen.«

Ich spiele sie nicht, ich versuche, es zu werden, wollte Marie gerade antworten, als Alexander aus dem Schlafzimmer geschlurft kam und abrupt stehen blieb.

»Oh, hallo Tamara. Gut sehen Sie aus.«

Erfreut zuppelte das junge Mädchen an ihrem viel zu kurzen Rock herum und formte die viel zu roten Lippen zu einem koketten Schmollmund.

»Danke, hab mir auch Mühe gegeben mit meinem Style. Kurz vor Tussi links abgebogen, würde ich sagen, man will ja nicht billig rüberkommen.«

»Nein, nein, das ist wirklich hübsch«, beteuerte Alexander.

Marie warf ihrem Mann einen verständnislosen Blick zu. Das nannte er *hübsch*? Dieses geschmacksbefreite junge Ding? Sie stutzte. Moment mal, das entscheidende Stichwort lautete hier vermutlich *jung*. Prompt dachte Marie an ihr alterndes Double im Badezimmerspiegel, das ohne gewisse Make-up-Schummeleien nicht mehr vorzeigbar war. Es fehlte der jugendliche Schmelz. Man sah ihr zwar nicht an, dass sie in wenigen Tagen vierzig werden würde, doch neben Tamara fühlte sie sich wie hundert. Ob sie es mal mit Botox probieren sollte? Ja, gute Idee. Ein gepflegtes Aussehen gehörte bekanntlich zu den wesentlichen Faktoren funktionierender Ehen. Alexander sollte stolz auf sie sein.

»Wollen wir los?«, fragte er. »Oder gibt es hier noch was zu klären?«

»Robin neigt dazu, seine Pflichten zu versäumen«, stellte Marie fest. »In der letzten Mathearbeit hatte er nur eine Zwei.«

»Wieso, eine Zwei ist doch super«, warf Alexander ein.

Nein, ist es keineswegs, weil es nämlich keine Eins ist, dachte Marie, was sie aber für sich behielt, um die Situation bloß nicht eskalieren zu lassen. »Wie du meinst. In jedem Fall muss er noch üben.«

»Fahren Sie ruhig los, Frau Hasemann«, meldete sich Tamara zu Wort. »Ich kümmere mich um alles.«

Für Marie klang das in etwa so aufrichtig wie die Verabschiedung lästiger Schwiegereltern.

»Nur damit wir uns richtig verstehen«, erklärte sie in aller ihr zur Verfügung stehenden Beherrschtheit. »Spätestens um neun ist Zapfenstreich. Keine Bonbons, kein Fernseher, kein Computer. Und kommen Sie bitte nicht auf die Idee, mit Chips auf unseren Couchen rumzukrümeln.«

»A-men«, rülpste Robin.

Kapitel 3

Seit fünfeinhalb Minuten wartete Marie im Wagen. Wo blieb Alex denn nur? Angeblich hatte er sein Handy in der Wohnung vergessen, weshalb er noch einmal zurückgegangen war. Männer. Kein Sinn für Timing, kein Feeling für Gefühle. Mit der gleichen unglaublichen Bummeligkeit hatte er früher manchmal Lilli vom Kindergarten abgeholt. Und sich dann gewundert, dass seine Tochter weinte, weil sie mal wieder die Letzte war, die in Anwesenheit augenrollender Erzieherinnen auf den Papa wartete.

Ungeduldig trommelten Maries Finger auf das Armaturenbrett ein. Hatte er das Handy wirklich vergessen? Oder trödelte er absichtlich herum? Was war überhaupt mit ihrer Familie los? Alex machte schon lange, was er wollte, Robin brachte ein Problem nach dem anderen mit nach Hause, und nun wurde auch noch Lilli aufmüpfig. Marie verstand es einfach nicht. Nur eines stand fest: Ohne sie würde alles zusammenbrechen. Sie allein war der Fels in der Brandung und die ordnende Hand, die Familie Hasemann vor dem Absturz ins völlige Chaos bewahrte.

Als Alexander nach einer halben Ewigkeit im Hauseingang auftauchte, hupte sie zweimal, um ihm ein bisschen Dampf zu machen. Das Ergebnis war gleich null. Gemächlich näherte er sich dem Wagen, öffnete die Beifahrertür und plumpste wie ein Stein auf den Sitz. Schon seit Jahren überließ er Marie das Steuer, wenn sie gemeinsam unterwegs waren, weil man es ihr beim Autofahren angeblich nie recht machen konnte. Außerdem mochte er den praktischen Kombi nicht, den Marie als perfekten Familienwagen ausgesucht hatte: solide gebaut, zehnfach verstellbare Sitze, großer Kofferraum, praktische Farbgebung in Dunkelbraun. Als notorisch kindliches Gemüt träumte Alex von schnittigen Sportwagen.

»So, Schatz, da bin ich«, strahlte er, als sei sein Erscheinen so etwas wie ein verfrühtes Geburtstagsgeschenk. »Ist was? Du siehst irgendwie angesäuert aus.«

»Ich? Woher denn?« Marie ließ den Motor an, legte einen Kavalierstart hin und bog mit quietschenden Reifen von der Auffahrt in die Straße ein. Für den weichgespülten Ratgebertonfall fehlte ihr mittlerweile die Energie. »Mann, Mann, bis du mal aus den Puschen kommst, ist der Südpol eisfrei.«

»Schlecht drauf?«, erkundigte er sich erstaunt. »Oder bist du nervös?«

Sie warf ihm einen Seitenblick zu.

»Nervös war ich bei unserem ersten Date. Hier geht es um Robins Zukunft.«

»Das sagst du bei jedem Elternabend.«

»Aber heute müssen wir unbedingt die Klassenfahrt nach Amsterdam verhindern«, sagte Marie, während sie mit aufheulendem Motor eine gelbe Ampel überfuhr. »Robin darf man momentan nicht aus den Augen lassen. Denk nur an die angezündete Mülltonne. Und eben im Flur hat er sich auch nicht gerade gentlemanlike benommen.«

Alexander sah von seinem Handy auf, das er gezückt hatte, um eines seiner Videogames zu spielen.

»Glaub mir, Vierzehnjährige sind vieles: stinkig, muffig, aggro, aber ganz bestimmt nicht *gentlemanlike.* Offenbar hast du vergessen, wie es ist, ein unreifer, mies gelaunter Teenager zu sein.«

»Ich war nie ein unreifer, mies gelaunter Teenager«, presste Marie hervor.

»Klar. Du warst immer schon perfekt.«

»Nein, ich war immer schon bereit, an mir zu arbeiten.« Hupend überholte sie einen Radfahrer, der eiernd auf den Bürgersteig auswich. »Heute hat Frau Behrmann-Röckel versucht, mich im Büro zu erreichen, Robins Klassenlehrerin. Irgendwas stimmt da schon wieder nicht.«

»Die Behrmann-Dingenskirchen hat mich sogar auf dem Handy angerufen«, erzählte Alexander so beiläufig, als rede er übers Wetter.

»Und?«

»Ich bin nicht rangegangen.«

»Toll. Das hast du ja super erledigt.«

Marie ging die Düse. Immer blieb alles an ihr hängen, so wie damals, als sie die volle Verantwortung für ihre verkrachte Familie übernehmen musste. Verstimmt starrte sie geradeaus durch die Windschutzscheibe. Bäume, Häuser, Vorgärten flogen vorbei, ohne dass sie es wirklich wahrnahm.

»Sei bitte etwas nachsichtiger mit Robin«, sagte Alexander in das Schweigen hinein. »Der Junge wird sich schon irgendwann wieder einkriegen.«

Sagt wer?, dachte Marie gereizt. Der Erziehungsexperte, der sich Pannenshows reinzieht, statt mit seinem Sohn Mathe zu üben? Und der so lange rumgetrödelt hat, dass wir jetzt viel zu spät kommen?

»Schatz, nimm die Sache mit der Mülltonne bitte nicht auf die leichte Schulter«, erwiderte sie. »Vielleicht kommt das heute beim Elternabend zur Sprache, und schon deshalb wäre es mir lieber gewesen, pünktlich zu sein.«

Alexander lehnte sich im Sitz zurück und sah auf seine Armbanduhr.

»Zehn Minuten Verspätung sind doch gar nichts. Auf diese Weise schenken wir uns den Mutti-Smalltalk, bevor es richtig losgeht. Außerdem – wer ist denn heute auf den letzten Drücker nach Hause gekommen?«

»Du kannst dir gar nicht vorstellen, was im Job los war«, seufzte Marie. »Na ja, wer nicht fragt, kriegt auch keine Antwort.«

Im selben Augenblick merkte sie, wie sich ihr Magen zusammenkrampfte. Sie wollte eine perfekte Ehe führen und die perfekte Mutter sein, kein keifender Hausdrachen. Doch alle ihre schlauen Ratgeber nützten nichts, wenn der Gatte nicht mitspielte.

»Dann eben noch mal alles auf Anfang.« Stöhnend legte Alexander eine Hand auf ihre rechte Schulter. »Wie war's bei der Arbeit, Schatz?«

Marie wusste gar nicht, was sie mehr auf die Palme brachte: Alexanders halbherzig runtergeleierte Frage oder die Erinnerung daran, dass ein sehr, sehr attraktiver Mann sie heute ebenfalls an der Schulter berührt hatte, allerdings mit echter Anteilnahme statt geheucheltem Interesse.

»Gegenfrage: Wie war es, eine ruhige Kugel zu schieben, mit drei Sekretärinnen, die dir auf Knien Kaffee kochen und den ganzen Papierkram für dich erledigen? Oder was sagst du als Unbeteiligter zum Thema Multitasking?«

Alexander zog seine Hand so schnell zurück, als hätte er sich verbrannt.

»Manchmal ist es wirklich schwer, Mitleid mit dir zu haben.«

»Ich will kein Mitleid.« Kopfschüttelnd fädelte sich Marie in den Verkehr der vierspurigen Schnellstraße ein und gab zügig Gas. »Nur Respekt.«

Warum konnte er nicht einmal anerkennen, was sie täglich leistete? Oder wenigstens ein winziges Dankeschön über die Lippen bringen?

»Respekt ist aber eine Straße mit Gegenverkehr«, merkte Alexander an.

Wie feinsinnig. Ausnahmsweise geht es hier mal nicht um dich, hätte Marie antworten können. Doch momentan war Robin das Hauptproblem, also schluckte sie ihren Frust hinunter.

»Reden wir lieber über die Klassenfahrt«, knüpfte sie an das vorherige Thema an. »In Amsterdam lauern jede Menge Gefahren, wie sie Großstädte nun mal mit sich bringen. Ich werde eine Wanderreise in die Alpen durchsetzen.«

»Und wie willst du das schaffen?«, fragte Alexander skeptisch. »Soweit ich weiß, sind alle anderen Eltern für Amsterdam gewesen.«

»Vergiss nicht, ich habe mir die Position einer Meinungsführerin erarbeitet. Man wird schon auf mich hören.«

Sie trat hart auf die Bremse, nahm die Ausfahrt, die zur Schule führte, und absolvierte die letzten Kilometer in deutlich überhöhter Geschwindigkeit. Marie kam nur höchst ungern zu spät. Wer an der Spitze der Meinungspyramide stehen wollte, musste als Erster am Start sein. Das hatte sie heute zwar vergeigt, aber gerade deshalb zählte jetzt jede Sekunde.

Auf dem Schulparkplatz standen bereits einige Wagen. Nachdem Marie eingeparkt hatte, stieg sie in Windeseile aus und lief zum Kofferraum, um die Schachtel mit den Muffins herauszuholen.

»Also, du weißt, worum es heute geht!«, rief sie ihrem Mann zu, der sich in Zeitlupe aus seinem Sitz schraubte. »Meine Rhabarber-Muffins werden ein Übriges tun, Eltern und Klassenlehrerin zu überzeugen, dass die Amsterdamreise abgesagt werden muss.«

Geruhsam trottete Alexander zum Heck des Wagens, wo er mit hängenden Schultern stehen blieb.

»Marie, das sind alles intelligente Menschen. Die kannst du nicht einfach überrollen.«

»Nein, nur einzelne Menschen sind intelligent«, widersprach sie lächelnd, während sie schwungvoll die Heckklappe zuschmiss. »Gruppen brauchen einen Leitwolf. Eine Leitwölfin. Mich. Ich habe diese Elternschaft in jahrelanger Aufbauarbeit geformt, Alex. Sie ist sozusagen mein Sozialkunstwerk.«

»Was kommt als Nächstes?«, lachte er. »Bürgermeisterin? Kanzlerin? Oder übernimmst du gleich die Weltherrschaft?«

Und immer schön fröhlich bleiben, dachte Marie. Gleich müssen wir als starkes Team auftreten, da können wir uns keine Zwistigkeiten leisten.

»Hilfst du mir bitte mit den Muffins?«, bat sie ihn mit ihrem besten Deine-kleine-Frau-braucht-dich-Augenaufschlag. »Aber Vorsicht, ganz gerade halten, die Toppings aus Kokoscreme dürfen nicht verrutschen.«

Schicksalsergeben nahm Alexander die Schachtel in Empfang, was Marie Gelegenheit gab, ihre Puderdose aus der Handtasche zu holen. Ein Griff genügte. Andere Frauen hatten Handtaschen, deren Innenleben einem verkramten Tante-Emma-Laden glich, bei ihr war alles übersichtlich angeordnet. Eilig klappte sie die Spiegeldose auf.

»Wie sehe ich aus?«

»So wie immer«, antwortete Alex mit ausdrucksloser Miene.

»Das ist nicht wirklich ein Kompliment.«

»Das ist sogar ein großes Kompliment in deiner Welt.« Er betrachtete sie von oben bis unten. »Die Frisur sitzt wie mit dem Lineal gezogen, der Lippenstift haftet wie Sekundenkleber, dein Hosenanzug hat nicht die kleinste Falte.«

Über den Rand des Puderdosenspiegels hinweg warf Marie ihm einen zittrigen Blick zu.

»Lustig, wie du den Satz ›Meine Frau sieht perfekt aus‹ formulierst.«

»Es ist nur ein Elternabend, Marie, kein Opernball.« Alexander zwinkerte ihr aufmunternd zu. »Bleib einfach locker.«

»Keine Sorge, locker kann ich locker«, behauptete sie. »Und jetzt schnell, die haben da drinnen bestimmt schon angefangen.«

Eilig warf sie die Puderdose zurück in die Handtasche, nahm ihren Laptop und hastete zum Schulgebäude. Schon an den parkenden Wagen erkannte sie, wer bereits da war. Jana, Inge-Gundula und Mette zum Beispiel, auf die sie sich hundertprozentig verlassen konnte, wenn es um kontroverse Themen ging. Was also sollte schon groß passieren? Bisher hatte sie sich noch immer mit ihren Vorschlägen durchgesetzt. Ob neue Kleiderregeln – keine bauchfreien T-Shirts – oder härtere Kontrollen auf dem Schulhof – jeder Tabakkrümel wurde mit Nachsitzen geahndet, Drogen mit Schulverweis –, stets folgte man ihrem Rat. Die Amsterdamreise war damit so gut wie beerdigt.

Außer Atem erreichte sie den modernen Klinkerbau, der den Charme einer Zementfabrik verströmte, aber einen sauberen und gepflegten Eindruck vermittelte. Marie hatte Robins Schule mit Bedacht ausgewählt. Sie lag in einer gutbürgerlichen Gegend, wo man auf gleichgesinnte Eltern zählen konnte. Eltern, die genauso auf das Wohl ihrer Kinder achteten wie Marie. Mit klackernden Absätzen stöckelte sie die gebohnerten Flure entlang, ihren deutlich langsameren Ehemann im Schlepptau, bis sie endlich den Klassenraum erreichte. So, Marie Hasemann, sprach sie sich Mut zu, auf in den Kampf!

Als sie die Tür öffnete, blieb sie wie angewurzelt stehen. Was war hier denn los? Etwa zwanzig Erwachsene scharten sich um eine Frau, die Marie noch nie gesehen hatte. Die Unbekannte trug ein bunt geblümtes Hippiekleid unter einer hellen Kunstfellweste, dazu unzählige klappernde Armreifen und abgewetzte cognacbraune Cowboystiefel. Ihre unordentlichen dunklen Locken erinnerten an einen ausgewilderten Königspudel, ihre Augenbrauenpiercings an die Metallabteilung eines Baumarkts. Alle Eltern hingen gebannt an ihren Lippen.

»Kinder sind nur Gäste, die nach dem Weg fragen, hat Maria Montessori gesagt«, verkündete sie salbungsvoll wie eine Beerdigungsrednerin. »Die Aufgabe der Schule ist es daher, unsere Kinder nicht zu dressieren, sondern sie in ihrer Entwicklung zu unterstützen. Freiheit ist ungeheuer wichtig, Leute. Sich ausprobieren. Was Neues erleben. Eine Klassenfahrt nach Amsterdam ist eine Supergelegenheit für unsere Kids, ihre Grenzen auszutesten.«

Marie schnappte nach Luft. Diese schaumgebremste Hippietante hatte ja wohl nicht alle Gurken im Glas. Freiheit? Sich ausprobieren? Ging's noch unverantwortlicher? Staunend registrierte sie, dass diese Ansichten auf offene Ohren stießen. Alle nickten, sogar die Lehrerin, Frau Behrmann-Röckel, hörte gar nicht mehr auf, begeistert zu lächeln.

Wer auch immer die Traumtänzerin im Blümchenkleid sein mochte, sie wirkte wie ein Brandbeschleuniger auf Maries hochentzündliches Nervenkostüm. Panik stieg in ihr hoch. Denn mindestens so irritierend wie die Zustimmung für diesen gequirlten Quark war die Tatsache, dass die unbekannte Frau Kuchenstücke einer schnöden Backmischung verteilte. Wer in aller Welt fabrizierte denn noch Donauwellen? Viel zu viel Zucker, viel zu viel Gluten, viel zu viel künstliche Aromen. Donauwellen waren so was von Neunziger. Ein Festival der leeren Kalorien. Und ein Sakrileg. Schließlich gebührte Marie und nur Marie die allseits anerkannte Position der Top-Kuchenbäckerin.

»Hallo Frau Hasemann, schauen Sie mal, was wir hier Leckeres haben!«, wurde sie nun auch noch von der Lehrerin begrüßt. »Ist das nicht gigantisch?«

»Ein großes Wort für das, was ich hier vorfinde«, murmelte Marie gekränkt.

Die Hippiefrau hatte sogar die Stirn, ihr das billige Industrieprodukt anzubieten.

»Möchten Sie auch ein Stück?«

»Ich, also wirklich …«, widerwillig betrachtete Marie die speckig glänzende Schokoladenglasur, »ich weiß gar nicht, was ich dazu sagen soll.«

»Ein Dankeschön reicht vollkommen aus«, strahlte ihre frischgebackene Rivalin.

»Greifen Sie zu, schmeckt echt himmlisch«, schwärmte Frau Behrmann-Röckel.

Aber man musste die Lehrerin ja nur ansehen, um zu wissen, wen man vor sich hatte. Über der flusigen Strickjacke lächelte Marie ein Glutengesicht entgegen, wie sie an den Pigmentflecken und den leicht aufgedunsenen Wangen erkannte. Trotzdem. Wie konnte Frau Behrmann-Röckel Maries jahrelanges Engagement für gesundheitsbewusste Ernährung außer Acht lassen? Kein Schulbasar, für den sie nicht tagelang Vollwertiges gebrutzelt und gebacken hätte, kein Elternabend ohne ihr veganes Fingerfood oder zuckerfreie Cupcakes. Und das alles war jetzt vergessen, weil ein Neuzugang schlappes Industriefood anschleppte?

Irgendwie wurde Marie das Gefühl nicht los, dass dies ein ganz, ganz schlechtes Omen für den weiteren Verlauf des Elternabends sein könnte. Bislang hatte sie es stets geschafft, Frau Behrmann-Röckel auf Kurs zu bringen. Damit das auch so blieb, musste sie sofort gegensteuern.

»Do-nau-wel-len«, summte sie in Richtung der Hippiefrau. »Das mag dem einen oder anderen schmecken, aber wissen Sie denn auch, wie viel Zucker darin steckt? So was erzeugt einen glykämischen Vollrausch und bringt den Stoffwechsel zum Absturz.«

»Wieso, ich habe kein Problem mit Zucker«, entgegnete die Unbekannte fröhlich. »Nur ohne.«

Das bedeutete Krieg. Marie spürte, wie sich die Härchen in ihrem Nacken senkrecht stellten. Den Herzschlag einer Ewigkeit lang überlegte sie, wie sie auf diese Abfuhr reagieren sollte. Im Mütter-Universum war Kuchenkompetenz ein unverzichtbares Statussymbol. Wer auf diesem Terrain erfolgreich war, genoss auch bei anderen Themen höchste Autorität. Marie musste den Kuchenkrieg gewinnen, sonst würde sie hier nie wieder ein Bein auf den Boden bekommen. Geistesgegenwärtig entriss sie Alexander die Schachtel mit den Muffins und hielt sie der Donauwellenfrau direkt vor die Nase.

»Es ist nie zu spät, sich von schädlichen Ernährungsgewohnheiten zu lösen«, flötete sie mit gusseiserner Freundlichkeit. »Bitte sehr, das sind glutenfreie, zuckerfreie Rhabarber-Muffins mit dem natürlichen Süßungsmittel Stevia sowie einem laktosefreien Topping aus Kokoscreme. So isst man nämlich heutzutage, Frau ...?«

»Babette von der Heide«, stellte sich das Wesen vom anderen Stern vor. »Sie können aber auch einfach Babette sagen.«

»Marie Hasemann. Ich hoffe, Sie mögen Rhabarber.«

»Kein normaler Mensch mag Rhabarber«, gluckste jemand.

Marie fuhr herum. Wer war das? Und was war hier eigentlich los? Im Laufe der Jahre hatte Marie alle erdenklichen Fraktionen auf ihre Seite gezogen. Die Hockeymütter. Die Bastelmütter. Die Karrieremütter, die wie sie Businessklamotten trugen. Sogar die verträumten Vollzeitmütter in selbst gestrickten Pullovern, die auch abends Windeln und Babykekse in riesigen Stoffbeuteln mit sich herumschleppten. Wer also wagte es, gegen ihre Rhabarber-Muffins zu stänkern?

»Von Stevia habe ich noch nie gehört«, sagte Babette von der Heide arglos. »Klingt irgendwie – faszinierend.«

Haha. Mit mühsam unterdrücktem Ärger hielt Marie ihr die Schachtel hin.

»Bitte sehr. Greifen Sie zu.«

Es wurde mucksmäuschenstill im Raum. Alle beobachteten gespannt, wie die Neue ein Muffin nahm, hineinbiss und langsam, sehr langsam darauf herumkaute.

»Schmeckt ein bisschen wie nasser Hund an Gewürzgurke«, lachte sie dann so unbefangen, als hätte sie nicht gerade ein Highend-Trendprodukt probiert. »Okay, die Dinger sind ganz interessant, aber ich bleibe lieber bei meinen Donauwellen. Bin halt altmodisch, deshalb mag ich auch keinen veganen Cappuccino. Den trinke ich immer noch mit Fleisch.«

Die anderen fielen in ihr Lachen ein, was einem unverzeihlichen Affront gleichkam. Nur mit größter Anstrengung schaffte es Marie, ihren Gesichtsausdruck so weit zu kontrollieren, dass es nicht aussah, als säße sie in einem abstürzenden Flugzeug.

»Babette ist neu in der Stadt«, erzählte die Klassenlehrerin mit leuchtenden Augen. »Sie und ihr Sohn Marvin-Blue sind ein echter Gewinn für unsere Schule!«

Marvin-Blue, zum Piepen. Was kam als Nächstes? Lennox-Lila? Leicht entnervt sank Marie auf einen freien Stuhl direkt vor dem Lehrertisch. Von dort aus nahm sie die Frau näher in Augenschein, die sich erfrechte, ihr den Sonderstatus als Leitwölfin streitig zu machen. Locker hingegossen hing Babette von der Heide auf ihrem Stuhl und zog trotz ihres leichten Übergewichts nicht mal den Bauch ein. Bei ihrem Gesicht mit den albernen Augenbrauenpiercings war Marie unschlüssig. Glutengesicht? Weingesicht? Zuckergesicht?

Wenn diese Babette doch wenigstens hochmütig und herablassend gewesen wäre. Doch sie wirkte unerträglich tiefenentspannt und freundlich. Alle Herzen flogen ihr zu.

»Es gibt gute Nachrichten, Frau Hasemann«, sagte die Lehrerin. »Ihr Robin hat sich schon mit Marvin-Blue angefreundet. Die beiden Jungs verstehen sich prima.«

Das durfte ja wohl nicht wahr sein. Bisher war Johannes von

Wangenheim Robins bester Freund gewesen, Arztsohn, Einserschüler, untadelige Manieren. Ein bester Freund nach Maries Geschmack. Und auf einmal fiel es ihr wie Schuppen von den Augen: Klar, es lag am Sohn dieser schrecklichen Laissez faire-Mutter, dass Robin in letzter Zeit absolut unausstehlich geworden war. Babette von der Donauwelle brachte alles durcheinander mit ihrer missratenen Brut!

Was wohl gerade zu Hause vor sich ging? Rasch checkte Marie die Videobilder des Spionageteddys auf ihrem Handy und atmete auf. Wenigstens daheim schien alles unfallfrei zu laufen. Gemütlich hingefläzt saß Tamara auf Lillis Bett und las der Kleinen etwas vor. Zu dumm nur, dass es in Robins Zimmer keine Überwachungskamera gab.

»Ich glaube, wir waren eigentlich noch bei der Ideensammlung fürs Schulfest am kommenden Samstag stehen geblieben«, übernahm Frau Behrmann-Röckel die Moderation, nachdem Ruhe im Raum eingekehrt war. »Die Stände mit Kuchen, Salaten und Getränken hatten wir ja schon beim letzten Elternabend besprochen. Gibt es noch weitere Anregungen fürs Programm?«

O ja. Marie klappte ihren Laptop auf. Bevor sie jedoch mit ihren wohldurchdachten Vorschlägen loslegen konnte, ergriff Babette von der Heide das Wort.

»Hey, gestern Abend war ich in einem Club, wo ein super DJ auflegt. DJ Batman wäre total cool für die Schulparty, da könnten unsere Kinder mal so richtig abhotten.«

Was war das denn für ein Mumpitz? Marie bog ihren Rücken durch.

»Erstens ist das keine Party, sondern ein Schulfest«, sagte sie mühsam beherrscht. »Zweitens waren wir uns doch qua Mehrheitsbeschluss des letzten Elternabends einig, dass die Schüler im Rahmen eines Wettbewerbs ihre Unterrichtsprojekte präsentieren. Der Gewinner erhält dann einen Buchgutschein.«

Stille. Offenbar wagte niemand, Partei zu ergreifen. Babette genoss zwar unübersehbar viele Sympathien, aber Marie galt als ungekrönte Queen der Schule, da sie neben ihrer Funktion als Elternsprecherin auch dem Arbeitskreis Digitales Lernen und dem Anti-Mobbing-Ausschuss vorsaß. Sie war eine Instanz, was sie nicht zuletzt ihrer unerreichten Perfektion in organisatorischen Belangen verdankte.

»Ich denke, man sollte das alles nicht so leistungsbetont sehen«, entgegnete Babette von der Heide mit einem milden Lächeln. »Wir wollen unseren Kindern doch nicht schon vor der Pubertät das Leben stehlen, oder? Heutzutage stehen die Kids unter hohem Leistungsdruck, da haben sie sich ein bisschen Chillen verdient.«

Die meisten Anwesenden nickten. Aber Marie ließ sich nicht abfertigen wie ein kleines Schulmädchen, das den Turnbeutel vergessen hatte. Schon allein vom Wort Chillen bekam sie Stresspusteln, und die Vorstellung, wie Robin unkontrolliert mit irgendwelchen Schülerinnen rumtanzte, war einfach nur abartig. Am Ende knutschte er sogar noch mit einem Mädchen, ach, du Schreck! Heimliches Trinken bis zum Verlust der Muttersprache gehörte ebenfalls zu den Risiken, und nicht zu vergessen seine Google-Suche nach Ecstasy. Wie solche Partys endeten, wusste man doch.

»Wir sprechen hier keineswegs von Kindern, sondern von Jugendlichen, die unter hormonellem Reizstrom stehen, wie man in jedem handelsüblichen Pubertätsratgeber nachlesen kann«, stellte sie klar. »Da sollte die Schule unbedingt gegensteuern. Von sinnfreiem Rumgehopse halte ich absolut nichts, da kommen die Youngsters nur noch auf mehr dumme Gedanken.«

Alle hielten den Atem an. Einen derart offenen Schlagabtausch hatte es seit Jahren nicht mehr beim Elternabend gegeben. Doch selbst Marie merkte, dass die Stimmung allmählich kippte, denn nun schauten alle zu ihrer neuen Gegenspielerin.

»Die Gedanken der *Kinder*«, Babette von der Heide betonte das Wort, indem sie mit den Fingern Gänsefüßchen in die Luft malte, »sind wie junge Hunde, die eine lange Leine und viel Auslauf im Freien brauchen.«

Mit diesem Lange-Leine-Quatsch erntete sie spontanen Applaus. Marie spürte, wie ihr weitere Felle wegschwammen. Doch sie war nicht dumm. Sie wusste, wann eine Schlacht verloren war, deshalb gab sie sich geschlagen, um mit ihrem Hauptanliegen zu obsiegen, der Klassenfahrt.

»Gut, dann wird es eben eine Schulparty«, lenkte sie zähneknirschend ein. »Danke für Ihre Anregung, Babette. Die Party können wir dann als Ausgleich für die abgesagte Klassenreise nach Amsterdam betrachten.«

Verständnislose Blicke wurden getauscht, da und dort erhob sich irritiertes Gemurmel.

»Denn dass die Reise nicht in eine derart gefährliche Großstadt gehen darf, unterliegt ja wohl keinerlei Zweifel«, fuhr Marie unbeirrt fort. »Ich schlage ein Landschulheim in den Alpen vor, mit Bergwanderungen und naturkundlichen Exkursionen. Amsterdam steckt voller Gefahren! Niemand, ich wiederhole: niemand kann die Verantwortung für Jugendliche in diesem Alter übernehmen. Nicht einmal Sie, Frau Behrmann-Röckel!«

Die Angesprochene schrak zusammen, ganz so, wie Marie es erhofft hatte.

»Wie meinen Sie das, Frau Hasemann?«

»Alkohol, Drogen, Sex«, antwortete Marie wie aus der Pistole geschossen. »Wir alle wissen doch, dass es in Amsterdam sogenannte Coffeeshops gibt, wo Marihuana frei verkauft wird. Was, wenn die Schüler sich dort heimlich Gras besorgen? Sie können nicht überall gleichzeitig sein, Frau Behrmann-Röckel, deshalb wird es zu schwerwiegenden Vorfällen kommen, falls Sie auf Amsterdam bestehen.«

Mit diesem Argument hatte sie die Lehrerin am Haken. Frau Behrmann-Röckel war nicht gerade die Couragierteste, und der Film, der jetzt in ihrem Kopf lief, musste ein wahrer Horrorstreifen sein. Auch die anderen Eltern schauten auf einmal betreten drein. Jeder hier hatte einschlägige Erfahrungen mit freidrehenden Pubertätsmonstern.

Nur Babette von der Heide tanzte aus der Reihe, was sonst. Mit gekrauster Stirn hatte sie Maries flammender Rede gelauscht, jetzt hob sie eine Hand. Sag es nicht, dachte Marie. Sag jetzt bloß nicht das H-Wort, sonst platze ich wie eine Bratwurst. Selbstverständlich kam das H-Wort.

»Helikopter-Eltern sind mindestens so problematisch wie renitente Jugendliche, finde ich«, säuselte Babette von der Heide mit dieser alles verstehenden, alles verzeihenden Milde, für die Marie sie am liebsten erwürgt hätte. »Aber wenn Sie die volle Kontrolle wollen, liebe Frau Hasemann – Marie, nicht wahr? –, habe ich eine perfekte Lösung: Sie fahren als Begleitperson mit auf die Klassenreise.«

Scheibenkleister, was war das denn für eine Schnapsidee? Und was nahm sich diese chaotische Frau heraus, das Wort Perfektion auch nur in den Mund zu nehmen? Wie gelähmt saß Marie da, dann schaute sie Hilfe suchend zu Alexander. Er hatte sich auf die hinterste Bank verdrückt, neben die beiden anderen Väter, die sich in diesem weiblichen Ambiente genauso unwohl fühlten wie er. Marie suchte seinen Blick – und entdeckte, dass Alexander der durchgeknallten Hippiebraut zulächelte. Hatte er komplett den Verstand verloren?

»Alexander!«, rief sie ihn zur Ordnung. »Was sagst du dazu?«

»Ist doch eine brillante Lösung«, fiel er ihr nun auch noch in den Rücken. »Wenn jemand die volle Kontrolle draufhat, dann du.«

Eilfertiges Gemurmel antwortete ihm, durchsetzt mit Ausrufen wie: »Sie ist die Beste!«, »Ja, genau!« und »Hervorragende Idee!«.

Marie wusste nicht recht, ob sie sich darüber freuen sollte oder ob sie gerade als dämlichste Helikopter-Mutti des Jahrhunderts vorgeführt wurde. Aber auf keinen Fall würde sie den Hilfssheriff für Frau Behrmann-Röckel spielen.

»Bedauerlicherweise ist meine Urlaubsplanung für die nächsten zwei Jahre bereits abgeschlossen«, verlautbarte sie formvollendet. »Insofern stehe ich für diese Aufgabe schon aus rein terminlichen Gründen nicht zur Verfügung.«

»Och, bestimmt können Sie an Ihren Terminen noch ein bisschen rumschrauben«, wandte die schreckliche Babette ein.

Klar, wenn man ein verstrahlter Hippie war, konnte man natürlich an allem rumschrauben. Aber Marie war eine Planungsexpertin. Vier Städtetrips hatte sie fest gebucht, außerdem eine Bildungsreise durch südbayerische Klöster, zwei Museumstouren in die nähere Umgebung und einen dreiwöchigen Sprachkurs in Spanien. So ein perfektes Programm schmiss sie doch nicht für irgendeine Schnapsidee um.

»In meinem anspruchsvollen Job sind nachträglich eingereichte Urlaubstage leider ausgeschlossen«, erwiderte sie hoheitsvoll. »Aufgrund meines beruflichen wie familiären Engagements sehe ich mich ohnehin emotional und mental außerstande, eine Klassenreise zu begleiten.«

»Dann komme ich einfach mit!«, rief Babette lebhaft. »Ich unterstütze Sie! Vier Augen sehen mehr als zwei, und so ein Ausflug nach Amsterdam kann doch ein Riesenspaß für uns beide werden!«

Da hast du dir ja einen Riesenschlamassel eingebrockt, durchzuckte es Marie. Der Geist ist aus der Flasche, viel Glück dabei, ihn wieder reinzukriegen. Die Chancen dafür standen leider ausgesprochen schlecht. Falls sie sich weiterhin weigerte, an der Klassenfahrt teilzunehmen, während ihre Rivalin mitfahren wollte, verlor sie endgültig das Gesicht.

»Ich könnte ja noch mal drüber nachdenken«, sagte sie lahm.

»Das werte ich dann mal als ein Ja«, triumphierte Babette.

»Bravo, Frau Hasemann!« Die Lehrerin hatte rote Bäckchen vor Aufregung. »Ihr Einsatz für unsere Schule ist absolut vorbildlich, zumal Sie ja beruflich so stark eingespannt sind!«

Alle klatschten nun für Marie. Obwohl sie gerade ein kapitales Eigentor geschossen hatte, genoss sie den Applaus wie eine Süchtige auf Entzug, der man endlich wieder die gewohnte Droge verabreichte. Selbst Babette klatschte und warf überschwänglich die Arme in die Luft. Dabei verrutschten die Ärmel ihres Flatterfähnchens von Kleid und entblößten zwei tätowierte Unterarme.

Auf dem linken stand in schnörkeligen Buchstaben *Marvin-Blue*, auf dem rechten prangte der Schriftzug *Luna-Rosé*, garniert mit allerlei Rosengedöns.

Marie versteinerte. Marvin-Blue, Luna-Rosé, ratterte es in ihrem Hinterkopf. Vor ihr saß der personifizierte schlechte Einfluss, die Wurzel allen Übels, getarnt als verwurschtelte Hippie-Mama! Babettes Tochter verdarb die unschuldige kleine Lilli, ihr Sohn stachelte den armen Robin auf. Und mit dieser Teufelin in Person sollte sie verreisen? Niemals!

»Vor der Klassenfahrt müssten wir noch mal unter vier Augen sprechen«, raunte ihr Frau Behrmann-Röckel durch den Applaus und das allgemeine Stimmengewirr hindurch zu. »Gestern ist Robin …«

Marie hatte sowieso schon einen Kloß im Hals, jetzt kämpfte sie mit akuten Schluckbeschwerden.

»Was hat er angestellt?«

»Auf dem Klo geraucht«, flüsterte Frau Behrmann-Röckel. »Auf dem Mädchenklo, zusammen mit Kira und Melody. Und noch etwas.« Sie beugte sich weiter zu Marie vor und druckste ein bisschen herum, bevor sie weitersprach. »Er hat Kiras Lippenstift benutzt.«

»Wofür?«

»Na, für die Lippen«, antwortete die Lehrerin in einem Tonfall, als könnte Marie nicht bis drei zählen. »Robin hat sich – na ja, geschminkt.«

Das letzte Wort schwebte sekundenlang in der Luft, bevor es direkt vor Marie detonierte. Wie Feuerwerkskörper kobolzten die Buchstaben vor ihren Augen herum.

»Geschminkt«, wiederholte sie tonlos.

»Hm, ja.« Sichtlich bedrückt nestelte Frau Behrmann-Röckel an ihrer flusigen Strickjacke. »Wahrscheinlich ist das nur eine Phase. Ohnehin hat sich unsere Schule Toleranz auf die Fahnen geschrieben, wie Sie ja als Vorsitzende unseres Anti-Mobbing-Ausschusses wissen. Jede Diskriminierung abweichender sexueller Orientierungen lehnen wir konsequent ab.«

Der letzte Satz trug nicht gerade zu Maries Wohlbefinden bei. Selten hatte sie so ein vermurkstes Gefühl im Bauch gehabt. *Abweichende sexuelle Orientierung?* Ihr Robin?

»Das muss … ein … ein Missverständnis sein«, stotterte sie.

Inzwischen war es auffallend ruhig im Klassenraum geworden. Wie Nadelstiche spürte Marie die vielen neugierigen Blicke in ihrem Rücken und beschloss, die Flucht nach vorn anzutreten.

»Danke, Frau Behrmann-Röckel«, sagte sie sehr laut und sehr artikuliert. »Ich weiß zu schätzen, dass ich als Vorsitzende des Anti-Mobbing-Ausschusses immer als Erste von Ihnen informiert werde.«

»Um wen geht es denn?«, erkundigte sich eine Mutter.

»Tut mir leid, aus Datenschutzgründen darf ich keine genaueren Angaben machen.« Marie fixierte die Lehrerin mit einem strengen Blick. »Auch Sie dürfen das bekanntlich nicht.«

»Tja, also …« Frau Behrmann-Röckel senkte den Kopf und blätterte leicht konfus in den Zetteln herum, die vor ihr auf dem Lehrertisch lagen. »Vielleicht sollten wir dann besser zum nächsten Tagesordnungspunkt kommen, der Neugestaltung des Schulgartens.«

Aufatmend sank Marie in sich zusammen. Diese Klippe war umschifft. Vorerst. Egal, was ihre Ratgeber sagten, morgen früh würde sie Robin auf DIN A4 falten und dann zu drastischen Maßnahmen greifen. Hausarrest, Taschengeldentzug sowie Handy- und Computerverbot waren das Mindeste, was er sich mit seinem schockierenden Fehlverhalten eingehandelt hatte. Rauchen! Mädchenklo! Lippenstift!

»Liebe Eltern, gibt es von Ihrer Seite schon Ideen für den Schulgarten?«, fragte die Lehrerin. »Falls nicht, schlage ich vor, dass wir kleine Arbeitsgruppen bilden.«

Das war eine willkommene Abwechslung, zumal es erhöhten Gesprächsbedarf gab. Unverkennbar bewegte das aufregende Duell zwischen Marie und Babette die Gemüter. Stühle wurden gerückt, Grüppchen formierten sich, überall wurde halblaut geflüstert und getuschelt. Von den Rhabarber-Muffins nahm niemand mehr Notiz. Unbeachtet stand das Highend-Backwerk in der Ecke, während auf Babettes Kuchenplatte kein einziger Krümel mehr lag.

Marie fühlte sich furchtbar. Nie hätte sie sich träumen lassen, dass dieser Abend eine Echtzeitpannenshow werden könnte. Von der Autorität zur Witzfigur abgestiegen, was für eine Schmach. Das kleine Mädchen in ihr war der Verzweiflung nahe, deshalb stand sie auf, um sich etwas Trost von Alexander abzuholen. Auch er hatte sich bereits erhoben – und steuerte geradewegs auf die unmögliche Babette zu.

»Hi, ich bin Alex«, hörte Marie ihn sagen. »Haben Sie sich schon gut eingelebt?«

»So einigermaßen«, zirpte Babette wimpern- und armreifenklimpernd. »Nur mein Häuschen ist noch renovierungsbedürftig. Gut, man sollte es ruhig angehen lassen, kein Stress, keine Hektik, es muss ja nicht alles gleich perfekt sein. Als alleinerziehende berufstätige Mutter darf man es nicht allzu genau nehmen. Aber jede helfende Hand ist natürlich willkommen.«

Die versteckte Frage in ihren Worten war kaum zu überhören. Das war kein Wink mit dem Zaunpfahl mehr, da wedelte jemand mit dem ganzen Gartenzaun. Doch bevor Marie intervenieren konnte, warf sich Alexander in Positur.

»Kein Problem, Babette, wenn Sie Hilfe brauchen, sagen Sie mir einfach Bescheid.«

Marie hatte nicht übel Lust, ihm den Laptop an den Kopf zu werfen. Ihr antriebsschwacher Ehemann bot dieser verpeilten Frau seine Hilfe an? Was war nur in ihn gefahren? Zu Hause rührte er keinen Finger!

»Erwarten Sie nicht zu viel von meinem Mann, Frau von der Heide«, ging sie mit einem gut gespielten Schmunzeln dazwischen. »Er hat sehr viel, ich betone: *sehr* viel zu tun. Mit seinem Anwaltsjob und dem Familienleben ist er vollkommen ausgelastet.«

Wie absichtslos lockerte Babette ihr unordentliches Haar. Bei jeder anderen Frau hätte es ausgesehen, als würde sie in einem alten Wischmopp wühlen, bei ihr hatte es einen unwiderstehlichen Zauber.

»Alles easy, ich wollte Sie nicht stressen. Doch schon ein winziges Stündchen würde reichen, um das Gröbste zu erledigen. Ganz entspannt natürlich, und ein Bier ist auch immer drin.«

»Ich kann Wände streichen, Möbel zusammenbauen und Glühbirnen einschrauben«, zählte Alexander mit albernem Stolz auf, während er seine Visitenkarte hervorzog. »Hier, meine Nummer. Für alle Fälle.«

Marie bohrte die Fingernägel in ihre Handflächen, um nicht laut loszuschreien. Dieses raffinierte Biest spielte gekonnt das kleine schutzlose Weibchen, baggerte ganz nebenbei den Mann einer anderen an, und Alexander fiel darauf herein wie ein grüner Schuljunge.

»Ich mach mich auch gern mal schmutzig«, scherzte er übermütig.

»Ihr Mann ist echt witzig«, lachte Babette.

Er hat keinerlei Humor, von dem ich wüsste, dachte Marie grollend.

»Dürfte ich Sie bitten, sich jetzt dem Schulgarten zu widmen?«, rief die Lehrerin über die Köpfe hinweg. »Sonst kommen wir nicht weiter!«

Marie war auf hundertachtzig, konnte aber nicht verhindern, dass Alexander und Babette mit zwei Hockeymüttern eine Arbeitsgruppe bildeten und sogleich die Köpfe zusammensteckten. Da sie herzlich wenig für Stiefmütterchen und Klettergerüste übrighatte, setzte sie sich etwas abseits und schaute auf ihr Handy, wo noch das Überwachungsprogramm geöffnet war.

Was sie sah, ließ ihr Blut zu Eis gefrieren. Wild schlingernde Bilder zeigten die Küche, wo Tamara, Robin und Lilli offenbar den armen Teddy als Handball missbrauchten. Auf dem Designerküchentisch, der mit Schokoriegeln und Bonbontüten übersät war, standen geöffnete Coladosen. Aber das Schlimmste war, dass Tamara und Robin mit Maries teuersten High Heels über den gefliesten Boden stolzierten.

Wie ein Pfeil schoss sie vom Stuhl hoch. Ihr Puls hämmerte, vor ihren Augen kreisten glühende Punkte.

»Entschuldigung«, japste sie, »soeben habe ich erfahren, dass es einen familiären Notfall gab. Komm, Alexander, wir müssen sofort gehen!«

Kapitel 4

Katastrophe ist nur ein Wort – bis jemand kommt, der dem Begriff eine Bedeutung gibt, dachte Marie, als sie wie angestochen durch die langen Flure des Schulgebäudes rannte. In diesem Falle war der *Jemand* eine Frau mit zwei B, die frech von den Lippen ploppten, wenn man den Namen aussprach. Denn dass die exzessive Küchenparty nicht allein auf Tamaras Mist gewachsen war, verstand sich ja wohl von selbst. So eine bizarre Idee kam hundertpro von den Kindern dieser hirnlosen Babette!

Im Galopp spurtete Marie weiter zum Parkplatz, wo sie mit zitternden Händen den Wagen aufschloss. Entkräftet sank sie in den Fahrersitz und legte ihre Stirn aufs Lenkrad. Alles, aber auch alles ging heute schief.

»Was um Gottes willen ist denn passiert?«, rief Alexander, der nun ebenfalls eintraf und sich auf den Beifahrersitz schob. »Sag schon! Ein Notfall bei meiner Mutter?«

»Dafür hätte ich wohl kaum den Elternabend gecancelt.«

»Auch wieder wahr.«

Mindestens einmal pro Woche hatte Maries Schwiegermutter einen eingebildeten Herzinfarkt, einen imaginären Schlaganfall oder irgendeine unheilbare Krankheit, die sie sich mithilfe von Doktor med. Google auf obskuren Websites zusammenreimte.

»Was dann?«, fragte Alexander.

Statt einer Antwort hielt Marie ihm das Handy hin. Er schaute kurz darauf, seine Mundwinkel begannen zu zucken, dann brach er in amüsiertes Gelächter aus.

»Ernsthaft? Deshalb machst du hier die große Welle? Freu dich doch, dass die Kids ihren Spaß haben!«

»Du redest schon wie diese Babette«, murmelte Marie. »Kids. Spaß. Partys.« Sie ließ den Motor aufheulen, legte den Rückwärtsgang ein und schoss mit einem gewaltigen Satz aus der Parklücke. Am liebsten hätte sie sämtliche umstehenden Autos geschrottet. »Das ist pure Anarchie, Alex. Und falls es dir entgangen sein sollte: Ich bemühe mich seit fünfzehn Jahren darum, unseren Kindern alles zu geben, was sie wirklich brauchen. Das ist kein Sprint, das ist ein Marathon. Aber du sitzt nur auf der Zuschauertribüne, schwenkst ab und zu ein Fähnchen und fällst nun auch noch auf Babette von der Heides Ergüsse zur Kindererziehung herein.«

Alexanders Lachen verebbte so schnell, wie es entstanden war. Während Marie in die angrenzende Straße einbog und das Tempo beschleunigte, schleuderte sie ihm einen wütenden Blick zu. Wurde ihm etwa jetzt erst bewusst, dass er sich nicht gerade mit Ruhm bekleckert hatte?

»Jetzt komm mal runter, Schatz«, sagte er beschwichtigend. »Okay, mag sein, dass Königin Maries Thron ein bisschen wackelt, aber das ist doch kein Weltuntergang.«

»Du hast es wirklich drauf, eine Frau zu trösten, die komplett am Ende ist«, schniefte Marie. »Merkst du denn nicht, was da heute abgegangen ist mit dieser Babette?«

»Also, ich finde sie ganz erfrischend.«

»Diese Hippie-Replikantin?«, brach es aus Marie hervor. »Die ist doch so verpeilt, die muss sich sogar die Namen ihrer Kinder eintätowieren lassen, damit sie nicht vergisst, wie die heißen!«

»Nun werd mal nicht beleidigend, Marie.«

»Das ist keine Beleidigung, das ist ein Befund! Aber du hast dich ja sogar von ihr angraben lassen!«

Das saß. Aus dem Augenwinkel beobachtete Marie, wie Alexander die Arme verschränkte und störrisch geradeaus sah. Vielleicht auch ein winziges bisschen schuldbewusst.

»O Mann, ich will nur noch nach Hause und ein Glas Wein trinken«, stöhnte er in sich hinein. »Danach bin ich vielleicht in der Stimmung, mit dir zu reden.«

Marie schwieg. Das Einzige, was bei Alex nach einem Glas Wein passierte, war die ganze Flasche. Stumm wechselte sie auf die Schnellstraße, wobei sie verbotenerweise auf ihr Handy schaute. Nach wie vor war die Küchenparty in vollem Gange. Langsam wuchs ihr das alles über den Kopf. Tamara würde noch heute Abend rausfliegen, aber wie sollte sie sich gegen den schlechten Einfluss von Marvin-Blue und Luna-Rosé wehren?

»Die Zukunft unserer Kinder ist gefährdet«, sagte sie, am Boden zerstört. »Willst du etwa, dass sie irgendwann mit einer Gitarre in der Fußgängerzone stehen?«

»Ich glaube, zwischen einer Straßenmusikerkarriere und einer zufriedenstellenden beruflichen Zukunft gibt es noch einigen Spielraum«, merkte Alexander trocken an. »Und was die Sache mit Babette betrifft: Manche Probleme lösen sich ganz von allein. Man darf sie nur nicht dabei stören.«

»Unsinn, ich muss den Kampf mit ihr aufnehmen«, verkündete Marie mit Grabesstimme.

»Manchmal sollte man sich überlegen, ob man ein Feuer legt

oder ein Licht anzündet.« Resigniert hob Alexander die Hände. »Ich befürchte allerdings, du stehst mehr auf Flächenbrand. Wie wäre es denn zur Abwechslung mit friedlicher Kooperation? Triff dich mit Babette, rede mit ihr. Wer weiß, am Ende versteht ihr euch genauso gut wie Robin und Marvin-Blue.«

Eher fror die Hölle zu. Aber Alexander war eben einer von der konfliktscheuen Sorte. Seine Vorstellung eines funktionierenden Soziallebens bestand aus Zuckerwattebäuschen, die mit einer dicken Harmoniesoße serviert wurden.

»Verstehst du es denn noch immer nicht?«, rief Marie verzweifelt. »Diese Babette von der Heide macht alles kaputt, was ich mir aufgebaut habe!«

»Ich glaube, es gibt da noch ein ganz anderes Problem«, wandte Alexander müde ein.

»Was denn für eins?«

»Dein Problem.«

Marie blieb die Spucke weg.

»Ich habe kein …«

»Schatz, ehrlich, du stehst völlig neben dir«, sagte er weich. »Deine Ansprüche wachsen mittlerweile in den Himmel, und das macht mir Sorgen. Wie hältst du es bloß aus mit deinem eigenen Perfektionszwang?«

Indem ich in einer Wolke aus Schuldgefühlen und Versagensangst lebe, dachte Marie beklommen. Aber Männer begriffen so was nicht. Die dieselten dumpf durch den Alltag, während aufopferungsvolle Ehefrauen ihnen den Rücken freihielten.

»Du weißt eben nicht, was passiert, wenn ich mich nicht um alles kümmere«, entgegnete sie heiser. »Einmal hat Lilli ihre Wichtelgeschenke vergessen – und kam weinend nach Hause, weil die anderen Kinder sie eine Transuse genannt haben. Oder nimm Robin. Neulich hatte er beim Hockeytraining nur seine müffelnden Sachen von der Vorwoche dabei, woraufhin ihn der Trainer wegen Geruchsbelästigung weggeschickt hat.«

»Ich fürchte, das wahre Problem ist doch, dass alle immer nach deiner Pfeife tanzen sollen«, befand Alexander finster. »Du verpackst das als Fürsorge, klar. Aber letztlich kommandierst du alle rum, mich eingeschlossen. Ich soll dies, ich darf nicht das, und wenn ich nett zu einer anderen Frau bin, flippst du aus. Könntest du bitte mal zur Kenntnis nehmen, dass ich erwachsen bin?«

»Na jaaa …«

Pikiert ruckte sein Kopf in ihre Richtung.

»Du denkst also, auch dein Ehemann ist ein Kleinkind mit Erziehungsbedarf?«

Marie enthielt sich jeden Kommentars. Stumm setzte sie die Fahrt fort, als auf einmal ein zischender Luftzug ihr Haar zerzauste. Entgegen der ungeschriebenen Regel hatte Alexander die Scheibe des Seitenfensters runtergelassen. Dabei wusste er ganz genau, wie sehr Marie es hasste, wenn ihre perfekt geföhnte Frisur durcheinandergeriet. Offenbar sollte das eine Art bockiger Kontaktaufnahme sein.

»Alex, versteh doch, ich bin so strikt, weil ich eine Menge zu verlieren habe«, sagte sie leise.

»Was denn, außer deiner einbetonierten Haarpracht?«

»Meinen Ruf als Mutter, die Zukunft unserer Kinder, meine fast perfekte Familie.«

»Deine Fassade also.« Alexander atmete geräuschvoll ein. »Hast du auch mal daran gedacht, wie es mir mit dem ganzen Perfektionsirrsinn geht? Du nimmst mir die Luft zum Atmen, Marie. Sieh dir allein unsere Wohnung an, jedes Möbelhaus wirkt persönlicher. Das Einzige, was ich zur Einrichtung beitragen durfte, war der Fernseher. Irgendwie ist das ein Sinnbild.«

»Wofür?«

»Dass ich nur ein Zaungast bin. Ein Statist in deiner perfekten Welt.«

Marie war den Tränen nahe. Sie wollte eine gute Ehe führen, in der beide Partner an einem Strang zogen. Momentan fühlte es sich allerdings mehr nach verbissenem Tauziehen an. In Rekordgeschwindigkeit rauschte sie an mehreren Lkws vorbei und überholte einen Reisebus, während sie sich das Hirn zermarterte, wie dieser Streit eigentlich angefangen hatte. Lag es an den zwei ploppenden B, die Alexander die Augen verdreht hatten? Oder war sie ihm als Ehefrau nicht mehr gut genug? Musste sie mehr an sich arbeiten?

Also schön, gleich morgen früh buche ich einen Botox-Termin, dachte sie, und in den nächsten Wochen werde ich meinen Körper mit doppelt so vielen Work-outs auf Format trimmen. Bis dahin kann ich mich ja mit figurformender Wäsche etwas schlanker mogeln.

Und dann fiel ihr die Sache mit dem Sex wieder ein. Oje. Große, große Baustelle. Klar, anfangs waren sie wild übereinander hergefallen, an den unmöglichsten Orten, in den ausgefallensten Stellungen. Schon nach wenigen leidenschaftlichen Monaten hatten sie im Rausch der Begeisterung Robin gezeugt. Nach der Hochzeit war ihr Liebesleben dann leicht abgeflaut und nach Robins Geburt erst mal völlig zum Erliegen gekommen. Es hatte ein volles Jahr gedauert, bis wieder kleine Funken entstanden waren, und ganze sieben Jahre, bis die unregelmäßig aufflackernde Glut für Lillis Zeugung gereicht hatte.

Seitdem kam es nur noch selten zu erotischen Begegnungen im Ehebett. Wenn überhaupt mal was passierte, dann eher aus Versehen, meist mitten in der Nacht, wenn sich Alexander schlaftrunken zu ihr herüberrollte. Mit Erotik hatte das so viel zu tun wie Liegestütze mit Ballett. Ob das normal war? Marie wusste es nicht, weil sie keine beste Freundin hatte, mit der sie sich über derartige Themen austauschen konnte. Die Hockeymütter, Bastelmütter, Businessmütter oder Vollzeitmütter danach zu fragen verbot sich aus naheliegenden Gründen. Sollte sie etwa nach einem Elternabend sagen: Bei mir ist total tote Hose im Bett, nix läuft mehr, und bei euch so? Nein, sie musste schon auf eigene Faust aktiv werden. Am besten sofort. Alexanders unverhohlenes Interesse für Babette war ein Alarmzeichen.

Behutsam stieg Marie auf die Bremse, verließ die Schnellstraße und fuhr deutlich langsamer auf einer kleinen Nebenstraße weiter. Nachdem sie sich vergewissert hatte, dass Alexander wieder einen einigermaßen entspannten Eindruck machte, klemmte sie sich ein Lächeln ins Gesicht.

»Du, Schatz, was ich noch sagen wollte – wir haben lange nicht mehr …«

Zerstreut wandte er ihr den Kopf zu. »Was?«

Himmel, war das peinlich. Maries Wangen fingen an zu glühen. »Vielleicht sollten wir, ähm, unser Liebesleben besser planen.«

»*Planen*?«

»Na, ich meine, feste Tage beziehungsweise Nächte, an denen wir uns, du weißt schon, im Bett oder meinetwegen auch woanders zum …«

Seine Augen weiteten sich ungläubig.

»… zum – Sex verabreden?«

So, nun war es heraus, ab jetzt ließ sich leichter darüber sprechen. Hoffentlich.

»Genau, wir vereinbaren Sexdates, sonst vergessen wir *das* dauernd«, plapperte Marie drauflos, wenngleich ihr ganz schön blümerant bei dem Thema war. »Was denkst du, vielleicht mittwochs? Oder sonntags? Oder mittwochs und sonntags?«

Alexander tippte sich an die Stirn.

»Liebe nach Terminkalender? Geht's noch?«

»Besser gut geplant als gar nicht, Alex. Es muss auch kein athletisch anspruchsvoller Sex sein, nur …«

»Tu mir einen Gefallen, und halte bitte mal an«, brummte er.

Verwirrt spähte Marie durch die Windschutzscheibe. Rundum gähnte ihr nächtliche Schwärze entgegen, gesprenkelt mit den flirrenden kleinen Lichtpunkten weit entfernter Straßenlaternen.

»Wo denn?«, fragte sie.

»Egal. Hier.«

Folgsam stoppte sie den Wagen auf dem Seitenstreifen und stellte den Motor aus. Im Halbdunkel des Innenraums sah sie, wie Alexander den Sicherheitsgurt löste. Das weckte Erinnerungen an längst vergangene Zeiten in ihr. Erinnerungen an wilde Knutschereien in verbeulten Kleinautos aus den Anfängen ihrer Beziehung und damit die freudig aufkeimende Hoffnung, dass doch noch alles, alles gut werden könnte.

»Willst du mich küssen?«, fragte sie heiser.

»Nein, danke. Ich gehe zu Fuß weiter.«

Was sollte das denn nun wieder heißen?

»Alex!« Marie schrie fast. »Wir hatten doch geklärt, dass wir sofort die Küchenparty beenden müssen!«

»Nein, *du* hattest das geklärt.«

Ohne ein weiteres Wort stieg er aus, warf den Wagenschlag zu und stapfte auf dem Seitenstreifen davon. Wie ein begossener Pudel blieb Marie zurück. Auf so was war sie nicht vorbereitet. Das stand auch in keinem Ratgeber. Was sollte sie tun? Heulen? Hinterherlaufen? Oder einfach wegfahren?

Sie entschied sich für Hupen. Marie hupte oft und gern, weil sie fand, dass man sich im heutigen Straßenverkehr Respekt verschaffen musste. Sie war sich nicht ganz sicher, ob das auch bei Ehemännern funktionierte, ließ es aber auf einen Versuch ankommen. Beherzt drückte sie auf die Hupe. Ein jaulender Ton zerriss die Nacht, und siehe da, nach wenigen Sekunden kam Alexander tatsächlich zurückgelaufen. Seine offene Jacke blähte sich im Nachtwind, so schnell rannte er auf den Wagen zu. Mit einer einzigen zügigen Bewegung riss er die Beifahrertür auf.

»Nur damit du's weißt, nie wieder setze ich mich in diese blöde Spießerkutsche! Morgen kaufe ich mir einen Sportwagen, von null auf hundert in einem Wimpernschlag! Ein Cabrio, und damit fahre ich sogar im Winter offen, weil ich nämlich den Fahrtwind in meinen Haaren liebe! Bye-bye, perfekte Betonfrisur!«

Rumms, fiel die Tür wieder zu. Diesmal hupte Marie nicht. Stattdessen breitete sich eine seltsame Leere in ihr aus. Minuten versandeten im Nirgendwo. Dann ließ sie den Motor an und steuerte den Wagen auf die Straße zurück.

Recht so, Marie, sagte eine Stimme in ihrem Kopf. Du musst die Küchenparty sprengen. Du musst Lillis Vulkan zu Ende basteln. Du musst ein Memo für die Bioladenkette schreiben. Du musst … Ein scharfer Schmerz durchschnitt ihren unteren Rücken. Marie ignorierte ihn. Du musst das Auto zum TÜV anmelden. Du musst das Dinner für Freitag vorbereiten, schließlich willst du Holger Christiansen beeindrucken. *Holger.*

Es war ein Reflex, als Marie das Handy aus ihrer Handtasche fischte. Ohne weiter nachzudenken, wählte sie die Nummer ihres Chefs und schaltete auf Freisprechanlage.

»Hi, was geht?«, meldete sich die wohlvertraute Stimme.

»Hallihallo!«, zwitscherte sie mit gespielter Munterkeit. »Marie am Apparat!«

Gleich darauf biss sie sich auf die Lippen. Hallihallo? So hatte man sich in der Steinzeit der Jugendkultur begrüßt. Auf den coolen dynamischen Holger Christiansen musste das ziemlich daneben wirken.

»Marie?« Seine leicht aufgeraute Stimme klang erstaunt und erfreut zugleich. »Hey, alles gut bei Ihnen?«

»Jahaaa«, trällerte sie, obwohl ihr Herz auf einmal gewaltig rumpelte. »Ich wollte nur …«

Ja, was denn eigentlich? Am liebsten hätte sie jetzt den Kopf an seine Schulter gelegt, also, verbal natürlich, oder, na ja, vielleicht auch leibhaftig. Es musste wunderbar sein, von so einem starken, einfühlsamen Mann in den Arm genommen zu werden. Von einem Mann, der sich ehrlich für ihr Wohlergehen interessierte.

»Komisch, Sie klingen irgendwie durch den Wind«, sagte er. »Wirklich alles gut? Wo sind Sie? In einer Kneipe?«

Maries Atem flog vor flirrender Aufregung. Womöglich hielt er sie für beschwipst.

»Ich – ich wollte mich nur bedanken, Holger. Weil Sie heute in der Konferenz so ritterlich waren.«

»Kein Ding, das ist der FeelBetterFood Team Spirit.«

Eine Pause trat ein, in der Marie das Lenkrad umklammerte und wie ein verliebter Backfisch lauschte, ob vom anderen Ende noch was kam. Herrje, was tat sie bloß? Zu Hause ging alles drunter und drüber, und sie startete einen nächtlichen Anruf, der soeben eine rote Linie überschritt. Das war so was von unprofessionell.

»Also, dann bis morgen«, sagte sie und legte auf.

Weitermachen, befahl die Stimme in ihrem Kopf. Marie machte weiter. Wenn sie sich auf etwas verlassen konnte, dann auf ihre eiserne Disziplin.

Fünf Minuten später hielt sie mit röhrendem Motor vor der Doppelhaushälfte, sprang aus dem Wagen und klingelte Sturm. Niemand öffnete, nur das Gewummer pulsierender Bässe ließ die Wände erzittern. Auch ein hohes Kichern meinte Marie zu vernehmen. Hastig holte sie den Hausschlüssel aus der Handtasche, schloss auf und lief in die Küche.

Heilig's Blechle! Im Rhythmus der ohrenbetäubenden Musik tanzten ihre Kinder hüftwackelnd über die Fliesen. Aber wie! Lilli hatte sich eine alte Pelzstola um das rosa Nachthemd geschwungen und ihre Lider hellblau bemalt. Robin punktete mit einem roten Sommerkleid seiner Mutter, über das er pfundweise Modeschmuck geworfen hatte. Seine Lippen leuchteten orange, das dunkle Haar hatte er zu einem Knoten gezwirbelt, den eine grüne Stoffblume krönte. Kichernd stand Tamara daneben und feuerte die beiden an.

»Meine Damen und Herren, einen Applaus für unsere obergeilen Dragqueens!«

Mit einem sauber platzierten Hieb stellte Marie die Musikanlage aus. Alle drei starrten sie wie schockgefroren an.

»Schluss mit dem Theater!«, rief sie. »Lilli, Robin, ab ins Bett, Tamara, Sie sind gefeuert!«

Trotzig stemmte die junge Frau ihre Fäuste in die Hüften.

»Das verstehe ich nicht. Wir haben hier doch nur ein bisschen rumgealbert.«

»Sie wissen aber schon, wie ein Rausschmiss funktioniert, oder?«, sagte Marie gefährlich leise. »So was ist nicht verhandelbar. Und jetzt raus, bevor ich Sie wegen Verführung Minderjähriger anzeige.«

Tamara wurde porzellanblass unter ihrem farbenfrohen Make-up. Geduckt huschte sie aus der Küche, gefolgt von der völlig aufgelösten Lilli. Jetzt konnte sich Marie ihren Sohn vorknöpfen. Noch immer stand Robin in einer theatralisch verrenkten Pose neben dem mit Süßigkeiten übersäten Küchentisch, als wüsste er plötzlich nicht mehr, wohin mit seinen Gliedmaßen. Komisch, und Marie wusste plötzlich nicht mehr, was sie sagen sollte. Robin schien aus einem anderen Kosmos eingeschwebt zu sein, geschminkt, feminin gewandet, mit rasierten Beinen und lackierten Zehennägeln, die vorwitzig aus den vorn offenen High Heels lugten.

»Willst du darüber reden?«, fragte sie matt.

»Nein.«

»Ich auch nicht.«

»Was?«

Vollkommen verdattert sah Robin sie an. Fast meinte Marie, eine gewisse Enttäuschung wahrzunehmen, weil das erwartete Donnerwetter ausblieb. Dann stieg er aus den hochhackigen

Pumps und trollte sich ohne ein weiteres Wort. Im selben Moment fiel die Haustür krachend zu, was wohl bedeutete, dass Tamara gegangen war, und Lilli schaute um die Ecke. Ihr banges kleines Gesichtchen war ein einziges Fragezeichen.

»Mami? Schimpfst du jetzt?«

Wirklich merkwürdig. Marie fühlte sich, als hätte ihr jemand den Stecker gezogen. Kraftlos ging sie in die Hocke und breitete die Arme aus, in die Lilli förmlich hineinflog.

»Danke, Mami«, piepste sie. »Bist du denn gar nicht böse?«

Schwer zu sagen, was Marie empfand. Ihr Groll war verflogen und hatte ein Vakuum hinterlassen, das sich fortlaufend mit neuer Leere füllte. Es war seltsam, weder Wut noch irgendetwas anderes zu spüren, nur diese grenzenlose Leere.

»Geh einfach ins Bett, Schätzchen«, flüsterte sie. »Ich komme gleich noch mal für einen Gutenachtkuss.«

Mit einem Stoßseufzer der Erleichterung sauste Lilli aus der Küche, wobei sie einen der High Heels verlor. Marie richtete sich schwankend auf. Das heißt, sie wollte es tun, doch schon auf halbem Wege blieb sie mit verzerrtem Gesicht hängen. Autsch. Da war er wieder, dieser flammende Schmerz im unteren Rücken, der sie schon im Wagen heimgesucht hatte. Mühsam zog sie sich am Küchentisch hoch, bis sie einigermaßen gerade stand. Und dann tat sie etwas, was sie selbst nicht begriff: Wahllos wühlte sie in den herumliegenden Süßigkeiten, um sie sich händeweise in den Mund zu stopfen. Schon seit Jahren aß sie keine Süßigkeiten mehr, aber jetzt war es, als sei ein Damm gebrochen. Schokoriegel, Weingummi, Lakritze, alles wanderte in ihren Mund.

»Marie! Was um Gottes willen tust du da?«

Sie wirbelte herum. Vor ihr stand Alex, das Gesicht von der

kühlen Nachtluft gerötet, die Schuhe über und über mit Schmutz bedeckt. Er musste querfeldein nach Hause gelaufen sein.

»Ich?« Achselzuckend nahm Marie eine angebrochene Coladose vom Tisch und trank sie bis zum letzten Tropfen aus. »Wieso?«

»Bist du krank?«

»Nee, total locker drauf.«

Hätte sie eine Flasche Wodka geext, Alexander hätte nicht entsetzter sein können. Mit einem Ausdruck echter Bestürzung raufte er sich die Haare.

»Du machst mir Angst, Marie.«

»Und wenn schon«, winkte sie ab. »Mein Gatte kauft sich ein Cabrio, Robin schminkt sich wie eine Bordsteinschwalbe, ich zieh mir Zucker rein. Alles in bester Ordnung also. Du hast schon recht, mit meinem Optimierungswahn hatte ich es wirklich übertrieben.«

Es erfüllte sie mit grimmiger Befriedigung zu sehen, wie Alexanders Gesichtszüge entgleisten.

»Robin – tut was?«

»Hey, man sollte es ruhig angehen lassen, kein Stress, keine Hektik, es muss ja nicht alles perfekt sein«, imitierte sie Babettes tiefenentspannten Tonfall.

»Vielleicht …«, besorgt legte Alexander seine Stirn in Falten, »… solltest du besser deinen Good-Night-Kräutertee mit Johanniskraut und Malve trinken und erst mal ausschlafen.«

»Geht leider nicht«, erwiderte Marie und genehmigte sich eine neue Ladung Gummibärchen. »Mami bastelt jetzt den besten Vulkan, den Lillis Sachkundelehrerin je gesehen hat. Und wenn ich dir einen guten Rat geben darf: Verzieh dich lieber ins Schlafzimmer, bevor der Vulkan ausbricht.«

Kapitel 5

Als Marie am nächsten Morgen erwachte, lag sie eigentümlich verdreht auf den kalten Küchenfliesen. Ihre linke Hand umklammerte eine Tube Kleber, die rechte eine Bastelschere. Fast zeitgleich spürte sie einen brennenden Schmerz, der ihren Körper in zwei Teile fräste. Unter Aufbietung ihrer gesamten Willenskraft versuchte sie, sich hochzurappeln, musste es jedoch sogleich wieder aufgeben. Gegen diesen Schmerz kam selbst Marie Hasemann nicht an.

Die Küchenuhr zeigte drei Minuten vor sechs. Gleich würde ihr Wecker klingeln, im Schlafzimmer, wohin sie es in der vergangenen Nacht offensichtlich nicht mehr geschafft hatte. Sie drehte den Kopf zum Küchentisch. In dem Schlachtfeld aus Bonbontüten, umgekippten Coladosen und verstreuten Weingummiresten stand etwas, was entfernt an einen flambierten Gugelhupf erinnerte. Marie hatte Lillis verunglückten Vulkan mit schwarzen Chiasamen beklebt, als Stichflamme ein Stück orangefarbenes Bonbonpapier an den Rand gepappt und von dort eine Lavaspur aus roter Knete gelegt, die sich bis hinunter zur Tischplatte zog. Eine Eins mit Sternchen war Lilli sicher.

Autsch! Vorsichtig betastete Marie ihren Lendenwirbelbereich. Es war einfach himmelschreiend ungerecht. Täglich absolvierte sie nach dem Aufstehen ihre Work-outs, ernährte sich anständig und hatte trotzdem Rückenschmerzen, während Alex tagaus, tagein auf der Couch rumhing und stets mopsfidel war. Wie aufs Stichwort kam er in die Küche geschlurft, in einem alten rotblau gestreiften Schlafanzug und abgelatschten braunen Lederschlappen, die jedem Heimatmuseum zur Ehre gereicht hätten.

»Marie?« Entgeistert blieb er stehen. »Warum liegst du hier vollständig angezogen auf dem Boden?«

»Nackt hätte ich gefroren«, antwortete sie mit ihrem letzten bisschen Sarkasmus. »Nein, Scherz, sieht so aus, als hätte ich ein akutes Lumbago-Syndrom, wogegen die Diclofenac-Tabletten helfen könnten, die Robin nach seiner Tibiafraktur verschrieben wurden.«

Mit offenem Mund hörte Alexander zu, dann kratzte er sich den Kopf.

»Gibt es auch eine Version für jemanden, der noch keinen Kaffee hatte?«

Da fragte man sich doch mal wieder, wie erwachsen dieser Mann eigentlich war.

»Badezimmer, Arzneischrank, blaue Schachtel links oben«, befahl Marie knapp.

Alexander sprach die Worte lautlos mit, wie immer, wenn er Konzentrationsschwierigkeiten hatte. Danach nickte er bedächtig und taperte los, während Marie die Küchenuhr fest im Auge behielt. Sechs Uhr zwei. Kostbare Zeit ging gerade verloren, weil sie höllische Schmerzen und einen reaktionsverzögerten Ehemann hatte.

Normalerweise lief das morgendliche Programm wie am Schnürchen. Marie hatte alles perfekt durchgerechnet: wer wann ins Badezimmer ging, wann die Espressomaschine anzuspringen hatte, wie viel Zeit Alexanders Vollkornbrötchen, Robins Cerealien und Lillis Buchweizencroissants in der Mikrowelle brauchten, wer wann aß und anschließend noch mal die Toilette aufsuchen durfte.

Sechs Uhr drei. Dass sie momentan nichts tun konnte außer warten, wurmte Marie mindestens so sehr wie der lästige Rückenschmerz. Schon vor zwei Minuten hätte sie das Frühstück in die Mikrowelle stellen und seit einer Minute unter der Dusche stehen müssen. Wo blieb nur Alexander? Vorsichtig stützte sie sich auf den linken Ellenbogen und lauschte. Allmählich erst, dann mit der Wucht einer Naturkatastrophe, fielen ihr die Ereignisse des gestrigen Abends wieder ein. Die unmögliche Babette. Der Streit mit Alex. Das Telefonat mit … o Gott, hatte sie wirklich Holger Christiansen angerufen?

Beklommen zog sie ihr Handy aus der Hosentasche und checkte die Anrufliste. Tatsächlich, da stand Holgers Nummer – und noch mehr: Er hatte ihr eine WhatsApp geschickt! Es war eine Premiere und beunruhigend intim; bislang hatten sie immer nur gemailt. Mit klammen Fingern tippte Marie die Nachricht an.

Alles cool? Hab mir bissi Sorgen gemacht, Marie. Bis später, LG Holger

Die Nachricht war erst zwanzig Minuten alt. Vermutlich joggte Holger gerade durch den Stadtpark – und dachte an sie? Mit LG wie »Lieben Grüßen«? Plötzlich wurde Marie die Kehle eng, zugleich durchflutete eine ungewohnte Wärme ihren Brustkorb. Nach allem, was sie durchgemacht hatte, waren diese dürren Zeilen Balsam auf ihrer wunden Seele. Jawohl, Holger sandte ihr *liebe Grüße*!

Gleich darauf meldete sich ihr schlechtes Gewissen. Es sprach so ziemlich alles dagegen, sich über Holgers Christiansens Nachricht zu freuen. Er war ihr Chef. Sie war verheiratet. Über so was wie eine Turtelei durfte sie nicht mal nachdenken. Aber, na ja, vielleicht durfte sie ja ein klitzekleines Geheimnis haben? Eine harmlose Backfischschwärmerei, die sie in dunklen Stunden hervorholte wie einen verborgenen Schatz?

Schritte näherten sich. Verschlafen trottete Robin in die Küche und wäre fast über Marie gestolpert, die immer noch bewegungsunfähig auf dem Boden lag.

»Hi Mum, was'n los?«, erkundigte er sich. »Und was ist mit Essen?«

Sechs Uhr fünfzehn. An jedem anderen Tag hätte Maries Sohn jetzt sein perfekt zubereitetes vollwertiges Frühstück einnehmen können. Nur nicht heute.

»Die Cerealien stehen im Hängeschrank, im Eisfach findest du deine Blaubeeren. Stell die Mikrowelle auf …«

»Hey, ich habe noch nie an der Mikrowelle rumgefummelt, am Ende explodiert das Ding noch«, protestierte er.

Wie konnte man nur so verwöhnt sein! Im selben Moment dämmerte Marie, dass sie es war, die Robin so verwöhnt hatte. Seit vierzehn Jahren kannte er es nicht anders, als dass sein Frühstück pünktlich parat stand.

»Irgendwann ist immer das erste Mal«, erklärte sie mit der Seelenruhe einer Mutter, die soeben beschlossen hatte, nicht länger die persönliche Sklavin ihrer Familie zu sein. »Ich bin auch irgendwann das erste Mal Auto gefahren und lebe noch.«

Fahrig rieb sich Robin übers Gesicht, an dem noch Reste von orangefarbenem Lippenstift klebten. Sein Dusch-Zeitfenster öffnete sich erst um sechs Uhr fünfunddreißig.

»Eigentlich habe ich sowieso keinen Hunger. Sag mal, wieso liegst du da eigentlich auf dem Boden rum?«

»Ist superbequem, man muss ja nicht immer langweilig auf Stühlen sitzen«, behauptete Marie, der es plötzlich Spaß machte, den Spieß umzudrehen. Normalerweise war es Robins Part zu provozieren, jetzt war sie an der Reihe. »Wir können zum Frühstück die Gummibärchenreste essen und eine Dose Cola zischen.«

»Mum?« Unsicher sah er sie an. »Geht's dir gut?«

»Abgesehen von meinen Rückenschmerzen ist alles fein«, flötete sie. »Übrigens finde ich Orange etwas unvorteilhaft zu deinem hellen Teint, du könntest es mal mit einem Lippenstift in Pink versuchen.«

Ein nervöses Zwinkern verriet, dass Robin seinen Ohren nicht traute. Recht so, dachte Marie, die ihre neue Rolle langsam richtig genoss.

»Heute läuft es etwas anders als sonst«, sagte sie. »Mami ist ausgebremst, ihr müsst improvisieren. Von mir aus kannst du noch mal das rote Kleid anziehen, ist bestimmt ein Kracher in der Schule. Ach ja, und schau doch bitte mal nach, wo Papa bleibt.«

Nur zögernd löste sich Robin aus seiner Erstarrung und deutete mit dem Kinn in eine unbestimmte Richtung.

»Dad telefoniert. Ich glaub, mit der Mum von Marvin-Blue.«

Das wiederum war nicht so lustig. Wie eine glühend heiße Welle überrollte Marie das schreckliche Gefühl der Eifersucht, das sie bereits beim gestrigen Elternabend gequält hatte. Warum, bitte schön, telefonierte Alexander in aller Herrgottsfrühe mit dieser Babette, statt seiner Frau die dringend benötigten Tabletten zu bringen? Bisher hatte Marie noch keinen Ratgeber über

Eifersucht konsultiert, weil es dazu keinen Anlass gegeben hatte, deshalb ließ sie ihren Emotionen freien Lauf.

»Sag Papa, ich brauche sofort das Diclofenac, verdammt noch mal!«

»Ich tu mal so, als hätte ich den Ausdruck nicht gehört«, lieferte Robin eine gekonnte Retourkutsche zu Maries stehender Redewendung. »Wenn du willst, kann ich dir die Dinger holen. Das heißt, falls Papa die Tür aufmacht, er hat sich nämlich im Badezimmer eingeschlossen.«

Maries Eifersucht blähte sich von Sekunde zu Sekunde weiter auf. Nur wer etwas zu verbergen hatte, schloss sich zum Telefonieren im Bad ein.

»Mami? Wo bist du?«, ertönte ein helles Stimmchen.

Barfuß und mit schlafroten Wangen tappte Lilli in die Küche, wo sie als Erstes den Vulkan entdeckte. Andächtig blieb sie vor dem Tisch stehen, dann verzog sie ihr rundes Gesichtchen.

»Der sieht ja ganz anders aus«, schmollte sie. »War meiner denn nicht schön genug?«

»Schön ja, perfekt nein«, grinste Robin schadenfroh. »Langsam solltest du's kapiert haben, du laufender Meter: Gut ist für Super-Mum nie gut genug. Schließlich schreibt sie auch deine Aufsätze neu und malt eigenhändig die Bilder in deinen Schulbüchern aus.«

»Du bist gemein«, jammerte Lilli.

Marie atmete schwer. Die beiden hielten ihr einen Spiegel vor, in dem es wenig Angenehmes zu sehen gab. War sie wirklich so ein verspannter Kontrollfreak? Sie verlagerte ihr Gewicht ein wenig, was sofort wieder den Schmerzflammenwerfer anspringen ließ.

»Kommt nicht wieder vor, Kleines, versprochen«, beteuerte sie ächzend.

So ganz schien Lilli noch nicht daran zu glauben. Ihr verschleierter Blick wanderte von dem Pappvulkan zur Mikrowelle.

»Und wo sind meine Croissants?«

»Mum hat gesagt, wir sollen heute Gummibärchen zum Frühstück essen«, feixte Robin.

»Hat sie nicht!«, heulte Lilli auf. »Das würde sie nie tun! Immer ärgerst du mich!«

In diesem Augenblick schlurfte Alexander zurück in die Küche. In seiner rechten Hand trug er die Tablettenschachtel und hielt sie hoch wie eine Trophäe.

»Sind das die richtigen?«

»Danke, ein Glas Wasser bitte dazu«, grummelte Marie. »Und dann macht sich jeder zack, zack selber fertig, damit wir es rechtzeitig in die Schule und zum Job schaffen.«

Eine Schrecksekunde lang starrten alle drei sie an, dann brach eine Sturzflut von Fragen über Marie herein.

»Wer bügelt mein T-Shirt?« – »Hast du meinen Ranzen gepackt?« – »Wie machen wir das jetzt mit dem Duschen?« – »Was soll ich anziehen?« – »Gibt es heute kein Schulbrot?« – »Wo sind die Sachen aus der Reinigung?«

Erschöpft schloss sie die Augen. Jeder wollte etwas von ihr, keiner kam auf die Idee, auch nur ein bisschen Mitgefühl zu erübrigen. Du warst eben immer die Starke, flüsterte ihre innere Stimme. Die können sich gar nicht vorstellen, dass du auch mal was von ihnen brauchst.

»Tja, ihr müsst das heute allein hinkriegen. Den Bus werdet ihr nicht mehr erwischen, Kinder, wir bringen euch mit dem

Wagen zur Schule. Um Punkt zehn nach sieben ist Abflug.« Sie warf Alexander einen ironischen Blick zu. »In der Spießerkutsche.«

Das Schuldbewusstsein drang ihm aus jeder einzelnen Pore, aber natürlich tat er einen Teufel, auf die kleine Stichelei einzugehen.

»Wir haben doch nur noch eine knappe halbe Stunde«, sagte er hilflos.

»Ich kann auch rechnen, Einstein.« Marie schaute zur Küchenuhr. »Es bleiben noch exakt siebenundzwanzig Minuten. Also beeilt euch.«

Nun brach hektische Betriebsamkeit aus. Die Kinder stoben davon, Alexander pfefferte Marie die blaue Schachtel hin und stellte eine Flasche Wasser daneben, danach preschte er ebenfalls los. Türen klapperten, Schränke wurden aufgerissen, überall wurde diskutiert, was jetzt zu tun sei. Keine Frage, ohne die mütterlich ordnende Hand war diese Familie komplett aufgeschmissen. Während Marie dem unterhaltsamen Hörspiel lauschte, schluckte sie gleich drei Tabletten auf einmal. Heute musste sie besonders fit sein, weil eine weitere wichtige Konferenz anstand. Ein *Meeting*. Mit *Holger*. Nach dem nächtlichen Telefonat durfte sie sich keine Blöße geben. Fokussiert und perfekt wie immer würde sie bei FeelBetterFood antreten: Marie Hasemann, die *Star-Performerin* des Unternehmens.

In den folgenden sechsundzwanzig Minuten wurde sie jedoch erst mal Zeuge, wie sehr ihre Familie sie brauchte. Alexander hatte zwei verschiedene Socken an, klar. Robin fand sein Mathebuch nicht. Lilli kapitulierte vor der Herausforderung, sich eigenhändig die blonden Locken zu kämmen, und trug eine falsch geknöpfte rosa Rüschenbluse, die überhaupt nicht zu ihrem rotkarierten Faltenrock passte. Tja, wenn man sich nicht um alles selber kümmerte …

Geduldig gab Marie sachdienliche Tipps, erläuterte die Funktionsweise der Espressomaschine, amüsierte sich über die schlappe Brühe, die Alexander leise fluchend trank, und versuchte, nicht durchzudrehen.

Um zehn nach sieben war sie einigermaßen schmerzfrei. Sie schaffte es noch so gerade, sich die Zähne zu putzen und ihr wild abstehendes Haar mit einer Wolke aus Haarspray zu bändigen, bevor sie mit Handtasche und Laptop in den Flur humpelte. Ihre Familie wartete bereits an der Haustür und beäugte sie mit jener Mischung aus Faszination und Grauen, mit der man einem Löwen beim Sterben zusieht.

»Ich fürchte, du musst heute fahren, Alex«, erklärte Marie. »Stehen und Sitzen geht, aber so richtig bewegen kann ich mich immer noch nicht.«

»Was, ich soll fahren?« Seine Augenbrauen rutschten hoch bis in die Stirnfalten. »Wieso ich?«

»Siehst du hier sonst noch jemanden, der in der Lage wäre, eine doofe Spießerkutsche zu steuern?«

Dagegen ließ sich schwerlich etwas einwenden. Stumm tippelten sie im Gänsemarsch nach draußen und stiegen ebenso stumm in den Wagen.

»Ich wusste ja gar nicht, dass Papa Auto fahren kann«, ließ sich Lilli verwundert vom Rücksitz vernehmen, als Alexander den Motor anließ.

»Sagen wir, er hat einen Führerschein«, erwiderte Marie mit einer gewissen Nonchalance. »Das heißt aber noch nichts. Manche Menschen haben auch einen Organspendeausweis, obwohl sie noch nie ein Organ gespendet haben.«

Die Fahrt verlief einsilbig, abgesehen von den üblichen Kommentaren, die sich Marie einfach nicht verkneifen konnte, weil ihr Mann nun mal ein lausiger Autofahrer war. »Fahr schneller. Achtung, der Radfahrer. Du driftest zu weit nach rechts. Brems ab, die Ampel wird rot. Vorsicht beim Linksabbiegen.«

Schweigend setzte Alexander Lilli an ihrer Grundschule ab, dann fuhr er weiter zu Robins Schule. Vor dem Eingang lungerte ein Junge in zerfetzten Jeans und einem viel zu großen Army-Parka herum, der Robin zuwinkte. Marie ließ die Seitenscheibe herunter, um den Jungen näher zu betrachten. Wirr hing ihm das Haar in die Stirn, um den Hals trug er eine Holzperlenkette, in der rechten Hand hielt er einen Schokoriegel. Man musste kein Hellseher sein, um daraus zu schließen, dass es sich um Marvin-Blue handelte.

»Was geht, Alter?«, rief er.

»Lass mich Arzt, ich bin durch«, flachste Robin, der ausgestiegen war und mit schlenkernden Armen auf den Jungen zutrottete. »Meine Eltern waren mal wieder total cringe.«

»Hab schon gehört, dass deine Mum zum Darthvadern neigt«, lachte Marvin-Blue. »Jo, Digger, dann lass uns cornern, in der Mensa gibt es heute Hotdogs.«

»Geht fit.«

Ohne sich noch einmal umzublicken, verschwand Robin mit Marvin-Blue im Schulgebäude und ließ Marie in einem Zustand größter Besorgnis zurück.

»Da siehst du's, was diese schreckliche Babette anrichtet«, sagte sie konsterniert. »Ihr Flachwurzler von Sohn verkorkst Robins Hirn. Oder weißt du, was Darthvadern ist?«

Alexander schaute lange in den Rückspiegel, danach in den Seitenspiegel, um schließlich im Schritttempo über den von Schülern wimmelnden Parkplatz zu schleichen.

»Als Vorsitzende des Anti-Mobbing-Ausschusses solltest du deine Worte vielleicht umsichtiger wählen. Übrigens ist Babette keineswegs das verantwortungslose Scheusal, für das du sie hältst. Ich habe vorhin mit ihr telefoniert.«

Auf der Stelle verspannte sich Marie.

»Warum hast du mir das nicht erzählt?«

»Hab ich doch. Jetzt gerade.«

Auch wieder wahr. Mit heldenhafter Contenance begutachtete Marie ihre Fingernägel.

»Und was hattet ihr so ungeheuer Wichtiges zu besprechen, als ich mit Rückenschmerzen in der Küche lag?«

»Tut mir leid, ehrlich«, von schräg unten gab er ihr seinen besten Dackelblick, »sie rief an, und da dachte ich, na ja, sie braucht doch Hilfe.«

»Morgens um halb sieben.«

»Nein, heute Abend. Wir haben verabredet, dass ich ihr beim Wändestreichen helfe.«

Marie sah von ihren Fingernägeln auf.

»Nee, nee, heute Abend muss die Wohnung durchgesaugt und der Rasen gemäht werden, außerdem braucht Lilli Hilfe bei den Lernwörtern in Deutsch.«

»Nur zu«, erwiderte er vergnügt, »lass dich nicht aufhalten.«

Es wurde immer besser. Er ging also mal wieder davon aus, dass sie das alles stemmte, nach dem Motto: Ein Mann muss tun, was ein Mann tun muss, eine Frau tut das, was der Mann eigentlich erledigen könnte. So wie immer. Typisch. Aber in Maries Eheratgebern stand, man dürfe in Konfliktsituationen auf keinen Fall »immer«, »typisch« oder »mal wieder« sagen. Das klinge zu sehr nach allgemeinen Vorwürfen, die dann in Grundsatzstreitigkeiten ausuferten. Es sei wie bei einer Chipstüte: Sobald man sie öffne, futtere man sie bis zum letzten Krümel leer. Deshalb ließ Marie die Chipstüte zu und blieb bei den aktuellen Tatsachen.

»Darf ich das mal kurz für dich zusammenfassen? Deine Frau hat Rückenschmerzen, sehr viel zu tun und jede Unterstützung verdient, aber du steigst heute Abend bei Babette auf die Leiter, ganz entspannt, mit einem Bier, und machst dich laut Ansage sexy schmutzig?«

»So wie du es sagst, klingt es irgendwie immer anders, als es in Wirklichkeit ist«, brummte Alexander.

Unsicher lenkte er den Wagen auf die Straße und fuhr so lahm weiter, dass es Marie schon nach wenigen Sekunden in den Fingern kribbelte, das Steuer zu übernehmen. Sie durfte sich nicht verspäten, denn so lässig man sich bei FeelBetterFood auch gab, auf Pünktlichkeit wurde großer Wert gelegt.

»Bei dir kleben die Fliegen an der Heckscheibe statt an der Windschutzscheibe«, seufzte sie mit einem Blick zur Uhr. »Da wäre es ja sogar zu Fuß schneller.«

»Siehst du, das ist der Grund, warum ich lieber dich fahren lasse«, revanchierte er sich.

Marie stellte das Autoradio an. Gerade lief ein Song, zu dem sie früher oft getanzt hatten: *You're The First, The Last, My Everything.* Ein großartiges Lied, fetzig und romantisch zugleich, von dem sie damals gar nicht genug bekommen konnten. So wenig wie voneinander.

Gedankenverloren pulte Marie an einem abgebrochenen Fingernagel herum, den sie ihren nächtlichen Bastelkünsten zu verdanken hatte. Ja, anfangs waren sie an jedem Wochenende tanzen gewesen, in jedem Club der Stadt, ohne Geld, dafür mit diesem herrlichen Übermut Frischverliebter, die sich sogar auf der Tanzfläche bis zum Atemstillstand küssten. Jetzt wollte Alex nicht mal einen Tangokurs mitmachen. Dabei hätte das eine gemeinsame Aktivität bedeutet, etwas, was sie einander näherbringen könnte. Marie tanzte leidenschaftlich gern und hatte es immerhin zu einer Goldenen Nadel gebracht, deshalb wusste sie auch, wie innig man bei Standardtänzen als Paar verschmolz. Doch es war heilsam, daran erinnert zu werden, dass es zwischen ihnen unbeschwerte Zeiten gegeben hatte, ohne Streit, ohne Zerwürfnisse.

»Entschuldige, ich wollte nicht so gallig sein«, sagte sie leise.

Alexander schien Ähnliches durch den Kopf zu gehen. Langsam nahm er eine Hand vom Lenkrad und legte sie auf ihren Arm.

»Wir kriegen das hin. Das ist bestimmt nur eine Phase.«

Dasselbe hatte Frau Behrmann-Röckel auch über Robins neue Vorliebe für Lippenstifte gesagt. Marie hielt nicht sonderlich viel von dieser Allerweltserklärung. Jemand benahm sich daneben? Nur eine Phase. Jemand tickte aus? Nur eine Phase! Krise wäre das richtigere Wort gewesen.

»Für Kinder ist das Leben der Eltern ein Buch, in dem sie lesen«, fügte Alexander nachdenklich hinzu. »Welche Geschichten werden Robin und Lilli prägen? Lernen sie von uns, das Leben zu genießen, oder lernen sie, ständig unter Perfektionsdruck zu stehen? Sehen sie, dass ihre Eltern sich lieben?« Er räusperte sich. »Denn das tue ich, auch wenn du offenbar denkst, dass ich Babette hinterhersteigen will.«

Marie betrachtete seine Hand auf ihrem Arm. Warum sagte einem keiner vorher, wie verflixt kompliziert die Konstruktion namens Ehe war? In ihren Ratgebern stand, eine Ehe sei wie ein Kartenspiel. Man könne nicht erwarten, ein gutes Blatt in der Hand zu halten, vielmehr komme es darauf an, auch mit schlechten Karten brillant zu spielen.

»Okay.« Sie legte eine Hand auf seine. »Danke, Schatz.«

»Und mit der Paartherapie warten wir bis zur goldenen Hochzeit«, schmunzelte Alexander.

So war er halt. Friede, Freude, Wattebäusche. Die entscheidenden Themen wurden nie ausdiskutiert. Vermutlich ist das in den meisten Ehen so, überlegte Marie. Frauen denken permanent darüber nach, was ihre Männer so denken, während die Männer wahrscheinlich gar nichts denken.

Sie schaute aus dem Fenster. Inzwischen hatten sie das gläserne Bürohochhaus erreicht, in dem sie arbeitete. Doch was war das? Alexander hielt nicht nur an, er parkte den Wagen ein?

»Ich bringe dich noch hoch in dein Büro«, erklärte er lächelnd. »Damit du einen guten Start in den Tag hast und mir nicht unterwegs zusammenklappst.«

»Aber … du warst noch nie in meinem Büro.«

»Wird vielleicht Zeit, dass ich mich mehr für deinen Job interessiere.« Zärtlich hauchte er ihr einen Kuss auf die Wange. »Also? Bereit?«

Marie nickte verwirrt. War sie schon paranoid, oder musste sie seinen unvermuteten Stimmungsumschwung als schlechtes Zeichen interpretieren? Sie hatte mal gehört, dass Ehemänner lammfromm und superlieb wurden, wenn sie heimlich einen Seitensprung planten. Manche brachten ihren Ehefrauen angeblich sogar Blumen mit, wenn sie von der Geliebten kamen. Die Verabredung mit Babette hatten sie nicht mehr erwähnt, was ja wohl bedeutete, dass Alexander heute Abend zu ihr gehen würde. Vorsicht war also geboten. Aufmerksam beobachtete Marie, wie Alex den Kühler umrundete und ihr die Beifahrertür öffnete.

»Langsam, mein Schatz, lass dir Zeit«, sagte er und half ihr galant aus dem Wagen.

Schon beim ersten Schritt merkte Marie, dass sie von den starken Tabletten leicht benebelt war. Als sie an Alexanders Arm zum Eingang des Gebäudes wankte, fühlte es sich an, als balanciere sie über zerbrochenes Glas. Marie betete, dass kein Kollege sie so sah. Doch zu allem Unglück joggte nun ausgerechnet Holger Christiansen heran, in einem verschwitzten grauen Hoodie und einer kurzen gelben Hose, die seine sehnigen Beine zur Geltung brachte. Wenn er Marie so erlebte, schwer gestützt auf Alexanders Arm und mit unsicheren Schritten unterwegs, dachte er am Ende noch, sie sei gestern bei ihrem Chaosanruf tatsächlich beschwipst gewesen.

»Danke«, sie gab Alex ein Wangenküsschen, »den Rest schaffe ich allein.«

So schnell und so aufrecht wie möglich absolvierte sie die letzten Meter bis zum Eingang. Nicht schnell genug. Und offenbar auch nicht aufrecht genug.

»Hi Marie! Bisschen wacklig heute Morgen, was?« Unaufhaltsam kam Holger näher, bis er direkt vor ihr stand und in Joggermanier von einem Fuß auf den anderen trippelte. »Hand aufs Herz, haben Sie gesumpft?«

»Ich, also …«

»Kein Ding«, sagte er augenzwinkernd, »ich fand's ganz witzig, gestern Abend mal die chaotische Marie zu erleben, nicht die charmante Perfektionistin. Wir haben doch alle schon mal jemanden nachts betrunken angerufen, oder? Da denkt der Alkohol eben, hey, telefonieren ist eine Spitzenidee.«

Marie brauchte gar nicht erst hinzuschauen, um zu spüren, wie Alexander die Kinnlade runterfiel. Rasch wollte sie etwas einwenden, um die drohende Katastrophe abzuwenden, wusste aber nicht, was.

»Sie sind ja ganz grün im Gesicht, bekommen Sie auch genug zu essen?«, flachste Holger Christiansen. Unbefangen zog er seinen schweißfleckigen Hoodie aus und präsentierte einen beeindruckend muskulösen Oberkörper, den ein winziges weißes T-Shirt mehr betonte als verhüllte. »Sonst hätte ich da noch den einen oder anderen Power-Smoothie von FeelBetterFood anzubieten.«

»Keine Sorge, mir geht's blendend«, versicherte Marie. »Ich habe einen Ernährungsplan, einen Fitnessplan, einen …«

»… Sexplan«, sagte Alexander, der in diesem Moment neben sie trat.

»Bitte?« Maries Chef verengte seine Augen zu Schlitzen. »Wer sind Sie denn?«

Marie stand kurz vor einem Nervenzusammenbruch. Wie kam sie hier wieder raus? Gar nicht, wie's aussah. Nachdem Alexander sein verschwitztes Gegenüber in Shorts und Muscle Shirt mit einem eisigen Blick gestreift hatte, machte er sich ganz gerade, knöpfte das Jackett seines dunkelblauen Anzugs zu und hob das Kinn. Selten hatte Marie erlebt, dass er sich derart aufplusterte.

»Ich bin der Ehemann dieser Dame. Und Sie? Der Bürobote?« Der Blitzstrahl eines misstrauischen Blicks traf Marie. »Darf man erfahren, warum du diesen Typen nachts betrunken anrufst?«

»Mein, ähm, Gatte verfügte schon immer über einen speziellen Humor«, murmelte Marie, die gar nicht mehr wusste, wohin vor lauter Peinlichkeit. »Alex, das ist Holger Christiansen, mein Chef.«

Einen Moment lang verschlug es Alexander die Sprache, dann trat er einen Schritt zurück.

»Ach, so sehen heutzutage Chefs aus? Und wieso joggt er überhaupt, statt zu arbeiten?«

Trotz des unangemessenen Tons blieb Holger Christiansen bewundernswert ruhig. Lässig wischte er sich mit seinem grauen Hoodie den Schweiß von der Stirn.

»Wenn ich dauernd arbeiten müsste, hätte ich meinen Job nicht richtig gemacht.«

»Wie meinen Sie das denn?«, fragte Alexander verunsichert.

»Das Geheimnis eines Masterminds ist die Auszeit, nicht die Arbeit«, lächelte Maries Chef. »Ackern kann jeder. Aber nur mit der richtigen Balance aus Arbeiten und Loslassen erreicht man was im Leben. Könnten Sie auch mal ausprobieren.«

Das war ein Verbaleinlauf, der Alexander nun gar nicht passte. Eine Pause entstand, in der die beiden Männer einander fixierten. Es war mit Händen zu greifen, dass sie nie, aber auch wirklich niemals Freunde werden würden. Marie hoffte nur noch inständig, aus diesem Alptraum zu erwachen. Unauffällig stupste sie Alexander mit dem Ellenbogen an.

»Willst du Herrn Holger – Entschuldigung, ich meine natürlich Herrn Christiansen – nicht begrüßen?«

»Okay.« Mit unbeweglicher Miene hielt Alexander ihrem Chef die Hand hin. »Endlich lerne ich mal den Mann kennen, der mehr Zeit mit meiner Frau verbringt als ich.«

»Wir arbeiten hier im Team«, erwiderte Holger Christiansen, und nur wenn man ihn sehr, sehr gut kannte, hörte man den leichten Anflug von Ärger in seiner Stimme. »Marie? Wollen wir zusammen den Fahrstuhl ins Büro nehmen, oder gibt es hier noch etwas zu bereden?«

»Nein.« Sie schluckte. »Nichts.«

»Finde ich auch«, stieß Alexander hart hervor. »Warte heute Abend nicht auf mich, Marie, kann später werden bei Babette.«

Damit drehte er sich auf dem Absatz um und marschierte zurück zum Wagen. Mit eingefrorenem Lächeln stand Marie da. Es hätte sie nicht gewundert, wenn direkt über ihrem Kopf ein blinkendes Schild mit der Aufschrift *Hoffnungsloser Fall* erschienen wäre.

Sie hatte inständig gehofft, auf das gestrige Chaos würde ein besserer Tag folgen, doch es sah nicht danach aus. Nun, kein Wunder, nach dem verkorksten Morgen. Es war wie beim Zuknöpfen einer Bluse. Fing man oben mit dem falschen Knopf an, saßen auch alle anderen Knöpfe falsch. Langsam fragte sie sich, ob dieser Tag noch steigerungsfähig war. Vielleicht eine Feuersbrunst? Oder ein Erdbeben?

Leben am Limit, dachte sie, als Holger Christiansen ihr eine der Glastüren aufhielt, die zum Empfangsbereich des Bürogebäudes führten. Schweigend durchquerten sie die riesige elegante Lobby mit dem grünlichen Marmorboden und den mannshohen Blumengebinden, während Marie zerknirscht darüber nachdachte, dass sie innerhalb weniger Minuten so ziemlich alles gefährdet hatte, was ihr wichtig war: ihre Ehe, ihren Ruf, ihre Karriere. Einer wie Holger Christiansen stand ganz gewiss nicht darauf, vom Ehemann einer Mitarbeiterin dermaßen mies behandelt zu werden.

Endlich waren sie an den stählern schimmernden Aufzügen angelangt. Mit einem feinen Pling öffnete sich der Lift. Holger Christiansen ließ ihr den Vortritt, und als sich die Lifttüren wieder schlossen, gab er ihr einen undefinierbaren Blick.

»Wissen Sie, was Sie brauchen, Marie?«

Ihr sackten fast die Beine weg. »Einen – neuen Job?«

»Nein, ein neues Leben.«

Kapitel 6

Es gab viele To-do-Listen in Maries Alltag, aber es gab auch eine Liste mit Dingen, die sie auf gar keinen Fall wollte. Zum Beispiel einen Grabstein mit der Aufschrift: Hier ruht Marie Hasemann, die bedauerlicherweise irgendwann falsch abgebogen ist und sich deshalb im falschen Leben verlaufen hat. *Ein neues Leben,* genau das brauchte sie jetzt. Ein Leben, das sich richtig anfühlte. Ihr Herz vollführte eine kleine Pirouette bei dem Gedanken, wie tief Holger in ihre Seele schaute. Man konnte so einiges vortäuschen, Selbstbewusstsein zum Beispiel, gute Laune und natürlich Orgasmen, nur eines ließ sich nicht vorspielen: Einfühlungsvermögen.

Ein wenig atemlos presste sie ihren Rücken an die verspiegelte Wand des Lifts. Wie konnte es sein, dass Holger erkannt hatte, wer sie wirklich war? Eine zwischen Perfektionismus und Selbstzweifeln taumelnde Frau, die sich nichts so sehr wünschte wie das berühmte einfache Leben? Vielleicht sah er sogar das kleine Mädchen hinter der grauen Businessuniform, dieses unbekümmerte Kind, das tanzen wollte und Konfetti liebte und sich nach dem großen lachenden Leben sehnte?

Einige weitere Fragen flatterten durch ihren Kopf und segelten zielstrebig in ihren Bauch, wo zwei, drei Schmetterlinge einen sonderbaren Tanz aufführten. Ja, Marie fühlte sich zu diesem Mann hingezogen, der sich ehrlich für sie interessierte und ihr mit voller Empathie begegnete. Wäre sie nicht verheiratet gewesen, sie hätte glatt glauben können, den Junggesellenjackpot geknackt zu haben.

»Wussten Sie, dass es über unserer Büroetage ein Penthouse mit einem kleinen Apartement gibt?«, fragte er unvermittelt.

»Nein? Wieso?«

»Wenn Sie mal Abstand brauchen, könnten Sie dort vorübergehend wohnen.« Ein wissendes Lächeln lag auf seinem Gesicht. »Ehe und Familie sind was Tolles, aber manchmal braucht man Zeit für sich. Ihr Alltag scheint recht anstrengend zu sein.« Er räusperte sich, und es war nur zu klar, dass er Alexander meinte. »Wenn Sie möchten, gebe ich Ihnen noch heute den Schlüssel für das Apartement. Zwei Zimmer, Küche, Bad, grandiose Aussicht. Wie wäre das?«

Nach fünfzehn Jahren Ehe? Wie das erste Mal Fahrrad fahren ohne Stützräder? Während Marie versuchte, die vage Erotik zu ignorieren, die in Holgers Angebot vibrierte, trafen sich ihre Blicke. Aber bevor sie etwas sagen oder fragen konnte, hielt der Fahrstuhl im zweiundzwanzigsten Stockwerk, wo sogleich das Milchgesicht ihren Chef in Beschlag nahm.

»Hi Sportsfreund, wir müssen dringend über die Fokusgruppen reden«, sagte Ben Haller geschäftig. »Vorher einen Chai-Latte?«

»Klingt gut«, nickte Holger Christiansen und wandte sich an Marie. »Sorry, wir sehen uns später.«

Konspirativ murmelnd verschwanden die beiden in Richtung Teeküche, die hier *Kitchen & more* hieß. So blieb Marie nichts anderes übrig, als ziemlich durcheinander in ihr Büro zu staksen, den Laptop aufzuklappen und so zu tun, als checke sie ihre Mails.

Es war vertrackt. Was sollte sie von Holgers Vorschlag halten, vorübergehend hier im Bürohaus einzuziehen? Für Marie verstand es sich von selbst, dass sie keinesfalls Mann und Kinder sich selbst überlassen würde. Sicher, Holger war eine gewisse Versuchung mit seiner sensiblen Art und seinen Bernsteinaugen, die funkelten wie die Weihnachtsbeleuchtung einer mittleren Großstadt. Aber sie wusste, wo sie hingehörte: zu Alexander.

Wusste Alexander auch, wohin er gehörte? Schon heute Abend würde er zu dieser Babette gehen. Was, wenn er sich bei ihr den Ehefrust von der Seele redete? Man wusste doch, wie so was enden konnte. Perfiderweise verfügte Marie über eine blühende Phantasie. Ihr Kopfkino produzierte unaufhörlich Bilder, die ihr den Atem stocken ließen: Alex mit nacktem Oberkörper auf der Leiter, Alex mit Babette und Bier auf der Couch, Alex, der lachte und scherzte. Würde er mit Babette flirten? Oder sie vielleicht sogar küssen? Es gibt Fragen, auf die du keine Antwort willst, Marie.

Ratlos schaute sie aus dem Fenster. Gerade kämpfte sich eine blasse Sonne durch den morgendlichen Dunst und tauchte die Hausdächer in pastellzartes Rosa, da und dort funkelten Lichtkaskaden in den spiegelnden Fensterfronten. Ein wunderschönes Schauspiel. Früher, ganz früher, wenn sie mit Alexander eine Nacht durchgemacht hatte, waren sie manchmal auf einen nahe gelegenen Berg gefahren und hatten den Sonnenaufgang beobachtet. Warum machten sie so was nicht mehr?

In Gedanken blätterte Marie die letzten Jahre durch wie früher ihren Filofax-Kalender. War irgendetwas Einschneidendes vorgefallen? Eigentlich nicht. Gut, im ersten Ehejahr verlor man die rosarote Brille, spätestens im dritten das erotische Interesse, im fünften die Geduld. Aber war das nicht normal?

Um sich zu beruhigen, sorgte sie wenigstens auf ihrem Schreibtisch für Ordnung. Nachdem sie alle Stifte exakt parallel zum Laptop angeordnet hatte, ging es ihr schon etwas besser. Danach schob sie die silbern gerahmten Familienfotos in eine Reihe, ruckelte am schwenkbaren Arm der Schreibtischlampe herum, bis er einen rechten Winkel zum Laptop bildete, und vollendete ihre Komposition, indem sie ein paar FeelBetterFood-Broschüren zu einem akkuraten Fächer arrangierte.

»Hallo Frau Hasemann!«

Es war Scarlett, die plötzlich im Büro stand. Bei FeelBetter-Food ließ man als Zeichen steter Kommunikationsbereitschaft die Türen offen stehen, ein Usus, an den sich Marie wohl nie gewöhnen würde. Da konnte sie schon froh sein, dass diese Regelung nicht auch für die Toiletten galt – wobei sie einige Schwierigkeiten hatte, sich an die beheizten Klobrillen zu gewöhnen, die in dieser Firma genauso dazugehörten wie die *BetterPlayRooms*, in denen man Dart und Tischfußball spielte.

»Frau Hasemann?«

»Guten, ähm, Morgen, Scarlett.«

»Ich habe den Ebay-Verkäufer kontaktiert, er hat die Kuchenplatte schon per Kurier losgeschickt«, erzählte ihre Assistentin. »Die Kuchenplatte für Ihre Schwiegermutter. Gibt es sonst noch was zu erledigen?«

Marie musste nicht lange überlegen. Sie würde ihrem Mann zeigen, dass er zu Hause alles bekam, was er heute Abend vielleicht bei Babette suchte. Was sie vorhatte, war zwar nicht ratgeberkonform, und jeder Psychologe hätte die Hände über dem Kopf zusammengeschlagen, doch sie war gewillt, multiple Maßnahmen für ihr Eheglück zu ergreifen.

»Scarlett, also, das ist mir jetzt ein bisschen unangenehm, aber könnten Sie mir vielleicht figurformende Wäsche besorgen? Größe vierzig, hautfarben? Und einen Botox-Termin?«

Leicht verwirrt strich sich die junge Frau durch ihre blonde Raspelfrisur.

»Es steht mir zwar nicht zu, Ihnen irgendwie reinzureden, Frau Hasemann, aber meiner Ansicht nach brauchen Sie weder das eine noch das andere.«

Nett gemeint, doch Maries Entschluss stand fest. Alexanders Reaktionen auf Tamara und Babette waren eindeutig gewesen. Mal ganz zu schweigen von seiner ablehnenden Reaktion auf den Vorschlag, ihr darniederliegendes Liebesleben mit Sexdates aufzupäppeln.

»Bitte, Scarlett, fragen Sie nicht, warum, ich brauche beides. Aus multiplen Gründen.«

Kopfschüttelnd notierte ihre Assistentin etwas auf dem Tablet, dann hob sie fragend die Augenbrauen.

»Vielleicht noch ein Push-up-BH oder lieber gleich eine Brustvergrößerung? Man kann sich neuerdings auch Hyaluron in die Nasenspitze injizieren lassen, für ein hübsches Stupsnäschen.«

Obwohl Marie nicht gerade zum Lachen zumute war, bekam sie ein winziges Schmunzeln zustande.

»Nein, danke. Was steht sonst so an?«

Unbeweglich verharrte ihre Assistentin vor dem Schreibtisch. Nur die weit aufgerissenen Augen hinter der schwarzen Nerdbrille verrieten, dass sie etwas irritierte.

»Sie sehen heute irgendwie … anders aus.«

Unwillkürlich prüfte Marie den Sitz ihrer Frisur, die sich wegen des vielen Haarsprays mittlerweile in einen bräunlich gesträhnten Helm verwandelt hatte.

»Wie denn – anders?«

»So als hätten Sie blaue Flecken auf der Seele, na ja, wahrscheinlich nicht so wichtig.« Scarlett senkte den Blick auf ihr obligatorisches Tablet und wischte mit einem Finger über die Zeilen. »Ihre Agenda für heute: neun Uhr Videocall mit dem Leiter der Fokusgruppe Food-Test, Viertel vor zehn telefonische Abstimmung mit der Bioladenkette. Die Elf-Uhr-Konferenz fällt aus, dafür haben Sie um zwölf Uhr dreißig einen Lunchtermin mit Herrn Christiansen und um vierzehn Uhr ein Meeting mit dem Verpackungsdesigner. Danach …«

»Sekunde mal.« Ein leichter Schwindel erfasste Marie. Sie massierte sich die Stirn. »Mittagessen mit dem Chef?«

»Hm, warten Sie, ja, so steht das hier, zwölf Uhr dreißig im Julep's«, antwortete ihre Assistentin mit konzentriert zusammengekniffenen Augen. »Sie wissen doch, der Chef hat Zugriff auf alle elektronischen Terminkalender und kann jederzeit ein Meeting eintragen.«

»Was ist denn der Anlass?«

»Vermutlich geht es um die Fokusgruppen«, flüsterte Scarlett und ruckelte etwas verlegen an ihrer Brille herum. »Heute Morgen kamen die ersten Testergebnisse für Ihre neue Schwarze Linie. Tut mir leid, offenbar ist der Black Velvet Power Drink durchgefallen.«

Das war die perfekte Antwort auf die Frage, ob dieser Chaostag noch steigerbar war. Marie fühlte sich, als hätte ihr jemand einen Eimer Eiswürfel über den Kopf geschüttet. Das konnte doch nicht sein. Sie hatte persönlich alles probiert, was nach ihren Rezepten im firmeneigenen Labor hergestellt worden war, und die neuen Produkte schmeckten hervorragend. Alarmiert klickte sie ihre Mails an, bis sie die Testergebnisse gefunden hatte. Mit schreckgeweiteten Augen las sie die Kommentare der Probanden: *Schmeckt wie alter Tümpel. – Das ultimative Brechmittel. – Damit würde ich nicht mal mein Klo scheuern.*

In Marie gingen die Lichter aus. Etwas derart Niederschmetterndes hatte sie noch nie über ihre Kreationen gehört. Was für eine furchtbare Schmach. Deshalb also war das Milchgesicht so erpicht darauf gewesen, Holger Christiansen am Fahrstuhl abzufangen. Alle wussten schon von den katastrophalen Testergebnissen.

»Haben Sie das im Einzelnen gelesen, Scarlett?«, erkundigte sie sich mit belegter Stimme.

»Nur kurz überflogen«, wich ihre Assistentin aus. »Und ganz ehrlich, irgendwie kriege ich das nicht gebacken mit dem negativen Feedback. Die Rezepturen klangen doch echt cool.«

»Meine Rezepturen sind wasserdicht!«, rief Marie verzweifelt.

»Ist halt alles Geschmackssache …«

Das sollte wahrscheinlich ein Trost sein, klang in Maries Ohren aber nach Dann-liegen-Sie-mit-Ihrem-Geschmack-eben-voll-daneben. Das hörte sich übel an. Wie würde der Chef darauf reagieren? Selbst für einen Empathiebolzen wie Holger Christiansen gab es Grenzen. Was hatte er vor? Sie vielleicht doch feuern? Auf die nette Art, bei einem veganen Süppchen, in dem er ihre berufliche Zukunft versenkte?

»Sonst noch einen Wunsch, Frau Hasemann?«

»Danke, das war alles.« Marie lächelte etwas gezwungen. Wegen der blauen Flecken auf der Seele. »Ansonsten komme ich klar.«

»Kommen Sie nicht, das sehe ich doch«, widersprach Scarlett

sanft. »Okay, Ihre Mundwinkel haben sich leicht angehoben, und in Ihrer Welt ist das vermutlich ein Lächeln, aber inzwischen kenne ich Sie so gut, dass ich merke, wenn etwas nicht stimmt.«

Ach, Scarlett. Wie süß war das denn bitte? Aufstöhnend stützte Marie ihr Kinn in die Hände. Es hatte wohl keinen Sinn, das Offensichtliche länger zu leugnen.

»Ehrlich gesagt starre ich seit zwanzig Minuten nur Löcher in meinen Laptop.«

»Na, und? Das machen die meisten hier acht Stunden am Tag und nennen es arbeiten. Da ist doch noch mehr, oder?«

»Momentan geht so ziemlich alles schief«, bekannte Marie und merkte im selben Moment, wie ungeheuer befreiend es war, jemandem ihr Herz auszuschütten. »Meine Ehe wackelt, meine Kinder rebellieren, ich habe höllische Rückenschmerzen, und jetzt läuft es auch noch im Job unrund.«

»Das tut mir sehr leid«, erwiderte Scarlett voller Mitgefühl. »Sie brauchen einfach mal ein paar Minuten ohne Denkhintergrund. Wenn Sie wollen, können wir vor der Mittagspause eine Yogaübung einlegen.« Graziös hob sie die Arme und zog ein Bein an, wobei sie gekonnt das Gleichgewicht hielt. »Der Baum wäre gut für Sie, der bringt Sie wieder in Balance. Noch besser wäre der Herabschauende Hund, der hilft beim Loslassen.«

»Solange es nicht die doppelt eingesprungene Kröte sein muss …«

»Rückenschmerzen sind kein Zufall.« Scarlett wirkte auf einmal sehr ernst. Und sehr besorgt. »Seien Sie gut zu Ihrer Seele, damit Ihr Körper Lust hat, selbige zu umarmen.«

»Ich fürchte, meine Seele und mein Körper leben zurzeit getrennt.«

»Hm.« Maries Assistentin verschränkte nachdenklich die Arme. »Sie sind nicht gerade spirituell, oder?«

»Dalai Lama und so?«

»Na ja, ich merke schon, das ist Ihnen zu viel Esoterikgedöns. Dann lasse ich Sie mal allein, damit Sie ein wenig zur Ruhe kommen.«

»Danke, sehr lieb von Ihnen.«

Das mit der Ruhe war allerdings ein ebenso frommer wie vergeblicher Wunsch. Kaum hatte Maries Assistentin das Büro verlassen, als auf dem Laptop auch schon das Fenster für die Videokonferenz aufploppte. Mit bebenden Fingern klickte Marie den Button *Annehmen* an, und der Leiter der Fokusgruppe erschien auf dem Monitor, Herr Bornstein, ein hageres Männchen mit exakt gestutztem Schnurrbart. Das Kaffeegesicht. Ganz deutlich konnte Marie die dünne knittrige Haut und die kleinen Grießkörner unter den Augen erkennen, wo sich überforderte Nieren gegen zu viel Koffein und zu wenig Wasserzufuhr wehrten.

»Schlechte Nachrichten, Frau Hasemann«, schnarrte Herr Bornstein, ohne sich lange mit einer Begrüßung aufzuhalten. »Ihr Black Velvet Power Drink ist der absolute Rohrkrepierer. Geschmacklich indiskutabel, farblich grenzwertig, das Mouth-Feeling erinnert an Sandpapier, ach ja, und zwei Probanden hatten hinterher Dünnpfiff.«

Es dauerte einen Moment, bis Marie die desaströsen Details vollständig verarbeitet hatte. Beim *Mouth-Feeling* stutzte sie. Es bedeutete so viel wie Mundgefühl, das beispielsweise sahnig, knusprig oder fluffig beschrieben werden konnte. Das Getränk, das Marie im Labor perfektioniert hatte, war cremig gewesen, es zerging auf der Zunge. Wieso also Sandpapier? Irgendetwas stimmte hier nicht.

»Ist noch was davon übrig?«, fragte sie.

»Von dem Black-Irgendwas-Gesöff?« Der Fokusgruppenleiter verzog abfällig das Gesicht. »Was denken Sie denn? Auf einen Nachschlag haben die Tester dankend verzichtet, und der Rest wandert heute in den Müll.«

Marie stand bereits. Ihr Atem flog, ihr Körper spannte sich an wie die gestraffte Sehne einer Armbrust.

»Bleiben Sie, wo Sie sind, Herr Bornstein, und lassen Sie den Drink nicht aus den Augen! Ich bin in drei Minuten bei Ihnen!«

Schneller, als ihr schmerzender Rücken erlaubte, humpelte sie aus dem Büro und weiter zu den Aufzügen. Sie musste herausfinden, was mit dem Getränk passiert war. Sofort! Mit klopfendem Herzen betrat sie den Lift, zog ihre Chipkarte hervor und hämmerte auf den Knopf für den fünften Stock. Währenddessen ging sie alle möglichen Fehlerquellen durch. Jemand könnte etwas verwechselt haben. Oder die Kokosnussschalen waren bei weiteren Portionen nicht fein genug zermahlen worden. Das hauseigene Labor beschäftigte zwar ausschließlich qualifizierte Mitarbeiter, aber man konnte nie wissen.

Die Lifttüren schlossen sich schon fast, als sich im letzten Augenblick Ben Haller dazwischenzwängte.

»Schönen guten Morgen! Na? Alles schick?«

Die Schadenfreude in seiner Stimme war kaum zu überhören. Frau Hasemann, der allseits beneidete neue Liebling des Chefs, hatte Mist gebaut, das war natürlich ein gefundenes Fressen für die Kollegen. Im Übrigen hatte Marie Ben Haller noch nie sonderlich gemocht. Wenn er einem die Hand gab, fühlte es sich immer an, als schüttle man einen toten Fisch. Aber sie gab sich keine Blöße.

»Ich freue mich auf einen weiteren kreativen Tag«, sagte sie mit einem neutralen Lächeln.

»Da fragt sich nur, wie viele kreative Tage Ihnen noch bleiben«, stichelte das Milchgesicht. »Schließlich heißen wir ja nicht FeelBadFood, oder? Wenn Ihnen noch mehr Fehler unterlaufen, müssen Sie als Erstes Ihr Büro räumen und runter in den zwanzigsten Stock, wo Fred sein Unwesen treibt.«

»Wer ist Fred?«

»Genau«, feixte Ben Haller. »Keiner kennt ihn mehr, weil er vor einem halben Jahr in Ungnade gefallen ist. So was passiert hier schneller, als man denkt. Holger ist ein Schnuckelchen, aber wenn Sie's versemmeln, verspeist er Sie ohne Messer und Gabel.«

Marie biss sich auf die Lippen. Auf einmal wurde ihr bewusst, dass man sie nicht nur beneidete, nein, die Kollegen hatten förmlich darauf gewartet, dass der viel zu perfekten Frau Hasemann endlich ein Fehler unterlief. Alte Kumpels hielten eben zusammen wie Pech und Schwefel, während sie die ungeliebte Außenseiterin blieb. Was sie dagegen tun sollte? Sie hatte keinen blassen Schimmer.

Als sie im fünften Stock ausstieg, empfing sie sogleich der weiß bekittelte Herr Bornstein, einen Kaffeebecher mit FeelBetterFood-Aufdruck in der rechten Hand. Kaffee, klar. Ansonsten war er der Typ beigefarbene Sommersandale plus vergessene Fahrradklammer am Hosenbein.

»Hallo Frau Hasemann«, begrüßte er sie mit filmreifer Weltuntergangsmiene. »Eins kann ich Ihnen schon verraten: Noch nie in meinem langen Berufsleben habe ich einen derartigen Reinfall erlebt. Na, dann kommen Sie mal mit.«

Mit einem flauen Gefühl im Bauch folgte sie ihm in die Versuchsküche. Der klinisch saubere, weiß getünchte Raum bestach durch deckenhohe gläserne Kühlschränke voller beschrifteter Plastikbehälter und eine chromblitzende Kochinsel in der Mitte, die man ohne den eingearbeiteten Induktionsherd für einen Operationstisch hätte halten können. An der Stirnwand stand eine Spüle, darüber hingen Geschirrschränke. Weit geöffnete Flügeltüren an der gegenüberliegenden Wand führten zum Testbereich. Er war ebenfalls ganz in Weiß gehalten, mit einem langen Tresen, vor dem verchromte Barhocker auf die nächsten Probanden warteten.

»Sagen Sie hinterher bitte nicht, ich hätte Sie nicht gewarnt«, grummelte Herr Bornstein, während er einem der Kühlschränke eine Plastikkaraffe entnahm. Vorsichtig goss er eine dunkle Flüssigkeit in einen Probierbecher, den er Marie hinhielt. »Wohl bekomm's, Frau Hasemann!«

Schon als sie den Becher zum Mund führte, nahm sie einen stechend fauligen Geruch wahr. Es kostete sie einige Überwindung, überhaupt einen Schluck von dem Gebräu zu probieren, dessen Farbe ins Grünliche spielte. Kaum hatte sie daran genippt, als sie auch schon zur Spüle rannte und die Flüssigkeit ausspuckte.

»Sehen Sie, das Zeug ist ungenießbar«, sagte Herr Bornstein triumphierend.

»Ja, weil es nicht nach meiner Rezeptur hergestellt wurde«, keuchte Marie mit hochrotem Kopf. »Das schmeckt nach oller Kohlsuppe mit einer Ladung Buddelkistensand. Nie und nimmer ist das mein Rezept.« Langsam drehte sie sich zu Herrn Bornstein um, was trotz der Tabletten einen flammenden Schmerz in ihrer Lendenwirbelgegend erzeugte. »Wer hat meinen Black Velvet Power Drink verhunzt?«

»Nun ziehen Sie mal keine voreiligen Schlüsse.« Eigentümlich desinteressiert, wie es Marie schien, schaute Herr Bornstein auf sie herab. »Nur damit Sie's wissen: Alles wurde genau nach Ihren Anweisungen zubereitet.«

»Nur damit *Sie's* wissen: Kein Mensch nimmt Ihnen das ab. Das war ein Sabotageakt!«

»Beruhigen Sie sich doch erst mal. Man kann nicht immer gewinnen, Rückschläge gehören zum Geschäft.«

Die Art, wie er es sagte, klang dermaßen gleichgültig, dass sich Maries Misstrauen steigerte. Irgendjemand warf ihr Knüppel zwischen die Beine, aber Herrn Bornstein interessierte das nicht die Bohne. Gehörte er womöglich zur Liga feindlicher Kollegen, die ihre Erfolge mit dunkelgelbem Neid betrachteten?

»Das wird ein Nachspiel haben«, ächzte sie. »Und beim nächsten Test mit den Fokusgruppen werde ich dabei sein, um mich persönlich davon zu überzeugen, dass alles ordnungsgemäß abläuft. Bitte koordinieren Sie künftig alle Termine mit mir.«

»Wie Sie möchten«, willigte er achselzuckend ein.

Danach ließ er Marie einfach stehen. Mit wehenden Kittelschößen marschierte er aus der Versuchsküche und schlug die Tür hinter sich zu. Als sie sich aufrichtete, wurde der Rückenschmerz so stark, dass sie fast das Gleichgewicht verlor. Mit verzerrtem Gesicht klammerte sie sich an die Spüle. Himmel, warum wirkten die Tabletten nicht mehr? Und wie sollte sie in diesem Zustand jemals wieder in ihr Büro gelangen? Mit letzter Kraft zog Marie ihr Handy aus der Jacketttasche und wählte die Nummer ihrer Assistentin.

»Scarlett? Dies ist ein Notfall. Könnten Sie mich bitte aus der Versuchsküche abholen?«

»Um Gottes willen! Was ist passiert?«

»Kommen Sie einfach her. Ich brauche Hilfe.«

Zwei Minuten später erschien Scarlett in der Tür. Sie wurde kreidebleich, als sie Marie sah, die immer noch wie ein nasser Sack über der Spüle hing.

»Geht's Ihnen nicht gut? Was ist denn los?«

»Ach, nur die Rückenschmerzen, nichts weiter. Ich habe meine Tabletten oben im Büro. Könnten Sie mich stützen? Allein schaffe ich es nicht.«

»Natürlich.« Beherzt hakte Scarlett sie unter. »Allerdings glaube ich, dass Sie nicht nur Tabletten brauchen, Frau Hasemann. In der Zwischenzeit habe ich mal ein bisschen recherchiert. Wussten Sie, dass Ben Haller und Herr Bornstein jeden Tag zusammen Dart im BetterPlayRoom spielen?«

Mehr sagte sie nicht, und mehr musste sie auch gar nicht sagen. Die beiden steckten unter einer Decke. Maries Magen rutschte bis in die Kniekehlen.

»Ich … ich hatte keine Ahnung.«

»So was ist leider wichtig«, erwiderte Scarlett. »Darf ich offen sprechen?«

»Nur zu«, stöhnte Marie, die sich kaum noch aufrecht halten konnte.

Scarlett atmete geräuschvoll aus, was sie nur tat, wenn sie etwas Unangenehmes zu berichten hatte.

»Sie sind spitze im Job, aber der besteht nicht nur aus Fakten, Produkten und Zielgruppen. Sie arbeiten mit echten Menschen aus Fleisch und Blut, die alle ihre kleinen Macken haben, die

Freundschaften untereinander knüpfen, Seilschaften bilden. Sie hingegen …«

»Was – ich?« Maries Mund wurde plötzlich staubtrocken. »Was *ich hingegen*?«

»Sie powern hier bis zu zehn Stunden täglich durch und sind supereffizient bis zur Perfektion, aber abgesehen von meiner Person nehmen Sie niemanden richtig wahr. Das rächt sich.«

So hatte Marie es noch nie betrachtet. Für sie waren all die Teeküchenschwätzchen, sportlichen Einlagen und Feierabendbierchen immer nur entbehrliches Jungsgeplänkel gewesen. Den BetterPlayRoom hatte sie nie betreten. Wie auch, wenn man ein so gewaltiges Pensum wie Marie hatte.

»Verstehe ich das richtig?«, fragte sie mit hart pochendem Herzen. »Für meine geschätzten Kollegen ist das hier ein Arbeitsplatz mit Familienanschluss und integriertem Freizeitpark, aber weil ich keine Zeit für den Ringelpiez habe, bin ich jetzt die Angeschmierte?«

»So in etwa«, bestätigte Scarlett und sah dabei richtig unglücklich aus. »Der Chef nennt es Social Shmoozing. Das soll so viel wie soziales Schmusen bedeuten, also, nicht wörtlich gemeint natürlich, nur im Sinne von Austausch und persönlicher Kommunikation.«

Na, besten Dank auch. Schmerzgebeugt wankte Marie an Scarletts Arm in den Fahrstuhl. Was sollte sie tun? Kündigen und sich einen Homeoffice-Job suchen, in dem man keine sozialen Annäherungsversuche von ihr erwartete?

Darüber grübelte sie noch nach, als sie längst wieder am Schreibtisch saß, Mails beantwortete, Telefonate führte und versuchte, die Zeiger ihrer Armbanduhr zu hypnotisieren. Die Dinger bewegten sich beängstigend schnell vorwärts, so als könnten sie es kaum erwarten, endlich auf halb eins zu stehen. Zwischendurch nahm Marie zwei, drei weitere Tabletten, was weder die Schmerzen noch ihren Bammel vor dem Mittagessen sonderlich lindern konnte.

Um Viertel nach zwölf trippelte Scarlett ins Büro, auf Zehenspitzen, als handle es sich um einen Krankenbesuch. In ihrer rechten Hand schwenkte sie eine weiß-rosa gestreifte Tüte mit dem Schriftzug *Lingerie de luxe*.

»Bitte sehr, einmal figurformende Wäsche, hautfarben, in Größe vierzig. Der Botox-Termin ist für Freitag früh um acht gebucht, außerdem habe ich Ihnen ein Taxi bestellt, damit Sie sich nicht zu Fuß ins Julep's schleppen müssen.«

»Wieso ein Taxi?«, erklang die muntere Stimme von Holger Christiansen, der in diesem Moment ins Büro schlenderte. »Das können Sie gleich wieder abbestellen, ich nehme Marie in meinem Wagen mit.«

»Oh, okay«, murmelte Scarlett.

»Was haben Sie denn da Schönes für Frau Hasemann?« Neugierig schaute er in die Tüte mit der figurformenden Wäsche und zuckte verwundert zurück. »Irgendwie, hm, na ja, feminin.«

Marie wäre am liebsten im Erdboden versunken. Soeben bekam das Wort feminin eine ziemlich schräge Bedeutung.

»Das ist ein Geschenk für meine Schwiegermutter«, schwindelte sie drauflos.

»Und der Botox-Termin ist auch für die liebe Frau Schwiegermama?«, fragte Holger Christiansen belustigt.

»Sie ist eben eine recht flotte Seniorin«, sprang Scarlett ein.

»Glückwunsch, die alte Dame würde ich gern mal kennenlernen«, lachte Holger Christiansen. »Womöglich tut sich da gerade eine neue Zielgruppe auf? Im Ernst, wir sollten mal über Senioren-Smoothies nachdenken.«

Seine aufgeräumte Art war eine einzige Qual für Marie. Er wusste doch bereits, dass ihr Drink durchgefallen war – im wahrsten Sinne des Wortes, und Alexanders feindseliger Auftritt machte es auch nicht besser. Warum also tat Holger so, als sei alles in bester Ordnung?

»Und, Marie?« Unternehmungslustig rieb er sich die Hände. »Bereit für einen kleinen, feinen Lunch?«

Kleine, feine Hinrichtung wäre wohl das bessere Wort gewesen. Inzwischen ging Marie davon aus, dass ihre Zukunft bei FeelBetterFood Vergangenheit war. Sie erhob sich schlingernd. Dank der vielen Tabletten schien die Welt nur noch aus Watte zu bestehen. *Lass mich Arzt, ich bin durch,* hallte Robins Stimme durch ihren Kopf. Vielleicht hätte sie doch mal lieber das Kleingedruckte auf dem Beipackzettel lesen sollen.

Kapitel 7

Das Julep's gehörte zu den angesagtesten Restaurants der Stadt. Vegane Spitzenküche an coolem Kantinenambiente, mit diesem Rezept hatte sich das Lokal in den Olymp der hiesigen Gastroszene hochgekocht. Bislang kannte Marie das Lokal nur vom Hörensagen, da sie mittags nie essen ging und solche Restaurants auch abends nicht infrage kamen. Keine zehn Pferde hätten Alexander in einen ambitionierten Edelschuppen gebracht, wo man statt Besteck eine Lupe brauchte, wie er zu sagen pflegte, und wo ein Abend so viel koste wie die Monatsmiete einer Zweizimmerwohnung.

Neugierig schaute sie sich um. Von den unverputzten Wänden bis zu den Designermöbeln aus gebürstetem Metall war der loftartige Raum ganz in Betongrau gehalten. Das Stichwort lautete Minimalismus – keine Bilder, keine Blumen, keine Kerzen. Gemütlich ging anders. Das Publikum schien es nicht zu stören, im Gegenteil. Hier trafen sich Menschen, die es unterkühlt mochten, damit der eigene Auftritt umso effektvoller ausfiel. Das Restaurant wimmelte nur so vor überirdisch attraktiven Gästen, die alle so aussahen, als würden sie ein unsagbar hippes Leben auf Instagram führen. Dafür sprach auch, dass hier mehr fotografiert als gegessen wurde. Erst knipsen, dann knabbern, hieß offenbar die Devise. Selfies mit den ehrgeizigen Kreationen des Küchenchefs schienen der vorrangige Sinn des Restaurantbesuchs zu sein.

»Wir haben den runden Tisch da hinten«, sagte Holger Christiansen und zeigte in Richtung Fensterfront. »Normalerweise dauert es Wochen, bis man einen Platz ergattert, aber der Koch ist ein alter Buddy von mir, und Jack hat mir last minute einen Tisch klargemacht.«

»Fein«, hauchte Marie. »Freu mich.«

In Wahrheit fühlte sie sich völlig fehl am Platz. Sie war nicht hip, sie war nicht cool, und Selfies gehörten definitiv nicht zu ihren Freizeitaktivitäten. Außerdem gab es wenig, was ihr Selbstbewusstsein derart auf den Prüfstand stellte wie die Erkenntnis, falsch angezogen zu sein. Mit ihrem korrekten grauen Hosenanzug fiel sie hier unangenehm auf – genauso gut hätte sie ein Clownskostüm tragen können. Die anderen Gäste beeindruckten sich gegenseitig mit lässigen Klamotten, wie man sie in den Schaufenstern gehobener Boutiquen sah: Anzüge aus dezent knitterndem Leinen, weite Kaschmirstrickjacken, Kimonoblusen aus bestickter Seide. Das ultimative Accessoire schienen Einlassbändchen zu sein, die unauffällig darauf hinwiesen, dass man abends sensationelle Events besuchte.

Sicher, Marie hätte sagen können: Na, und? Ich bin ich, und die graue Klamotte ist mein Style. Doch sie war nun mal bestrebt, stets alles richtig zu machen und perfekt vorbereitet zu sein. Ein wenig eingeschüchtert folgte sie ihrem Chef, der nach allen Seiten grüßte, als sei er im Julep's zu Hause. Holger Christiansen schien hier ein Star zu sein, die ultimative Inkarnation von Stil und Lässigkeit.

Je länger Marie die Gäste betrachtete, desto mehr wähnte sie sich im Vorzimmer eines Schönheitschirurgen. Alles, was weiblich war, hatte herzförmige Gesichter, üppige Lippen und seidige Haarmähnen, die so aussahen, als würden sie rund um die Uhr in Form geföhnt. Gegen diese Frauen war sie mit ihren Botox-Plänen eine blutige Anfängerin. Nicht, dass sich Marie ernsthaft mit irgendwelchen Instagram-Elfen vergleichen wollte. Sie war eine gestandene Frau, kein Model. Doch seit sie wegen Alexander über Attraktivitätsdefizite nachdachte, hatte ihr Selbstbild einen gehörigen Knacks bekommen.

Nicht gerade brillante Voraussetzungen für ein Mittagessen, über dem das Damoklesschwert einer vernichtenden Kritik, wenn nicht gar des Rauswurfs schwebte. Außerdem – was konnte blamabler sein, als die eigene Hinrichtung im Beisein überirdisch attraktiver Unbekannter zu erleben?

Als sie endlich saßen, wurde es auch nicht besser. Marie wusste plötzlich nicht mehr, wohin mit den Händen. Es gab ja nicht mal eine Speisekarte, an der sie sich hätte festhalten können, nur einen auf die Tischplatte geklebten QR-Code, den man mit dem Handy scannen musste. Und selbst das kleine Schildchen machte Marie nervös, weil es nicht exakt in der Mitte des Tischs klebte. Sie war halt eine Perfektionistin, weshalb ihr Dinge auffielen, die andere gar nicht wahrnahmen: winzige Kalkflecken an den Gläsern, nachlässig poliertes Besteck, unordentlich gefaltete Servietten. Doch Alexanders Warnung war ihr im Gedächtnis geblieben – dass sie durch ihren Perfektionismus die guten Momente zerstörte. Also nahm sie sich vor, jede Irritation auszublenden.

»Ich hoffe, Sie haben Hunger für drei mitgebracht«, eröffnete Holger Christiansen gewohnt launig das Gespräch. »Der Quinoaburger ist Hammer, vorher vielleicht ein Zucchini-Carpaccio mit Balsamico?«

Ihr Magen sagte Nein, Marie nuschelte ein halbherziges »Hmja«. Trotz des weitläufigen Loftambientes hatte sie auf einmal Platzangst. Wo war die taffe Marie geblieben, die in jeder Lebenslage einen kühlen Kopf behielt? Heldenhaft hatte sie die Autofahrt in Holgers tiefergelegtem Elektrosportwagen durchgestanden, die Knie am Kinn, die Hände an den Sitz geklammert. Für so ein Auto musste man gelenkig wie ein Zirkusäffchen sein, mit Rückenproblemen war es eine echte Herausforderung. Ohnehin war sie ziemlich erledigt nach den Aufregungen des Vormittags, und die Tabletten taten ein Übriges, um ihr das letzte bisschen Energie zu rauben.

»Sagen Sie mal«, über den Tisch hinweg griff Holger nach ihrer Hand, »stimmt was nicht?«

Seine Mundwinkel zeigten abwärts, auf seiner gebräunten Stirn bildete sich ein Plissee feiner Fältchen. Marie kannte diesen Gesichtsausdruck. Es war derselbe, mit dem er einmal vom Tod seines über alles geliebten Katers erzählt hatte. Kein gutes Omen für ihre berufliche Zukunft.

»Ich glaube, ich muss mich erst mal für den Auftritt meines Mannes heute Morgen entschuldigen«, sagte sie etwas kleinlaut. »Alexander und ich haben gerade eine Kri…, also, eine schwierige Phase. Und dann wäre da noch die Sache mit dem Black Velvet Power Drink.«

»Ist nicht so gut angekommen, was?« Behutsam drückte Holger Christiansen ihre Hand. »Jetzt machen Sie sich mal keinen Kopf. Shit happens.«

Von wegen. Marie hatte keineswegs die Prophezeiung des

Milchgesichts vergessen, was Strafversetzungen in andere Stockwerke und Verspeisungen ohne Messer und Gabel betraf.

»Bei den Tests wurde geschummelt!«, platzte es aus ihr heraus. »Irgendjemand hat meinen Black Velvet Power Drink verpfuscht! Absichtlich, wie ich vermute!«

»Wow.« Holger zog seine Hand zurück. »Das ist eine schwerwiegende Anschuldigung.«

»Aber ich habe das Getränk doch selbst probiert«, beteuerte Marie. »Nie und nimmer wurde es nach meiner Originalrezeptur gemixt.«

Ein vielsagendes Schweigen senkte sich über den Tisch. Maries Chef holte sein Handy aus der Hosentasche, scannte den QR-Code und vertiefte sich in die Speisekarte. Nach einer halben Ewigkeit steckte er das Handy wieder ein.

»Bevor wir weiterreden, sollten wir erst mal bestellen. Sind Sie einverstanden, wenn wir das Degustationsmenü nehmen? Es heißt Symphony of colours und besteht aus sieben Gängen in farblichen Abstufungen von Dunkelbraun bis Pistaziengrün.«

Dass man die Nahrungsaufnahme nach Farben sortierte, war Marie neu. Außerdem klang es ziemlich schräg.

»Angefangen hat es mit Unicorn Food«, erläuterte Holger den Trend. »Zu Deutsch: Einhorn-Essen, das pastellfarben eingefärbt wird. Jack, mein Kochkumpel, hat das Konzept jetzt um kräftige Nuancen erweitert.«

Maries Skepsis steigerte sich, als ein Kellner unaufgefordert zwei blutrote Aperitifs auf den Tisch stellte. Sie sahen verdächtig nach Erdbeerbowle aus. Schon jetzt ahnte sie, wie ihr Magen darauf reagieren würde. Nachdem Holger Christiansen die Menüs bestellt hatte, erhob er sein Glas.

»Auf uns, Marie. Und nicht das Atmen vergessen.«

Sehr lustig. Sie bekam doch kaum noch Luft vor lauter Muffensausen. Höflich nippte sie an dem Aperitif, der vage nach Melone, Pfeffer und Basilikum schmeckte. So also trank man sich hier das karge Ambiente schön. Auch ihr Chef nahm einen Schluck, dann lehnte er sich zurück, was in Anbetracht des unbequemen Mobiliars eine bestens trainierte Bauchmuskulatur erforderte.

»Hat Sie schon mal jemand darauf aufmerksam gemacht, dass Fehler zum Leben dazugehören?«

Marie versteifte sich unwillkürlich. Puh, jetzt ging's also los mit der Abrechnung.

»Nein, niemand. Wieso?«

»Hätte mich auch gewundert. Und genau da liegt der Hund begraben.«

»Wieso denn das?«

»Perfektion führt leicht in eine Sackgasse.« Unvermittelt wechselte sein Mienenspiel von väterlich besorgt zu jungenhaft verschmitzt. »Wenn man unbedingt alles richtig machen will, kann man viel falsch machen, Marie.«

Wort für Wort versuchte sie, das Gesagte zu erfassen. Ergebnislos.

»Das, ähm, müssen Sie mir erklären. Holger.«

Konzentriert rührte er mit seinem Strohhalm in dem Aperitif, als schwimme darin die passende Formulierung herum.

»Denken Sie mal an einen Nachrichtenmoderator im Fernsehen«, sagte er schließlich. »Er kann ein Superprofi sein, immer gut vorbereitet, immer perfekt, aber erst der kleine Versprecher macht ihn uns sympathisch. Verstehen Sie? Das ist ein Verstoß gegen die unmenschliche Perfektion, die man ihm abverlangt. So was fällt uns positiv auf.«

Marie stand komplett auf der Leitung und mit beiden Beinen auf dem Schlauch. Was meinte Holger bloß? Dass die verunglückte Verkostung des Black Velvet Power Drink, die im Übrigen gar nicht ihre Schuld war, etwas Sympathisches hatte? In welchem Universum war das *sympathisch*?

»Was ich damit sagen will: Sie sind zu hart zu sich selbst.« Beiläufig spielte er mit dem Reißverschluss seines Hoodies. »Perfektion gibt es an jeder Ecke, befand Gott, und formte Menschen mit charmanten kleinen Fehlern.«

Ach, jetzt waren Fehler nicht nur sympathisch, sondern auch noch charmant?

»Womit ich beim springenden Punkt angelangt wäre«, setzte Holger Christiansen seinen kleinen Vortrag fort. »Ein kluger Chef macht nicht alle Fehler selbst, er gibt auch seinen Mitarbeitern die Chance dazu. Damit sie sich trauen, ungewöhnliche Ideen zu entwickeln. Damit ihre Angst vor dem Scheitern nicht größer ist als ihre Lust aufs Gelingen. Mein Unternehmen ist deshalb so erfolgreich, weil ich Wert auf eine angstfreie Fehlerkultur lege.«

Noch immer verstand Marie kein Wort. Welcher Chef wollte denn Fehler, wenn er Perfektion haben konnte? Und sie war wirklich perfekt, jedenfalls, wenn es um den Job ging. Nicht den winzigsten Schnitzer hatte sie sich in ihren fünf Monaten bei FeelBetterFood erlaubt!

»Sehen Sie, ich will nicht nur Ihre Arbeitskraft, Ihre Power, Ihre Kreativität«, dozierte Holger Christiansen. »Ich möchte gemeinsam mit Ihnen herausfinden, was Sie innerlich zum Leuchten bringt, damit Sie Teil unseres Team-Spirits werden.«

Holger und sein Teamgedöns, seufzte Marie innerlich. Sie war immer eine Einzelkämpferin gewesen und exzellent damit gefahren, getreu ihrem Motto: Wenn du an deiner Erfolgsgeschichte schreibst, gib den Stift bloß nicht jemand anderem in die Hand. Außerdem wollte sie nicht leuchten, sie wollte etwas leisten. Zum Glück nahm ihr der Kellner die Notwendigkeit einer Antwort ab. Mit eleganten Bewegungen servierte er den ersten Gang und stellte zwei Gläser mit einer bräunlichen Flüssigkeit dazu.

»Bitte sehr, den Auftakt unserer Symphonie der Farben bildet eine Kichererbsen-Mousse mit geröstetem Sesamkrokant und mariniertem Auberginenkaviar. Dazu reichen wir eine vegane Kräuterlimonade auf Sauerampferbasis. Ich wünsche guten Appetit.«

Entgeistert nahm Marie ihren Teller in Augenschein. Mit veganem Essen kannte sie sich aus, und schon von Berufs wegen war sie durchaus experimentierfreudig, doch dieses schlabbrige braune Etwas sah aus, als sei es bereits einmal durch den Verdauungstrakt des Kochs gerutscht.

»Abgefahren, oder?«, schwärmte Holger Christiansen.

»In jeder Hinsicht«, bestätigte Marie, ein leichtes Würgen unterdrückend.

Schon der bloße Anblick des Gerichts erinnerte sie an die kulinarischen Nahtoderlebnisse, die sie regelmäßig bei ihrer Schwiegermutter hatte. Im Bemühen, der angeblich so »verwöhnten« Marie stets etwas »Besonderes« vorzusetzen, fabrizierte Frau Hasemann Senior die unglaublichsten Katastrophen. Schwarzwälder Kirschtorte mit Blauschimmelkäseunterlage zum Beispiel. Oder gebratene Blutwurst, die sie in Tomatensoße ertränkte, eine besonders eigenwillige Variante jenes Gerichts, das man taktvollerweise »Tote Oma« nannte. Von solchen Details abgesehen streute

Maries Schwiegermutter über so ziemlich alles, was sie kochte, geriebenen Käse aus der Tüte, der leicht nach Erbrochenem roch.

»Kochen ist das Vorspiel, Essen ist der Akt«, lachte Holger Christiansen, der bereits an seinem Kichererbsenbrei kaute. »Worauf warten Sie, Marie? Das Vorspiel haben wir Jack überlassen, aber Sie wollen mich doch wohl nicht um die Erotik des gemeinsamen Akts bringen.«

Und da war es wieder, das Funkeln in seinen Bernsteinaugen. Genau jenes Funkeln, das Marie eigentümlich elektrisierte. Was allerdings nichts daran änderte, dass sie jetzt diese matschige braune Pampe essen musste, wenn sie nicht als Oberspießerin dastehen wollte. Sei eine coole Socke, Marie. Oder willst du dich bis auf die Knochen blamieren?

Um Zeit zu gewinnen, schaute sie aus dem Fenster. Gegenüber auf der anderen Straßenseite gab es nicht viel zu sehen, außer einer Drogerie und einem Schnellimbiss, den Marie des Öfteren mit Alex frequentiert hatte, als sie noch nicht den Pfad gesundheitsbewusster Ernährung eingeschlagen hatten. Wir waren jung, hatten kein Geld und noch weniger Ahnung, was wir unseren Körpern damals antaten, dachte sie, als sie die Kunden beobachtete, die vor dem Imbiss Schlange standen. Jetzt beneidete sie die Leute da drüben fast. Man konnte gegen Pommes und Bratwurst sagen, was man wollte, aber wenigstens sah es einigermaßen appetitlich aus.

Und dann sah Marie den Mann in der Schlange. Einen Mann, der zwei verschiedene Socken zum dunkelblauen Anzug trug. Ihren Mann. Vor der billigen Frittenbude. Dabei hatte sie Alexander fettige Sachen untersagt, und er schwor Stein und Bein, dass er mittags nur einen Salat aß. Nichts da. Heimlich, still und leise betrog er seinen Salat mit Junkfood. Er führte ein kulinarisches Doppelleben!

»Wollen Sie nicht wenigstens probieren?«, fragte Holger Christiansen, der seine Portion schon halb verschlungen hatte.

»Ich, ähm …« Todesmutig nahm Marie eine Gabel voll von dem schleimigen Zeug. »Köstlich, wirklich.«

Kauend beobachtete sie, wie Alexander eine gigantische Ladung Pommes zu einem freien Stehtisch trug. Es war merkwürdig, ihn jenseits der eigenen vier Wände zu erleben. Nur entfernt ähnelte er dem Jogginghosentrottel, den sie von daheim kannte. So von Weitem sah er richtig gut aus.

Doch was war das? Überschwänglich winkte er einer Frau zu, die wie absichtslos herangeschlendert kam. Sie trug ein geblümtes Hippiekleid und Cowboystiefel, an ihrer linken Schulter hing ein brauner Lederbeutel in den Ausmaßen eines mittleren Reisekoffers. Maries Herz stand still. Alexander traf sich bereits am helllichten Tag mit Babette? Ihr erster Impuls war es, aufzuspringen, rauszulaufen und Alex zur Rede zu stellen. Aber vielleicht war es schlauer, sich dieses Stelldichein erst einmal in Ruhe anzuschauen. Eine Miss Marple hielt sich bedeckt, bevor sie eins und eins zusammenzählte und dann zuschlug.

»Na, sehen Sie, schmeckt doch super«, sagte Holger Christiansen.

Verwundert schaute Marie auf ihren Teller. Ohne es zu bemerken, hatte sie ihn bereits geleert.

»Und? Aus welchem Paralleluniversum hole ich Sie gerade ab?«, schmunzelte ihr Chef. »Gern bin ich Ihnen beim Wiedereintauchen in die Erdumlaufbahn behilflich. Haben Sie überhaupt zugehört, als ich von unserer Fehlerkultur sprach?«

»Nachrichtensprecher, ungewöhnliche Ideen, inneres Leuchten«, zählte Marie auf wie eine Schülerin, die nicht aufpasste und nun wahllos nachplapperte, was der Lehrer von sich gegeben hatte. Holger musste sie für ein bisschen unterbelichtet halten.

»Dann noch mal von vorn«, seufzte er. »Wir hatten von Perfektion gesprochen. Sie sind perfekt, Marie, aber auch ein bisschen, na ja, klemmig.«

Konsterniert schob sie den leeren Teller von sich.

»Wie jetzt – klemmig?«

»Ich weiß, wonach das klingt.« Entschuldigend hob er die Hände. »Was ich eigentlich sagen wollte: Nur wenn Sie lernen loszulassen, werden Sie zu der wirklich großartigen Mitarbeiterin, die Sie zweifellos sein könnten, im Einklang mit unserer Firmenphilosophie, dass Synergien die besten Resultate bringen. Ganz spielerisch, ganz locker.«

In Maries Ohren klang das eher nach einer Traumtänzerphilosophie à la Pippi Langstrumpf: Ich hab ein Haus, ein Äffchen und ein Pferd, ich mach mir die Welt, wie sie mir gefällt. Nun, eins stand fest: Momentan gefiel ihr die Welt ganz und gar nicht. Sie musste ja nur rüber zur Imbissbude schauen, wo Alexander angeregt mit Babette plauderte, um so richtig schlechte Laune zu bekommen.

»Also? Was halten Sie davon?«, fragte Holger.

Nichts. Gar nichts. Aber das durfte sie ihm natürlich nicht ungefiltert auf die Nase binden.

»Loslassen kann ich«, behauptete sie, um Kompromissbereitschaft zu signalisieren. »Demnächst fange ich sogar mit Yoga an.«

Das war nicht mal geschwindelt, schließlich hatte Scarlett angekündigt, den Herabschauenden Hund mit ihr zu turnen.

»Ja, wäre ein Anfang«, nickte Holger versonnen. »Aber loslassen bedeutet noch viel mehr. Sie wissen ja, ich bevorzuge flache Hierarchien, was unter anderem heißt, mehr auf die Kollegen zuzugehen. Wie gesagt, ganz spielerisch, ganz entspannt.«

Marie drehte ihr Kräuterlimonadenglas in den Händen hin und her. Etwas Ähnliches hatte auch Scarlett schon angedeutet. Hieß das etwa, sie sollte künftig in ihrer Arbeitszeit Dart und Tischfußball spielen? Da fehlte dann ja nur noch das Zelt, und der Zirkus wäre komplett.

»Wir sprechen von Social Shmoozing, richtig?«

»Na endlich, jetzt sind wir im selben Film!«, frohlockte Holger Christiansen. »Social Shmoozing ist die unentbehrliche emotionale Matrix für komplexe kognitive Prozesse!«

Ging's vielleicht noch ein bisschen komplizierter? Ich bin zu alt für diesen modischen Quatsch, dachte Marie.

»Sie sind zu jung für altmodische Methoden«, sagte Holger. »Nur wer Ski fährt, freut sich über Schnee von gestern.«

Unauffällig schielte Marie aus dem Fenster. Alexander drehte ganz schön auf. Mit ausladenden Gesten erzählte er irgendeine Geschichte, und Babette schüttete sich nur so aus vor Lachen. Was hatte er denn so furchtbar Amüsantes zu erzählen? Zu Hause sprühte er doch auch nicht gerade vor Humor.

»Bereit für das nächste Gaumenabenteuer?«, fragte ihr Chef. Eine rhetorische Frage. Der Kellner hatte bereits zwei Teller mit einer Kreation auf den Tisch gestellt, die die Farbe von Maries Couchen hatte.

»Voilà, der zweite Gang«, sagte er, »Radicchio-Soufflé an Süßkartoffelkroketten, die mit der philippinischen Ube-Wurzel lila eingefärbt wurden. Auch die Garnitur, biologisch angebaute Kapuzinerkresseblüten, ist natürlich essbar. Guten Appetit!«

Über die Frage, ob die Speisen im Julep's essbar waren oder nicht, hätte Marie lange diskutieren können. Dennoch spießte sie brav eine lila Süßkartoffelkrokette auf und biss hinein.

»Und, wie schmeckt der zweite Gang?«, erkundigte sich Holger Christiansen.

»Irgendwie – na ja, lila eben.«

Das Auge aß bekanntlich mit, und Marie fand unnatürlich eingefärbtes Essen absolut überflüssig. So was gab es bei ihr zu Hause nur an Halloween. Ihre Kinder liebten knallgrüne Muffins mit Blutstropfen aus Zuckerguss und roter Lebensmittelfarbe. Ihre Kinder, wohlgemerkt. Selten hatte sich Marie so erwachsen gefühlt.

»Solche Erfahrungen sind wichtig«, befand Holger genüsslich kauend. »Man sollte nie aufhören, mit etwas Neuem anzufangen.«

Schön und gut, dachte Marie, während sie mit ihrer Gabel kleine Kreise in das Radicchio-Soufflé malte, aber langsam würde mich ja mal interessieren, worauf dieses Farbgelage eigentlich hinauslaufen soll. Also Butter an die nicht vorhandenen Fische.

»Was könnte ich denn an meiner …« Arbeit, wollte sie sagen, besann sich aber darauf, dass Holger englische Ausdrücke liebte, »… an meiner Performance verbessern? Nur zu, bin ganz Ohr.«

Sichtlich erfreut neigte er sich ein wenig vor. Auf genau diese Frage schien er gewartet zu haben.

»Mein Bauchgefühl sagt mir, dass der Streich mit dem Black Velvet Power Drink – sofern es überhaupt ein Streich war – mit Ihrem problematischen Status im Team zu tun hat«, ließ er die Katze aus dem Sack. »Und mein Bauchgefühl ist ein verdammt kluger Kopf.«

Lustig, und *mein* Bauchgefühl sagt mir, dass die Begegnung von Alexander und Babette kein Zufall ist, dachte Marie. Er hat sich heimlich mit dieser verpeilten Hippietante verabredet! Sie konnte gar nicht anders, als wieder und wieder zur anderen Straßenseite zu schauen. Alexander hatte leichtes Spiel. Nach fünfzehn Ehejahren kannte Marie jeden Witz und jede Anekdote ihres Gatten, aber für Babette waren Alexanders Pointen taufrisch. Er sonnte sich förmlich in ihrer Aufmerksamkeit.

»Marie?«, hakte Holger nach, dessen Timbre jetzt eine Spur Ungeduld verriet.

Herrje, wie sollte sie sich auf dieses heikle Gespräch konzentrieren, wenn auf der anderen Straßenseite etwas derart Ungeheuerliches geschah? Schuldbewusst versuchte sie, ihre Gesichtszüge wieder zu einer freundlich-interessierten Miene zu arrangieren.

»Danke, dass Sie sich so intensiv in meine Situation reindenken«, eierte sie herum und spießte eine weitere Süßkartoffelkrokette auf. »Allerdings kann ich Ihnen versichern, dass sich die Kollegen tatsächlich einen ziemlich üblen Scherz mit dem Drink erlaubt haben.«

»Ich kläre das«, erwiderte er mit Nachdruck. »Bedenken Sie aber auch: Jeder Mensch, der uns begegnet, ist ein Test. Bestehen wir den Test, gewinnen wir womöglich einen Gefährten, fallen wir durch, wird die Begegnung zur Lektion. Entweder man gewinnt – oder man lernt.«

Marie hörte auf zu kauen. Sollte das etwa heißen, dass jede Knalltüte, die einem über den Weg lief, eine Art Prüfung war, die man dann auch noch mit Auszeichnung bestehen musste? Selbst wenn es sich um jemanden wie das Milchgesicht handelte? Oder um jemanden wie – Babette? Alles in ihr sträubte sich gegen diese Theorie. Holger hingegen schien ganz erfüllt davon zu sein.

»Ich meine es gut mit Ihnen, Marie, das habe ich Ihnen gestern schon gesagt. Springen Sie über Ihren Schatten. Werden Sie eine von uns. Mit Herz und Hirn.«

Ratlos stocherte sie in dem Radicchio-Soufflé herum. Wieso reichte ihm nicht ihr Hirn? Musste es denn unbedingt auch noch das Herz sein? Andererseits – wenn sie Holger so anschaute, spürte sie wieder diese gewisse Wärme, die ihr wohltat. Fast hätte sie vergessen können, dass sie sich mit böswilligen Kollegen, fiesen Rückenschmerzen und einem abtrünnigen Ehemann herumschlagen musste. Leider nur fast. Denn als sie erneut aus dem Fenster schaute, meldete sich stumpf pochend der Schmerz in ihrer Lendenwirbelgegend zurück.

»Bitte sehr, unser roter Gang!« Unbemerkt war der Kellner an den Tisch getreten und servierte ein weiteres Gericht. »Das ist ein Granatapfelgelee mit Croutons aus roten Bohnen, zu dem wir ein Tomaten-Chili-Wassermelonen-Chutney reichen.«

Das rote Machwerk löste ein nervöses Kribbeln in Maries Magen aus. Einzeln hätte sie jede Zutat ohne jeden Vorbehalt gegessen, aber die Kombination …

»Mega!«, rief Holger und klatschte kindlich begeistert in die Hände. »Rot wie die Sünde! Hach, Marie, ich will Ihnen nicht zu nahetreten, aber manchmal mache ich mir Sorgen, ob Sie Ihr sinnliches Potenzial auch wirklich voll ausleben.«

Sinnlichkeit gehörte nicht gerade zu Maries Top-Prioritäten. Sie wand sich innerlich. Holger war ihr Chef. Und nicht irgendein Chef, sondern der Mann, der etwas in ihr zum Klingen brachte. Es gab eine schwer zu beschreibende Verbindung zwischen ihnen, etwas, was Marie zutiefst verunsicherte und dennoch unwiderstehlich zu ihm hinzog. Vielleicht war es ja das, was er *emotionale Matrix* nannte? Oder war Holger am Ende auch ein Test? Wollte eine höhere Macht ihre Standhaftigkeit in Sachen ehelicher Treue auf die Probe stellen?

Mit Alexander hatte sie nie über so etwas gesprochen, weil es klar wie Korn war, dass sie eine monogame Ehe führten. Aber wie klar war es für Alexander? Marie sah aus dem Fenster. Wie vertraut Alex und Babette wirkten. So als kennten sie sich schon eine halbe Ewigkeit.

»Nur keine vornehme Zurückhaltung«, mahnte Holger. »Legen Sie los.«

Mechanisch begann Marie zu essen. Ein großer Fehler, denn nach den ersten Bissen fing ihr Gaumen Feuer. Auch ihre Augen brannten und quollen fast über, gleichzeitig blieb ihr die Luft weg. Das Zeug war unwahrscheinlich scharf. Viel zu scharf, um genießbar zu sein.

»Hey Jack«, hörte sie Holgers aufgeräumte Stimme, »super, dass du extra an unseren Tisch kommst! Marie, das ist Jack di Fabio, unser Meisterkoch.«

Ein ungünstigeres Timing hätte es gar nicht geben können. Bevor Marie dem Koch ihre rechte Hand hinstrecken konnte, hustete sie sich mindestens fünf Chilischoten aus dem Hals. Jack schien es nicht weiter zu stören. Er verehrte ihr sogar einen Handkuss. Mit tränenden Augen sah Marie zu ihm auf. Jack di Fabio war eine imposante Erscheinung, groß, breitschultrig, ein Baum von einem Mann mit einem offen lächelnden Gesicht. Zur pechschwarzen Kochjacke trug er ein knallrotes Bandana um den Kopf, sein leicht ergrauter Ziegenbart hing bis auf Bauchnabelhöhe herab.

»Köche sind die Rockstars unserer Zeit«, erklärte Holger. »Ich habe Jack schon von Ihnen vorgeschwärmt – Jack, das ist meine Food-Designerin Marie Hasemann.«

Geistesabwesend zwirbelte der Koch seinen Bart.

»Okay, vielleicht hast du irgendwann mal gesagt, dass es sie gibt.«

»Für meine Verhältnisse ist das doch schon Schwärmen«, erwiderte Holger schalkhaft.

Dann brachen beide in schallendes Gelächter aus, während Marie gar nichts mehr verstand. Männer. Wurde diese seltsame Spezies jemals erwachsen? Zögernd fiel sie in das Lachen ein, wie ein blinder Passagier, der auf einen fahrenden Zug springt, ohne genau zu wissen, wohin die Reise eigentlich geht. Offenbar wirkte ihr Lachen nicht gerade überzeugend, denn Holger fühlte sich bemüßigt, ihre Hand zu nehmen und kräftig zu drücken.

»Das war ein Witz!«, rief er. »Natürlich habe ich von Ihnen geschwärmt, aber wie!«

»Und das absolut zu Recht!« Jack legte Daumen und Zeigefinger zu einer anerkennenden Geste zusammen. »Sie sind ein unfassbares Talent, Marie. Was Sie im letzten halben Jahr bei FeelBetter-Food veranstaltet haben, ist das Beste, was dem Laden passieren konnte. Ihre Ideen sind top. Allein die Black Line ist der Wahnsinn.«

»Deshalb haben wir Großes mit Ihnen vor«, ergänzte Holger feierlich.

»Herzlichen Glückwunsch, Marie.« Jetzt strahlte Jack übers ganze Gesicht. »Wir stehen kurz vor der Gründung einer neuen Food-Firma, in der Ihre Geniestreiche ein zentraler Bestandteil des Konzepts sind. Der Arbeitstitel lautet Soulkitchen&more.

Willkommen in unserem Kreativ-Team, dem neuen Dreigestirn am kulinarischen Himmel!«

Marie konnte ihr Glück kaum fassen. So viel Lob und Wertschätzung auf einmal hatte sie lange nicht bekommen. Jetzt verstand sie auch, warum Holger so ausführlich von Team-Spirit und Loslassen und Leuchten gesprochen hatte. Er wollte sie für das neue Dreierteam, er war ihr Mentor, der beste überhaupt. Und sie hatte gedacht, er würde sie rauswerfen. So konnte man sich irren. Ich sollte vielleicht wirklich etwas lockerer werden, überlegte sie.

»Demnächst besprechen wir alles«, kündigte Jack an. »Jetzt muss ich zurück in die Küche. War toll, Sie kennenzulernen, Marie.«

»Fand ich auch. Dann bis bald.«

Nachdem er gegangen war, schenkte Holger ihr ein sonniges Lächeln.

»Zusammen mit Jack werden wir die Welt des innovativen Food aus den Angeln heben. Sie sind die Beste, Marie, nein, die Allerbeste, selbst an Ihren schwächeren Tagen.«

»Wieso, ich habe keine schwachen …«

»Marie?« Holgers Augen blitzten. »Fehlerkultur?«

»Okay«, lenkte sie zögernd ein. »Auch ich habe vielleicht mal einen schlechten Tag.«

Kaum hatte sie es gesagt, als sie auch schon aus dem Fenster sehen musste. Alex und Babette standen immer noch an dem Stehtisch, wie zwei Freunde, die sich nach Jahren wiedertrafen und einander unendlich viel zu erzählen hatten.

»Leider muss ich schon los«, sagte Holger und stand auf. »Aber bitte essen Sie noch in Ruhe zu Ende, ja? Die Rechnung ist bereits beglichen, und wenn Sie danach ein Taxi brauchen, übernimmt die Kosten selbstverständlich FeelBetterFood. Wir sehen uns am Nachmittag.«

Unter der lebhaften Anteilnahme des gesamten Lokals strebte er dem Ausgang zu, machte vorher jedoch an einem Tisch ganz in der Nähe halt und sprach eine sehr junge, sehr rothaarige Frau in einem hellbeigen Kaschmirkleid an.

»Hi Donna, wie geht's?«

»Viel zu tun, wie immer«, erwiderte die junge Frau seufzend.

»Aber nicht das Leben vergessen«, lächelte Holger. »Jeder braucht mal Auszeiten, um kreativ zu bleiben. Einfach das Nichtstun genießen. Die Gedanken fliegen lassen. Mit der Seele atmen.«

Marie glaubte, nicht recht zu hören. Das waren ja exakt die Sätze, die er ihr nach der Konferenz gesagt hatte! Selbstverständlich hatte sie das auf sich und nur auf sich bezogen. Oder war das lediglich eine Masche? Vielleicht war Holger Christiansen gar nicht so einfühlsam, wie er vorgab? Verwirrt schaute sie ihm nach.

»Grün«, sagte der Kellner, der mit einem gefüllten Teller herangetreten war. »Unser nächster Gang punktet mit einem Grünkohl-Wasabi-Mangold-Burger und …«

Marie hörte gar nicht mehr hin. Gebannt schaute sie zur anderen Straßenseite, wo Alexander mit einer weit ausholenden Geste eine so riesige Tüte Gummibärchen herausholte, dass sogar Babette aus dem Staunen gar nicht mehr herauskam. Binnen Sekunden schnurrte Maries Magen auf einen winzigen Punkt zusammen. Was zu viel war, war zu viel. Sie würde nicht länger zusehen, wie dieser Mann alle Regeln brach. Angefangen beim Junkfood und den Schäkereien mit ihrer erklärten Feindin bis hin zu der

Zuckerbombe, die er zu vertilgen gedachte, hatte er den Bogen überspannt.

Ruckartig schob sie ihren Stuhl nach hinten, um aufzustehen und dem Spuk ein Ende zu bereiten. Im selben Moment traf sie der Blitzstrahl eines so ungeheuren Schmerzes, dass sie wie eingefroren hängen blieb. Halb über den Tisch gebeugt, versuchte sie, an der Kante Halt zu finden. Vergebens. Nichts ging mehr. Der Boden kippte Marie entgegen, dann wurde ihr schwarz vor Augen.

»Wir brauchen einen Notarzt!«, schrie der Kellner. »Leute, lasst eure Handys glühen! Einen Notarzt, schnell!«

Kapitel 8

Ausgebremst. Das war das erste Wort, das Marie einfiel, als sie nach einer recht turbulenten Fahrt mit dem Krankenwagen daheim im Bett lag. Zwangsweise. Gegen ihren Protest hatte man sie nicht etwa im Büro abgeliefert, wo doch ihre Tabletten lagen, sondern nach Hause gebracht und ins Bett verfrachtet. Da lag sie nun, weitgehend bewegungsunfähig, während ihre Gedanken nur so rasten. Welches verrückte Karma hatte hier die Stopptaste gedrückt? Und wie sollte es bloß weitergehen?

Beklommen musterte sie den Notarzt, einen jungen dunkelhaarigen Mann, der gerade sein Spritzenbesteck in einem Aluminiumkoffer verstaute. Was auch immer er ihr in den unteren Rücken geschossen hatte, linderte zwar die Schmerzen, konnte aber nicht ihren spektakulären Abgang aus dem Julep's wettmachen. Marie verging immer noch vor Scham bei dem Gedanken an die mitleidigen Blicke der Gäste. Schief und krumm, wie sie war, hatten zwei Sanitäter sie auf eine Liege gehoben und quer durchs Lokal nach draußen transportiert. So viel zum Thema Marie-Hasemann-die-coole-Socke. Es gab eben immer noch Luft auf der nach unten offenen Peinlichkeitsskala.

»Halten Sie sich unbedingt an meine Anweisungen«, sagte der Arzt streng. »Das heißt für die nächsten zwölf Stunden strikte Bettruhe mit hochgelagerten Beinen, danach erste Dehnübungen, aber kein schweres Heben und keine stundenlange sitzende Tätigkeit.«

»Ausfallzeiten kann ich mir leider nicht leisten«, seufzte Marie. »Sie glauben gar nicht, was ich alles auf dem Zettel habe. Im Job stapeln sich die Konferenzen, am späten Nachmittag muss ich meine Tochter vom Klavierunterricht abholen und meinen Sohn zum Schachclub bringen, danach steht Einkaufen auf dem Programm. Am Abend nehme ich an der Sitzung des schulischen Anti-Mobbing-Ausschusses teil, morgen früh bin ich zum Yoga verabredet, danach habe ich jede Menge weiterer Termine und abends die Geburtstagsfeier meiner Schwiegermutter.«

»Ihren Zettel können Sie knicken«, sagte der Notarzt völlig unbeeindruckt.

»Aber wenn ich morgen früh Yoga mache, ist das doch gut für meinen Rücken, und dann läuft's wieder, oder?«

»Warum nicht gleich Bungeespringen? Oder Hochseilakrobatik?« Vorwurfsvoll schüttelte er den Kopf. »Morgen früh um acht werden Sie zur Kernspintomographie in einer orthopädischen Praxis antreten, auch das habe ich soeben organisiert. Herr Doktor Neumaier ist ein Meister seines Fachs. Beim MRT kann abgeklärt werden, ob ein akuter Bandscheibenvorfall vorliegt oder ob Ihre Beschwerden eventuell durch Muskelverspannungen hervorgerufen wurden. Vielleicht ist auch ein Nerv eingeklemmt. In jedem Fall sind Sie schachmatt, falls Sie's noch nicht bemerkt haben.«

Ironie des Schicksals, dachte Marie. Holger nennt mich klemmig, nun ist womöglich ein Nerv eingeklemmt.

»Und wann kann ich wieder in die Firma?«

»Erst mal gar nicht. Der Orthopäde wird Sie voraussichtlich für zwei Wochen krankschreiben.«

»Zwei Wochen?«, wiederholte Marie schockiert.

»Mindestens.« Der Notarzt lächelte schwach. »Sie haben Rücken, Frau Hasemann. Ist mittlerweile eine Volkskrankheit, weil die Leute Bewegungsmuffel sind und sich im Gegenzug zu viel Stress machen.« Er lächelte etwas breiter. »Was so viel bedeutet, dass die meisten Rückenpatienten Kopf haben.«

Marie verkniff sich die Bemerkung, dass er mal besser seinen Notarztjob machen sollte, als hier den Comedian zu mimen.

»Mein Kopf ist prima in Ordnung«, sagte sie ein bisschen beleidigt.

»Das glauben sie alle«, lachte er. »Und landen dann doch irgendwann beim Therapeuten.«

Ja, aber ich bin nicht *alle*. Ich bin Marie Hasemann, die unentbehrliche Fachkraft einer Food-Firma und die ebenso unentbehrliche Managerin eines Familienunternehmens. Ohne sie würde alles drunter und drüber gehen, das hatte nicht zuletzt der verkorkste Morgen dieses rettungslos verkorksten Tages gezeigt.

»Spaß beiseite«, schlug sie einen ernsten Ton an. »Ich dachte eigentlich, Sie spritzen mich fit, und damit ist die Sache erledigt.«

»Anscheinend brauchen Sie keine Spritzen, sondern einen Hörtest.« Während der Arzt seinen Koffer zuklappte, verdrehte er unmerklich die Augen. »Ihre Symptome sind recht massiv, also nehmen Sie die Sache bloß nicht auf die leichte Schulter. So mancher ist schon zu früh wieder durch die Gegend gesprungen und dann auf dem OP-Tisch gelandet.«

»Sie sind ja eine echte Stimmungskanone«, schmollte Marie.

»Lachen ist die beste Medizin, außer bei Blasenschwäche«, legte der Arzt noch eine Schippe drauf. »Übrigens wird die Wirkung der Spritze nicht lange anhalten. Danach sind Sie auf Hilfe angewiesen, Frau Hasemann. Können Sie jemanden verständigen, der Ihnen hier ein bisschen zur Hand geht? Ein Familienmitglied vielleicht? Ihren Mann? Ihre Mutter? Oder Ihre Schwiegermutter?«

»Gott behüte«, stöhnte Marie.

»Aber irgendjemanden werden Sie brauchen. Gibt es möglicherweise eine hilfsbereite beste Freundin?«

Beschämenderweise musste Marie passen. Schließlich hatte sie ja keine beste Freundin. Sie hatte nicht mal eine gute Bekannte, die in dieser Notsituation einspringen würde.

»Ich, also …«, angestrengt dachte sie weiter nach. Im Grunde gab es nur eine Person, der sie vertraute und die immer für sie da war. »Ich könnte meine Assistentin anrufen.«

»Ihre – Assistentin.« Der Arzt hob eine Braue, seine Stimme triefte vor Ironie. »Warum nicht Ihre Zofe? Oder Ihren Butler?«

»Die haben heute frei«, antwortete Marie säuerlich.

Tja, wer den Schaden hatte, braucht für den Spott nicht zu sorgen. Jedenfalls schien sich der Typ bestens zu amüsieren. Grinsend musterte er seine Patientin, die halb nackt vor ihm im Bett lag, nur mit grauer Seidenbluse und lila Tanga bekleidet, dann ließ er seinen Blick durch den Raum schweifen. Ausgiebig besah er sich den Elektrokamin, den Fernseher, den Wurzelholzschrank und die Kakteensammlung auf dem Fensterbrett, bevor er auf die Wände deutete.

»Schickes Schlafzimmer, Weinrot ist eine aufregende Farbe. Möglicherweise etwas zu aufregend. Sie könnten mal über Blau oder Grün nachdenken. Gemäß den Prinzipien des Feng-Shui haben diese Farben einen beruhigenden Einfluss aufs Gemüt.«

Von Farbfachsimpeleien hatte Marie heute mehr als genug.

Schon die bloße Erinnerung daran, was da alles kunterbunt in ihrem Magen herumschwappte, löste ein leichtes Bauchbeben in ihr aus. Wie durch einen Nebelschleier sah sie zum Notarzt. Er hatte bereits seine knallorange Jacke übergezogen, blieb jedoch zaudernd vor dem Bett stehen.

»Sie wirken irgendwie unsortiert«, sagte er. »Kann ich Sie wirklich hier allein lassen? Oder soll ich sonst noch was für Sie tun?«

O ja, es gab ungeheuer vieles, was Marie auf dem Herzen hatte. Zum Beispiel, dass sie so bald wie möglich raus aus dem Bett wollte, egal, was diese Ulknudel von Mediziner sagte. Die nächsten beiden Wochen im Schlafzimmer zu verbringen, lag außerhalb ihrer Vorstellungskraft, zumal es akuten Handlungsbedarf gab, was die schreckliche Babette betraf. Maries Hände verkrallten sich in der Bettdecke. Sie würde nicht tatenlos zusehen, wie diese Frau um Alexander herumscharwenzelte.

»Könnte ich vielleicht Schmerztabletten haben? Starke Schmerztabletten?«

»Sie haben wohl den Gong nicht gehört«, schnaubte der Arzt. »Ich weiß, was Sie vorhaben, Frau Hasemann. Sobald ich aus der Tür bin, sind alle meine Ermahnungen vergessen, stimmt's?«

»Keineswegs«, flötete Marie. »Bedenken Sie bitte, dass ich auch mal ein Glas Wasser brauche. Oder mal für kleine Mädchen muss. So was in der Art.«

Zweifelnd sah er sie an. In diesem Moment quäkte aus seinem Funkgerät mit viel Krach und Getöse eine Stimme, die ihn zum nächsten Einsatz rief.

»Bin gleich unten«, murmelte er, öffnete nochmals seinen Koffer und entnahm ihm eine Schachtel, die er Marie mit spitzen Fingern reichte. »Also schön, ich lasse Ihnen ein hochdosiertes

Analgetikum da. Aber kommen Sie bloß nicht auf die Idee, das als Freifahrtschein für irgendwelche irren Eskapaden zu betrachten. Vorsicht ist die Mutter der Porzellankiste.«

»Sie klingen wie meine Schwiegermutter«, lächelte Marie.

»Das Zeug ist wirklich eine heftige Dröhnung«, entgegnete er warnend.

»Jetzt klingen Sie wie ein Dealer.«

Halb im Ernst, halb im Scherz drohte er ihr mit dem Finger. »Passen Sie bloß auf, was Sie sagen, Frau Hasemann, sonst überlege ich es mir noch anders. Freuen Sie sich doch, dass Sie mal durchatmen können bei Ihrem ganzen Stress.«

Typisch Mann, dachte Marie. Hört nicht zu und hat keine Ahnung, dass Frauen wie ich viel zu viel an der Hacke haben, um sich den Luxus des Durchatmens leisten zu können.

Wieder quäkte es aus dem Funkgerät. Der Arzt steckte es eilig in die Jackentasche, nahm seinen Koffer und stiefelte mit einem zackigen »Gute Besserung« aus dem Schlafzimmer. Während seine Schritte auf der Treppe zum Erdgeschoss leiser wurden, sah Marie zur Uhr. Zehn vor zwei. Es war wirklich zum Heulen. In wenigen Minuten würde das Meeting mit dem Verpackungsdesigner beginnen. Ohne sie. Da ihr Laptop noch im Büro stand, konnte sie nicht mal eine Video-Konferenz daraus machen, um Holger und den Kollegen zu beweisen, dass sie unentbehrlich war. Oder war sie gar nicht so unentbehrlich?

Die Straße zum Erfolg ist mit Schlaglöchern gepflastert, hatte Marie mal gelesen, und wie es aussah, steckte sie in einem besonders tiefen Schlagloch. Sicher, Holger gab ihr eine Riesenchance mit dem Soulkitchen&more-Projekt, doch sie musste auch an ihren Job bei FeelBetterFood denken. Projekte kamen und gingen. Was sie wirklich brauchte, war eine dauerhafte Anstellung mit Karriereperspektive.

In Gedanken spielte sie noch mal das Gespräch mit Holger durch. Leider war wenig Zielführendes hängen geblieben. Abgelenkt, wie sie durch Alexanders Stelldichein mit Babette gewesen war, hatten nur einzelne Schlagworte in ihrem Kurzzeitgedächtnis überlebt. Team-Spirit. Synergien. Emotionale Matrix, was in aller Welt das bedeuten mochte. Das Problem bei zerstreut geführten Gesprächen war, dass man hinterher lauter Puzzlestücke hatte, die nicht zusammenpassten.

Fünf vor zwei. Es peinigte Marie, ans Bett gefesselt zu sein. Doch sie würde sich nicht zur Untätigkeit verurteilen lassen. Immerhin hatte sie noch ihr Handy, ihre Nabelschnur zur Welt da draußen. Als Erstes wählte sie Scarletts Nummer.

»Frau Hasemann, um Gottes willen, der Chef hat schon alles vom Koch erfahren und mir weitererzählt«, sprudelte ihre Assistentin los. »Wo sind Sie, und wie geht es Ihnen?«

»So lala, danke der Nachfrage, zu Hause im Bett«, antwortete Marie und schloss erschöpft die Augen. »Bitte, Scarlett, Sie müssen mich bei dem Meeting um vierzehn Uhr vertreten. Auf meinem Laptop finden Sie ein entsprechendes Memo, das ich gestern geschrieben habe.«

»Wird erledigt. Was noch?«

»Könnten Sie mir meinen Laptop danach vorbeibringen? Und vorher ein paar Sachen für mich einkaufen?«

»Klar, ich höre.«

»Eine Familienpackung Tofu-Würstchen, sieben tiefgefrorene Dinkelcroissants, vier Packungen Bio-Blaubeeren, ebenfalls tiefgefroren, drei Stangen Lauch, fünf Zucchini, eine Ananas«, legte

Marie los. »Außerdem dreilagiges ungebleichtes Toilettenpapier, zwei Tuben Bastelkleber ohne Lösungsmittel, zehn Paar weiße bambusbasierte Söckchen Größe fünfunddreißig, einmal Bio-Allzweckreiniger, acht stearinfreie Kerzen in der Farbe Violett, drei …«

»Frau Hasemann«, unterbrach Scarlett ihren Wortschwall. »Soll das etwa heißen, das ist Ihre normale Einkaufsliste an einem ganz normalen Tag?«

Marie öffnete die Augen. »Ja, wieso?«

»Uff.«

»Also, Scarlett, wenn Ihnen das zu viel wird …«

»Nein, nein, ich wundere mich nur, wie Sie das alles wuppen, wenn Sie nicht gerade mit Rückenschmerzen im Bett liegen.«

Diese Frage hatte sich Marie noch nie gestellt. Sie funktionierte halt wie eine gut geölte Maschine, so war es immer gewesen.

»Der Mensch wächst mit seinen Aufgaben, und berufstätige Mütter wachsen mit der Länge ihrer To-do-Listen«, witzelte sie matt.

»Aha.« Scarlett atmete hörbar aus. »Ein Grund mehr, warum ich mit der Familiengründung wohl noch ein paar Jahre warten sollte.«

»Glauben Sie mir, das kalte Wasser wird nicht wärmer, wenn man später reinspringt.«

Und für Marie fühlte sich das Wasser momentan besonders eisig an. Mit ihrem Hexenschuss bestand die ernsthafte Gefahr, grandios unterzugehen. Geistesabwesend nahm sie die Fernbedienung vom Nachttisch und stellte das elektrische Kaminfeuer an. Es hatte etwas ungemein Beruhigendes, in die Flammen zu schauen, auch wenn es nur ein künstliches Feuer war. Aber immer noch besser als der Griff in die Gummibärchentüte, den Alexander bevorzugte. Oder Fritten. Und neuerdings Babette.

»Frau Hasemann?«

»Entschuldigung, ich bin wohl ein bisschen konfus von den Medikamenten. Vielen lieben Dank, dass Sie alles besorgen. Meine Adresse ist Amaryllisweg drei. Ich werde Holger Christiansen bitten, Ihnen den Nachmittag freizugeben.«

»Gut, bis dann.«

Nachdem Marie aufgelegt hatte, entdeckte sie auf dem Display drei verpasste Anrufe ihres Chefs. Sie schrieb ihm nur eine kurze Nachricht wegen Scarlett. Anrufen würde sie ihn später, denn erst mal musste Alex informiert werden, damit er die familiären Pflichten übernahm. Nachdem sie ihm per WhatsApp eine Erledigungsliste geschickt hatte, gab sie seine Nummer ein.

»Hi Marie, was verschafft mir die Ehre deines persönlichen Anrufs?«, nahm er das Gespräch an. »Sonst muss ich doch tagsüber immer mit deiner Assistentin vorliebnehmen, weil die superwichtige oberbeschäftigte Topkraft Marie Hasemann keine Zeit für den eigenen Mann hat.«

Darauf hätte Marie eine Menge antworten können. Zum Beispiel, dass sie Privates und Berufliches nach Möglichkeit trennte, um sich nicht völlig zu zerreißen. Oder dass sie ihn in einer Frittenbude erwischt hatte. Sie hätte Alex auch fragen können, warum er sich heimlich mit ihrer ärgsten Feindin traf. Geschenkt. Jetzt ging es erst mal um den Katastrophenplan.

»Ich habe einen schlimmen Hexenschuss, so schlimm, dass mich ein Notarzt nach Hause bringen musste«, fasste sie das Wichtigste zusammen.

»Höhö, Hexenschuss, seit wann zielen die Biester denn auf ihre eigenen Mitarbeiterinnen?«

»Nicht. Witzig.« Mit der freien Hand knetete Marie die Bettdecke. »Ich bin bis auf Weiteres so gut wie bewegungsunfähig.«

»Tut mir leid. Hm. Heißt das, der Tangokurs, an dem dir so viel liegt, ist erst mal geknickt?«

Als ob es jetzt darum ginge. Aber als aktiver Nichtstuer sah Alex natürlich immer zuerst seine eigenen Vorteile einer Situation.

»Du musst bis auf Weiteres für mich einspringen. Was so viel bedeutet, dass du Lilli und Robin zu ihren außerschulischen Aktivitäten bringst und wieder abholst, ab morgen die täglichen Einkäufe erledigst, abends das Essen kochst und den Haushalt schmeißt. Außerdem solltest du dich schon mal auf den Anti-Mobbing-Ausschuss heute Abend vorbereiten und …«

»Marie?«, unterbrach er sie. »Vergiss bitte nicht, ich habe einen Job.«

»Willkommen in meiner Welt«, erwiderte sie trocken. »Job und Familie unter einen Hut zu bringen war immer meine Sache, jetzt bist du dran. Ich habe dir schon eine Liste gesendet.«

»Darauf hätte ich wetten können. Listen sind ja deine Spezialität.«

»Hast du mal darüber nachgedacht, warum das so ist?«

»Weil Marie Kontrollsky nichts dem Zufall überlässt?«

Ganz genau. Und aus diesem Grund würde sie heute Abend auf der Lauer liegen, wenn er zu Babette ging. Marie schaute zur Tablettenschachtel auf dem Nachttisch. Diese Tabletten waren ihr Ticket in die Freiheit. Eine Miss Marple ließ sich nicht ausbremsen.

»Deine Liste findest du auf WhatsApp«, sagte sie. »Sei bitte spätestens halb sieben zu Hause, um das Abendessen zu kochen, okay?«

»Können wir nicht einfach Pizza bestellen?«

»Alex.« Marie holte tief Luft. »Ich bin wahrscheinlich für zwei Wochen krankgeschrieben, und in dieser Zeit werden sich unsere Kinder nicht mit Junkfood vollstopfen. Also gewöhn dich schon mal daran, bis auf Weiteres am Herd zu stehen.«

Eine Pause entstand, in der sie nur die schweren Atemzüge ihres Mannes hörte.

»Alex? Bist du noch dran?«

»Zwei Wochen.« Seine Stimme klang auf einmal richtig kläglich. »Das ist zu viel verlangt. Ich werde meine Mutter anrufen, die übernimmt das bestimmt gern.«

»Wenn sie nicht gerade in Selbstdiagnose eine tödliche Krankheit festgestellt hat.« Marie sackte ein bisschen in sich zusammen. »Ehrlich, Alex, ich bemühe mich wirklich, gut mit deiner Mutter auszukommen, aber volle vierzehn Tage halte ich das nicht durch.«

»Dann denk dir was anderes aus. Du hast doch eine Liste mit zehnfach durchgecheckten Babysittern, wie wäre es denn mit Tamara?«

Das hättest du wohl gern, du Schlingel.

»Solche jungen Frauen wären mit den vielfältigen Aufgaben überfordert«, wandte sie ein.

»Probieren geht über Studieren. Und als Notnagel haben wir immer noch meine Mutter.« Alexander sprach mit der Sorglosigkeit eines Ehemannes, der sich bislang immer auf seine Frau verlassen konnte und deshalb gar nicht wusste, was da alles an Aufgaben und Pflichten auf ihn zukam. »Tut mir leid, Schatz, ich muss jetzt Schluss machen, ein Klient wartet auf mich. Gute Besserung übrigens.«

Das war's. Er hatte aufgelegt. Wie betäubt starrte Marie in das künstliche Kaminfeuer, dann lehnte sie den Kopf ans Bettpolster und schloss die schwer gewordenen Lider. Bis ein merkwürdiges Geräusch sie weckte. Verwirrt sah sie zur Uhr. Halb sechs schon? Sie musste eingedöst sein, anders war dieser Zeitsprung nicht zu erklären. Ganz deutlich hörte sie jetzt Schritte und Geraschel. Um Himmels willen, waren das etwa Einbrecher?

Inzwischen saß sie kerzengerade im Bett. Ein leises Quietschen und Flappen verriet, dass Schränke geöffnet und Schubladen herausgezogen wurden. Ihr Herz klopfte bis zum Hals, als sie sich nach etwas umsah, womit sie den Langfinger in die Flucht schlagen könnte. Mit der Nachttischlampe vielleicht? Aber wie sollte sie in ihrem lädierten Zustand mit einem Einbrecher kämpfen? Dann doch lieber die Polizei rufen. Vorsichtig nahm sie ihr Handy und tippte die Nummer ein.

»Polizeinotruf, ja, bitte?«, schnarrte eine männliche Stimme.

»Hier Marie Hasemann, Amaryllisweg drei«, wisperte sie und schirmte das Handy zusätzlich mit der linken Hand ab. »Bei mir wird gerade eingebrochen.«

»Könnten Sie bitte lauter sprechen?«

In diesem Augenblick zerbrach klirrend und scheppernd etwas im Badezimmer, vermutlich der Delfin aus Muranoglas, den Marie von ihrer Hochzeitsreise aus Venedig mitgebracht hatte. Das gute Stück! Kaputtgemacht von der Hand eines gewissenlosen Kriminellen!

»Kommen Sie sofort her!«, schrie Marie ins Handy, ohne sich

länger darum zu scheren, ob der Eindringling sie hören konnte. »Jemand raubt mein Haus aus!«

»Die Adresse, bitte.«

»Amaryllisweg drei, das sagte ich doch bereits!«

»Könnten Sie das bitte buchstabieren?«

Es war wirklich zum Verzweifeln. Eisige Schauer jagten Marie über den Rücken, als sie erfolglos versuchte, sich an den üblichen Buchstabierkatalog zu erinnern. Ihr Hirn war wie blockiert.

»A wie Amaryllis«, keuchte sie schließlich.

»Soll das ein Witz sein?«

»Entschuldigung, jetzt hab ich's. A wie Anton, M wie Mayonnaise …« Ein eisgrauer Bubikopf mit einem Stich ins Violette tauchte im Türrahmen auf. »… o Gott, und S wie Schwiegermutter.«

Sie ließ das Handy sinken. In einem Funktionsdress aus magentafarbener Fallschirmseide marschierte Lydia Hasemann ins Schlafzimmer, auf dem Rücken einen riesigen neongrünen Rucksack, an den Füßen braune Wanderschuhe mit Klettverschluss. Sie sah aus, als sei sie soeben von einer Himalaya-Expedition zurückgekehrt.

»Kind, Kind, du bist doch krank, und trotzdem telefonierst du?«, begrüßte sie Marie tadelnd. »So geht das aber nicht, du sollst dich doch ausruhen. Na, dafür bin ich jetzt da, ich kümmere mich um alles. Und? Was sagst du?«

Marie zitterte immer noch am ganzen Körper. Sie wusste gar nicht, wo sie anfangen sollte. Bei der Ungeheuerlichkeit, dass diese Frau ohne Vorwarnung ins Haus spazierte, überall herumschnüffelte und auch noch den Delfin zerbrach? Oder bei der Tatsache, dass eine schwiegermütterliche Machtübernahme überhaupt nicht in die Tüte kam?

»Wie bist du hier reingekommen?«, fragte sie, nachdem sie sich vom ersten Schock erholt hatte.

»Durch die Tür?« Neckisch hielt Frau Hasemann Senior ein klimperndes Schlüsselbund hoch. »Denk dir, Mariechen, Alexander hat mir schon damals bei eurem Einzug einen Nachschlüssel anfertigen lassen, für Notfälle wie diesen. Mein Sohn ist halt ein kluges Köpfchen. Als er anrief und mir von deinem Hexenschuss erzählte, habe ich mich sofort auf die Socken gemacht.«

Marie, die es nicht ausstehen konnte, Mariechen genannt zu werden, fiel aus allen Wolken. Wie konnte Alex seiner Mutter nur einen Hausschlüssel geben? Der neugierigsten Person unter der Sonne? Nicht mal zum Blumengießen hätte Marie ihr den Schlüssel überlassen, weil Lydia Hasemann sogar bei offiziellen Besuchen hemmungslos herumstöberte und in allen Schubladen wühlte. Einmal hatte sie einen von Maries Tangas hochgehalten und mit den Worten kommentiert, so was trügen nur Frauen, die nachts unter einer Laterne ständen.

»Lydia«, ächzte Marie, »also, das ist jetzt wirklich …«

»… sehr nett, ich weiß«, vervollständigte ihre Schwiegermutter den Satz. »Mach's dir bequem, Mariechen, ich habe alles fürs Abendessen im Rucksack. Es gibt Leberkäse mit Spiegelei, das isst Alexander am liebsten, wie du sicher weißt.«

»Wie *du* sicher weißt, haben wir weitgehend auf vegan und bio umgestellt.«

Mit diesem Hinweis hoffte Marie, das drohende Kochfiasko abzuwenden. Frau Hasemann Senior hatte es so gar nicht mit vegan und bio, deshalb konnte man davon ausgehen, dass die Eier aus dem Legehennenknast kamen und der Leberkäse ein Billigprodukt war, das hauptsächlich aus Schlachtabfällen bestand.

»Ach was, deftige Hausmannskost mit einer guten Fleischportion ist bestimmt eine willkommene Abwechslung für deine Lieben«, widersprach Lydia Hasemann sehr bestimmt. »Von zwei Gürkchen und drei Tomaten wird doch kein Mensch satt.«

»Lydia …«

»Du ruhst dich jetzt schön aus, alles andere kannst du mir überlassen. Einen Tee vielleicht, Mariechen? Anistee soll hervorragend gegen Rückenschmerzen helfen.«

Marie schüttelte den Kopf. Sie wollte keinen Tee, sie wollte nur, dass ihre Schwiegermutter so schnell wie möglich wieder verschwand. Am besten sofort.

Nicht, dass sie prinzipiell etwas gegen Alexanders Mutter hatte. Mit ihren achtundsechzig Jahren war Frau Hasemann Senior bemerkenswert gut beieinander und im Großen und Ganzen recht patent. Nach dem Tod ihres Mannes vor vier Jahren hatte sie als Erstes ihre mahagonigefärbte Dauerwelle abschneiden lassen und durch den flotten eisgrau-violetten Bubikopf ersetzt. Danach hatte sie den Großteil ihrer etwas altbackenen Kleider entsorgt und sich in Sportgeschäften eingekleidet, weil sie fest daran glaubte, durch das Tragen von Funktionskleidung werde man ganz von selbst sportlich.

Sie glaubte auch daran, gesundes Essen beschränke sich darauf, nach ihren Fett- und Cholesterinorgien ein paar Pillen einzuwerfen. Das nannte sie »bewusste Ernährung« und war sehr stolz auf ihren »gesunden Lebensstil«. Dennoch horchte Lydia Hasemann dauernd in sich hinein, ob ihr Herz noch schlug, benutzte täglich das Blutdruckmessgerät, das sie eigens angeschafft hatte, und verbrachte viel Zeit in Arztwartezimmern, wo sie sich Anregungen für neue Krankheitssymptome holte. Entsprechend waren Apotheken ihr Shoppingparadies und die *Apotheken-Umschau* ihre Bibel.

So weit, so schräg. Sie lebte halt in ihrer eigenen Welt. Aber es gab da etwas, was Marie gewaltig störte: der Hang, mit ihrem schrillen Likörsopran dauernd ungefragt Ratschläge zu erteilen. Schon wenn Marie die Stimme ihrer Schwiegermutter hörte – eine Stimme, die Milch in Hüttenkäse verwandeln konnte –, sträubten sich ihr die Nackenhaare. Das Revierverhalten brünftiger Löwenmännchen war nichts gegen Lydia Hasemanns Drang, volle Kontrolle über die Familie ihres Sohns zu behalten. Über die Jahre war ein zähes Ringen entstanden, das Marie meist gewonnen hatte, doch durch ihre momentane Schwäche konnte sie der schwiegermütterlichen Offensive wenig entgegensetzen.

»Das alles ist wirklich lieb von dir«, versuchte sie es auf die diplomatische Art. »Ich fürchte nur, dein labiler Gesundheitszustand verbietet, dass du dir zusätzliche Arbeit aufhalst.«

Dummerweise sah es nicht danach aus, als würde Lydia Hasemann diesen Köder schlucken.

»Sag mal, hast du eine neue Frisur?« Prüfend schaute sie ihre Schwiegertochter an. »Willst du damit älter oder jünger wirken? Funktioniert irgendwie beides nicht, würde ich sagen. Gern gebe ich dir die Nummer meines Friseurs, wenn du wieder laufen kannst.«

Nach dieser fachkundigen Typberatung nahm sie ihren Rucksack ab, setzte sich auf die Bettkante und zog die Wanderschuhe aus. So von Nahem erkannte der Experte sofort das Weingesicht. Die tiefen Nasolabialfalten und die winzigen geplatzten Äderchen auf den Wangen erzählten von langen Abenden, an denen der Rebensaft in die »bewusste Ernährung« integriert wurde. Doch das war es nicht, was Marie zutiefst beunruhigte, sondern der Ausdruck granitharter Entschlossenheit in dem Gesicht.

»Meinen Kulturbeutel habe ich schon im Badezimmer untergebracht«, verkündete Frau Hasemann Senior, während sie ein Paar rosa Plastik-Crocs aus ihrem Rucksack holte. »Ich hoffe, du hängst nicht allzu sehr an dem scheußlichen Delfin, der ist mir nämlich runtergefallen. Als Nächstes beziehe ich mir dann das Bett im Gästezimmer.«

Fassungslos starrte Marie ihre Schwiegermutter an.

»Du willst hier – übernachten?«

»Nein, ich ziehe vorübergehend bei euch ein«, antwortete Lydia Hasemann mit dieser freundlichen Bestimmtheit, bei der einem angst und bange werden konnte. »Das ist doch viel praktischer, als dauernd hin- und herzufahren, und Platz habt ihr ja genug im Haus.«

Langsam hegte Marie den Verdacht, sie könnte das Opfer eines üblen Scherzes mit versteckter Kamera geworden sein. Unwillkürlich suchte sie Wände und Möbel nach entsprechenden Vorrichtungen ab, fand jedoch nichts. Also war das hier echt. Ein wahr gewordener Alptraum.

»Gut gegen Rücken ist auch Chiliöl.« Aus den Tiefen des Rucksacks zog ihre Schwiegermutter ein Glasfläschchen. »Ich kann dir das Öl gern einmassieren.«

»N-nein, danke.«

»Vielleicht später.« Unverdrossen kramte Lydia Hasemann weiter in ihrem Rucksack. »Herr von Hülse, der Apotheker meines Vertrauens, hat mir außerdem Wermutsalbe, diverse heilende Tabletten, ein Paket Heublumen für heiße Wickel und ein Kirschkernkissen mitgegeben.«

Marie kannte besagten Herrn von Hülse. Er verdiente sich ein goldenes Näschen an seiner Lieblingskundin, die mit jeder ihrer zahllosen eingebildeten Krankheiten zu ihm kam und seine Apotheke stets mit prallen Tüten verließ.

»Das Kissen muss eine Viertelstunde in den heißen Backofen – oder, Mariechen, meinst du, das geht auch in eurem neumodischen Dampfgarer?« Ohne zu fragen, schlug Lydia Hasemann die Bettdecke zurück. »Ich lege es dir vorsichtshalber schon mal auf den Bauch, schaden kann's ja nicht.«

»Also, eigentlich bin ich bestens versorgt«, krächzte Marie, den Blick auf das Kirschkernkissen gerichtet, dessen grober Stoff auf ihrer nackten Haut kratzte. »Der Notarzt hat mir eine Spritze verabreicht und Tabletten dagelassen.«

»Papperlapapp, in medizinischen Dingen kenne ich mich einfach besser aus.« Im Handumdrehen füllte sich der Nachttisch mit weiteren Tiegeln, Fläschchen und Schächtelchen. »Weidenrinde zum Beispiel ist ein tausendfach erprobtes Hausmittel gegen Hexenschuss. Die Kalziumtabletten sind eher als Prophylaxe gedacht, die Hyalurondragees straffen ganz nebenbei auch das Bindegewebe.« Sie legte eine bedeutungsvolle Pause ein, die wohl besagen sollte, dass es mit dem Bindegewebe ihrer Schwiegertochter nicht zum Besten stand. »Lass mich nur machen, Mariechen, wir kriegen dich schon wieder hin. Schau, ich habe dir sogar eine Bettpfanne besorgt. Und Inkontinenzmaterial für die Nacht. Wie du siehst, habe ich an alles gedacht. Gleich koche ich dir den Tee, dann sehen wir weiter.«

Schaudernd betrachtete Marie die Bettpfanne aus poliertem Edelstahl, die nicht mehr ganz neu aussah, während in ihrem Kopf die Gedanken durcheinandergaloppierten. Du musst Lydia schleunigst loswerden. Sie darf sich hier nicht breitmachen. Wenn sie erst mal das Zepter übernommen hat, wird sie es nie wieder aus der Hand geben. Nie wieder! Doch ihre Schwiegermutter war bereits damit beschäftigt, in ihren rosa Crocs durch den Raum zu wandern und alles zu monieren, was ihrer medizinischen Expertise nach geändert werden musste.

»Die Wände sind viel zu dunkel, da bekommt man ja Depressionen«, befand sie knapp. »Sonnengelb wäre optimistischer, du willst doch wieder gesund werden, Kind. In jedem Fall muss der Teppich raus, weil Milbenkot Allergien auslösen kann, und Grünpflanzen gehören definitiv nicht in ein Krankenzimmer.«

»Das sind Kakteen.«

»Pflanze ist Pflanze«, entgegnete Frau Hasemann Senior. »Auf die Fensterbank könnte ich dir ein paar hübsche Exemplare meiner Hummelfigurensammlung stellen.«

Marie gruselte sich vor Schnickschnack, vor allem wenn er nicht zum Einrichtungs- und Farbkonzept eines Raums passte.

»Danke, Lydia, du weißt doch, ich bin nicht so die Deko-Maus.«

Ihre Schwiegermutter überhörte den Einwand. Mit verschränkten Armen sah sie sich weiter um.

»Nur nicht so bescheiden, Mariechen, ich werde alles so herrichten, dass du dich rundum wohlfühlst. Ein schwenkbares Tablett kann man an die Wand da montieren, und natürlich brauchst du ein verstellbares Pflegebett. Sofern dein beklagenswerter Zustand anhält, könnte man einen Treppenlift einbauen lassen. Ja, das ist eine phantastische Idee. Hier wird sich viel ändern, sehr viel! Neue Farben, neue Möbel, alles neu!«

Allein ihr siegesgewisses Lächeln verwandelte Marie in ein Häuflein Elend. Es schien, als hätte ihre Schwiegermutter seit fünfzehn Jahren auf die Gelegenheit gewartet, sich nach Herzenslust einzumischen und alles mit ihren *Ideen* zu verschandeln. Wobei Marie das dumme Gefühl hatte, dass Lydia Hasemann ihren eigenen dauerhaften Aufenthalt vorbereitete, denn was sie da von sich gab, klang eher nach einer seniorengerechten Umgestaltung des Hauses als nach Maßnahmen für ihre kurzzeitig erkrankte Schwiegertochter.

»Ich denke, das alles wird nicht nötig sein«, sagte sie mit unaufhaltsam aufsteigender Panik. »Danke für den Leberkäse und die Medikamente, aber bestimmt hast du heute noch anderes zu tun. Schließlich ist morgen dein Geburtstag, da gibt es viel vorzubereiten. Bei dir zu Hause, meine ich.«

»Ach, man muss auch mal Opfer bringen«, erwiderte ihre Schwiegermutter mit gut gespielter Leidensmiene. »Deshalb werde ich meinen Geburtstag hier bei euch feiern. Meinen Freundinnen habe ich schon Bescheid gesagt.« Sie hüstelte verschämt. »Auch Herr von Hülse ist mit von der Partie. Als Erstes steht eine Palastführung auf dem Programm, alle sind schon riesig gespannt, wie Ihr so wohnt. Gern kommen sie dann alle am Sonntag wieder, wenn du deinen Vierzigsten begehst.«

O nein. Nicht auch das noch. Marie fehlten mittlerweile die Worte. Was tun, was, tun, was tun? In diesem Moment klingelte es an der Haustür.

»Ah, das wird die Babysitterin sein«, sagte Lydia Hasemann erfreut. »Alexander hat vorgeschlagen, dass mir eure kleine Tamara ein wenig zur Hand geht, schließlich bin ich ja nicht mehr die Jüngste. Später kommt dann deine neue Freundin vorbei, jedenfalls deutete Alexander so etwas an. Wie heißt sie noch? Barbara? Birgit? Nein, warte, Babette ist der richtige Name.«

Wie bitte? *Wie bitte?* Marie musste sich schwer zusammennehmen, um nicht laut loszukreischen. Im Grunde ihres Herzens war sie ein friedliebender Mensch, doch auf einmal stiegen schwärzeste Phantasien in ihr hoch. Zum Beispiel, ihre Schwiegermutter mit Paketband zu fesseln und per Post zum Südpol zu schicken.

»Danken kannst du mir später«, schmunzelte Lydia Hasemann, sichtlich zufrieden mit ihrer gelungenen Überraschung. »Du bist nicht allein, Mariechen. Und jetzt öffne ich erst mal die Tür.«

Im vollen Bewusstsein ihrer neu gewonnenen Macht verließ sie das Schlafzimmer, während Marie zwischen Weinkrampf und hysterischem Lachen schwankte. Sie musste sofort Alexander anrufen, damit er diesen Irrsinn stoppte. Ängstlich lauschte sie, was sich im Haus tat. Nanu, eine Männerstimme? Hatte Lydia Hasemann etwa Herrn von Hülse, den Quacksalber ihres Vertrauens, hergebeten, um die liebe Schwiegertochter mit noch mehr Pülverchen und Wässerchen zu beglücken?

Das Erste, was sie eine Minute später im Türrahmen sah, war ein riesiger bunter Rosenstrauß. Dahinter kam ein gebräuntes Gesicht zum Vorschein, auf dem ein mitfühlendes Lächeln ruhte.

»Hallo Marie«, sagte Holger Christiansen.

Kapitel 9

Es gab Momente im Leben, da wollte man sich nur noch ins nächste Mauseloch verkriechen. Oder sich für alle Zeiten unsichtbar machen. Am besten beides. Bekanntlich legte Marie allergrößten Wert auf ein perfektes Zuhause, und wenn Besuch kam, wurde vorher besonders penibel geschrubbt, poliert und aufgeräumt. Aber nun stand ausgerechnet ihr Chef unangemeldet auf der Matte und erlebte ein Chaos, für das sich Marie in Grund und Boden schämte.

Nicht nur, dass sie lediglich ihre zerknitterte Bluse und einen lila Tanga nebst Kirschkernkissen trug, nein, es herrschte ein heilloses Durcheinander. Vor dem Bett standen der Rucksack und die klobigen Wanderschuhe ihrer Schwiegermutter, daneben lagen die unsäglichen Erwachsenenwindeln und die bekloppte Bettpfanne. Um das Ganze abzurunden, sah der Nachtschrank aus wie das Arsenal eines Medikamentenjunkies. Mehr Katastrophenklamauk ging wirklich nicht.

»Holger.« Hektisch riss Marie die Bettdecke hoch bis zum Kinn. Die rasche Bewegung sorgte für eine neuerliche Schmerzattacke sowie dafür, dass das Kirschkernkissen auf die Inkontinenzbinden segelte und das Fläschchen mit dem Chiliöl umkippte. »Ich, ähm, hatte Sie gar nicht erwartet.«

Auch er merkte jetzt offenbar, wie ungelegen sein Besuch

kam. Einige Sekunden lang verweilten seine Augen auf der Bettdecke, und zwar ziemlich genau dort, wo sich der Tanga seinen Blicken entzog, dann senkte er den Kopf und betrachtete seine Sneakers. Mit seinem edlen anthrazitfarbenen Kaschmirpullover und den schlammgrauen Designer-Jeans, die zitronengelbe Paspeln verzierten, sah er mal wieder so stylish aus, als hätte er sich soeben für die Werbekampagne eines Energydrinks fotografieren lassen.

»Sorry, dass ich hier einfach so reinschneie«, entschuldigte er sich. »Doch auf Ihrem Handy sprang nur die Mailbox an, und als Scarlett sagte, Sie seien zu Hause, dachte ich …«

»Schon gut.« Marie spürte, wie sie bis zu den Haarwurzeln errötete. »Wirklich sehr nett von Ihnen, dass Sie nach mir schauen. Danke. Auch für die Blumen.«

»Gern geschehen.«

Eine merkwürdige Stille trat ein. Lag es daran, dass eine Begegnung im Schlafzimmer etwas verboten Intimes hatte? Oder ahnte Holger, dass Marie leise Zweifel zu hegen begann, ob er wirklich so empathisch und fürsorglich war, wie er sich darstellte?

»Sieh an, du hast also einen Verehrer, Mariechen«, kicherte Lydia Hasemann, die mit einer süßlich duftenden Tasse Tee ins Zimmer stapfte. »Hätte ich ja nicht gedacht in deinem Alter. Was sagt denn Alexander dazu? Ist er nicht eifersüchtig auf deinen Rosenkavalier?«

Holger kniff die Lippen zusammen, Marie fiel fast in Ohnmacht vor lauter Peinlichkeit.

»Lydia, das ist Herr Christiansen, mein Chef.«

»Oh.« Frau Hasemann Senior trat einen Schritt zurück und beäugte ihn kritisch. »So sehen heutzutage Chefs aus?«

Wie die Mutter, so der Sohn. Genau denselben Satz hatte Alexander am Morgen von sich gegeben.

»Danke für den Tee«, stieß Marie heiser hervor. »Wir hätten dann noch etwas Berufliches zu besprechen. Unter vier Augen.«

»Natürlich, ich bin ja dafür bekannt, obergeheime Firmengeheimnisse auszuplaudern«, giftete Lydia Hasemann und stellte die Tasse geräuschvoll auf dem Nachttisch ab. »Wohl bekomm's.«

Nachdem sie aus dem Zimmer gerauscht war, angelte sich Marie unter stechenden Schmerzen die Teetasse und nippte daran. Alles, einfach alles war ihr unangenehm: ihre taktlose Schwiegermutter, der chaotische Zustand des Schlafzimmers, ihr unfrisiertes Haar. Holger Christiansen musste denken, dass sie nichts, aber auch gar nichts auf die Kette bekam. Ihre Hände zitterten so sehr, dass etwas Tee über den Rand schwappte.

»Sieht so aus, als hätten Sie eine Menge Stress«, sagte er.

Befangen starrte Marie auf den gigantischen Blumenstrauß, den Holger immer noch festhielt. Es waren prachtvolle langstielige Rosen in allen Regenbogenfarben, mit üppig gefüllten Blüten, denen ein berauschender Duft entströmte.

»Schon okay. Ich hab's im Griff.«

»Alles, was Sie momentan im Griff haben, ist eine Tasse Tee«, kam es trocken zurück.

»Gut, mein Leben ist zurzeit vielleicht etwas kompliziert«, gab Marie zu.

Das war die Untertreibung des Jahrhunderts, aber sie konnte Holger unmöglich die unzensierte Wahrheit offenbaren: dass sie nicht weiterwusste.

»Meinem Eindruck nach stecken Sie in einer Ermüdungsschleife«, erwiderte er nach kurzem Nachdenken. »Haben Sie auch schon einen Plan, wie Sie da wieder rauskommen wollen?«

Holger konnte man nichts vormachen. Gar nichts. Das war Marie schon am Morgen im Fahrstuhl aufgefallen. Um nicht gleich antworten zu müssen, trank sie einen weiteren Schluck Tee. Ihn jetzt mit irgendwelchen Plattitüden abzuspeisen, kam nicht infrage. Sämtliche Ausflüchte, die ihr einfielen, hätten naiv oder oberflächlich geklungen – dass sie schon alles hinkriegen würde, dass das nur eine Phase sei, dass immer alles gut wurde.

»Es gibt zwei Arten, Schwierigkeiten zu begegnen«, sprach er ruhig weiter. »Entweder Sie ändern sich, oder Sie ändern die Schwierigkeiten. Deshalb …« Er hielt inne, als die Türklingel ertönte. »Hm. Ist jetzt wohl nicht der richtige Zeitpunkt für so ein Gespräch, was?«

»Egal, in meinem Leben gibt es sowieso keine richtigen Zeitpunkte.« Aufgeregt stopfte sich Marie ein Kissen in den Nacken. Wer stand denn nun vor der Tür? Falls es Babette war und sich jetzt auch noch einmischen wollte, konnte sie für nichts mehr garantieren. Ausflippen war das Mindeste. »Jedenfalls kommen meine Rückenprobleme im falschen Moment, das weiß ich. Wir wollen unser Projekt mit Jack starten, die nächsten Fokusgruppentests stehen unmittelbar bevor, das Verpackungsdesign muss überarbeitet werden, und ich habe mir fest vorgenommen, dieses Dings, na, dieses Social Shmoozing auszuprobieren.«

»Jetzt vergessen Sie mal für einige Zeit die Arbeit.« Behutsam legte Holger den Rosenstrauß auf die Bettdecke und zupfte ein bisschen an den Blütenblättern herum. »Es gibt Wichtigeres im Leben. Betrachten Sie mich als Ihren Freund. Über diese hierarchische Chef-Angestellte-Sache sind wir doch längst hinaus.«

»Wie, brennen Sie mit mir durch?«

Das war Marie nur so rausgerutscht, um die Situation aufzulockern, doch in Holgers Augen zeigten sich erste kleine Bernsteinfünkchen.

»Warum nicht? Vorher sollten Sie allerdings ein paar Dinge klarziehen. Ich kenne da einen tollen Ashram mit Schweige-Retreats. Nicht reden, nur meditieren und atmen, tief atmen. Sie werden sehen, das ist der ultimative Wellness-Hack. Gebrauchen könnten Sie's, Marie. Rückenschmerzen sind ein Symptom für seelische Disharmonien.«

»Sie meinen also, ich habe nicht Rücken, sondern Kopf«, wiederholte sie die Aussage des Notarztes.

Ein kleines verschmitztes Grinsen zog Holgers Mundwinkel nach oben.

»So ähnlich.«

Nervös rieb Marie mit einem Finger an ihrer Nasenwurzel. Sie hatte keine Zeit für Ashrams. Holgers Vorschlag zeugte von der typischen Arroganz eines kinderlosen Mannes, dem es einfach an Vorstellungskraft für die Pflichten einer Mutter fehlte. In Maries Schreibtisch stapelten sich Wellness-Gutscheine, die sie an den letzten Geburtstagen bekommen hatte, Gutscheine für aromatherapeutische Wochenenden, Hot-Stone-Massagen und ayurvedische Stirngüsse. Nicht einen einzigen hatte sie bisher eingelöst.

»Aber ich kann doch nicht einfach alles stehen und liegen lassen, in so eine Schweigebude fahren und meine Disharmonien wegatmen.«

Jetzt fingen auch seine Augen an zu lächeln, auf diese spezielle Art und Weise, die Marie nur noch nervöser machte.

»Sie denken, ohne Sie geht's nicht, und Sie müssten dauernd

die Welt retten«, fuhr er fort. »Sie brauchen das Gefühl, gebraucht zu werden. Doch das geht oft nach hinten los. Nehmen Sie sich ein Beispiel an mir: Ich rette die Welt nur dienstags.«

Das war mal wieder ein echter Holgerklopfer. Marie musste nun ebenfalls lächeln, und während langsam die Anspannung von ihr abfiel, begann in seinen Augen jenes funkelnde Bernsteinspektakel, das eine nahezu magische Wirkung auf sie ausübte. Wie machte er das bloß? Auf irgendeine geheimnisvolle Weise schaffte er es, sie gleichzeitig aus dem Gleichgewicht zu bringen und ihr eine beruhigende Wärme zu vermitteln. Nun ja, ganz so beruhigend war die Wärme auch wieder nicht. Dafür sprühten zu viele Funken darin. Der Zauber erlosch erst, als Lydia Hasemann mit Scarlett im Schlepptau auftauchte.

»Schon wieder ein Gast«, sagte sie spitz. »Hier geht's ja zu wie im Taubenschlag. Komisch, aber wenn ich mal zu Besuch kommen will, hast du nie Zeit.«

»Hallo zusammen!«, rief Scarlett. Ihre Stimme wirkte etwas zu aufgekratzt, um echt zu sein. Wahrscheinlich hatte sie sich schon so einiges von der neuen Herrin des Hauses anhören müssen. »Die Einkäufe stehen in der Küche, Frau Hasemann, den Laptop stelle ich Ihnen …«

Suchend sah sie sich um, bemerkte den überquellenden Nachtschrank und legte Maries Laptop neben den Rosenstrauß auf die Bettdecke. Anstelle des gewohnten FeelBetterFood-T-Shirts trug sie ein mintgrünes Kleid mit Petticoat, dazu spitze weiße Pumps. Zum ersten Mal dachte Marie darüber nach, was Scarlett eigentlich in ihrer Freizeit machte. Vielleicht tanzte sie ja Rock 'n' Roll? Über Privates hatten sie nie gesprochen. Womöglich war das ein Fehler gewesen, denn etwas mehr soziales Schmusen war tatsächlich angebracht, wenn man so eng und vertrauensvoll zusammenarbeitete, das musste Marie zugeben. Sie wollte sich gerade bei Scarlett bedanken, als es erneut schellte, diesmal Sturm.

»Taubenschlag, ich sag's ja«, grantelte Lydia Hasemann, die ungeniert Holger angestarrt hatte, und eilte mit einem indignierten Seitenblick auf Marie hinaus.

So schnell ging das. Kaum hatte man der Schwiegermutter ein winziges bisschen Handlungsspielraum zugestanden, musste man sich sogar schon dafür rechtfertigen, dass es an der Tür klingelte.

»Bevor hier wegen Überfüllung geschlossen wird, mach ich mich wohl besser vom Acker«, griente Holger. »Scarlett, wir sehen uns morgen früh.«

Im Gehen nickte er Marie zu, und sie sonnte sich ein letztes Mal im Bernsteingefunkel seiner lachenden Augen. Dann war er weg. Kein Funkeln mehr. Nichts. Als hätte jemand das Licht ausgeknipst. Moment mal, Marie, schalt sie sich. Hast du gerade etwa Holger Christiansen angehimmelt? Geht's noch? Du liebst Alexander!

»Frau Hasemann, alles okay?«, erkundigte sich Scarlett besorgt.

Marie zuckte die Schultern. Was, bitte schön, sollte denn hier okay sein?

»So habe ich Sie jedenfalls noch nie erlebt«, murmelte ihre Assistentin, und man sah ihr an, dass sie ehrlich erschüttert war. »Darf ich mich zu Ihnen setzen?«

Marie klopfte mit der flachen Hand auf die Matratze, und Scarlett glitt in ihrem hübschen Kleid neben sie. Dabei stellte Marie fest, wie gut ihr die Nähe dieser jungen Frau tat. Fast fühlte es sich wie Freundschaft an.

»Danke, dass Sie für mich da sind, wie lieb von Ihnen.«

»Sie wirken irgendwie so lost – so verloren«, flüsterte Scarlett, als wagte sie gar nicht, es laut auszusprechen.

»Ach, wissen Sie«, Marie atmete schwer, »ich werde nicht nur für volle zwei Wochen krankgeschrieben, jetzt macht auch noch meine Schwiegermutter einen Riesenwirbel, und wie ich sie kenne, wird sie für mindestens zwei Monate hier einziehen.«

Nachdenklich setzte Scarlett ihre schwarze Nerdbrille ab und blinzelte Marie mit diesem eigentümlich verschwommenen Blick kurzsichtiger Menschen an.

»Was sagt denn Ihr Mann dazu?«

Gute Frage. Es stand zu befürchten, dass ihm die schwiegermütterliche Offensive relativ egal war, solange er sich vor den häuslichen Pflichten drücken konnte. Doch Marie wollte Scarlett nicht auch noch mit ihren Eheproblemen behelligen.

»Womöglich werden wir gleich mehr erfahren«, hielt sie sich bedeckt. »Wenn mich nicht alles täuscht, ist er soeben mit den Kindern nach Hause gekommen.«

Laustarkes Getrappel und Gepolter auf der Treppe gaben ihrer Vermutung recht. Im nächsten Augenblick stürmte auch schon Lilli ins Schlafzimmer, gefolgt vom deutlich weniger enthusiastischen Robin sowie einem sichtlich mitgenommenen Alexander.

»Wir waren mit Papa Hamburger essen!«, juchzte Lilli und drehte sich so schwungvoll um sich selbst, dass ihr karierter Rock mit den blonden Löckchen um die Wette flog. »Stell dir vor, Mami, ich durfte alle Milkshakes ausprobieren, am besten schmeckt mir Schoko!«

Das war ja wohl die Höhe. So also interpretierte Alexander seine Vaterpflichten? Es wurmte Marie ohne Ende, dass er den tollen Pausenpapa spielte, während ihr die Rolle der unbeliebten Alltagsmama zufiel, die für geordnete Abläufe sorgte.

»Und deine Klavierstunde, Lilli?«

»Ach, das.« Mitten in der Tanzbewegung hielt ihre Tochter inne. »Papa hat gesagt, Klavier ist nicht so wichtig. Er meinte, wir sollten einfach mal Spaß haben.«

Spaß war so ziemlich das Letzte, was bei Marie zog, wenn es um die Zukunft ihrer Kinder ging.

»Das heißt, du hast den Klavierunterricht verpasst, Robin seinen Schachclub und Papa seine Trainertennisstunde?«

»Nun reg dich bitte nicht auf, Schatz«, sagte Alexander, der ohne Jackett und Krawatte am Türrahmen lehnte. »Ich habe wirklich alles gegeben, wir hatten einen schönen Nachmittag.«

Nur Scarlett zuliebe enthielt sich Marie jedes weiteren Kommentars. Sie würde Alex später den Kopf waschen, und zwar gründlich. Einstweilen formte sie ihre Gesichtszüge zu einem freundlichen Lächeln.

»Darf ich euch meine Assistentin vorstellen? Das ist Scarlett Philipps.«

»Angenehm.« Ein verschwörerisches Lächeln malte sich auf Alexanders Gesicht. »Telefoniert haben wir ja schon öfter. Danke für das Polo-Shirt, es passt hervorragend.«

Robins Begrüßung fiel gewohnt untertourig aus. Seine rechte Hand klappte kurz nach oben, danach begnügte er sich mit einem lapidaren »Hi Scarlett, was geht«.

»Du siehst aus wie eine Prinzessin«, staunte Lilli, die ganz in den Anblick des mintgrünen Petticoatkleids versunken war. »Also, ich krieg bald supercoole kaputte Jeans, aber wenn ich groß bin, möchte ich auch so ein Kleid.«

»Freut mich sehr, Sie alle kennenzulernen«, erwiderte Scarlett wohlerzogen und wandte sich an Lilli. »Deine Mama ist mein großes Vorbild, musst du wissen. Es gibt nicht viele Frauen, die so hart arbeiten und dann auch noch eine so zauberhafte Familie haben.«

Vor lauter Freude wurde Marie über und über rot. Wenigstens eine Person im Raum fand anerkennende Worte für sie.

»Ja, meine Mama muss dauernd arbeiten, deshalb ist sie jetzt krank«, erläuterte Lilli ihre Sicht der Dinge. »Und deshalb kocht heute meine Oma. Es stinkt ganz doll in der Küche, sie sagt, das ist Lederkäse.« Skeptisch krauste sie ihr Näschen. »Ich glaube, Leder kann man gar nicht essen. Ist aber nicht so schlimm, ich hab sowieso keinen Hunger, wir durften ja schon die Hamburger.«

»Dein Papa hat alles bestens organisiert«, übernahm Alexander, der immer noch am Türrahmen lehnte. »Wir schaffen das auch mal ohne Mama. Oma schmeißt die Küche, für eure Bespaßung kommt Tamara.«

»Tamaaaara!«, jubelte Lilli.

Selbst Robin, der sich hauptsächlich darauf beschränkt hatte, seine Handynachrichten zu checken, begann zu strahlen.

»Tamara. Cool.«

Womit Marie klar wurde, dass sie hier nichts mehr zu melden hatte. Alles wurde über ihren Kopf hinweg bestimmt, jeder machte, was er wollte, und sie konnte nur noch zuschauen, wie alles zerbröselte, was sie in mühevoller Planungsarbeit aufgebaut hatte. Was für eine Tragödie. Langsam ließ auch die Wirkung der Spritze nach. Unsanft wurde Marie daran erinnert, dass sie noch einige Zeit machtlos bleiben würde.

»Ich geh dann mal, damit Sie zur Ruhe kommen«, erklärte Scarlett, erhob sich vom Bett und strich ihr leise raschelndes Kleid glatt. »Wenn Sie irgendetwas brauchen, Frau Hasemann, sagen Sie mir bitte Bescheid.«

»Ich begleite Sie gern hinaus«, bot Alexander galant an.

»Das können die Kinder tun«, ging Marie dazwischen. »Wir haben einige wichtige Dinge zu besprechen, Alex.«

Lilli, die Scarlett immer noch verzückt betrachtete, griff zutraulich nach der Hand von Maries Assistentin.

»Komm, ich zeige dir mein Zimmer! Ich habe ein Prinzessinnenbett!« Flüsternd fügte sie hinzu: »Und Sü-ßig-kei-ten!«

Gemeinsam liefen sie aus dem Schlafzimmer, gemächlich trottete Robin hinterher, nur Alexander blieb zurück, und seine düstere Miene verhieß nicht gerade Vorfreude auf ein Vieraugengespräch. Aber auch bei Marie war die Luft raus. Plötzlich wurde ihr bewusst, dass sie keine Strategie für die nächsten Schritte hatte. Was sie wollte und was sie nicht wollte, stand fest, nur – wie sollte sie Alexander davon überzeugen? Von den üblichen Leitlinien und Programmen würde er sich nicht beeindrucken lassen, das hatte ja bereits seine Gestaltung des Nachmittags gezeigt.

»Also, was gibt es so Wichtiges zu besprechen?«, fragte er.

»Nennen wir es Schadensbegrenzung.« Ächzend richtete sich Marie im Bett auf, um nicht ganz so schwach und hilflos zu erscheinen. »Jeder Mensch hat ein Recht auf Privatsphäre, doch was du hier veranstaltest, ist die Zerstörung derselben. Erst reitet deine Mutter ein, und zwar auf dem ganz, ganz hohen Ross, dann holst du gegen meinen Willen Tamara zurück, und wie ich höre, willst du nun sogar diese Babette einladen.«

»Wer sagt das?«

»Deine Mutter.«

»Das hat sie wohl falsch verstanden.« Verstohlen sah Alex auf seine Armbanduhr. »Babette kommt nicht hierher, ich fahre wie vorgesehen heute Abend hin, um ihr bei der Renovierung zu helfen. Im Übrigen ist deine Definition von Privatsphäre etwas seltsam, immerhin hast du einen Überwachungsteddy für Lillis Zimmer gekauft und spionierst dem armen Robin hinterher.«

»Mit gutem Grund«, erwiderte Marie, auch wenn sie einräumen musste, dass Alex nicht ganz unrecht hatte. »Allerdings bin ich mehr als erstaunt, dass du den Abend woanders verbringst. Findest du nicht, dein Platz ist in der Familie, gerade jetzt, wo ich ausfalle?«

»Ich gehe die Situation völlig logisch und rational an«, behauptete er. »Du bist nicht die Einzige mit Organisationstalent, Marie. Tamara ist für die Kinder da, meine Mutter für den Haushalt, beide sind an deiner Seite, falls du etwas brauchst. Also kann ich den Abend doch wohl problemlos bei einer Freundin verbringen.«

Das war ein Stich ins Herz. Alexander nannte sie schon *eine Freundin*? Nicht mal den Ausdruck *flüchtige Bekannte* hätte Marie passend gefunden. Was lief da hinter ihrem Rücken?

»Es sei denn, du hast schon eine Liste mit ehelichen Schlafzimmeraktivitäten angefertigt«, bohrte er sich ohne Betäubung zu ihrem empfindlichsten Nerv vor. »Leider dürfte dein Hexenschuss ja die meisten einschlägigen Aktivitäten ausschließen.«

Also, so was. Jetzt machte er schon doofe Witze über ihre Flaute im Bett! Es brannte Marie auf der Zunge, ihm die Frittenbude und das heimliche mittägliche Treffen mit Babette unter die Nase zu reiben. Doch sie hatte andere Pläne. Diesen Abend würde sie nicht im Schlafzimmer verbringen, o nein.

»Wo wohnt Babette eigentlich?«, fragte sie mit ihrem harmlosesten Gesichtsausdruck.

Alexanders Miene hellte sich verräterisch auf, als sie auf Babette zu sprechen kam.

»Kennst du das Pferdegestüt neben dem Ausflugslokal Zum Ochsen? Dort hat sie ein Pony eingestellt und das alte Kutscherhaus gemietet.«

Im Kopf errechnete Marie bereits die Fahrzeit. Wenn sie die Schnellstraße nahm, konnte sie es in fünfzehn Minuten schaffen. Fragte sich nur, mit welchem Wagen. Alexander würde natürlich die Familienkutsche nehmen, also musste sie ihrer Schwiegermutter die Autoschlüssel stibitzen und die störrische Gangschaltung von Lydia Hasemanns Kleinwagen bändigen. Wie sie das alles mit ihrem steifen, schmerzenden Körper bewerkstelligen sollte, wusste Marie noch nicht, aber es würde ihr schon etwas einfallen. Sie musste wissen, woran sie mit Alexander war.

»Und du meinst, es ist wirklich dein Ding, Babette bei der Renovierung zur Hand zu gehen?«, vergewisserte sie sich ein letztes Mal, ob er nicht eventuell doch noch einen Rückzieher machte. »Sonst bist du doch auch nicht gerade versessen aufs Malern und Hämmern.«

»Erstens kann ich das ganz gut, wenn es nicht *perfekt* sein muss, zweitens interessiert mich momentan etwas anderes«, vollführte er ein ziemlich kurviges Ausweichmanöver. »Von wem ist dieser übertriebene Blumenstrauß da? Etwa von Scarlett?«

Marie sah zum Fußende. Noch immer lagen Holgers Rosen

auf der Bettdecke, in all ihrer duftenden Pracht. War es wirklich erst wenige Minuten her, dass sie hier miteinander gesprochen – und beziehungsreich miteinander geschwiegen hatten?

»Ich finde den Strauß sehr schön. Vielleicht bittest du deine Mutter, ihn in eine Vase zu stellen.«

»Der ist doch viel zu bunt, bei dir müssen die Blumen doch immer exakt zur Einrichtung passen«, zog Alexander sie auf. »Und? Von wem ist der Strauß denn nun?«

»Von meinem Chef«, antwortete Marie schuldbewusst, obwohl es streng genommen gar nichts gab, was sie sich vorzuwerfen hatte. Eher hätte sie fragen können, warum ihr der eigene Mann keine Blumen mitbrachte. Doch welcher Ehemann tat das schon im wahren Leben? »Holger Christiansen hat mir einen Besuch abgestattet. Einen Krankenbesuch.«

»Hm, er kam mir unten im Flur entgegen.«

Leicht geistesabwesend, wie es schien, taperte Alexander zum Kleiderschrank und holte seinen abgeranzten Jogginganzug aus dem Wäschefach. Den mit den ausgeleierten Bündchen und der undefinierbaren Farbe. Während er sein Oberhemd aufknöpfte, warf er Marie einen wachsamen Blick zu.

»Macht er bei allen Mitarbeitern Krankenbesuche? Oder kriegst du eine Sonderbehandlung?«

»Das ist … das gehört zur emotionalen Matrix der Firma, mal so synergetisch gesehen«, antwortete Marie, heilfroh, dass Holgers verschwurbeltes Vokabular alles und nichts bedeuten konnte. »Holger Christiansen steht auf Team-Spirit.«

»Steht er auch auf dich?«

Die Frage kam so blitzschnell aus der Hüfte geschossen, dass Marie das Herz in die Hose rutschte. Au Backe. Jetzt hieß es, genauso blitzschnell zu reagieren, damit Alexander bloß keinen Wind um eine Sache machte, von der ja nicht mal sie so genau wusste, was es war. *Und nicht das Atmen vergessen, Marie.*

»Gegenfrage.« Sie atmete einmal tief ein und aus. »Könnte es sein, dass deine plötzlich und unerwartet erwachte Liebe zum Heimwerken daran liegt, dass du auf Babette stehst?«

Alex war gerade im Begriff, seine Jogginghose anzuziehen, ein Fuß steckte schon im Hosenbein, der andere schwebte in der Luft, nun geriet er ins Wanken und hüpfte einbeinig herum, um nicht das Gleichgewicht zu verlieren. Als er es geschafft hatte, wieder gerade zu stehen und die Hose hochzuziehen, zog er eine Schnute wie ein kleiner Junge.

»Du schießt total übers Ziel hinaus mit deiner Eifersucht. Ehrlich, ich erkenne dich gar nicht wieder. Was wirst du als Nächstes tun? Mir ein Wahrheitsserum verabreichen? Mich zu einem Lügendetektor-Test schleppen?«

»Wäre eine Option«, lächelte sie grimmig.

Wortlos streifte er das Oberteil des Jogginganzugs über, dann setzte er sich zu ihr aufs Bett und griff nach ihrer Hand.

»Marie, wir haben unsere Probleme, aber es gibt keinen Grund zur Beunruhigung.« Ungewohnt zärtlich streichelte er ihre Hand. »In einer halben Stunde fahre ich los. Wenn du magst, bringe ich dir nachher von der Tanke dein Lieblingseis mit. Es steht auf dem Index verbotener Süßigkeiten, das weiß ich, aber du bist krank, da darfst du dir eine Ausnahme leisten.«

Das war wirklich eine liebe Idee. Oder eine Taktik, sie bei Laune zu halten, während er sich woanders amüsierte?

»Welche Sorte möchtest du?«, fragte er. »Worauf hast du Lust?«

»Auf jede Geschmacksrichtung, solange es Mango-Karamell

ist. Achte bitte auf das Verfallsdatum und darauf, dass sich keine Eiskristalle auf der Verpackung befinden, weil man daran sieht, dass die Kühlkette unterbrochen wurde.«

»Jetzt klingst du wieder wie die Frau, die ich kenne«, grinste Alexander. »Dann einen schönen Abend, Marie Kontrollsky.«

Kapitel 10

Ein, zwei, oder drei Tabletten? Wie schon der Notarzt riet der Beipackzettel zu größter Vorsicht und listete als Nebenwirkungen Sehstörungen, Schwindelgefühle sowie eingeschränkte Fahrtüchtigkeit auf. Andererseits musste Marie sichergehen, dass die Wirkung der Tabletten mindestens für die nächsten zwei Stunden anhielt. Also nahm sie vier und spülte sie mit dem Rest Anistee hinunter. Er schmeckte gar nicht so schlecht wie befürchtet. Man könnte mal was mit Anis erfinden, überlegte Marie, vielleicht einen Proteinriegel mit Anis und Chili.

Sie schaute zum Nachtschrank. Unberührt stand das Tablett mit einer Riesenportion Leberkäse darauf. Lydia Hasemann würde das gar nicht gefallen, womöglich würde es sie sogar ermutigen, den ganzen Abend lang weitere zweifelhafte Köstlichkeiten zu servieren. Womit Marie vor der nächsten Herausforderung dieses an Schwierigkeiten nicht gerade armen Tages stand: heimlich, still und leise das Haus zu verlassen. Die Autoschlüssel ihrer Schwiegermutter hatte sie bereits in deren Rucksack gefunden. Nun musste sie es zuwege bringen, unbemerkt von Lydia, Tamara und den Kindern nach draußen zu gelangen. Das war keine Kleinigkeit.

Als das Gesicht ihrer Schwiegermutter im Türrahmen erschien, waren Maries Nerven bis zum Zerreißen angespannt.

»Ich bin untröstlich, leider hatte ich gar keinen Appetit, weil ich komplett erledigt bin«, jammerte sie. »Sei so gut, und stell bitte den Leberkäse kalt, dann esse ich ihn morgen zum Frühstück. Versprochen.«

»Soso«, brummte Lydia Hasemann.

Um sie milde zu stimmen, gähnte Marie ausgiebig und bettete ihre Wange ans Kopfkissen.

»Ich glaube, ich sollte mich jetzt gesund schlafen. Du hast ja selbst gesagt, dass ich Ruhe brauche. Wundere dich deshalb nicht, wenn ich ab jetzt ungestört sein möchte.«

»Aha, ich störe also«, sagte ihre Schwiegermutter.

»Es ist doch nur für diese eine Nacht.« Ein weiteres lang gezogenes Gähnen folgte. »Auch du brauchst Ruhe, Lydia. Was hältst du davon, wenn du es dir unten auf der Couch gemütlich machst?«

Frau Hasemann Senior quittierte die Frage mit einem tiefen Seufzer. Wortlos nahm sie das Tablett, ging zur Fensterbank und sammelte die Kakteen ein. Maries geliebte Kakteen, die sie hegte und pflegte. Es gab einen genauen Plan, wie viel Milliliter Wasser welche Kaktee wann bekam, dennoch hielt sich Marie zurück. Das war zu viel Information für den Moment.

»Also, was hältst du von einem gemütlichen Couchabend?«, fragte sie stattdessen.

»Ruhe ist für mich nicht drin, Mariechen«, erwiderte ihre Schwiegermutter leidend. »Ich muss noch mal nach Hause, um ein paar Dinge zu holen. Meine Hummelfiguren zum Beispiel – die werden dir so viel Freude bereiten!«

O nein, wenn sie wegfuhr, würde das den schönen Plan vereiteln! Angstvoll umklammerte Marie die Autoschlüssel unter der Bettdecke.

»Mach dir bitte keine Umstände, das hat doch Zeit bis morgen«, sagte sie beschwörend. »Robin kann dir einen Netflix-Film deiner Wahl anstellen, und im Küchenschrank findest du einen leckeren Bio-Rotwein, säurearm, schwefelfrei. Die reinste Medizin.«

»Nun ja, Wein ist in der Tat eine sehr gute Medizin«, lenkte Frau Hasemann Senior ein. »Herr von Hülse sagt, dass regelmäßiger Weingenuss die Zellalterung verlangsamt und das Risiko von Schlaganfällen verringert.«

»Siehst du«, lächelte Marie, »dann ist das doch der perfekte Ausklang für heute.«

»Wo du recht hast, hast du recht.« Ihre Schwiegermutter musterte die Kakteen, die sie aufs Tablett gestellt hatte, dann heftete sie ihren Blick auf den vollen Teller. »Von nun an musst du vernünftig sein, Mariechen. Essen hält Leib und Seele zusammen, anständiges Essen, versteht sich. Ich werde dir morgen früh ein Bauernfrühstück zum Leberkäse servieren, mit Bratkartoffeln, Spiegelei und gerösteten Zwiebeln.«

Die Cholesterinwerte dieses Gerichts waren ein Frontalangriff auf die Leber. Schon bei der bloßen Vorstellung, eine solche Fettbombe zu essen, meinte Marie zu spüren, wie lauter kleine Pickelchen zwischen ihren Augenbrauen sprossen.

»Super«, heuchelte sie dennoch Zustimmung, »vielen Dank. Ich werde gleich noch sämtliche Medikamente nehmen, die du mitgebracht hast. Die Kalziumtabletten, die Hyalurondragees, und morgen machen wir mit dem Heuwickel weiter.«

»Gut, dass du Einsicht zeigst.« Befriedigt trat Lydia Hasemann den Rückzug an. An der Tür drehte sie sich noch einmal um. »Sag mal, willst du mir etwa figurformende Wäsche zum Geburtstag schenken?«

»Nein, wieso?«

»Ich habe gerade die Tüten ausgepackt, die deine Assistentin in die Küche gestellt hat. Zum Inhalt gehörten diese komische Wäsche und eine Kuchenplatte. Da fragt sich, wie das zusammenpasst. Du hast doch immer ein Konzept, Mariechen. Soll ich Kuchen essen und hinterher die Pfunde mit der Wäsche wegmogeln? Oder mich in so einen Gummischlauch reinquälen, damit ich keinen Kuchen mehr runterkriege?«

»Das missverstehst du«, erwiderte Marie, die die Wäsche längst vergessen hatte. »Lass dich überraschen, dein Geburtstag ist erst morgen.«

»Also, wenn sich hier jemand gesund ernährt, dann ich«, stellte ihre Schwiegermutter klar.

»Natürlich. Gute Nacht, Lydia.«

Nachdem sie gegangen war, schlüpfte Marie aus dem Bett und wackelte vorsichtig mit den Hüften. Die Tabletten wirkten wirklich phänomenal. Kein Schmerz, nicht mal ein leichtes Ziehen in der Lendenwirbelgegend war übrig geblieben. Ab jetzt würde alles wie am Schnürchen laufen. Hoffentlich. Barfuß huschte sie zum Kleiderschrank und holte einen schwarzen Jogginganzug von Alex heraus, funkelnagelneu, ungetragen. Dazu wählte sie schwarze Ballerinas, in denen sie auf leisen Sohlen durch das Haus schleichen konnte. Jetzt die Kapuze über den Kopf ziehen, Handy und Autoschlüssel einstecken – fertig.

Gern hätte Marie noch die Toilette benutzt, aber das wäre zu auffällig gewesen, weil die Wasserleitungen in diesem Haus etwas exzentrisch waren und die Toilettenspülung überall zu hören. Kurz erwog sie, die Bettpfanne einzuweihen, entschied sich dann aber aus Gründen der Selbstachtung, ihr dringendes Bedürfnis an einer Tankstelle zu verrichten. Alles hatte seine Grenzen. Selbst wenn sie mit ihrer Spionageaktion im Begriff war, einen Gutteil dieser Selbstachtung zu verlieren, Bettpfannen und Inkontinenzbinden gehörten nicht zum Plan.

Nachdem sie ein bisschen Geld eingesteckt hatte, für alle Fälle, näherte sie sich geschmeidig wie eine Katze der Schlafzimmertür und lauschte. Unten im Erdgeschoss herrschte eindeutig noch zu viel Trubel. Mit viel Geklapper räumte jemand die Küche auf, vermutlich Lydia Hasemann, die hundertpro mal wieder alles falsch in die Spülmaschine stellte. Außerdem hörte man Lillis helles Stimmchen und Robins Reibeisenstimme, mit der er seine Oma nach ihren Filmvorlieben fragte. Auch Tamaras kehliger Tonfall und Scarletts sanftes Timbre waren auszumachen. Nanu, Scarlett war noch da?

In jedem Falle bedeutete das Warten. Marie wartete eine geschlagene halbe Stunde, bis endlich Stille einkehrte. Dann erst wagte sie sich mit angehaltenem Atem auf den oberen Flur, wo die Kinderzimmer und das Gästezimmer lagen. Die Türen waren nur angelehnt, aus Lillis Zimmer ertönte die Stimme von Tamara. Marie legte ein Ohr an den Türspalt.

»Es war ein besonders blutrünstiger Vampir«, ließ sich Tamara vernehmen. »Seine Augen leuchteten giftig grün im Dunkel der Nacht, als er den von Spinnweben bedeckten Sarg aufklappte und sich erhob, um seinen unbändigen Durst mit dem frischen Blut einer Jungfrau zu stillen.«

Also so was. Was fiel Tamara ein, einer Siebenjährigen so einen Gruselschocker vorzulesen? Und woher hatte sie überhaupt das Buch? Bedauerlicherweise konnte Marie nichts dagegen unternehmen, sonst wäre ihr geheimer Plan nicht mehr geheim geblieben. Zähneknirschend schlich sie weiter zu Robins Zimmer. Dort stellte sie überrascht fest, dass sich Scarlett darin befand. Scarlett?

»Tut mir echt leid, dass es deiner Mutter so schlecht geht«, sagte sie gerade.

»Meiner Mum?« Robin lachte leise. »Die bleibt nicht lange im Bett, sonst kann sie ihr Alleinstellungsmerkmal als Kneifzange doch nicht ausleben. Weißt, was ich mein?«

Bei seinen Worten zuckte Marie zusammen. Der Lauscher an der Wand hört seine eigne Schand, hatte man ihr als Kind eingebläut.

»Also, ich mag deine Mutter«, wandte Scarlett ein.

Puh. Wenigstens das.

»Dann kennst du sie nicht richtig.« Wieder lachte Robin. »Die ist total spaßbefreit. Nagelt den ganzen Tag ihre Weisheiten raus, hat immer was zu meckern und macht hier einen auf Bootcamp. Ich kann echt froh sein, wenn sie keine Überwachungskamera in der Duschkabine installiert.«

»Ich glaube, deine Mutter ist nicht das, was du in ihr siehst«, setzte Scarlett zu einer Verteidigung an. »Sie jongliert mit tausend Tellern gleichzeitig und versucht nur zu verhindern, dass einer runterfällt.«

Das tat gut, so gut! Marie hielt die Luft an. Was kam noch?

»Willst du mal Dragqueen-Fotos von mir sehen?«, fragte Robin.

»O wow.«

»Findest du das nicht daneben? Meine Mum war ziemlich angezeckt. Dabei habe ich schon ein paar krasse Videos gedreht, die ich demnächst online stellen will.«

»Nee, finde ich total mutig«, wurde er von Scarlett gelobt. »Wenn das dein Ding ist, mach's einfach. Irgendwann wird es deine Mutter schon akzeptieren.«

»Und falls nicht?«

»Hör mal, Robin, wenn der Weg holprig wird, steigt man nicht aus, sondern schnallt sich an. Ich habe auch lange gebraucht, bis ich zu meinem Style stehen konnte.«

Marie wusste nicht recht, was sie davon halten sollte. Es war rührend, wie Scarlett ihrem Sohn den Rücken stärkte. Aber auch etwas schräg.

»Hier, wie findest du das?« Offenbar zeigte Robin jetzt ein Video, denn man hörte seine heisere Stimme und Hip-Hop-Musik. »Ich weiß, ich krächze ziemlich rum.«

»Kein Problem«, gluckste Scarlett, »auch Raben gehören zur Familie der Singvögel, also, ornithologisch gesehen.«

»Weißt du, ich mach das nur aus Spaß«, erklärte Robin. »Meine Mum will mich dauernd in so 'n Schema drücken, ich soll der perfekte Sohn sein, voll angepasst und sauber gekärchert wie unsere Terrasse. Wenn ich mich verkleide, ist das …«

»… eine Befreiung?«

»Genau. Jemand anders sein, ohne Limits, ohne Schema. Ich steh auf Mädchen, nur mal so zur Info, aber wenn ich in Frauenklamotten performe, kann ich sein, wer ich will.« Ein kleines Lachen. »Als Drag nenne ich mich Gloria von Doria. Ist so was wie mein Avatar.«

»Gloria von Doria.« Scarlett kicherte. »Und deine Zukunft? Hast du schon mal darüber nachgedacht, was du später machen möchtest?«

»Auf keinen Fall werde ich so 'n Krawattenhobbit wie Papa.

Vielleicht was mit Software. Ein eigenes Start-up zum Beispiel, zusammen mit meinem Kumpel Marvin-Blue.« Die Musik verstummte. »Willste 'ne Cola? Ich hab ein paar Dosen vor meiner Mum versteckt.«

Aha. Leider verriet er nicht, wo sich das Versteck befand.

»Danke, Robin, ich bin noch verabredet und muss jetzt los.«

»Schade, war cool, bisschen mit dir zu quatschen.«

Ein dezentes Rascheln verriet, dass sich Scarlett erhob. Höchste Zeit, die Beine in die Hand zu nehmen! Leicht verwirrt von dem Gespräch flitzte Marie den Flur entlang und die Treppe hinunter. Unten angekommen, lauschte sie erneut. Aus dem Wohnzimmer erklang die süßliche Musik einer romantischen Komödie, übertönt von Lydia Hasemanns diamantscharfem Sopran, der mühelos einen Stahlträger durchtrennt hätte. Sie schien zu telefonieren.

»Ja, Sie können sich morgen ein eigenes Bild vom Zustand meiner Schwiegertochter machen.« Ein Glas wurde klirrend abgesetzt. »Warten Sie, Herr von Hülse, wir können gleich weiterreden, ich hole mir nur noch einen Schluck Wein aus der Küche.«

Das war das Startsignal. Schneller als ihr Schatten flitzte Marie weiter zur Haustür und schlüpfte hinaus. Glück gehabt. Diese letzte Hürde hätte bös ins Auge gehen können. Außer Atem hastete sie durch den Vorgarten, um sich hinter Lydia Hasemanns hellblauem Wagen zu verstecken – gerade rechtzeitig, bevor sich die Haustür erneut öffnete und Robin mit Scarlett heraustrat. Sie waren ein ungleiches Paar, Robin in seinen verbeulten Hosen und Scarlett in ihrem extravaganten Tanzkleid, doch sie schienen sich bestens zu verstehen.

In diesem Augenblick knatterte eine Vespa heran. Der Fahrer, ein junger Mann in einem altmodischen kaffeebraunen Anzug, der einen türkisfarbenen Helm sowie spitze braune Schuhe trug, hielt direkt vor dem Haus.

»Hey Colin!«, rief Scarlett.

Leichtfüßig tänzelte sie dem jungen Mann entgegen und stieg auf die Vespa. Im nächsten Moment waren die beiden mit viel Geknatter verschwunden. Bevor Robin zurück ins Haus ging, sah er ihnen so sehnsuchtsvoll hinterher, als hätte er gerade die Liebe seines Lebens verloren. Das wunderte Marie. Scarlett war zehn Jahre älter als Robin. Stand er etwa auf Frauen, die älter waren als er? Hatte er einen Mutterkomplex?

Für solche komplizierten Themen hatte sie jetzt allerdings keine Zeit. Der Amaryllisweg war eine kleine überschaubare Straße, wo sich aufmerksame Nachbarn so ihre Gedanken machten, wenn eine unbekannte düstere Gestalt in schwarzen Klamotten auftauchte. Los doch, sprach Marie sich Mut zu, sonst sieht dich noch jemand. Mit fliegenden Fingern zog sie die Autoschlüssel heraus und stocherte im Schloss des Wagens herum. Es schien etwas eingerostet zu sein. Kostbare Sekunden verstrichen, in denen sie fast den Schlüssel abbrach, bis klackernd die Verriegelung aufsprang.

Als sie auf den Fahrersitz glitt, registrierte sie als Erstes ein Duftbäumchen der Sorte Pina Colada Relax – ein recht gewagtes Geruchskonzept, wie Marie fand –, danach drei Stapel *Apotheken-Umschau* im Fußraum. Als Nächstes stellte sie fest, dass der Wagen bis oben hin mit Koffern und Taschen beladen war. Keine Frage, Lydia Hasemann bereitete ihren dauerhaften Aufenthalt im Haus von Sohn und Schwiegertochter vor. Diese Entdeckung war in etwa so erfreulich wie ein unidentifizierbarer Schimmelpilzbefall im Badezimmer, bei dem man noch nicht wusste, wie man ihn wieder loswurde. Es würde ein hartes Stück Arbeit werden, Frau Hasemann Senior in aller Liebe und Freundlichkeit zu erklären, dass ihre Anwesenheit von kurzer Dauer sein musste.

Marie spähte zum Wohnzimmerfenster. Niemand war zu sehen. Die Kombination aus Film, Telefonat und Rotwein schien ihre Schwiegermutter völlig in Anspruch zu nehmen, so dass sie nicht auf die Idee kam, aus dem Fenster zu schauen. Jetzt oder nie! Knurrend sprang der Motor an.

Als Marie den ersten Gang einlegte, machte der Wagen einen bockigen Satz nach vorn. Seit Ewigkeiten fuhr sie Autos mit Automatikgetriebe, weshalb ihr linker Fuß nicht mehr wusste, wie man das Kupplungspedal bediente. Und schon hatte sie den Motor abgewürgt. Außerdem dämpften die Tabletten zwar weitgehend den Schmerz, aber die Fußbewegung sorgte für ein peinigendes Ziehen im Lendenwirbelbereich. Nach zwei weiteren Versuchen tuckerte sie im Schneckentempo los. Es fühlte sich unwirklich an, so als würde sie in einem riesigen rosa Wattebausch schweben. Was war nur los mit ihr? Lag es an den Tabletten oder daran, dass sie womöglich im Begriff war, etwas sehr, sehr Dummes anzustellen?

Zweifelnd beobachtete Marie die Insekten, die sich auf der Windschutzscheibe sammelten. Vielleicht ist ja alles ganz harmlos, dachte sie. Vielleicht zeigt Alex wirklich nur seine Hilfsbereitschaft. Vielleicht sucht er aber auch Babettes Nähe, oder er genießt es sogar, mit ihr zu flirten. Es gab zu viele Vielleichts. Viel zu viele. Deshalb würde sie tun, was wohl jede Ehefrau in ihrer Situation gern getan hätte, sich aber meist nicht traute: dem werten Herrn Gatten gehörig auf den Zahn zu fühlen, sobald eine Verdachtslage bestand.

Marie stellte sich vor, dass in diesem Augenblick Millionen Ehefrauen darüber nachdachten, ob die Überstunden, die Geschäftsreise, der Stau oder der Kumpelsabend das Deckmäntelchen einer Affäre sein könnte. Mit dieser quälenden Ungewissheit wollte sie nicht leben. Marie Kontrollsky ging den Dingen auf den Grund.

Nach einem Boxenstopp an der nächsten Tankstelle und vielen weiteren Sinnfragen rumpelte sie wenig später einen ungepflasterten Weg entlang, der rechts und links von rustikalen Holzzäunen gesäumt wurde. Dahinter lagen Pferdekoppeln, über die sich bereits die Dämmerung senkte. Marie ließ die Scheibe der Fahrertür herunter und atmete die kühle Abendluft ein. Hier draußen roch es ganz anders als in der Stadt. Frischer, würziger. Ab und an sah man die Umrisse alter Bäume, deren Kronen bis hoch in den abendlich rosa gefärbten Himmel zu reichen schienen. Eins musste man Babette lassen, sie hatte sich ein hübsches Fleckchen Erde ausgesucht.

Von knorrigen Eichen umstanden kam das Lokal Zum Ochsen in Sicht. Davor saßen Gäste, die sich ihr Abendessen schmecken ließen, rechter Hand führte der Weg weiter zum Pferdegestüt. Instinktiv drosselte Marie das Tempo. Es gab kaum Autos, die hier unterwegs waren, und wenn sie direkt vorfuhr, würde das auffallen. Deshalb musste sie sich anschleichen, nur wo genau? Mit gerecktem Kopf hielt sie Ausschau. Etwas abseits von den Stallungen des Gestüts entdeckte sie ein kleines Häuschen, in dem Licht brannte. Das musste es sein, Babettes Kutscherhaus.

Noch kannst du zurück, Marie, flüsterte eine Stimme in ihrem Kopf. Noch ist nichts passiert. Ja, aber wer weiß, was da drin passiert, hielt sie dagegen. Ein paar Meter fuhr sie noch weiter, dann parkte sie an einer geschützten Stelle, die von dichtem Gebüsch umgeben war, und stieg aus.

Schon beim ersten Schritt merkte Marie, dass etwas nicht stimmte. Ihr Oberkörper schwankte eigentümlich hin und her, kraftlos baumelten die Arme herab, und auch ihre Beine gehorchten nicht mehr so, wie sie sollten. Aber sie durfte keinesfalls aufgeben.

Mehr schlecht als recht taumelte sie querfeldein, bis sie fast ihr Ziel erreicht hatte. Von nun an musste sie doppelt auf der Hut sein. Ein falscher Schritt, ein verräterisches Knacken, und sie würde ziemlich dämlich dastehen. Lautlos pirschte sie sich noch etwas näher heran. Nachdem sie Position hinter einem Brombeerstrauch bezogen hatte, verschaffte sie sich einen ersten Überblick. Das Kutscherhaus lag inmitten eines verwilderten Gartens und war ein winziger Fachwerkbau mit Butzenscheibenfenstern und einem Schindeldach, das ein kleines Türmchen zierte. Alles in allem sah es ausgesprochen idyllisch aus. Mit der Idylle war es allerdings vorbei, als Marie Stimmen hörte, eine Männerstimme und eine Frauenstimme. Vorsichtig bog sie die Zweige des Brombeergestrüpps auseinander.

Ha! Von wegen Renovierung! Ganz entspannt lümmelten Alexander und Babette auf zwei verrosteten Sonnenliegen herum, umrahmt von Rhododendron und Fliederbüschen. In den Händen hielten sie Bierflaschen, von Werkzeug oder Malerutensilien war nichts zu sehen. Offenbar unterhielten sie sich angeregt. Leider war Marie zu weit entfernt, um ganze Sätze verstehen zu können. Nur einzelne Wortfetzen wehten zu ihr herüber, so was wie »schön hier« und »endlich mal«. Unwillig verzog sie den Mund.

Endlich mal – was? Rumhängen? Ohne Ehefrau? Das war's dann wohl. Beziehungsstatus: Alles außer Kontrolle, und zwar in doppelter Hinsicht.

»Wer bist du denn?«, wisperte ein zartes Stimmchen.

Vor lauter Schreck fiel Marie fast in den Brombeerstrauch. Wie aus dem Nichts tauchte ein kleines Mädchen vor ihr auf, das sie neugierig betrachtete. Ach du grüne Neune, das musste Luna-Rosé sein, Babettes Tochter. Dafür sprach, dass sie in Lillis Alter war und den gleichen Hippielook trug wie die Mutter: Blümchenkleid, derbe Boots, dazu ein buntes Stirnband, unter dem dunkle Locken hervorquollen.

»Ich bin … niemand«, flüsterte Marie.

»Und was machst du hier, Frau Niemand?«

»Ähm, Brombeeren pflücken?«

»Das sind aber unsere Brombeeren«, sagte Luna-Rosé deutlich reservierter. »Bist du so was wie ein Dieb?«

Eine beschämende Frage. Auf einmal hatte Marie ein furchtbar schlechtes Gewissen. So weit war sie also gesunken – trieb sich in fremden Gärten herum und versetzte kleine Kinder in Angst und Schrecken.

»Oh, ich wusste nicht, dass das eure Brombeeren sind«, flunkerte sie. »Dann gehe ich wohl mal besser.«

Luna-Rosé schien ein aufgewecktes Mädchen zu sein. Skeptisch betrachtete sie Maries schwarzen Aufzug, dann holte sie Luft und begann markerschütternd zu schreien.

»Mama! Maaamaaa! Da will jemand unsere Brombeeren klauen!«

Marie sah zu, dass sie Land gewann. Wie ein aufgescheuchtes Kaninchen stob sie davon, wobei hoppeln es wirklich besser traf, weil sie im Halbdunkel kaum noch etwas sah und ihr Körper alles Mögliche tat, nur nicht das, was sie von ihm wollte. Als Erstes stolperte sie über einen Maulwurfshügel. Mühsam rappelte sie sich wieder auf. Gleich danach verhedderte sie sich in einem dornigen Gebüsch, aus dem sie sich nur befreien konnte, wenn sie ein Stück vom Jogginganzug opferte. Aber was war schon ein zerrissener Jogginganzug gegen die Aussicht, von ihrer schlimmsten Feindin beim Spionieren ertappt zu werden.

»Luna-Rosé!«, gellte Babettes Stimme durch die Dämmerung. »Was ist da los? Wo bist du?«

Dünne Zweige peitschten in Maries erhitztes Gesicht, als sie wenige Meter vor dem Wagen ein weiteres Mal der Länge nach hinschlug. Du hast es nicht anders verdient, höhnte ihre innere Stimme. Begibst dich als Miss Marple auf Speed in dieses hirnrissige Abenteuer und lässt dich dann auch noch von Babettes Tochter erwischen. Dümmer geht's wirklich nicht.

Vollkommen verdreckt und mit Schrammen an den Händen erreichte sie den Wagen. Natürlich bockte die alte Schüssel mal wieder, bevor Marie endlich wenden konnte und mit aufjaulendem Motor davonraste. Auch ihr Herz raste. Sie hatte einen Fehler gemacht. Die allseits perfekte Marie Hasemann hatte voll danebengegriffen. Was wohl Holger dazu sagen würde? Dass sie soeben bewiesen hatte, wie dringend sie in einen Schweige-Ashram gesperrt gehörte?

Inzwischen herrschte ringsum tiefste Finsternis. Obwohl sich Marie auf den Weg konzentrierte, so weit er im Scheinwerferlicht zu erkennen war, tanzten Sternchen vor ihren Augen. Eine gute Nachtfahrerin war sie nie gewesen, aber nun konnte sie kaum noch erkennen, wo sie eigentlich hinfuhr. Alles sah aus wie ein verwackeltes Handyvideo. Konnte das an den Sehstörungen liegen, vor denen der Beipackzettel gewarnt hatte? In jedem Fall war sie eine Gefahr für die Menschheit, weil sie ihre Füße nicht mehr spürte, was für ein Auto mit Schaltgetriebe ziemlich ungünstig war. In diesem Zustand durfte sie keinesfalls weiterfahren.

Als sie mit Mühe und Not die nächstgrößere Straße erreicht hatte, hielt sie an, zog ihr Handy heraus und bestellte ein Taxi. Das war das Mindeste, um nach ihrem menschlichen Betriebsunfall nicht auch noch einen Verkehrsunfall zu bauen. Fahrtüchtig war sie definitiv nicht mehr. Ihr Schädel brummte, die Sternchen vor ihren Augen tanzten immer verrückter, ihr Körper bestand nur noch aus Gummi.

Das Taxi ließ sich Zeit. Fast zehn Minuten musste Marie warten, bis endlich ein vanillegelber Wagen neben ihr hielt. Schlotternd stieg sie aus, öffnete die hintere Tür des Taxis und warf sich auf die Rückbank. Zurück blieb ein verwaister hellblauer Kleinwagen am Straßenrand. Wie sie das alles ihrer Schwiegermutter erklären sollte – sie hatte keinen Schimmer.

»Wohl beim Joggen verlaufen, was?«, scherzte der Taxifahrer. »Sie sehen ja aus, als hätten Sie in einem Ameisenhaufen gecampt. Wohin soll's denn gehen, junge Frau?«

»Amamamaryllisweg.« Marie konnte kaum sprechen. »Nummer d-drei.«

»Hui, ins Auge des Taifuns.« Aufmerksam beobachtete der Fahrer sie im Rückspiegel. »Ich höre immer den Polizeifunk ab, wissen Sie, und gerade wurde eine Streife genau an Ihre Adresse geschickt.«

»An meine Adresse?«, echote Marie entsetzt.

»Ist ’ne gutbürgerliche Gegend, da wird öfter mal eingestiegen. Gibt ’ne Menge zu holen in der Straße.«

Ein Einbruch. Und sie war nicht zu Hause. Marie meinte, in einen gähnenden Abgrund zu blicken. Lieber Gott, mach, dass den Kindern nichts passiert ist, betete sie stumm. Wenigstens fuhr der Taxifahrer recht zügig, vermutlich deshalb, weil er den Polizeieinsatz nicht verpassen wollte. Bereits zehn Minuten später bog er mit quietschenden Reifen in den Amaryllisweg ein, wo in der Tat allerhand los war. Schon von Weitem sah Marie einen Streifenwagen mit flirrendem Blaulicht, der von gestikulierenden Nachbarn umringt wurde.

Und jetzt erst formte sich in den Tiefen ihres vernebelten Hirns die einzig richtige Idee. Wo war sie bloß mit ihren Gedanken gewesen? Eilig holte sie ihr Handy heraus, was sie längst hätte tun müssen. Drei Nachrichten von Frau Hasemann Senior waren eingetroffen. Immerhin hatte sie sich an Maries Bitte gehalten, sie in Ruhe schlafen zu lassen.

Mariechen? Ich soll dich ja nicht stören, aber mein Auto ist weg! Gestohlen!

Bist du wach, Mariechen? Stell dir vor, Eure Nachbarn sagen, sie hätten einen Autoknacker in dunklen Klamotten gesehen.

Ich rufe jetzt die Polizei an.

Grundgütiger. Auf einmal ging Marie die ganze Tragweite dieser völlig verdrehten Geschichte auf. Bestimmt war sie den Nachbarn schon aufgefallen, als sie sich hinter Lydias Wagen versteckt hatte, war in ihrer schwarzen Montur jedoch nicht erkannt worden. Das anschließende Palaver konnte sich Marie lebhaft vorstellen. In dieser Straße diskutierte man alles aus, von der Rasenhöhe des Vorgartens bis zur Form der Postkästen. Also hatten die

Nachbarn wahrscheinlich lange beratschlagt, was zu tun sei, bevor sie dann doch noch zu dem Schluss gekommen waren, bei Maries Schwiegermutter zu klingeln.

Marie begann zu hyperventilieren. Nicht auszudenken, wenn sie mit dem vermeintlich gestohlenen Wagen vorgefahren wäre. Die Polizei hätte sie zweifellos einkassiert, und im Bemühen, die Sache aufzuklären, wäre ihr heimlicher nächtlicher Ausflug ans Licht gekommen. Aber noch hatte sie die Chance, das Schlimmste zu verhindern.

»Halt, stopp!«, rief sie und beugte sich zu dem Fahrer vor. »Ich steige hier aus!«

»Aber das Navi sagt, dass wir erst in hundertsieben Metern da sind.«

»Den Rest gehe ich zu Fuß. Aus sportlichen Gründen.« Hektisch fingerte Marie einen Geldschein aus ihrer Jogginghose und reichte ihn nach vorn. »Stimmt so.«

Mit einem heiseren »Schönen Abend noch« öffnete sie den Wagenschlag, um sogleich den nächstbesten Vorgarten anzusteuern. Während sie sich einen schmalen gepflasterten Weg entlangdrückte, der zu den hinteren Gärten führte, hoffte sie nur noch eins: dass sie in ihr Schlafzimmer gelangte, ohne entdeckt zu werden. Normalerweise war das ein Ding der Unmöglichkeit. Sämtliche Nachbarn hatten Bewegungsmelder installiert, was bedeutete, dass gleißendes Flutlicht einsetzte, sobald etwas Größeres als eine Katze durch die Gärten schlich. An diesem Abend stand jedoch alles, was Beine hatte, vorn auf der Straße, um dem Top-Ereignis eines leibhaftigen Polizeieinsatzes beizuwohnen. Maries Glück im Unglück.

Ganz so einfach war die Sache allerdings auch wieder nicht. Ein

Jägerzaun musste überwunden werden, was durch die nachlassende Wirkung der Tabletten der Besteigung eines Viertausenders gleichkam, desgleichen ein kniehoher Maschendrahtzaun und eine Natursteinmauer, auf der ein listiger Hausbesitzer spitze Steinchen angebracht hatte. Es war ein Hindernislauf mit Festbeleuchtung. Marie kletterte, Marie umrundete ächzend Springbrunnen, Blumenbeete und Gartenzwerge, bis sie es in den eigenen Garten geschafft hatte. Nach einer kurzen Verschnaufpause humpelte sie zur Terrassentür. Hundertmal hatte sie Alexander gebeten, die Tür abends fest zu verriegeln. Jetzt war sie dankbar für seine Nachlässigkeit. Ein kräftiger Stupser, und die Tür sprang auf.

Außer Atem zog Marie ihre verdreckten Ballerinas aus und stopfte sie in die Hosentaschen, dann tapste sie auf bloßen Füßen durchs leere Wohnzimmer. Auch im Flur war niemand zu erblicken. Die gesamte Familie schien draußen zu sein, was in dieser Situation ein Geschenk des Himmels war. Wenn bloß dieser Schwindel nicht gewesen wäre! Marie musste sich mit beiden Händen am Treppengeländer hochziehen, so schwummrig war ihr. Oben auf dem Flur konnte sie nur noch schlurfen. Am liebsten wäre sie auf allen vieren gekrochen.

Sie hatte fast das Schlafzimmer erreicht, als ihr Robins weit offen stehende Tür auffiel. Aber nein, beruhigte sie sich, der Junge ist genauso neugierig wie alle anderen, der steht unten auf der Straße. Just in dem Moment, als sie sich an seinem Zimmer vorbeidrücken wollte, steckte er den Kopf heraus.

»Mum?« Seine Augen wurden groß wie Basketbälle. »Was machst du hier?«

Blinzelnd starrte Marie auf sein T-Shirt, das den sinnigen Spruch *Arbeite an dir selbst, nicht an deinem Selfie* trug. Sie hätte es sich ja denken können. Alle rannten los, um bloß nichts zu verpassen, nur ihr obercooler Sohn, dessen Leben quasi im Internet stattfand, blieb vor seinem Laptop sitzen.

»Ich …« Verlegen sah sie an ihrem mit Laub und Erdkrümeln bedeckten Jogginganzug herab, dessen linker Ärmel eingerissen war. »Also, das ist etwas schwer zu erklären.«

»Dann weißt du ja, wie es mir meistens geht«, grinste Robin. »Keine Angst, ich verrate keinem was.«

Wie war das? Jetzt hatte sie ein Geheimnis mit ihrem eigenen Sohn? Sie wollte doch ein Vorbild sein, untadelig und perfekt. Beklommen schaute Marie auf ihre Füße, die trotz der Ballerinas ebenfalls vor Schmutz starrten.

»Es ist nur …«

Sie verstummte. Das Ganze war nicht nur schwer zu erklären, es war im Grunde gar nicht zu erklären.

»Peace, Mum.« Auch Robin musterte jetzt den ziemlich fragwürdigen Aufzug seiner Mutter. »Krieg das erst mal abgeräumt. Wenn du willst, schmeiß ich den Jogginganzug in den Müll. Bei den Nachbarn.«

»Das wäre sehr nett«, murmelte Marie. »Was soll ich sagen, es gab gewisse Probleme, die ich lösen musste.«

Robin neigte den Kopf zur Seite, und ein sehr schlauer, sehr erwachsener Ausdruck trat in sein Gesicht.

»Kann es sein, dass du dauernd Probleme löst, die du gar nicht hast?«

Kapitel 11

In Maries bewegtem Leben gab es einen Leitspruch, der ihr seit vielen Jahren Trost spendete: Ein Tag konnte noch so turbulent, noch so anstrengend, noch so schrecklich sein, wenn sie abends im Bett lag, war er vorbei. Unwiderruflich. Doch der heutige Tag endete nicht so tröstlich. Kaum hatte sie sich im Bad vom gröbsten Schmutz gesäubert und brav wieder ins Bett gelegt, als Lydia Hasemann die Schlafzimmertür aufstieß und ohne Vorwarnung über ihre Schwiegertochter herfiel.

»Also, ich muss dich jetzt einfach mal stören, Mariechen, es geht gar nicht anders, stell dir vor, es ist etwas Ungeheuerliches passiert, was du im Übrigen schon wüsstest, wenn du mal auf dein Handy geschaut hättest!«

»Ach ja?« Gähnend rieb sich Marie die Augen. »Tut mir leid, ich weiß gar nicht, wo das Handy ist, im Übrigen ist es auf stumm gestellt, damit ich in Ruhe schlafen kann.«

»Hast du denn nicht die Polizeisirene gehört?«

»Welche … Augenblick mal, Polizei?«

»Ja, was denn sonst?« Lydia Hasemann wackelte ungehalten mit dem Kopf. »Plötzlich war mein Auto weg! Gestohlen! Ein Nachbar hat den Dieb sogar gesehen, aber ein anderer Nachbar meinte, vielleicht hätte ja alles seine Richtigkeit, und man sollte nichts unnötig aufbauschen. Schlussendlich haben sie bei mir geklingelt, ich gucke nach draußen – und mein Auto ist weg! Weg! Wie vom Erdboden verschluckt!«

»Na so was.«

»Na so was?«, wiederholte Maries Schwiegermutter mit einem ärgerlichen Schnauben. Offenbar hatte sie sich etwas mehr Resonanz auf ihre sensationellen Neuigkeiten versprochen. »Mehr hast du dazu nicht zu sagen, Mariechen? Und darf man fragen, wieso du Handschuhe trägst?«

Es war eine notwendige Vorsichtsmaßnahme. Maries Hände hatten so viele Kratzer und Schrammen abbekommen, dass sie nicht vorzeigbar waren – es sei denn, man stand auf unangenehme Fragen. Zum Glück hortete sie im Badezimmer Kartons voller Latexhandschuhe, in denen sie jeden Morgen nach Beendigung des familiären Duschrituals die Kacheln putzte.

»Das, liebe Lydia«, sie spreizte ihre Finger wie eine thailändische Tempeltänzerin, »ist meine Anti-Aging-Overnight-Handmaske.«

»Was soll das denn nun wieder sein?«

»Eine Creme der ganz besonderen Art«, erklärte Marie, in der Hoffnung, ihre Schwiegermutter mit Details zu verwirren, damit sie nicht länger über gewisse Ungereimtheiten nachdachte. »Diese Supercreme enthält Algenextrakte, Coenzyme sowie zelluläre Botenstoffe, die den Alterungsprozess der Haut aufhalten. Die Konsistenz ist allerdings so reichhaltig, dass man während der nächtlichen Einwirkzeit Handschuhe tragen muss, sonst ist das Bettzeug hin.«

»Deine Probleme möchte ich haben«, muffelte Frau Hasemann Senior, nicht ahnend, wie riesengroß die Probleme ihrer Schwiegertochter in Wirklichkeit waren. Mürrisch zupfte sie an ihrem magentafarbenen Freizeitdress herum, den sie immer noch trug. »Wenigstens ist Alexander auf dem Weg hierher, er wird sich um die weiteren polizeilichen Formalitäten kümmern.«

Sie horchte auf, als jemand an die Tür klopfte. Allerdings war es nicht Alexander, sondern Robin, der hereinschaute.

»Mum?« In seinen Augen glitzerte der Schalk. »Hab alles erledigt, wie besprochen. Also, du weißt schon.«

»Was denn genau?«, wollte Frau Hasemann Senior wissen.

»Vielen Dank, Robin«, sagte Marie huldvoll. »Sehr lieb von dir, dass du meine Bettpfanne geleert hast.«

Die Reaktionen waren bemerkenswert. Der Mund ihrer Schwiegermutter klappte auf und wieder zu, Robin zog eine Grimasse, als müsste er sich übergeben.

»Ist es nicht großartig, wie wir alle zusammenhalten?«, säuselte Marie. »Es geht doch nichts über eine schrecklich nette Familie.«

Mit seinem unnachahmlichen Talent, immer genau aufs Stichwort in Erscheinung zu treten, kam in diesem Moment Alexander ins Schlafzimmer geschlendert. Er war nicht allein. In seiner Begleitung befand sich eine Frau, die so ziemlich die letzte Person auf der Welt war, die Marie jetzt sehen wollte. Schon der Anblick des zerknitterten Blümchenkleids und der verwuschelten Locken trieb ihren Puls in die Höhe.

»Höre ich da etwas von einer schrecklich netten Familie?«, strahlte Alexander, als sei diese Einlassung ein Kompliment. »Ihr Lieben, da bin ich, und ich habe Verstärkung mitgebracht.«

»Endlich!« Wie eine Schiffbrüchige, die es gerade noch so ins Rettungsboot schaffte, warf sich Lydia Hasemann in seine Arme. »Großer Gott, gut, dass du da bist!«

Unterdessen klatschte Babette in Teenagermanier Robin ab.

»Hi Rob, was geht, bei euch ist ja der Teufel los. Marvin-Blue ist auch mitgekommen, er hängt schon vor deinem Laptop.«

»Und Luna-Rosé hat sich zu Lilli gekuschelt«, erzählte Alexander. »Die beiden Mädels machen Pyjama-Party.«

»Huhu, wir sind die Nachtgespenster!«, hörte man plötzlich glockenhelle Kinderstimmen auf dem Flur.

Wie zwei Wirbelwinde fegten Lilli und ihre neue Freundin ins Schlafzimmer, mit Bettlaken umwickelt und so wild, dass sie fast Babette umrissen.

»Mama, wir spuken!«, rief Lilli.

»Nee, wir sind Vampire und beißen euch gleich!«, wurde sie von Luna-Rosé verbessert, die sich sogleich das Kirschkernkissen schnappte und durch die Gegend fliegen ließ.

Das war mehr Anarchie, als Marie verkraftete. Mittlerweile zeigte die Uhr Viertel nach zehn, da hatten Kinder im Bett zu liegen. Allein. Schlafend. Sie wurde ganz zappelig bei dem Gedanken, dass sie jetzt normalerweise aufgestanden wäre, um alles rauszuschmeißen, was nicht amtlich gemeldet in diesem Haus wohnte. Unwillig musterte sie Luna-Rosé, die jetzt ihrerseits Marie musterte.

»Ich glaub, ich kenne dich«, sagte das Mädchen.

Auch das noch! Das konnte brenzlig werden. Marie zog die Decke höher, bis ihr halbes Gesicht verdeckt war. Hoffentlich reichte das. Zwar waren sie einander nur kurz im Halbdämmer des abendlichen Gartens begegnet, und Marie hatte eine Kapuze aufgehabt, doch so, wie es aussah, war die höchst aufgeweckte Luna-Rosé nur noch einen halben Satz von der Enttarnung der Brombeerdiebin entfernt.

»Nicht, dass ich wüsste«, nuschelte Marie in die Bettdecke.

»Schön, dich kennenzulernen, Luna-Rosé. Leider bin ich momentan ziemlich krank, deshalb kann ich nicht aufstehen, um dir Guten Tag zu sagen.«

Sie hoffte inständig, dass man ihr die Rolle der ans Bett gefesselten Kranken abnahm, um nicht am Ende doch noch den Verdacht auf sich zu lenken, sie sei heimlich ausgebüxt und hätte etwas mit dem Verschwinden des Wagens zu tun. Ihr Glück, dass Luna-Rosé wieder von ihr abließ, um weiter mit Lilli herumzutollen. Die Erwachsenen schienen jedenfalls nichts mitbekommen zu haben, nur Robin grinste sich eins.

»Gibt es etwas Neues? Hast du mit der Polizei gesprochen? Hat man mein Auto schon gefunden?«, bestürmte Frau Hasemann Senior ihren Sohn mit Fragen.

»Nun mach mal kein Drama draus, alles wird gut, Mutter.« Besänftigend tätschelte er ihr den Rücken. »Dein Wagen ist zur Fahndung ausgeschrieben, die Polizei sucht ihn mit Hochdruck.«

»Ja, aber wer könnte denn …«

»Der diensthabende Polizist vermutet, dass es nur ein paar Jugendliche waren, die eine Spritztour machen wollten, so was kommt nämlich öfter vor«, erzählte Alexander, sichtlich darauf bedacht, den Ball flachzuhalten. »Du wirst sehen, spätestens morgen findet man dein Auto irgendwo am Straßenrand.«

»Junge!« Lydia Hasemann schlug die Hände vors Gesicht. »Da waren meine ganzen Sachen drin! Schuhe, Taschen, meine Medikamente, meine Funktionskleidung, meine Unterwäsche, einfach alles!«

»Und Sie glauben, dass sich junge Autodiebe für die Wäsche einer alten Dame interessieren?«, gluckste Babette, die sich keinerlei Mühe gab, ihre Belustigung zu verbergen. »Dann wären die Typen aber ziemlich krass drauf.«

»True«, pflichtete Robin ihr bei.

Verstimmt sah Maries Schwiegermutter erst Babette an, dann Alexander, der ebenfalls in sich hineingriente.

»Und wer ist das noch mal?«

»Das ist Babette von der Heide – Babette, das ist meine Mutter Lydia Hasemann«, stellte Alexander die beiden Frauen einander vor. »Babettes Sohn geht mit Robin in eine Klasse.«

»Und meine Tochter geht mit Lilli in eine Klasse«, ergänzte Babette.

Und ich will, dass diese Frau mitsamt ihrem verzogenen Nachwuchs aus meinem Leben verschwindet, dachte Marie grollend. Diese Hippietante hat ja wohl nicht alle Würstchen auf dem Grill. Was fällt ihr ein, hier spätabends mit ihren Kindern aufzuschlagen? Denkt sie, es gibt noch Häppchen und Prosecco obendrauf, wenn sie hier ungefragt eindringt?

»Babette wollte dir persönlich die gute Nachricht überbringen, dass sie unsere Kinder übers Wochenende zu sich einlädt«, verkündete Alexander. »Ist doch klasse, oder?«

»Nein«, antwortete Marie eisig. »Ist es nicht.«

Alle Köpfe wandten sich ihr ruckartig zu. Im Bruchteil einer Sekunde sank die gefühlte Raumtemperatur auf den Nullpunkt.

»Nicht?« Alexander runzelte die Stirn. »Aber du brauchst doch Ruhe, Schatz, und die Kinder könnten sich mal richtig austoben. Glaub mir, es ist wirklich wildromantisch da draußen.«

So ein Filou. Was er unter wilder Romantik verstand, hatte Marie ja bereits in Erfahrung gebracht: mit Babette auf verrosteten Gartenliegen rumsitzen, Bier trinken und sich einen entspannten

Abend gönnen, während sie krank daheim … okay, während sie hinter einem Brombeergebüsch hockte und ihn ausspionierte.

»Robin könnte sich mal wieder mit Johannes verabreden«, sagte sie.

»Nee, lass mal«, intervenierte Robin. »Das mit Joe läuft gerade nicht so gut.«

Warum denn das? Etwa weil Marvin-Blue mehr Flausen im Kopf zu bieten hatte?

»Ich nehme die Kinder wirklich gern«, versicherte Babette, die sich so ungeniert am Fußende des Betts niederließ, als sei sie Maries dickste Freundin.

»Nicht nötig«, versetzte Lydia Hasemann hoheitsvoll. »Die Kleinen müssen nicht zu Fremden, sie haben ihre Oma, es ist für alles gesorgt.«

Marie konnte nur staunen. Nie hätte sie für möglich gehalten, dass ausgerechnet ihre Schwiegermutter einmal zu einer Verbündeten werden könnte. Vielleicht war es doch nicht so schlecht, dass Lydia Hasemann das häusliche Regiment übernommen hatte, so konnte Marie wenigstens einen Teil der Kontrolle behalten.

»Fragen wir doch die Kinder«, lächelte Babette mit unausstehlicher Siegesgewissheit.

»Also, ich bin total dafür, dass wir am Wochenende bei dir abhängen, und Lilli bestimmt auch«, sagte Robin.

Mittlerweile schlugen Maries Nerven Purzelbäume. Sie ahnte ja, was geschehen würde, wenn ihre Kinder bei dieser verantwortungslosen Mutter übernachteten. Da gab es bestimmt keine Limits, dafür Süßigkeiten, Fernsehen und Elektronik bis zum Pupillenstillstand. Nach so einem Chaoswochenende würde es

Tage dauern, bis sich ihre Kinder wieder einkriegten und geregelte Abläufe akzeptierten.

»Wir müssen das nicht heute Abend entscheiden«, sagte Alexander auf eine Art und Weise, bei der man sofort merkte, dass er sich bereits entschieden hatte. »Schatz, wie fühlst du dich überhaupt? Geht es dir etwas besser?«

Ein rasanter Themenwechsel. Hier sollte trickreich abgelenkt werden. Andererseits war Marie nicht sonderlich erpicht auf einen Ehestreit vor Publikum, deshalb begnügte sie sich mit einem theatralischen Seufzer, bevor sie auf seine Frage einging.

»Ja, schon etwas besser, danke, Alex. Die Bettruhe hat gutgetan.«

»Wie schön, freut mich, auch wenn du natürlich das Beste verpasst hast«, lachte er, als sei die Sache mit dem Autodiebstahl nur eine Lappalie. »Huhu, da draußen lungern alle möglichen dunklen Typen rum.«

»Huhu, und sie sind überall«, feixte Robin. »Marvin-Blue hat mir gewhatsappt, dass jemand in Babettes Garten war, der ihre Brombeeren klauen wollte.«

»Was du nicht sagst«, hüstelte Marie.

»Und so eine gefährliche Gegend willst du meinen Enkelkindern zumuten, Alexander?«, rief Lydia Hasemann empört.

»Hier ist es ja auch nicht gerade ungefährlich.« Er warf Babette einen amüsierten Blick zu, den sie ebenso amüsiert erwiderte. Die beiden wirkten schon wie ein eingespieltes Team. »Das war ganz harmlos, Mutter, ehrlich. Wir haben den Typen noch wegrennen sehen. Wahrscheinlich nur irgendein Schwachmat, der sich verlaufen hatte.«

Marie hielt es nicht mehr aus. Seit Alexander mit Babette aufgekreuzt war, brodelte und gärte es in ihr. Sie fühlte sich von ihm ausgetrickst, richtiggehend reingelegt. Die Renovierungsnummer war doch nichts weiter als ein Vorwand für einen trauten Abend zu zweit gewesen.

»Wie konntest du denn jemanden im Garten sehen, wenn du drinnen die Wände gestrichen hast?«, nahm sie ihn ins Verhör.

Verdutzt schaute er sie an.

»Ich verstehe die Frage nicht.«

Ha, Volltreffer. Jetzt hatte sie ihn am Wickel. Betont langsam strich sich Marie durchs Haar.

»Nun, du sagtest doch, du wolltest bei der Renovierung helfen. Oder habe ich da irgendetwas missverstanden?«

»Es liegt an mir«, zirpte Babette, die überhaupt nicht schuldbewusst wirkte. »Alexander wollte kräftig anpacken, aber dann habe ich vorgeschlagen, dass wir uns erst mal etwas näher kennenlernen. Bei einem Bierchen im Garten.«

Ihre Offenheit brachte Marie völlig aus dem Konzept. Ausflüchte hatte sie erwartet, windige Schwindeleien, doch nun gab Babette ohne Weiteres zu, dass sie sich nur unterhalten hatten. Damit war auch Alex aus dem Schneider. Eins zu null für Babette.

»Was ist denn jetzt mit meinem Auto?«, jammerte Lydia Hasemann, der sich der tiefere Sinn dieses Verhörs natürlich nicht erschloss.

»Es war ein langer Tag, Mutter.« Alexander rollte demonstrativ seine Schultern. »Wir sollten zusehen, dass wir jetzt alle eine Mütze Schlaf bekommen.«

»Wohl wahr«, bekräftigte Marie.

Babette erhob sich, und obwohl sie nicht die Schlankeste war, wirkten ihre Bewegungen provozierend geschmeidig. Es war einfach ungerecht, dass die Natur ihre Gaben an so eine Frau verschwendete, während Marie sich mit einem Hexenschuss herumplagen musste.

»Gute Besserung, Marie«, flötete sie. »Wie gesagt – von mir aus ist das Wochenende im Kutscherhaus gebongt.«

»Darüber wurde das letzte Wort noch nicht gesprochen«, grummelte Lydia Hasemann, wofür Marie ihr ehrlich dankbar war.

Einer nach dem anderen verließ das Schlafzimmer. Auch Alexander. Zurück blieb eine sehr, sehr nachdenkliche Marie. Das tote Auge des Fernsehers starrte sie an, darunter flackerte immer noch das künstliche Kaminfeuer, während sie eine weitere Tablette nahm und darüber nachdachte, wie es weitergehen sollte.

Keine Frage, sie musste ihre Taktik ändern. Babette war eine Bedrohung, aber zugleich wie der berühmte Pudding, den man nicht an die Wand nageln konnte: immer offen, immer freundlich, einfach unangreifbar. Es hatte deshalb wenig Sinn, sie weiter zu bekämpfen. Je tiefer sich Marie in den ganzen Schlamassel verstrickte, desto weniger konnte sie die Frage beantworten, was wirklich zwischen Alex und Babette lief.

Ich muss herausfinden, warum Babette so anziehend auf Alex wirkt, überlegte Marie. Wir sind wie Tag und Nacht – ich die strukturierte Orga-Queen, sie die verpusselte Chaostante, die nicht mal ihre Renovierung auf die Reihe bekommt. Aber es wird schon einen Grund geben, warum Alex ihre Nähe sucht. Was hat sie, was ich nicht habe? Der Klassiker.

»Kenne deinen Feind, und du wirst ihn besiegen«, wisperte sie ins Kopfkissen, das aber schon Bescheid wusste und keinen Mucks von sich gab.

Mit diesen Gedanken grübelte sich Marie in den Halbschlaf

und schreckte wenig später hoch, als Alexander mit seinem hell erleuchteten Handy ins Bett krabbelte.

»Bitte, Alex …«, schlaftrunken wälzte sich Marie auf die Seite und zeigte auf sein Handy. »Muss das sein?«

»Entschuldige, ich wollte dich nicht stören«, flüsterte er.

»Hast du schon. Könntest du deine Spiele bitte woanders daddeln?«

Im Halbdunkel des flackernden Kaminfeuers sah sie, wie er die Augen verdrehte.

»Ich spiele nicht, ich schreibe gerade Babette. Lass uns das mit den Kindern am Wochenende final eintüten, okay?«

»Alex«, Marie legte eine Hand auf seinen Arm, »unsere Kinder sind keine Brötchen, die man einfach in irgendeine Tüte stopft.«

Irritiert besah er sich den Latexhandschuh auf seinem Unterarm, dann stellte er das Handy aus und legte es auf seinen Nachtschrank.

»Also schön. Was ist los, Marie?«

»Wenn du das nicht selbst beantworten kannst, haben wir ein echtes Problem.«

»Jetzt hör mal zu, Schatz.« Mit viel Geruckel und Geschnaufe bugsierte er sich in seine Lieblingsschlafposition, seitlich, die Bettdecke zwischen die Schenkel geklemmt, ein Bein über der Decke, das andere darunter. »Du musst nicht eifersüchtig auf Babette sein. Ich will mit dir alt werden, nur mit dir, das weißt du doch.«

»Wir sind schon alt. Ziel erreicht und jetzt offen für was Neues?«

Aufstöhnend schüttelte er den Kopf.

»Komisch, warum klingt jedes Wort, das du sagst, wie ein Hilfeschrei?«

Ja, warum wohl. Weil du mir den Eindruck vermittelst, ich wäre mit meinen knapp vierzig schon so verbeult und verrostet wie die verkramte alte Karre deiner Mutter.

»Ist das eine rhetorische Frage, Alex? Oder willst du eine Antwort?«

»Ich kann's kaum erwarten.«

Sein flapsiger Ton gefiel ihr ganz und gar nicht. Wann, wenn nicht jetzt, sollte sie ihm offenbaren, wie es ihr ging?

»Du bist zu sensibel«, seufzte er.

»Seit wann ist Sensibilität etwas Schlechtes?«

»Gut, nennen wir es dünnhäutig.«

Marie stützte einen Ellenbogen auf, was ihr durch den neuerlichen Tabletteneinwurf fast schmerzfrei gelang. Inzwischen war sie hellwach.

»Alex, ich will dir gerade das Innerste meiner Seele öffnen, also werd mal bitte nicht spitzfindig.«

»Das ist halt meine Art, Interesse zu zeigen.«

Gefühle wären Marie lieber gewesen als Interesse. Doch wenn man fünfzehn Jahre verheiratet war, stand man sich offenbar so nahe, dass keine Gefühle mehr dazwischenpassten.

»Einigen wir uns darauf, dass wir uns nicht einig sind«, murmelte sie. »Gute Nacht.«

»Nein, nicht so.«

Zentimeterweise robbte sich Alexander an sie heran und legte einen Arm um ihren Oberkörper. Das hatte er schon lange nicht mehr getan. Minutenlang lagen sie so da und lauschten auf die Atemzüge des jeweils anderen, während Marie darüber nachdachte, dass das Ungesagte nachts am lautesten in den Ohren dröhnte.

»Tut's noch weh?«, fragte Alexander nach einer Weile. »Dein Rücken, meine ich?«

»Geht so.«

»Wir könnten, also natürlich nur, wenn du willst und wenn du kannst …«

Zitternd atmete Marie ein. »Was?«

Seine Lippen streiften ihre Wange. Er roch immer noch so gut wie früher, stellte sie mit einem wohligen Schauer fest, und wenn sie nicht alles täuschte, regte sich etwas bei ihm. Das war eine kleine Sensation. Marie glühte vor Glück. Aber konnte sie dem Braten trauen? Irgendwo hatte sie gelesen, dass Männer manchmal unfreiwillige Erektionen hatten. Oder dabei an eine andere Frau dachten.

»Ich finde es erregend, dass du dich kaum bewegen kannst«, setzte er von Neuem an, »andere nehmen dafür Handschellen, weißt du, das geht dann so in Richtung, entschuldige, ähm, Fesselsex, oder findest du das etwa daneben?«

Eine gewagte Einlassung, die Marie ganz schön elektrisierte, zumal ihr Rücken, den Notarzttabletten sei Dank, grünes Licht gab. Mit einer Hand tastete sie sich in die südlichen Zonen seines Körpers vor.

»Uuuh, ich wusste gar nicht, was für eine phänomenale Wirkung das Wort *vielleicht* hat«, raunte er dicht an ihrem Ohr. »Du legst dich ja ganz schön ins Zeug. Tust du mir nur einen Gefallen?«

»Alles, was du willst.«

»Es ist wirklich wahnsinnig aufregend, was du da machst, aber könntest du bitte den Handschuh ausziehen?«

Kapitel 12

Wenn Marie etwas aus der Fassung brachte, also, so richtig aus der Fassung, dann waren es Situationen, in denen sie die Kontrolle abgeben musste. Das war zwar seit zwei Tagen quasi ein Dauerzustand, doch dies hier toppte alles. Leicht bekleidet lag sie auf einer Kunststoffliege, die sich mit einem bedrohlichen Surren unter ihr bewegte. Marie drehte den Kopf zur Seite. Gleich gab es kein Entrinnen mehr. Unaufhaltsam schob sich der Untersuchungstisch in eine gleißend helle enge Röhre.

»So, Frau Hasemann, Sie dürfen gern die Augen schließen«, sagte eine freundliche junge Frau im weißen Kittel, die einen silbernen Nasenring zum pechschwarz gefärbten Haar trug. »Lassen Sie sich gleich nicht durch das Klopfgeräusch stören, das ist ganz normal bei einer Kernspintomographie.«

Mit einem mulmigen Gefühl beobachtete Marie, wie die Praxishelferin nach und nach aus ihrem Blickfeld verschwand, während sie selbst von der Röhre eingesogen wurde. Seit jeher lösten beengte Räume ein unbehagliches Gefühl in ihr aus. Deshalb hatte sie es auch nie auf Sonnenbänken ausgehalten, als es noch modern gewesen war, sich in Brathähnchenmanier grillen zu lassen. Sie brauchte Kontrolle, sie brauchte Überblick und stets einen Fluchtweg. All das war hier nicht vorgesehen.

»Und wenn ich vorher rauswill, was dann?«, rief sie leicht panisch.

»Es wird nur etwa zwanzig Minuten dauern, Frau Hasemann, das halten Sie locker durch!«

Marie gab ein dumpfes Brummen von sich. Woher wusste eine Frau, die sie überhaupt nicht kannte, was sie *locker durchhielt* und was nicht? Ihr war richtig schlecht vor Aufregung. Außerdem fiel es ihr schwer, einem Menschen zu vertrauen, der sich mit einem Nasenring schmückte.

»Darf ich fragen, ob Sie eine einschlägige Fachausbildung haben?«, erkundigte sie sich lautstark. »Ich meine, so mit Diplom und Zertifikat, damit Sie bei eventuellen Komplikationen die gebotenen Maßnahmen ergreifen können?«

Am Ende der Röhre, direkt über ihren Füßen, erschien das schon nicht mehr ganz so freundliche Gesicht der radiologisch-technischen Assistentin.

»Eines weiß ich sehr genau: Menschen, die dauernd andere kontrollieren wollen, haben sich meist selbst nicht unter Kontrolle.«

Rummms, das saß. Schlagfertig war die junge Dame, das musste man ihr lassen. Aber sie lag ja auch nicht in diesem Hightech-Foltergerät, das etwas von einem Science-Fiction-Film hatte. Als würde Marie jetzt geklont. Oder auf fünfhundert Grad erhitzt, weil ein wahnsinniger Wissenschaftler herausfinden wollte, bei welcher Temperatur ihr Gehirn schmolz. Für den sicher gar nicht so seltenen Fall, dass Angstpatienten in die Röhre mussten, könnte das medizinische Fachpersonal ruhig mal ein paar Kurse in Psychologie belegen, fand Marie.

»Jetzt den Kopfhörer aufsetzen!«, hallte wie aus weiter Ferne die Stimme der Praxisassistentin an ihr Ohr.

»Nein danke, lieber keine Musik.«

»Ist auch eher als Hörschutz gedacht. Wenn Sie keinen Vivaldi wollen, denken Sie einfach an was Schönes!«

Gut, da fiel Marie sogar etwas ein. Noch immer spürte sie Alexanders Berührungen auf ihrer Haut, sein heiseres Keuchen in ihrer Halsbeuge. Ob es Spontansex, Versöhnungssex oder Wir-müssten-irgendwie-mal-wieder-Sex-haben-Sex gewesen war, ließ sich im Nachhinein nicht mehr so genau bestimmen. Recht flott waren sie zur Sache gekommen, hatten sich dafür aber hinterher lange aneinandergeschmiegt und zärtliches Zeug geflüstert wie Frischverliebte. Ein gutes Zeichen. Kuscheln gehörte einfach zu einer Liebesnacht, die mehr war als der Vollzug ehelicher Pflichten. Marie hatte nicht mal den Bauch eingezogen. Und auch nicht an Holger gedacht. Holger, verflixt. *Wollen Sie mit mir durchbrennen?*

Sie presste die Arme an den Körper und lauschte auf das dumpfe Klopfen. Wenigstens verschaffte ihr die Zwangssituation als Ölsardine ein wenig Muße, ihre Gedanken zu ordnen. Es war so viel passiert. Zu viel Verwirrendes für jemanden, der einen klar strukturierten Plan hatte, Tag für Tag, Woche für Woche, Monat für Monat, und das auf Jahre hinaus. Höchste Zeit, so etwas wie einen Status quo zu ermitteln.

Der heutige Morgen war eindeutig ernüchternd ausgefallen. Angefangen hatte es mit ihrer Schwiegermutter, die, ohne anzuklopfen, ins Schlafzimmer geplatzt war, um das angedrohte Bauernfrühstück zu servieren. Privatsphäre schien wirklich ein Fremdwort für Lydia Hasemann zu sein. Und Intimsphäre hielt sie vermutlich für einen Bereich, den man gründlich wusch, ansonsten aber außer Acht ließ. Auch beim Taktgefühl haperte es deutlich. Als hätte sie zwei Teenager im Bett erwischt, war ihr die Bemerkung entschlüpft, nackt schlafen gehöre sich nicht.

Alexander hatte das alles lustig gefunden. Seine Definition von Privatsphäre unterschied sich halt von Maries, weshalb ihm das gemeinsam gesungene Happy-Birthday-Ständchen leichter über die Lippen gekommen war als ihr. Immerhin hatte er in die Entsorgung des Bauernfrühstücks eingewilligt, wobei Marie den Verdacht hegte, dass es in seinem Magen gelandet war statt in der Abfalltonne.

Auch sonst lief es noch lange nicht rund. Als Nächstes hatte ihre Schwiegermutter verkündet, die Gästeliste für das heutige Geburtstagskaffeekränzchen werde immer länger – »da kann man mal sehen, wie beliebt ich bin«. Danach hatte sie den Kindern schlappe Weißmehlbrötchen mit Supermarktmarmelade zum Frühstück serviert, womit der Zuckerschock plus Konzentrationstief in der Schule vorprogrammiert war. Ein Trauerspiel.

Doch wieder hatte Alex alles gleichmütig hingenommen. Von einer Beendigung der schwiegermütterlichen Übergriffigkeiten wollte er nichts wissen. Als er Marie dann zur orthopädischen Praxis gefahren hatte, war der vorübergehend beigelegte Streit wieder aufgeflammt. Alexander bestand darauf, die Kinder am Wochenende bei Babette zu parken, Marie hatte sich mit Händen und Füßen dagegen gewehrt. Im Gegenzug hatte Alexander ihr eröffnet, er werde heute Abend ein weiteres Mal zu Babette fahren, um diesmal »wirklich, ehrlich, ganz bestimmt!« die Wände zu streichen. Wenn das so weiterging, würde es ein Running Gag werden, und Marie sah in die Röhre. Buchstäblich.

»Na, sehen Sie, schon vorbei«, quäkte die Stimme der medizinischen Assistentin nach einer gefühlten Ewigkeit aus den Kopfhörermuscheln. »Sie können sich dann wieder anziehen, Frau Hasemann, der Doktor erwartet Sie in Sprechzimmer drei.«

Surrend fuhr der Untersuchungstisch aus dem Gerät. Als Marie etwas wacklig aufstand, deutete die junge Frau mit einem vielsagenden Blick auf ihren Hals.

»Verzeihung, ich bin neugierig – ist das etwa ein Knutschfleck?«

»Könnte man so sagen«, antwortete Marie nicht ohne Stolz. »Mein Mann war gestern Nacht, na ja, sehr temperamentvoll.«

»Ach, und deshalb hat er Ihnen auch die Haut zerkratzt?«

Peinlich berührt versteckte Marie ihre Hände hinter dem Rücken.

»Wir führen eine leidenschaftliche Ehe.«

»Kontrolle verloren, Mann gefunden, was?«, kicherte die Praxisassistentin. Als Marie mit verschnupftem Schweigen reagierte, fügte sie hinzu: »Na ja, wer zuletzt lacht, hat es nicht eher verstanden.«

Feixend ging sie hinaus, und Marie machte ihrer Empörung Luft, indem sie wie ein Kleinkind die Zunge herausstreckte. Nun musste sie allerdings das Kunststück fertig bekommen, in ihren anthrazitfarbenen Hosenanzug zu steigen. Natürlich hatte ihr Lydia Hasemann einen ihrer schreibunten Freizeitanzüge aufdrängen wollen, doch Marie war standhaft geblieben. Wenn es ihr schon schlecht ging, wollte sie wenigstens einigermaßen gut dabei aussehen. Außerdem wusste man ja, wie Ärzte eine Patientin im Fallschirmseiden-Notlook behandelten – auf Augenhöhe ganz bestimmt nicht. Deshalb hatte Marie sogar ihren jobtauglichen rosa Lippenstift aufgelegt.

Tapfer ignorierte sie den Schmerz, der schon den ganzen Morgen ihre unteren Wirbel traktierte. Mit millimeterkleinen Bewegungen streifte sie ihre Hose über die Beine und zog sie unter viel Geächze und Gestöhne hoch. Verglichen damit waren Bluse und Jackett ein Kinderspiel. Jetzt musste sie nur noch Socken und Stiefeletten bewältigen.

»Frau Hasemann?« Im Türspalt erschien der Nasenring nebst dazugehörigem Gesicht. »Alles okay? Oder brauchen Sie Hilfe?«

Marie hatte gerade ihren linken Socken in der Hand. Wie sich die Dinge anließen, sah man in ihr also jemanden, der sich nicht mal mehr allein anziehen konnte. Obwohl das prinzipiell stimmte, konnte Marie den Gedanken einfach nicht ertragen, hilfsbedürftig zu sein.

»Nein, danke, das bekomme ich hin!«

»Wie Sie wollen, und nicht vergessen, Sprechzimmer drei!«, sagte die junge Frau. »Drei – wie die drei Musketiere.«

Als hätte ich nicht nur Hexenschuss, sondern auch noch Kurzzeitgedächtnisschwund, dachte Marie frustriert. Sie war es einfach nicht gewohnt, so behandelt zu werden. Normalerweise war sie nämlich diejenige, die alles zweimal checkte. Jetzt musste sie selbstkritisch feststellen, dass dieses dauernde Nachkontrollieren vielleicht nicht so toll fürs Gegenüber war. Ob Scarlett das wohl genauso empfand? Und was war mit den anderen Kollegen? Auch bei ihnen fragte Marie immer doppelt und dreifach nach, wenn es etwas zu erledigen gab.

Sie seufzte tief. Der Job fehlte ihr jetzt schon. Dieses gute Gefühl, etwas zu leisten und alles im Griff zu haben. Aber daraus wurde wohl erst mal nichts. Wie hatte es Holger noch formuliert? *Alles, was Sie im Griff haben, ist eine Tasse Tee.* Jetzt war es eine Socke, und nicht mal die hatte Marie im Griff, weil sie es beim besten Willen nicht schaffte, das Ding über den Fuß zu streifen. Sobald sie sich mehr als ein paar Zentimeter vorbeugte, fuhr ihr der wohlvertraute Schmerz wie ein Messer zwischen die Lendenwirbel.

Nun klingelte auch noch ihr Handy. Eilig fischte Marie es aus der Handtasche und entdeckte die Nummer von Robins Klassenlehrerin auf dem Display. Das konnte eigentlich nur Ärger bedeuten.

»Frau Hasemann.« Erneut steckte die medizinische Assistentin den Kopf zur Tür herein. »Entschuldigung, Sie können hier nicht telefonieren.«

»Ich bin Mutter, und Mütter gehen immer ran«, griff Marie ganz tief in die Kiste der ewig gültigen Mama-Weisheiten.

»Was Sie nicht sagen.« Vorwurfsvoll zeigte die junge Frau auf eine große Uhr an der Wand. »Allerdings wartet schon der nächste Patient auf sein MRT, und auch Herr Doktor Neumaier wird langsam ungeduldig.«

»Perfekt«, erwiderte Marie freundlich, »Ungeduld ist meine größte Stärke.«

Während sie das Gespräch wegdrückte, stellte sie fest, dass auch Holger schon dreimal angerufen hatte. Er würde noch ein bisschen warten müssen. Barfuß stieg sie in ihre Stiefeletten und ließ die Socken samt Handy in ihrer Handtasche verschwinden, bevor sie an der medizinischen Assistentin vorbei aus dem klinisch weißen Folterraum wankte.

Wo war jetzt noch mal das Sprechzimmer? Sie fand es am Ende eines langen Flurs, wo eine rote Drei von der Größe eines Fußballs an der Tür klebte. Allmählich fühlte sich Marie wie ein betagtes Wartezimmergroupie à la Lydia Hasemann. Offenbar ging man davon aus, dass die Patienten neben Rückenproblemen und Gedächtnisschwund auch noch unter Sehschwäche litten.

Mit wolkigen Gefühlen klopfte sie auf die rote Drei, trat ein und schaute sich im Raum um. Er war in lichtem Hellgrau gestrichen, die Stühle bestanden aus abwaschbarem weißem Kunststoff, an den Wänden hingen Schaubilder des menschlichen Skeletts. Ansonsten herrschte ein abenteuerliches Sammelsurium in dem Sprechzimmer. Den Boden bedeckte ein zerschlissener Persianerteppich in verblichenen Rot- und Brauntönen, von der Decke baumelte ein Kronleuchter, gegenüber vom Fenster beanspruchte eine Siebziger-Jahre-Stehlampe mit einem knallorangen Glasschirm die Aufmerksamkeit des Betrachters. Einen weiteren Blickfang bildete ein großes Glas mit roten Lollis, das neben einem Laptop auf dem nussbraunen Gründerzeitschreibtisch stand.

Es war ein Raum ohne jegliches Einrichtungskonzept, wie Marie konstatierte. Das ließ entweder auf einen Mangel an Schönheitssinn schließen oder aber auf eine eigenwillige Persönlichkeit des Arztes. Sie war gespannt. In diesem Moment watschelte ein korpulenter glatzköpfiger Herr unbestimmbaren Alters herein.

»Die Lollis bekommen leider nur unsere kleinen Patienten«, sagte er lächelnd. »Einen schönen guten Morgen, Doktor Neumaier, Facharzt für Orthopädie.«

Etwas überrascht musterte Marie den Mann im weißen Kittel, in dessen Händen nun ihr weiteres Schicksal lag. Zwar passte seine Erscheinung zu der eigenartigen Möblierung, und sie hatte auch nicht gerade Brad Pitt erwartet, aber Doktor Neumaier wirkte eher wie ein gestandener Gastwirt, der einem zum Schnaps eine Runde Trost servierte, nicht wie ein Arzt. Jedenfalls lag echtes Mitgefühl auf seinem gutmütigen Gesicht, so wie er sie jetzt über seine randlose Brille hinweg beäugte.

»Meine Name ist Hasemann«, stellte sie sich vor.

Zu spät merkte sie, dass das ein bisschen albern klang. Mein Name ist Hase, ich weiß von nichts, haha. Doktor Neumaier verzog keine Miene. Nur ein winziges Kräuseln rund um seine Augen verriet, dass es ihm auch aufgefallen war.

»An der Art, wie Sie stehen, sehe ich schon, dass Sie starke Beschwerden im unteren Rücken haben«, diagnostizierte er souverän. »Bitte setzen Sie sich doch, Frau Hasemann.«

Als ob das so einfach wäre. Nach den Verrenkungen des Ankleidens waren die Schmerzen stärker geworden, und jede kleine Bewegung war schon eine zu viel.

»Dürfte ich vielleicht stehen bleiben?«, bat Marie. »Hinsetzen ist zurzeit etwas schwierig.«

»Verstehe, natürlich, deshalb sind Sie ja schließlich hier«, erwiderte Doktor Neumaier nonchalant. »Wenn Sie erlauben, würde ich mich trotzdem gern setzen.«

»Nur zu.« Marie verlagerte das Gewicht vom rechten auf den linken Fuß, in der trügerischen Hoffnung, dass ihr Rücken es ihr danken würde. Was er selbstverständlich nicht tat. »Ich hoffe, Sie haben gute Neuigkeiten, nachdem ich wie ein Braten in die Röhre musste und von einer ziemlich vorlauten Köchin gegrillt wurde.«

»Na, wenigstens haben Sie Ihren Humor noch nicht verloren«, schmunzelte der Arzt. Mit einem leichten Stöhnen nahm er am Schreibtisch Platz. Nachdem er den obersten Knopf seines weißen Kittels geöffnet hatte, drehte er den Laptop so, dass Marie ein Grau in Grau gehaltenes Bild sehen konnte. »Das sind die Ergebnisse Ihrer Kernspintomographie. Die gute Nachricht ist, dass ich einen Bandscheibenvorfall ausschließen kann.«

»Gott sei Dank. Und die schlechte?«

»Tja.« Bedauernd hob er die fleischigen Hände. »Ihre gesamte Rückenmuskulatur scheint verhärtet zu sein. Deshalb haben Sie eine akute Lumbalgie, die meist mit Nervenreizungen einhergeht. Stehen Sie unter Stress? Sitzen Sie viel?«

»Beides«, nickte Marie.

»Dachte ich mir schon.« Doktor Neumaier wiegte bedenklich den kahlen Kopf hin und her. »Sitzen ist das neue Rauchen, wie Sie vielleicht wissen. Die Gesundheitsgefahren sind dramatisch: gestörte Durchblutung, eingeschränkte Gefäßfunktionen, Herzschwäche, Neigung zu Fettleibigkeit, Haltungsschäden. Der Mensch ist halt so konstruiert, dass er sich bewegen muss. Rennen, springen, tanzen, was auch immer.«

Marie versuchte, sich vorzustellen, wie dieser recht beleibte Herr rannte, sprang und tanzte, was ihr nicht ganz gelang. Er sah aus wie ein Genussmensch, der abends die Beine hochlegte, um einen guten Rotwein zu trinken, nicht wie jemand, der nach der Arbeit ein paar Runden joggte. Aber man sagte ja auch, die Schuster hätten immer die schlechtesten Schuhe.

»Bewegung, verstehe«, sagte sie. »Was noch?«

Die fast wimpernlosen Augen des Arztes richteten sich auf ihre Stirn, als wollte er das Gehirn dahinter scannen.

»Frau Hasemann, wie hoch würden Sie Ihren Stresspegel auf einer Skala von eins bis zehn beziffern?«

»Hundert?«

»Ach herrje.« Vernehmlich schnaufend setzte er seine Brille ab und rieb sich müde über die Augen, als hätte er solche Gespräche schon Tausende Male geführt. »Dann verraten Sie mir doch bitte mal, in welchen Bereichen Sie den größten Druck haben. Beruflich? Familiär? Emotional?«

»Alles«, flüsterte sie.

»Und wo könnten Sie Druck rausnehmen?«

Das war die Millionenquizfrage. Beruflich stand Marie kurz vor dem großen Durchbruch, falls die Sache mit Jack klappte, da konnte sie nicht kürzertreten. Die Familie war halt die Familie, die suchte man sich nicht aus, mit der musste man sich irgendwie arrangieren. Blieben noch die Emotionen. Doch darüber wollte Marie lieber nicht so genau nachdenken.

»Ändern kann ich eigentlich nichts«, sagte sie schulterzuckend. »Nehmen Sie's mir nicht übel, Doktor Neumaier, aber ist es nicht vielmehr Ihr Job, mich wieder hinzubiegen?«

Das kam gar nicht gut an. Mit einem gereizten »Soso« wuchtete er seine massige Gestalt vom Stuhl hoch und wanderte schweren Schritts vor den Skelettbildern auf und ab.

»Typische Patientendenke, alles soll der Medizinmann richten«, brummte er in sich hinein. Dann blieb er stehen und schaute sie vorwurfsvoll an. »Wenn Sie so weitermachen, werden sich Ihre Beschwerden bedeutend verschlimmern, bis irgendwann gar nichts mehr geht. So ist das halt: Wer heute den Kopf in den Sand steckt, knirscht morgen mit den Zähnen.«

Das sollte wohl ein launiger Spruch zur Güte sein, doch mit Maries Beherrschung war es so gut wie vorbei, weshalb sie weder ein echtes noch ein gespieltes Lächeln hinkriegte. Selbst ihr schmales Lippenstiftlächeln, das sie sich für besonders haarige Konferenzen antrainiert hatte, gelang ihr nicht mehr.

»Wollen Sie damit etwa sagen, es ist mein Schicksal, dass ich jetzt auf ewig zu Rückenschmerzen verdammt bin?«

»Nicht, wenn Sie Ihren Lebensstil überdenken, liebe Frau Hasemann«, erwiderte Doktor Neumaier schon etwas gnädiger. »Schicksal ist kein Zufall. Es ist eine Sache der persönlichen Entscheidung, etwas, das man selbst in die Hand nehmen sollte.«

Eine seltsame Sicht der Dinge. Für Marie stellte es sich so dar, dass sie unverschuldet in ein heilloses Chaos geraten war, mit dem sie jetzt irgendwie klarkommen musste. Und nicht klarkam.

»Okay, darüber werde ich mal nachdenken«, versprach sie zögernd.

So ganz schien sie den Arzt nicht zu überzeugen. Mit skeptisch vorgeschobener Unterlippe ließ er sich wieder an seinem Schreibtisch nieder. Nachdem er sich über seine spiegelblanke Glatze gestrichen hatte, begann er, auf die Tastatur des Laptops einzutippen.

»Die nächsten vierzehn Tage kümmern Sie sich nur um sich selbst, Frau Hasemann. Arbeit ist tabu, den Krankenschein holen Sie sich bitte vorn bei den Damen am Empfang ab. Ich verschreibe Ihnen Massagen, Fangopackungen, homöopathische Kügelchen ...«

Haha, die ich dann mit Spielgeld bezahle, dachte Marie, behielt das aber lieber für sich.

»... Ultraschall, Infrarotbestrahlungen, Physiotherapie«, rundete der Arzt das Programm ab.

Moment mal. Marie stutzte. Da fehlte doch etwas. Das Entscheidende fehlte!

»Was ist mit Tabletten?«, fragte sie. »Also, richtigen Tabletten?«

»Eieiei.« Enerviert griff der Arzt nach seiner Brille, setzte sie auf und scrollte auf dem Laptop herum. »Wie ich Ihrer Krankenakte entnehme, hat Ihnen doch der Notarzt schon etwas Starkes dagelassen. Das muss einstweilen genügen. Da Sie ja nicht gewillt sind, aktiv am Heilungsprozess teilzunehmen, schlittern Sie sonst noch in eine Medikamentenabhängigkeit.«

Jetzt war Marie wirklich baff. Was unterstellte er ihr denn da? Dass sie so labil war, Tabletten pfundweise einzunehmen?

»Entschuldigen Sie bitte vielmals«, sie strich eine Haarsträhne zurück, die sich aus ihrer nicht mehr vorhandenen Frisur gelöst hatte, »Ihre ärztliche Expertise in allen Ehren, aber es besteht keinerlei Suchtgefahr. Ich rauche nicht, trinke kaum und achte peinlichst auf gesunde Ernährung.«

»Mag sein, Sie Musterschülerin«, sagte er mit amüsiert hochgezogenen Augenbrauen, »doch es wäre nicht das erste Mal, dass sich ein Rückenpatient zudröhnt. Ich nenne es Doping statt Coping.«

Hä? Marie verstand nur Bahnhof. Das kam selten vor, weil sie im Job dauernd mit englischen Vokabeln zu tun hatte, die sie dann gewissenhaft googelte.

»Geht das vielleicht auch auf Deutsch?«

Mit einem halb mitleidigen, halb nachsichtigen Gesichtsausdruck stand der füllige Halbgott in Weiß ein weiteres Mal auf, umrundete den Schreibtisch und hockte sich schwerfällig auf die Kante. Er war Marie nun so nahe, dass sie ihn als Milchgesicht identifizieren konnte. Die Tränensäcke, die geschwollenen Augenlider, die weißen Flecken im runden Gesicht – ja, dieser Mann hatte ein Laktoseproblem. Sie tippte auf französischen Weichkäse der höchsten Fettstufe zum abendlichen Rotwein, auf Sorten wie Camembert, Roquefort, Picodon.

»Der Begriff Doping dürfte Ihnen aus dem Leistungssport geläufig sein«, setzte er etwas kurzatmig zu einer Erläuterung an.

»Auf eine einfache Formel gebracht, handelt es sich um Medikamentenmissbrauch. Coping hingegen ist ein Begriff aus der Psychologie und meint die Fähigkeit, Belastungen zu bewältigen. Daran mangelt es Ihnen offensichtlich.«

»Wieso, ich habe alles im Gr…«

Marie unterbrach sich. Nein, hatte sie nicht.

»Ich bin kein Psychologe, Frau Hasemann.« In die Stimme des Arztes mischte sich wieder eine mitfühlende väterliche Wärme. »Der gesunde Menschenverstand sagt mir jedoch, dass Sie sich dringend mit Ihrem Leben auseinandersetzen sollten. Sie müssen für Entspannung sorgen, denn da gibt's eindeutig Nachholbedarf.«

»Ich habe mit Yoga angefangen«, wandte Marie ein.

Stimmte ja auch. Na ja, nicht so ganz. Aber fast.

Ein kleiner Heiterkeitsausbruch von Doktor Neumaier folgte. Lachend zeigte er auf das Glas mit den kleinen roten Lutschern.

»Das ist so goldig, ich bin wirklich versucht, Ihnen einen Lolli anzubieten. Für ein bisschen Yoga ist es zu spät, Frau Hasemann. Sie müssen Ihr gesamtes Leben ändern. Von Grund auf.«

Jetzt fühlte Marie doch den Drang, sich zu setzen. Steifbeinig ging sie etwas in die Hocke und bugsierte ihren Po auf einen der weißen Kunststoffstühle.

»Wie soll das denn gehen?«, fragte sie konsterniert.

Erneut fuhr sich Doktor Neumaier mit beiden Händen über seine Glatze – es schien eine Angewohnheit aus Zeiten zu sein, als er noch über volles Haupthaar verfügte.

»Erfahrungsgemäß sind Frauen wie Sie mit allem Möglichen beschäftigt, nur nicht mit sich selbst.« Er drehte sich halb um und linste auf den Laptopmonitor. »Hier steht, dass Sie Food-Designerin sind. Das klingt nach einem anspruchsvollen Job.«

»Sekunde, was soll das heißen – *Frauen wie ich*?«, fragte Marie angepikst.

Wieder schmunzelte Doktor Neumaier, dieses Mal auf eine sehr verständnisvolle Weise.

»Ich habe selbst so ein Exemplar Frau zu Hause. Immer mit Anlauf durch die Wand, immer taff, immer alles unter Kontrolle.«

Und was hieß das nun? Marie hatte keinen Schimmer, worauf er hinauswollte.

»Lassen Sie mich raten«, sagte er. »Seit Sie vom Notarzt versorgt wurden, haben Sie nicht einen einzigen Gedanken darauf verschwendet, wie Sie wieder gesund werden, sondern nur überlegt, wie Sie Job und Familie organisiert bekommen.«

Das entsprach voll und ganz den Tatsachen. Doch jetzt, wo Doktor Neumaier es so glasklar formulierte, kam es Marie selbst etwas schräg vor. In den letzten beiden Tagen hatte sie alles Mögliche – und einiges Unmögliche – getan, aber ihre Rückenschmerzen nur als Störfaktor betrachtet, den man irgendwie eliminieren musste.

»Sie wollen Ihren Hexenschuss wegspritzen, betäuben, unschädlich machen«, sprach der Arzt haargenau das aus, was auch Marie in diesem Augenblick dachte. »Vermutlich stehen Sie nicht gerade auf freundschaftlichem Fuß mit Ihrem Körper. Er hat gefälligst zu funktionieren, so wie seine Besitzerin funktioniert. Streikt Ihr Körper, wird er zum Feind.«

Das war starker Tobak. Marie dachte nach. Leider war da was Wahres dran, und nicht nur wegen der Tabletten. Noch gestern war sie fest entschlossen gewesen, ihre Kurven in Shapewear zu quetschen und ihre Falten mit Botox ruhigzustellen. So was tat man nicht, wenn man seinen Körper liebte.

»Was soll ich denn jetzt tun?«, fragte sie betroffen.

Doktor Neumaier faltete seine Hände vor der weißen Kittelbrust und schenkte ihr ein gütiges Lächeln.

»Freunden Sie sich mit Ihrem Körper an, Frau Hasemann, und seien Sie gut zu Ihrer Seele. Ich prophezeie Ihnen, dass Ihre Lumbalgie dann bald schon Geschichte ist.«

»Wie bald?«

»Orthopädisch gesehen, liegt nichts Schwerwiegendes vor. Gut möglich, dass sich Ihr Zustand innerhalb kürzester Zeit verbessert.«

»Und bis dahin …«

»Holen Sie sich vor allem Unterstützung.« Der Arzt zog ein Taschentuch hervor, nahm seine Brille ab und putzte sie sorgfältig, bevor er sie wieder aufsetzte und Marie eindringlich ansah. »Sicherlich sind Sie umgeben von lauter Menschen, die Ihnen helfen wollen. Aber so, wie ich Sie einschätze, handeln Sie nach dem Motto: Wenn's gut werden soll, muss man es selber machen.«

Es war wirklich phänomenal, wie zielgenau Doktor Neumaier ins Schwarze traf. Verlegen schaute Marie auf den zerschlissenen Perserteppich zu ihren Füßen. Lydia Hasemann bot Hilfe an, Alexander im Rahmen seiner begrenzten Möglichkeiten ebenfalls, sogar Babette erklärte sich bereit, ein Wochenende lang die Kinder zu nehmen. Doch nichts war ihr gut genug, das musste Marie zugeben. Ihre Schwiegermutter war ihr zu aufdringlich und zu wenig ernährungsbewusst, Alexander zu nachlässig und zu unzuverlässig. Über Babette, die Schreckliche, musste man gar nicht erst reden.

»Gibt es darüber hinaus noch etwas Belastendes, das einer Klärung bedarf?«, fragte Doktor Neumaier.

Oje, was merkte dieser Mann eigentlich nicht? Marie enthielt sich einer Antwort, sonst hätte sie über Eifersucht reden müssen, über Verlustängste – und über Babette.

»Ihr Schweigen spricht für sich.« Der Arzt wirkte nicht im Geringsten beleidigt, dass Marie mauerte. »Wissen Sie, im Laufe meines langen Berufslebens habe ich hier mehr Patienten ein und aus gehen sehen, als ich zählen kann. Manche wurden von selbst wieder gesund, andere brauchten irgendwann eine OP, aber nur diejenigen, die ihre Rückenschmerzen als Weckruf begriffen haben, waren auf Dauer beschwerdefrei.«

»Klingt plausibel«, gestand Marie ihm zu, »aber wo soll ich anfangen?«

Doktor Neumaier erhob sich, und dann tat er etwas, was Marie nun wirklich verblüffte: Er drehte sich einmal um sich selbst und ruderte mit den Armen, was so aussah, als wollte eine große dicke Robbe Ballett tanzen.

»Bin wohl ein bisschen aus der Übung«, lachte er selbstironisch. »Was ich damit sagen will: Lassen Sie los, Frau Hasemann. Das ist mein Rat. Und bleiben Sie bloß nicht im Bett liegen. Heutzutage empfiehlt man bei Rückenschmerzen moderate Bewegung, um die Durchblutung zu fördern und die Muskulatur zu lockern. Um halb zwölf haben Sie Ihren ersten Massagetermin. Was halten Sie vorher von einem Spaziergang?«

»Jetzt? Am helllichten Tag?«, entfuhr es Marie.

»Ja, wann denn sonst? Mitten in der Nacht?« Doktor Neumaier zeigte auf ihre zerkratzten Hände. »Wie ich sehe, haben Sie eine Katze. Vielleicht schaffen Sie sich lieber einen Hund an. So hat mich jedenfalls meine resolute Frau zu etwas mehr Bewegung rumgekriegt – und natürlich mit unseren vier Kindern.«

Alle Achtung, vier Kinder hatte Marie ihm gar nicht zugetraut.

Aber dass er es faustdick hinter den Ohren hatte, war ihr von Anfang an aufgefallen. Abwartend stand er da. Offenbar war die Audienz beendet. Es dauerte eine Weile, bis auch Marie stand. Noch nie hatte sie darüber nachgedacht, was ihr Körper alles leisten musste, um sich in die Vertikale zu hieven.

»Sie sind sehr tapfer«, lächelte Doktor Neumaier und holte eine Blisterpackung aus seiner Kitteltasche. »Deshalb gebe ich Ihnen nun doch etwas gegen die Schmerzen mit. Aber nur, wenn Sie mir geloben, die Tabletten sparsam zu verwenden und jetzt mindestens zwei Stunden spazieren zu gehen.«

»Ich gelobe es«, versprach Marie feierlich.

»Sehr schön.« Der Arzt sah richtig zufrieden aus. »Eine Tablette heute, aber wirklich nur eine. Halten Sie sich bitte dran, dann kriegen Sie auch noch einen Lolli obendrauf.«

Marie griff sofort zu und freute sich wie ein Kind über den Lutscher. Dies war der erstaunlichste Arzt, den sie jemals getroffen hatte.

»Danke schön. Für alles.«

»In zwei Wochen sehen wir uns wieder«, kündigte er an. »Ich hoffe, bis dahin konnten Sie ein paar Dinge regeln.« Mit einem aufmunternden Zwinkern hielt er ihr die Hand hin. »Das sage ich nicht nur als Ihr Orthopäde, ich sage das auch als Mensch. Alles Gute, Frau Hasemann.«

Marie schüttelte seine Hand etwas länger als nötig. Es tat gut, mit diesem Mann zu sprechen – oder vielmehr, ihm zuzuhören. Er strahlte so viel Lebensklugheit aus, so viel Herzenswärme. Bestimmt gab es nicht viele Ärzte, die sich mit modernsten Geräten ausrüsteten und trotzdem den ganzen Menschen im Auge behielten. Dafür war sie ihm ehrlich dankbar.

»Ihnen auch alles Gute, Herr Doktor Neumaier. Grüßen Sie bitte unbekannterweise Ihre Frau.«

»Oh, Sie haben meine Frau schon kennengelernt.«

Irritiert verzog Marie den Mund.

»Nicht, dass ich wüsste.«

»Doch, doch, meine Tabea vergisst man nicht so leicht«, schmunzelte Doktor Neumaier. »Schon allein wegen ihres hübschen Nasenrings.«

Kapitel 13

Menschenkenntnis gleich null, setzen, sechs. Mit dieser aufbauenden Erkenntnis humpelte Marie zum Empfangstresen der Praxis. Weder hätte sie gedacht, dass die Nasenringlady eine Arztgattin sein könnte, noch dass sie Mutter von vier Kindern war. So konnte man sich täuschen. Offenbar urteilte sie manchmal zu schnell und bekam nun postwendend einen kleinen Denkzettel. Wie hatte sie Doktor Neumaiers Frau noch genannt? Eine vorlaute Köchin? Marie, Marie …

Nachdem sie ihren Krankenschein und die Rezepte abgeholt hatte, stand sie unschlüssig im Empfangsbereich. Sollte sie wirklich spazieren gehen? Musste sie nicht erst mal ihre Mails auf dem Handy checken, Holger zurückrufen und dann mit Scarlett alles Nötige organisieren? Auch Robins Lehrerin wartete sicher schon auf einen Rückruf.

Vor Maries innerem Auge erschien das milde amüsierte Gesicht von Doktor Neumaier. *Lassen Sie los, Frau Hasemann. Das ist mein Rat.* Leicht gesagt, schwer getan. Als Erstes nahm sie eine der Tabletten und spülte sie mit einem Becher Wasser aus dem Wasserspender in der Ecke hinunter. Fünf Minuten später trat sie aus dem Ärztehaus nach draußen und blinzelte in die Sonne. Also los.

Zögernd erst, dann immer mutiger setzte sie einen Fuß vor den anderen. Es war ungewohnt, sich einfach treiben zu lassen, ungewohnt und faszinierend. Wie hell die Welt auf einmal wirkte, wie bunt und prall unter dem blauen Sommerhimmel. Bäume blühten, Vögel sangen, Ladenbesitzer hielten ein Schwätzchen vor ihren Geschäften, kleine Grüppchen von Kindergartenkindern hüpften mit ihren Erzieherinnen über den Bürgersteig. Marie konnte sich nicht erinnern, wann sie das letzte Mal an einem ganz normalen Wochentag spazieren gegangen war, ohne Ziel, ohne Zeitdruck, ohne Erledigungsliste. Es war ein bisschen wie Schule schwänzen, gewürzt mit dem Gefühl, etwas Verbotenes zu tun.

Wobei … ganz so verboten fühlte es sich gar nicht an, denn das Gespräch mit Doktor Neumaier hatte einiges verändert. Auf seine kluge zugewandte Art hatte der Arzt ihre Situation klar umrissen: die Scheu, sich ernsthaft mit ihrem Leben auseinanderzusetzen, ihre permanente Hektik, ihre Unfähigkeit, Hilfe anzunehmen. Das hatte etwas in Marie gelöst. Nicht die Probleme natürlich, doch ihr Panzer aus Selbstzweifeln und Schuldgefühlen saß merklich lockerer. Auch ihr Körper reagierte schon. Gerade mal eine Tablette aus Doktor Neumaiers knisternder Blisterpackung hatte sie sich genehmigt und war fest davon ausgegangen, keine hundert Meter zu schaffen. Wundersamerweise wurde es jedoch mit jedem Schritt etwas besser.

Doktor Neumaier hatte recht gehabt. Es reichte nicht, den Schmerz zu betäuben, nein, ihre verkrampfte Seele brauchte Entspannung und ihr verspannter Körper Bewegung. In jedem Fall war Marie gewillt, ihr Schicksal in die Hand zu nehmen. Vielleicht spendierte es ihr ja noch mehr solcher glücklichen Momente, wenn sie es am Schopfe packte.

Gedankenversunken blieb sie vor einem Laden stehen, der allerlei Esoterik-Schnickschnack verkaufte. Neben dem Eingang warben pastellfarbene Plakate für spirituelle Workshops, im Schaufenster lagen bunt verpackte Kräutertütchen und bizarr geformte Steine, die gegen Migräne, Magenprobleme und andere Zipperlein helfen sollten. Nichts für Marie. Wer um alles in der Welt ließ sich denn für so einen lachhaften Kokolores das Geld aus der Tasche ziehen?

Ein rascher Blick ins Innere des Ladens genügte, um die Frage zu beantworten. Es waren überwiegend weibliche Kunden in langen Flatterkleidern, die alle ein bisschen aussahen, als würden sie gerade Signale aus einer überirdischen Sphäre empfangen. Marie wollte schon weitergehen, als ihr Blick an einer Frau mit Lockenkopf und Blümchenkleid hängen blieb, die an der Kasse mit dem Verkäufer diskutierte. Eine eiskalte Hand griff nach ihrem Herzen. Kein Zweifel, das war Babette von der Heide. Babette die Schreckliche, die Frau, die ihrem Mann nachstellte.

Maries erster Gedanke war sofortige Flucht. Auf keinen Fall wollte sie dieser Bedrohung auf zwei Beinen begegnen. Der zweite Gedanke kreiste um ihre Überlegungen vom Abend zuvor: *Kenne deinen Feind, und du wirst ihn besiegen.* Womöglich ist dies ja ein Wink des Schicksals, ging es ihr durch den Kopf. Wenn ich Babette ein bisschen beobachte, finde ich vielleicht heraus, warum sich Alexander zu ihr hingezogen fühlt. Natürlich musste sie es unauffällig angehen, als verdeckte Ermittlerin sozusagen. Das würde eine ziemliche Geduldsprobe werden, und etwas grenzwertig war es auch, aber wann, wenn nicht jetzt, hatte sie Zeit und Gelegenheit dazu?

Also wartete sie ab, bis ihre Widersacherin bezahlt hatte, um ihr in gebührendem Abstand zu folgen. Als Erstes fiel Marie auf, dass Babette ohne jede Hast den Bürgersteig entlangschlenderte. Tiefenentspannt, mit wiegenden Hüften, als hätte sie alle Zeit der Welt. Lange schaute sie in das Schaufenster eines Spielzeugladens, ging ein paar Meter weiter und verlor sich in dem Anblick eines Springbrunnens. Kurz darauf blieb sie erneut stehen, um einem Straßenmusiker zu lauschen, der mit seinem Akkordeon vor einem Blumenstand musizierte.

Also schön, Lektion eins besteht offenbar darin, Zeit zu haben, notierte Marie innerlich. Aber woher nehmen, wenn nicht stehlen? Hm, korrigierte sie sich, vielleicht geht es darum, Zeitfenster zu erschaffen, auch wenn man eigentlich keine Zeit hat. Wie wäre es, wenn ich Alexander mal mit einer Verabredung zum Mittagessen überrasche? Zumindest hat er dann keinen Grund mehr, mit anderen Frauen vor einer Frittenbude rumzuhängen. Womit Marie wieder bei der Frage aller Fragen landete: Was lief da zwischen ihm und Babette?

Weiter ging's. Nachdem Babette dem Akkordeonspieler eine Münze in den Instrumentenkasten gelegt hatte, schnupperte sie mit geschlossenen Augen, als ob sie etwas Bestimmtes witterte. Dann marschierte sie schnurstracks in eine Bäckerei. Unterdessen bezog Marie Marple Position hinter einer Litfaßsäule. Vermutlich kaufte ihr Beschattungsobjekt Brot und Brötchen für eine dreiköpfige Familie, was ein wenig dauern konnte. Doch weit gefehlt. Mit nichts als einem Stück Bienenstich in der Hand setzte Babette ihre Wanderung fort. Selbst von Weitem konnte Marie sehen, wie genüsslich sie von dem goldbraunen zuckerglänzenden Kuchenstück abbiss, wie hingebungsvoll sie kaute.

Okay, Lektion Nummer zwei lautete wohl: Sei spontan und gönn dir was. Gleich zwei Dinge der Unmöglichkeit für Marie.

Sie war nicht spontan, sie plante. Akribisch. Und sich etwas zu gönnen, war in ihrem durchgetakteten Alltag schon gar nicht drin, abgesehen davon, dass Zucker des Teufels war. Sollte sie aufgeben? Nein, ermahnte sie sich, wenn du dich hier schon zum Clown machst, dann zieh es auch durch, immerhin tust du es für deine Ehe. Obwohl sie es ungern zugab, war es sogar spannend. Was würde Babette als Nächstes tun?

Hilfe, sie kehrte um! Erschrocken floh Marie in den nächstbesten Laden, gerade noch rechtzeitig, um von der Bildfläche zu verschwinden, bevor Babette kauend und hüftwiegend an der Schaufensterscheibe vorbeischlenderte.

»Womit kann ich Ihnen helfen?«, fragte eine Frauenstimme.

Jetzt erst merkte Marie, dass sie in einer Modeboutique gelandet war. Völlig verwirrt betrachtete sie die bunten Sommerkleider, die Stapel mit Hosen, T-Shirts und Pullovern, schließlich die Verkäuferin, die sie erwartungsvoll anschaute. Mit einem flüchtigen »'tschuldigung« lief sie wieder hinaus. Eins stand fest: Wenn sie so weitermachte, würde man sie demnächst als verhaltensauffälligen Freak in Gewahrsam nehmen.

Draußen auf dem Bürgersteig sah sie sich nach allen Seiten um, konnte Babette aber nirgends entdecken. War das schon das Ende ihrer verdeckten Ermittlung? Sie reckte den Kopf. Ach so, Babette hockte auf einem Blumenkübel und telefonierte. Etwas Berufliches schien es nicht zu sein, denn sie sprudelte und sprühte, lachte in einem fort und rief immer wieder: »Wirklich, Süße? Erzähl!« Kein Zweifel, sie telefonierte mit einer Freundin. Marie sah zur Uhr. Drei Minuten verstrichen, fünf Minuten, zehn. So viel Zeit verschwendete Babette an irgendeine Freundin?

Lektion Nummer vier, notierte sie innerlich seufzend: Melde

dich bei deinen Freundinnen. Aber wie sollte sie diese Lektion beherzigen? Sie hatte keine Freundinnen, sie hatte keine Zeit, deshalb … Halt, stopp, fiel sie sich selbst ins Wort, die Zeit musst du dir eben abknapsen. Dann hast du demnächst vielleicht auch wieder eine Freundin, mit der du dich verabreden kannst, statt sauer zu werden, wenn Alexander mit seinen Kumpels ein Bier trinken geht. Bisher hatte Marie immer gedacht: Weniger Freunde, super, das bedeutet weniger Stress und weniger Weihnachtskarten schreiben. Aber damit lag sie womöglich falsch.

Endlich beendete Babette das Gespräch. Auffallend geschmeidig stand sie auf und ging ein längeres Stück, bis sie einen Laden betrat, den Marie noch nie bemerkt hatte. Es war ein Sportausstatter. Was wollte Babette denn da drin? Sportlich sah sie nun wirklich nicht aus. Mit gesenktem Kopf trippelte Marie in den weitläufigen Verkaufsraum, mogelte sich an einem Regal mit Fußbällen vorbei und versteckte sich hinter einem mannshohen Pappaufsteller, der knallenge Radlerhosen anpries.

»Ich hätte gern eine Reitkappe«, hörte sie Babette sagen. »Mit einem waschbaren Inlay aus Memoryschaum, bitte. Was können Sie mir empfehlen?«

Jetzt fiel Marie wieder ein, dass Babette ein Pony im Reiterhof eingestellt hatte. Vermutlich ritt sie auch selbst. Und die Lektion bestand wohl darin, dass sie ein Hobby pflegte, dem sie ihre beneidenswert gute Laune verdankte.

Marie hatte keine Hobbys. Früher war sie manchmal mit Alex Tennis spielen gegangen, noch früher hatte sie aus Spaß an der Freude windschiefe Vasen in einer kleinen Töpferwerkstatt zusammengeschustert. Das war allerdings so lange her, dass sie nicht mal wusste, ob die Werkstatt noch existierte. Genauso wenig las sie noch Romane oder gärtnerte an ihren Rosen herum. Irgendwann hatte sie sämtliche Hobbys aufgegeben. Wo einst Rosen blühten, stand jetzt exakt geschorener Rasen stramm, und die geschenkten Romane landeten sämtlich ungelesen im Schrank.

Entmutigt ließ Marie die Schultern hängen. Sich Zeit nehmen, spontan sein, sich was gönnen, mit Freundinnen Kontakt halten, ein Hobby haben – was nützten all diese schönen Lektionen, wenn sie nicht umsetzbar waren? Sie hatte von Babette lernen wollen. Doch was sie nicht verstand: Wann arbeitete diese Frau? Wann kümmerte sie sich um den Haushalt? Wann erledigte sie die tausend kleinen und großen Dinge, die zum Alltag einer berufstätigen Mutter gehörten?

Es hatte keinen Sinn. Irgendwas machte Babette anders, vielleicht sogar besser, aber worin ihr Geheimnis bestand, konnte Marie nicht herausfinden. Jedenfalls nicht, indem sie als verhaltensauffällige Miss Marple durch die Gegend schlich. Das war Murks auf der ganzen Linie.

Sie passte den Moment ab, in dem Babette eine Reitkappe aufprobierte, um sich unbemerkt aus dem Laden zu stehlen. Mal wieder hatte sie alles falsch gemacht. Statt sich um sich selbst zu kümmern und unbeschwert spazieren zu gehen, wie von Doktor Neumaier empfohlen, war sie einer Illusion hinterhergejagt. So konnte sie ihre Ehe nicht retten, nicht mit einer derart peinlichen Aktion. Genauso wenig würde sie in diesem Stil wieder fit für Holgers und Jacks Projekt werden. Voller Bedauern dachte sie an das Treffen im Julep's. Es tat ihr in der Seele weh, dass die große Chance so greifbar und doch fürs Erste unerreichbar war.

Resigniert ging sie weiter geradeaus, irgendwohin, während ihre Laune stetig in den Keller rauschte. Auf einmal war der Himmel nicht mehr ganz so blau, die Vögel sangen leiser, und die schwatzenden Ladenbesitzer hatten sich ebenso verzogen wie die lustig krakeelenden Kleinkinder. Oder bildete sie sich das nur ein?

Ein grelles Klingeling ließ sie zusammenfahren. Auch das noch. Ein Fahrradrowdy mitten auf dem Bürgersteig.

»Hey, warte mal!«, rief eine Stimme, die ihr allzu bekannt vorkam.

Marie drehte sich langsam um. Da war sie, Babette, auf einem altertümlichen schwarzen Fahrrad, das so aussah, als würde wirklich nur noch die Klingel funktionieren. Ihre Locken kringelten sich in der Sonne, ihr blassrosa Blümchenkleid bauschte sich im Wind, Maries Nerven lagen blank.

»Oh, hallo.« Unwillkürlich zog sie den Kopf zwischen die Schultern. »Na, wenn das kein Zufall ist.«

»Das glaube ich ehrlich gesagt nicht«, entgegnete Babette und stieg vom Fahrrad.

Mist, ertappt. Und da war es wieder, dieses Bedürfnis, unsichtbar in einem Mauseloch zu verschwinden. Marie wusste, es gab keine Entschuldigung für ihre kindische Beschattungsaktion. Doch Babettes Gesicht zeigte keinerlei Argwohn.

»Kann doch kein Zufall sein, dass ich dich – ich darf doch Du sagen? – schon am Esoterikladen gesehen habe«, strahlte sie. »Und vor meiner Lieblingsbäckerei. Und im Sportgeschäft. Sieht so aus, als ob wir ganz ähnlich ticken.«

Also, wenn irgendjemand auf der großen weiten Welt anders tickte als Marie, dann war es diese Frau. Und zwar so absurd anders, dass es schon fast wieder zum Lachen war.

»Lust auf einen Kaffee?«, fragte Babette unbefangen. »Offensichtlich geht es dir ja schon wieder besser, was mich echt freut.

Zwei Straßen weiter gibt es ein süßes italienisches Coffee-to-go mit ein paar verträumten Tischen und Stühlen draußen. Wenn du willst, lade ich dich auf einen leckeren Latte ein.«

Das wollte Marie ganz bestimmt nicht. Andererseits – so harmlos, wie Babette diese vollkommen depperte Verfolgungsjagd interpretierte, musste man wohl von einer glücklichen Fügung sprechen. Es war unmöglich festzustellen, ob sie nicht doch vielleicht Verdacht geschöpft hatte. Also schien es mehr als angebracht, das Spiel weiterzuspielen.

»Trifft sich eigentlich irgendwie gar nicht so schlecht«, druckste Marie herum. »Zufällig habe ich ein bisschen Zeit.«

»Ach, Zufall ist das nicht, so weit waren wir doch schon«, sagte Babette lachend. »Komm, schwing dich hinten drauf, ich bringe uns hin. Oder macht dein Rücken das nicht mit?«

Es war natürlich reiner Wahnsinn, mit einem Hexenschuss auf den Gepäckträger eines altersschwachen Fahrrads zu steigen. Doch Doktor Neumaiers Tablette wirkte Wunder, und Marie hatte plötzlich Lust darauf. Es erinnerte sie an längst vergessene Teenagertage, in denen sie mit ihren Schulfreundinnen auf genauso wackligen, halb verrosteten Fahrrädern wie diesem hier herumgestromert war. Auch ihr Rücken stimmte zu. Ganz hatte sich der Schmerz zwar noch nicht verflüchtigt, aber zwei Querstraßen waren zu schaffen. Blieb nur der Pferdefuß, dass es ausgerechnet Babette war, die ihr dieses unwiderstehliche Angebot machte.

Marie kämpfte mit sich. Den Ausschlag gab die Überlegung, dass sie bei einem gemeinsamen Kaffee vielleicht mehr darüber erfuhr, warum Alex ausgerechnet eine Hippiemaus toll fand, die Springbrunnen anstarrte, Straßenmusikern lauschte und sich schon am frühen Morgen vollverzuckerten Bienenstich reinschaufelte.

»Käme auf einen Versuch an«, stimmte sie zu.

»Super. Dann rauf mit dir.«

Tollkühn winkelte Marie das rechte Bein ab. Ihre Lendenwirbel protestierten ein wenig, als sie das Bein etwas ungelenk hochhob. Dennoch schaffte sie es, unfallfrei auf dem federnd nachgebenden Gepäckträger zu landen.

»Herrreinspaziert, werte Kundschaft«, parodierte Babette den Schiffsschaukelbremsertonfall, »Handtaschen und Kinder festhalten, und looos geht die lustige Fahrt!«

Das Fahrrad schoss nach vorn, ein Schwall dunkler Locken flog Marie ins Gesicht. Ohne dass sie recht wusste, wie ihr geschah, fand sie sich mitten im Verkehrsgewühl wieder. Krampfhaft umklammerte sie die rostigen Streben des Gepäckträgers. Babette gehörte zu jener Sorte Fahrradakrobaten, über die man sich als Autofahrer den lieben langen Tag aufregen konnte. Energisch trat sie in die Pedale, vollführte tollkühne Ausweichmanöver zwischen hupenden Autos und riss übermütig den linken Arm in die Luft, als sie schlingernd in eine ruhigere Seitenstraße einbog.

Die Straße war kopfsteingepflastert. Wie ein Sack Nüsse wurde Marie durchgeschüttelt und spürte jeden Wirbel einzeln. Dennoch sagte sie nichts. Zu schön war diese Zeitreise in ihre Teenagervergangenheit, zu berauschend das leichte, schwebende Gefühl, etwas absolut Unvernünftiges zu tun. Erst als Babette ungebremst auf einen Bordstein bretterte, bekam es Marie dann doch mit der Angst zu tun. Selbst ein gesundes Rückgrat hielt so was nicht so leicht aus, und was dieses Wrack von Fahrrad aushielt, stand in den Sternen. Aber im selben Moment waren sie auch schon da.

»Bitte sehr«, behände sprang Babette vom Rad und deutete eine ironische Verbeugung an. »Willkommen beim besten Barista der Stadt.«

In Maries Ohren klang das etwas übertrieben. Schließlich war sie es, die den Titel Geschmacksexpertin beanspruchen durfte. Was also sollte ihr ausgerechnet eine Babette von der Heide noch zeigen können?

Etwas staksig stieg sie vom Fahrrad ab. Wenigstens schien die waghalsige Spritztour ohne Blessuren verlaufen zu sein. An der heiklen Stelle meldete sich ein dumpfes Ziehen, aber auch nicht mehr als vorher. Dafür spürte Marie die schlingernden Bewegungen des Fahrrads wie einen inneren Wellengang, der sie in pulsierende Schwingungen versetzte. Selten hatte sie sich so lebendig gefühlt. Kneif mich, dachte sie, bin ich wirklich gerade auf einem Fahrradgepäckträger durch die Straßen gefegt? Genau, kneif dich mal, meldete sich eine nicht so begeisterte Stimme in ihrem Kopf. Bist du denn komplett plemplem, dich ausgerechnet mit deiner schlimmsten Feindin auf so einen Irrsinn einzulassen?

Marie überhörte die Stimme. Ein verführerischer Duft umschmeichelte ihre Nase, so voll und würzig und nussig, dass sie das dazugehörige Getränk schon vor sich sah: frisch gerösteten und gemahlenen Kaffee, perfekt aufgebrüht, gekrönt von einer zartbraunen Crema, die weich wie Seide auf die Zunge glitt und sämtliche Geschmacksknospen zum Erblühen brachte.

Sie schaute zu dem kleinen Laden, in dem Babette verschwunden war. *Eddy's Best Coffee* stand in Feuerrot auf dem handgepinselten Schild über dem Eingang. Davor verteilten sich verschnörkelte schmiedeeiserne Gartenmöbel auf dem Bürgersteig, aufgelockert durch weiß blühende Oleanderbäumchen. An einem der Tische saß ein mittelaltes Touristenpärchen, erkennbar am farbenfrohen Lydia-Hasemann-Gedächtnislook inklusive Klettverschlussschuhen, und ließ sich zwei Cappuccinos schmecken. Marie warf einen Blick in die beiden schmalen Schaufenster. Hinter den Glasscheiben lagerten italienische Lebensmittel, wie man sie in keinem Supermarkt bekam: neapolitanisches Pizzamehl, handgemachtes Rosmaringebäck, sizilianischer Pistazienkrokant, Aufstriche in Geschmacksrichtungen wie Pecorino und Thunfisch-Lachs. Ihr lief das Wasser im Mund zusammen. Das sah aus wie Urlaub zum Essen.

Währenddessen stritten zwei Gefühle in ihrer Brust. Einerseits konnte sie es kaum erwarten, den herrlich duftenden Kaffee zu probieren, andererseits stieg der alte Widerwille gegen Babette in ihr hoch, nachdem die euphorischen Gefühle der Fahrradpartie verflogen waren. Schließlich handelte es sich um die Frau, die sie beim Elternabend kalt lächelnd in die Ecke gestellt hatte. Babette hatte sie einfach vom Thron geschubst und anschließend Alex angegraben. Diese Schmach konnte Marie keineswegs vergessen. Babette von der Heide war ihre Rivalin, sowohl in der Schule als auch in der Liebe. Also musste sie auf der Hut sein.

»Wo bleibst du denn?«, rief Babette von drinnen.

Marie gab sich einen Ruck. Abstand halten, aushorchen, ab durch die Mitte, nur so komme ich hier heil wieder raus. Todesmutig betrat sie den kleinen Laden.

»Buon giorno«, schallte es ihr entgegen. »Dio mio, ich sehe schon, la bella Signora braucht einen starken Espresso, der ihr ein Lächeln ins Gesicht zaubert.«

Sah man ihr ihren Widerwillen so deutlich an? Etwas befangen musterte Marie den attraktiven Enddreißiger, der hinter einem geschnitzten Holztresen stand und zwischen zwei üppig grünen Basilikumtöpfen hindurch grüßend die Hand hob. Seine olivfarbenen Augen unter dem schwarzen Haar leuchteten, doch sein Gesicht, dem ein dunkler Dreitagebart etwas Verwegenes verlieh, hatte sich zu einem Fragezeichen geformt.

»Eddy, mein Lieber, das ist Marie, unsere Kinder gehen zusammen in die Schule«, übernahm Babette die Vorstellung. »Und das, liebe Marie, ist Eddy, der Meister koffeinhaltiger Getränke, ein großartiger Gastgeber vor dem Herrn und fast schon so was wie ein Freund.«

Marie zwang sich, etwas freundlicher dreinzuschauen nach dem holprigen Beginn.

»Hallo. Freut mich, Eddy.«

»Allora, Marie.« Er zeigte auf die riesige chromglänzende Profikaffeemaschine hinter dem Tresen, auf der übereinandergetürmte Tassen und Gläser darauf warteten, gefüllt zu werden. »Was immer dich bedrückt, dieser magische Apparat hat die Antwort darauf.«

Wie nett. Wirklich nett. Auch wenn es komisch für Marie war, von einem Wildfremden geduzt zu werden, Eddy konnte sie es nicht übel nehmen. Er wirkte äußerst sympathisch. Allerdings schien er sich glänzend mit Babette zu verstehen, was Marie ein bisschen wunderte. Babette war doch neu in der Stadt – und hatte schon so schnell Anschluss gefunden? Wie machte sie das? Marie lebte hier seit Ewigkeiten, aber so etwas wie einen Lieblings-Coffeeshop hatte sie genauso wenig wie ein freundschaftliches Verhältnis zu einem Barista.

»Sag, was möchtest du?«, erkundigte sich Babette eifrig. »Cappuccino, Latte macchiato, Sojalatte, Americano …«

»Warte, cara.« Eddy betrachtete Marie aufmerksam, dann schnippte er mit den Fingern. »Du brauchst einen Caffè Doppio mit einer Spur Zimt, stimmt's?«

Marie nickte verblüfft. Mit seiner Intuition lag er goldrichtig. Dabei hatte sie bis vor einer Sekunde noch gar nicht gewusst, dass sie genau darauf Lust hatte: auf einen doppelten Espresso, stark, heiß, raffiniert aromatisiert. Konnte dieser Mann seinen Kunden etwa die Wünsche von den Augen ablesen?

»Das ist mal wieder Eddy, wie ich ihn kenne und liebe«, seufzte Babette. »Als ich das erste Mal hier reinkam, hat er mir kommentarlos einen Karamelllatte Frappé mit einem Schuss Haselnusssirup auf den Tresen gestellt.«

Eddy lachte wissend. Dann krempelte er die Ärmel seines rotweiß karierten Flanellhemds hoch und machte sich an der Kaffeemaschine zu schaffen.

»Ich liebe halt meinen Beruf«, versicherte er im Brustton der Überzeugung, »vor allem liebe ich meine Kunden. Setzt euch in die Sonne, Ragazze, eure Getränke kommen sofort.«

»Ist er nicht Granate?«, raunte Babette Marie zu, während sie zurück nach draußen gingen. »Eddy hat den sechsten Kaffeesinn.«

»Ja, das habe ich auch gerade gemerkt«, erwiderte Marie ebenso leise. Und dann hatte sie eine Eingebung. Vielleicht könnte sie Eddy und Babette verkuppeln, damit Alexander aus dem Rennen war. Heiße Vorfreude auf diesen Schachzug flutete sie. »Eddy ist sehr attraktiv, findest du nicht? Wäre er nicht was für dich?«

»Leider vergeben«, sagte Babette mit hörbarem Bedauern. »Er

hat eine wunderbare Frau namens Luisa und drei entzückende Kinder.«

Maries Vorfreude schmolz wie Schnee in der warmen Aprilsonne. Schade, aber das Projekt Verkuppeln war schon mal eine gute Idee.

Als sie ins Helle hinaustraten, betrachtete sie ihre Rivalin von der Seite. Babette hatte sich ganz gut gehalten. Ihr Teint strahlte rosig, ihre Augen sprühten, und ein vergnügter, unbekümmerter Zug lag auf ihrem Gesicht, den manche Männer offenbar mochten. In Gedanken ging Marie bereits die Liste ihrer Bekannten durch – männlich, ledig, abenteuerlustig. Hm. So spontan fiel ihr keiner ein. Oder vielleicht Holger? Ja, warum nicht? Damit würde sie zwei Fliegen mit einer Klappe schlagen: Babette auf andere amouröse Gedanken bringen und sich ihren Chef endgültig aus dem Herzen reißen.

»Eddys Frau führt das gemeinsame vegane Feinkostgeschäft«, erzählte Babette, als sie sich an einen der schmiedeeisernen Tische setzten. »Früher hieß es ›Eddys Ökonische – Grün ist Leben‹, aber nach der Hochzeit haben sie es in Extra-Veganz umbenannt. Keine Option für mich, die vegane Nummer. Das ist wohl eher dein Fall. Man sagt, dass Luisa die beste Kichererbsenquiche der Stadt backt.«

Marie stutzte. Warum weiß ich so was nicht?, fragte sie sich. Ein veganes Feinkostgeschäft wäre doch ein Einkaufsparadies für jemanden wie mich. Wo habe ich die letzten Jahre gelebt? Etwa im Gefängnis meines durchgeplanten Alltags?

»Aber Eddys Kaffee toppt alles.« Lässig verschlang Babette die Arme hinter dem Kopf, wobei die vielen Armreifen an ihren Handgelenken leise rasselten. »Du könntest mal mit Alex hierhergehen, er hat ja eine Schwäche für guten Kaffee.«

Im Nu versteifte sich Marie. Es störte sie, wie beiläufig Babette ihn erwähnte und dann auch noch vertraulich Alex nannte. Diese Anrede war eigentlich nur engsten Freunden vorbehalten. Und dass er eine *Schwäche* für guten Kaffee hatte, war Marie völlig neu. Leicht verstimmt legte sie ihre Handtasche auf die weiße Marmorplatte des Tischs und versuchte, einen hellbraunen Kaffeerand sowie ein paar Zuckerkrümel in der Maserung zu ignorieren. Eine echte Herausforderung für eine Perfektionistin. Doch sie brauchte jetzt ihre volle Konzentration, immerhin hatte sie sich vorgenommen, ihre Feindin auszuhorchen.

»Jaja, Alexander und der Kaffee«, nahm sie den Faden auf, in der Hoffnung, Babette weitere Informationen über Alex zu entlocken.

»Du, dein Mann ist echt klasse«, schwärmte ihre Rivalin. »Für einen Anwalt finde ich ihn erfrischend unkonventionell.«

Da wären Marie aber ganz, ganz andere Eigenschaften eingefallen. Sie musste unbedingt mehr über Alexander, das unbekannte Wesen, erfahren.

»Tatsächlich?«, hakte sie nach.

»Ja, stell dir vor«, Babette schlug die Beine übereinander, »er meinte, wir könnten demnächst mal Marshmallows über dem offenen Feuer rösten. Davon hätte er schon als kleiner Junge geträumt, weil Donald Duck das immer mit seinen Neffen Tick, Trick und Track gemacht hat.«

Marie staunte Bauklötze. Ja, sie erinnerte sich dunkel, dass Alex vor Jahren mal etwas Derartiges geäußert hatte. Doch wieso behielt er es seitdem für sich, wenn er es sogar einer so gut wie unbekannten Frau wie Babette erzählte? Lange überlegen musste Marie nicht: weil Zuckerbomben im Hause Hasemann strikt untersagt waren und im Wohnzimmerkamin noch nie ein Feuer gebrannt hatte.

Aus dem Laden strömte auf einmal eine schwelgerische italienische Musik, mit schluchzenden Geigen und schmachtendem Tenor. Gleich darauf kam Eddy mit einem Tablett herausgetänzelt, auf dem er eine tabakbraune Kaffeetasse und ein hohes Glas balancierte.

»Allora, die beiden Damen, un Doppio mit Spezialaroma für Marie, einmal der Frappé für Babette.« Schwungvoll servierte er die Getränke und blieb mit seinem leeren Tablett vor dem Tisch stehen. »Kann ich sonst noch was für euch tun? Ein paar Cantuccini vielleicht? Oder Torta di mandorle?«

»O ja, Mandeltorte mit ganz viel Puderzucker«, stöhnte Babette wohlig. »Das schmeckt wie kandierte Schmetterlinge im Bauch.«

Es fiel Marie schwer, ihre Entgeisterung zu verbergen. Mandeltorte auf Bienenstich, also wirklich, und das alles vor dem Mittagessen? Diese Frau kannte ja wohl überhaupt kein Maß.

»Man lebt nur einmal, oder wie?«, kommentierte sie tadelnd die Bestellung.

»Nein, Marie«, unter halb geschlossenen Lidern schaute Babette sie an, »man stirbt nur einmal. Leben sollten wir jeden Tag.«

»Bravo!«, rief Eddy. »Babette weiß, wie dolce vita geht!«

»Letztlich muss man sich aber irgendwann zwischen Genuss und Gesundheit entscheiden«, erwiderte Marie schmallippig.

»Keine Sorge, ich kann Multitasking«, kicherte Babette, während sie gleich zwei Zuckertütchen in ihren Karamelllatte Frappé leerte. »Die paar Kilo mehr stören mich nicht die Bohne, im Gegenteil: Da hat man mehr zum Liebhaben.«

Was für eine naive Einstellung. Zwei Drittel der erwachsenen Deutschen waren übergewichtig, mit schwerwiegenden gesundheitlichen Folgen, und Babette sprach von *Liebhaben*. Das alles sagte Marie jedoch nicht, sondern nippte an ihrem doppelten Espresso, den sie natürlich trank, ohne die dazugehörigen Zuckertütchen zu öffnen.

»Und? Schmeckt's?«, erkundigte sich Eddy erwartungsvoll.

»Ja, das heißt …«, Marie kaute und schlürfte den Espresso wie ein professioneller Verkoster. »Da ist nicht nur Zimt drin. Ich schmecke eine Spur Kardamom – und hast du auch eine Prise Salz hineingetan?«

»Madonna mia!« Eddy riss die Augen auf. »Du bist phantastisch! Noch nie hat ein Gast das rausgeschmeckt!«

»Aromen sind halt mein Beruf«, lächelte Marie voller Stolz. »Ich bin Food-Designerin, bei der Firma FeelBetterFood.«

In Babettes Zügen zeichnete sich so etwas wie ehrliche Bewunderung ab.

»Food-DesignerIn«, hauchte sie hingerissen. »Ist ja krass.«

Auch Eddy schaute Marie voller Bewunderung, ja, fast ehrfürchtig an.

»Dann könnte dich interessieren, dass wir in unserem Feinkostgeschäft mit neuen Gerichten und Gewürzen experimentieren. Unsere jüngste Errungenschaft ist Frozen Yoghurt für Hunde.«

Marie erstarrte. Himmel, war das genial.

»Wie jetzt?« Lachend schlug sich Babette auf die Schenkel. »Etwa mit Pansengeschmack? Wie gruselig! Warum nicht gleich Eis am Stiel für Pferde? Mit Hafer?«

»Du lachst, doch du glaubst gar nicht, wie gut das Hundeeis ankommt«, entgegnete Eddy. »Dafür machen wir sogar einen

Kompromiss, denn vegan mögen die Vierbeiner nicht so gern. Unsere erste Kreation besteht aus geeistem Joghurt mit Brokkoli und fein durchgedrehtem Rindfleisch.«

In Maries Kopf wirbelten schon die Ideen durcheinander. Food-Designerin war nicht nur ihr Beruf, es war ihre Berufung. Deshalb konnte sie gar nicht anders, als Eddys Erfindung sofort weiterzudenken. Warum nicht salziges Eis für Menschen?

Gut, es gab schon Parmesaneis, aber da war doch noch viel mehr drin. Snackification lautete das Stichwort. Wer liebte es nicht, abends vor dem Fernseher ein großes Eis zu löffeln, direkt aus dem Becher? Selbst Marie hätte es geliebt, wenn sie nicht so ungeheuer diszipliniert gewesen wäre. Man könnte gesunde zuckerfreie Eissnacks produzieren, überlegte sie weiter, in Geschmacksrichtungen wie Kürbis-Limette, Tomate-Basilikum oder Süßkartoffel-Kurkuma. Sie wurde ganz euphorisch bei dem Gedanken, wie das einschlagen würde. Aufgeregt nippte sie an dem köstlichen Espresso.

»Ich würde mich gern mit dir zu einem Gedankenaustausch treffen. Gemeinsam könnten wir etwas ganz Neues auf die Beine stellen. Was meinst du?«

Wie ein Jongleur wirbelte Eddy das Tablett herum.

»Wenn das eine Food-Designerin sagt, warum nicht?«

Babette, die dem schnellen Wortwechsel ohne jede Eifersucht gelauscht hatte, stützte ihre Ellenbogen auf die Tischplatte.

»Bestimmt erfindet ihr noch die tollsten Sachen. Trotzdem würde ich lieber bei meiner Mandeltorte bleiben, statt an Pansen zu lutschen.«

»Sì, bella Babette«, griente Eddy, »einmal Torta di mandorle mit ganz viel Puderzucker. Bin schon unterwegs.«

Mit einem gewissen Neid beobachtete Marie, wie die beiden einander anstrahlten. Babette war so etwas wie ein schwarzes Loch oder ein Neutronenstern – sie zog alles an, was in ihre Umlaufbahn geriet. Verstehen konnte Marie es, wenn sie ehrlich war. Mit ihrer offenen herzlichen Art wirkte Babette äußerst gewinnend, und ja, man konnte sie mögen. Aber Marie wollte sie nicht mögen. Schweigend löffelte sie den letzten Rest Espresso aus der Tasse.

»Ich freu mich schon auf die Klassenfahrt, du auch?«, fragte Babette, die hingebungsvoll ihren Karamelllatte Frappé schlürfte.

Ach, du liebes bisschen. Die Klassenfahrt hatte Marie fast schon wieder vergessen. Nervös strich sie mit einem Finger über die Tischplatte, um die Zuckerkrümel zu entfernen. Höchste Zeit zu gehen, bevor Babette noch glaubte, es könne sich so etwas wie eine Frauenfreundschaft zwischen ihnen entwickeln.

»Danke für den Kaffee.« Sie erhob sich ruckartig, was ihrem Rücken gar nicht gefiel. »Ich müsste dann mal los, gleich habe ich einen Massagetermin.«

»Viel Spa-haß«, trällerte Babette. »Hoffentlich gerätst du an einen begnadeten Muskelflüsterer.«

Noch immer schien sie es nicht eilig zu haben. Tat sie denn nichts anderes, als am helllichten Tag durch die Stadt zu gondeln?

»Sag mal«, Marie spielte mit dem Henkel ihrer Handtasche, »jetzt weißt du ja, was ich beruflich mache. Und du? Was machst du?«

»Ich?« Babette setzte ihren Karamelllatte Frappé ab und rührte mit dem Löffel darin herum. »Mal dies, mal das, um ungenau zu sein.« Sie lachte schelmisch. »Für mich ist das Leben ein großes

Abenteuer. Als ich jünger war, habe ich Alpakas in Peru geschoren, in indischen Ashrams Klos geputzt und Cocktails auf Hawaii serviert.«

Klar, einmal Hippie, immer Hippie, dachte Marie.

»Danach habe ich wegen der Kinder lange bei einer Bank gearbeitet. Damals war ich genauso unter Strom wie du, immer im Stress, immer im Druck, an zehn Abenden in der Woche Termine, die Zeit reichte nie. Du weißt vermutlich, wovon ich spreche.«

Ja, das wusste Marie.

»Irgendwann bin ich dann aufgewacht«, berichtete Babette lebhaft weiter. »Ich liebe Pferde. Also habe ich mir einen Job in einem Pferdegestüt gesucht, und voilà, deshalb bin ich jetzt hier. Das Irre daran ist: Je mehr man das lebt, was man ist, desto mehr traut man sich zu. So kam ich auf die Idee, einen Pferdeblog zu starten. Lässt sich gut an. Ich habe schon an die zehntausend Follower.«

Alpakas, Klos, Cocktails, Pferde, und nun auch noch ein Blog. Für Marie klang das eher nach schrägen Hobbys.

»Verdient man damit denn auch Geld?«

»Genug, um über die Runden zu kommen«, erklärte Babette leichthin. »Ich meine, ich habe keine Anstellung auf Lebenszeit, keine Karriere, keinen Bausparvertrag. Aber Perfektion bedeutet Stillstand. Ich bin bestimmt nicht perfekt, dafür rundum zufrieden.«

Das war so ziemlich das Verrückteste, was Marie jemals gehört hatte. Und diese Haltung fand ausgerechnet Alexander anziehend? Freunde der Ironie hätten jetzt wahrscheinlich vom größtmöglichen Toptreffer gesprochen, schließlich war er mit einer Perfektionistin par excellence verheiratet.

»Hast du denn keine Angst, dass diese Pferdesache vielleicht ein Fehler ist?«, fragte sie.

»Wie willst du aus deinen Fehlern lernen, wenn du keine machst?«, antwortete Babette mit einer Gegenfrage. »Niemand weiß, was er kann, bevor er es probiert hat. Oder anders gesagt: Wer schon alles ist, was er sich vorgenommen hat, kann nichts mehr werden.«

Hm. Damit konnte Marie ebenfalls wenig anfangen. Sie gehörte nun mal zum Team Vorsicht: Wer offen für alles ist, kann nicht ganz dicht sein.

»Ich glaube sogar, erst meine Unvollkommenheit macht mich zu dem, was ich bin«, fügte Babette hinzu und spielte versonnen an ihren Augenbrauenpiercings. »Perfektion kann man bewundern, doch mal ehrlich – wer verliebt sich schon in Perfektion?«

Marie erstarrte. Das also war Babettes Geheimnis. Ein absolut beängstigendes Geheimnis, wenn man ein Leben lang der eigenen Perfektion hinterhergejagt war.

»Sehr inspirierend, deine Lebensphilosophie«, lispelte sie. »Leider nichts für mich.«

»Ach was, dafür ist es nie zu spät.« Babette wühlte in ihrem Lederbeutel und zog eine kleine Stofftüte heraus, der sie einen wachteleigroßen violetten Stein entnahm und Marie hinhielt. »Nimm schon, den schenk ich dir. Es ist ein Amethyst. Seine heilenden Wirkungen hat bereits Hildegard von Bingen beschrieben.«

»Sehr lieb, danke, an so was glaube ich ehrlich gesagt nicht«, lehnte Marie in aller Höflichkeit ab.

»Musst du auch gar nicht.« Babette legte ihr den Stein in die Hand. »Er wirkt ganz von selbst gegen Schmerzen jeder Art, vertreibt Ängste und schenkt mehr Selbstvertrauen.«

Misstrauisch betrachtete Marie das rundgeschliffene violette Ding in ihrer Handfläche.

»Wie kommst du auf die Idee, dass ausgerechnet ich so was brauche?«

»Du bist eine Powerfrau, andererseits aber mächtig angespannt, wenn ich das mal so sagen darf«, erwiderte Babette und trank ihren Karamelllatte Frappé aus. »Der Stein wird dir helfen, ob du nun daran glaubst oder nicht. Du kannst ihn unters Kopfkissen legen, als Handschmeichler in die Hosentasche stecken oder ein paar Stunden in Wasser legen, das du dann morgens nach dem Aufstehen trinkst.«

Ganz bestimmt nicht, dachte Marie.

»Wir kennen uns kaum«, sprach Babette ungefragt weiter, »doch ich kann ganz gut Menschen beobachten. Entschuldige, wenn ich so unverblümt spreche, doch es gibt da eine Person in dir, die endlich rauswill aus dem grauen Anzug. Eine richtig lebenslustige, neugierige Klassefrau. Denn das bist du, das spüre ich ganz deutlich.«

Marie atmete hörbar aus.

»Ist das so?«

Babette wippte mit einem Cowboystiefelfuß. Lässig lehnte sie sich zurück und setzte ihr sonniges Lächeln auf.

»Garantien gibt es für nichts im Leben, liebe Marie. Aber wenn du den Rat von jemandem willst, der das gesamte Stressprogramm hinter sich gelassen hat, kann ich dir nur eins sagen: Mach dich locker.«

Kapitel 14

Vollkommen reglos starrte Marie durch ein gepolstertes Loch zu Boden und zählte die Risse im eintopfbraunen Linoleum, während sie wie ein Mantra die goldenen Worte von Doktor Neumaier wiederholte: *Freunden Sie sich mit Ihrem Körper an, Frau Hasemann.* Auch Babettes Worte gondelten immer wieder durch ihren Kopf: *Mach dich locker.* Aber wie, bitte schön, sollte das alles funktionieren, wenn man frierend mit dem Gesicht nach unten auf einer papierbespannten Liege lag, nackt bis auf einen Tanga und den Augen eines Unbekannten schutzlos ausgeliefert?

Es war Marie furchtbar unangenehm, dass sie nichts verstecken konnte, weder die kleinen Dellen an ihren Oberschenkeln noch die Fettpölsterchen an den Schulterblättern, die sich immer wie ein halbes Pfund Mett über dem BH wölbten. Auch der Hüftspeck, soweit vorhanden, waberte ungebremst vor sich hin. Von wegen *Da hat man mehr zum Liebhaben* und *Wer verliebt sich schon in Perfektion.* Sie war eben nicht Babette, der es egal war, wie sie aussah.

»Mein Name ist Markus, staatlich geprüfter Physiotherapeut«, erklang eine raue Männerstimme. »Sie sind der Lumbago, richtig?«

»Eigentlich heiße ich Marie Hase…«

Sie zuckte zusammen, als sie fremde Hände auf ihrem Rücken

spürte. Seit fünfzehn Jahren hatte sie dort niemand berührt – außer Alexander. Sie konnte den Mann nicht einmal sehen, der sie einfach anfasste, nur hören. Und fühlen. Behutsam strich er über ihre Haut, dann verstärkte er nach und nach den Druck seiner Finger.

»Sie sind ja hart wie ein Betonpfeiler«, brummte er.

»Brauchen wir einen Presslufthammer, oder kriegen Sie das auch so wieder hin?«, bemühte Marie ihren letzten Rest Galgenhumor.

»Mal sehen, was ich tun kann. Achtung, das könnte jetzt ein bisschen wehtun.«

Gellend schrie Marie auf. Mit beiden Daumen hatte sich der Masseur ins Epizentrum ihres Schmerzbebens gewühlt, und keine Tablette der Welt hielt ihre gereizten Nervenenden davon ab, wütend zu protestieren. Der stechende Schmerz war so heftig, dass Marie mit sofortiger Wirkung ihre Fassung verlor.

»Huahuuu, neeein, biiiitte, geht das vielleicht eeeetwas sensiiibler?«

»Dann nützt es aber nix«, antwortete ihr Peiniger gleichmütig. »Ich muss da mitten rein. Sie laufen nur noch auf Notstrom, Frau Hase. Ihr Rücken besteht praktisch aus lauter Blockaden, was übrigens auch für mich ganz schön anstrengend ist.«

Wieder drückten seine Daumen zu. Diesmal verzichtete Marie darauf, um Gnade zu flehen, weil sie nun fast ein schlechtes Gewissen hatte. So als hätte sie absichtlich verspannte Muskeln, um den Masseur zu ärgern. Mit schmerzverzerrtem Gesicht presste sie ihre Wangen an das gepolsterte Loch. Genau sieben Risse zogen sich durch den welligen braunen Linoleumbelag unter der Liege, das wusste sie schon, dennoch fing sie wieder von vorn an zu zählen. Eins, zwei, autsch!

»Ihre Rückenmuskulatur ist hart, aber wenig ausgeprägt«, beschwerte sich der Masseur. »Ihnen fehlt Bewegung. Na ja, manche Leute denken schon, sie sind sportlich, wenn die Nase läuft.«

»Also hören Sie mal, ich mache jeden Morgen meine Workouts«, verteidigte sich Marie.

»Und worin bestehen die? Aus konsequenter Arbeit am Schreibtisch?« Er lachte knurrig auf. »Solche Ausreden kenne ich schon. Der Geist ist willig, aber das Fleisch ist chillig, was?«

Marie konnte nur noch stöhnen. Offenbar war sie an einen staatlich geprüften Komiker mit Eisenpranken geraten. Eine neuerliche Schmerzwelle schwappte durch ihren Körper. Am besten, sie dachte an etwas anderes, um sich abzulenken. Zum Beispiel daran, was aus ihrem Treffen mit Babette folgte. Eine alte Regel besagte, dass man den Feind vorzugsweise mit seinen eigenen Waffen schlug. Also musste sie Alex eine neue Facette von sich zeigen, etwas, was er an Babette mochte, aber nicht im Traum von der eigenen Frau erwartete.

Während sich ihr geplagter Körper unter den unbarmherzigen Griffen des Masseurs aufbäumte, fasste sie einen Plan. Gleich heute würde sie Alex überraschen. Sie wusste auch schon, wie. Er würde Augen machen!

»Jetzt setze ich meine Ellenbogen ein«, kündigte der Masseur an. »Ganz locker bleiben, ja?«

Arrghh. Wie denn? Es fühlte sich an, als würde sie von einem Gabelstapler überrollt. Dieser Mann hatte Ellenbogen aus Stahl.

»Nee, o nee«, wimmerte Marie vor sich hin.

»Nun mal nicht so zimperlich«, wurde sie sogleich gerügt. »Sonst können Sie vielleicht nie wieder tanzen. Oder Purzelbäume schlagen.«

Marie befand sich mittlerweile jenseits solcher Optionen. Nie hätte sie gedacht, dass ihr Körper so viel Schmerz in sich gespeichert haben könnte. Sofern Doktor Neumaier richtiglag, war es die Summe jahrelanger Belastungen – und zwar weniger körperlicher als seelischer Art. Die betonharte Selbstdisziplin, die sie sich auferlegt hatte, war nicht spurlos an ihrem Rücken vorbeigegangen.

»Wissen Sie, es ist gar nicht so einfach als berufstätige Mutter«, versuchte sie, um Verständnis zu werben. »Mein Job ist es nicht nur, täglich bis zu zehn Stunden im Büro zu sitzen, ich muss auch das Familienleben organisieren und den ganzen Laden schmeißen.«

»Na und? Ich habe ebenfalls eine Familie«, entgegnete der Masseur. »Mein Job ist es erstens, Beton in Pudding zu verwandeln, und zweitens, meinen Kindern jeden Tag zu zeigen, wie sehr ich sie liebe.«

Marie verstummte. Das wäre ihr nicht gerade auf Anhieb eingefallen: ihren Kindern täglich Liebe zu zeigen. Auf ihre Art tat sie es natürlich, indem sie organisierte, kontrollierte und korrigierte. Lilli bekam dazu allabendlich Kuscheleinheiten, nur Robin ging weitgehend leer aus. Sie plante für ihn, maßregelte ihn, wenn nötig, doch fühlte er sich auch geborgen? Wann hatten sie das letzte Mal etwas gemeinsam unternommen? Wann hatte sie ihm das letzte Mal gesagt, dass sie ihn liebte?

»Ende gut, alles gut.« Unvermittelt ließ der Masseur von ihr ab. »Morgen früh um sieben fangen wir mit der Bewegungstherapie an. In Zimmer zwei bekommen Sie noch eine Anwendung mit Mikrowelle, dann sind Sie für heute fertig.«

Das war Marie jetzt schon. Fix und fertig. Keuchend atmete

sie ein paarmal durch, danach rollte sie sich von der Liege. Den Masseur sah sie nur noch von hinten. Breitbeinig stampfte er aus dem Behandlungsraum, mit einem Kreuz wie ein Preisboxer und Unterarmen wie bauchige Chiantiflaschen.

Eins musste sie zugeben: Wenn man krank war, lernte man die unglaublichsten Leute kennen. Ohne ihren Hexenschuss wäre sie weder dem erstaunlichen Doktor Neumaier noch dem Hobbycomedian Herrn Markus begegnet. Langsam verstand sie auch, was Lydia Hasemann so großartig an ihrer Dauertournee durch Wartezimmer und Behandlungsräume fand. Wenn man sich langweilte, waren das willkommene Abwechslungen. Nur, dass sich Marie ganz und gar nicht langweilte. Sie hatte wahrlich Besseres zu tun, als sich wie ein zähes Steak weich klopfen zu lassen. Und nun stand ihr auch noch eine Mikrowellenbestrahlung bevor.

Prompt schweiften ihre Gedanken zur heimischen Küche, wo jetzt Lydia Hasemann herumwerkelte. Marie bereitete fast alles im Thermomix zu, doch wenn ihre Schwiegermutter kochte, glühten sämtliche Herdplatten, und hinterher sah die Küche aus wie nach einer mittleren Naturkatastrophe. Schon allein deshalb musste sie ganz schnell wieder gesund werden.

Immerhin erwies sich das nächste Treatment als weitaus angenehmer. Marie wurde angewiesen, auf einem Schemel Platz zu nehmen, danach richtete eine medizinische Assistentin eine gewaltige Apparatur auf ihren freigelegten Lendenwirbelbereich. Das war's. Keine Qualen, keine launigen Sprüche. Als Marie sich wieder anzog, stellte sie fest, dass ihr die Bewegungen viel leichter fielen. Ob das an Herrn Markus' Pranken lag?

Sie sah auf die Uhr. Halb eins schon. Der Tag flog nur so

dahin. Noch immer hatte sie den Geschmack von Eddys köstlichem Espresso auf der Zunge, und die Versuchung war groß, sich nach ihrem Massagemartyrium mit einem weiteren Kaffee zu belohnen. Warum eigentlich nicht? Und warum nicht zusammen mit Alexander? Er hatte versprochen, sie jederzeit überall abzuholen. Vorher musste sie allerdings etwas Wichtiges erledigen.

Eine Viertelstunde später stand sie mit einer großen Einkaufstüte auf dem Bürgersteig und winkte Alex zu, der gewohnt ruckelig und zuckelig in der Familienkusche vorfuhr.

»Wie war dein Vormittag, Schatz?«, erkundigte er sich, als sie zu ihm in den Wagen stieg.

»Ganz gut so weit.« Marie schnallte sich an und betrachtete den Mann, der seit Kinderzeiten von gerösteten Marshmallows träumte. »Stell dir vor, zufällig habe ich Babette getroffen.«

»Ach nee.«

»Ach doch«, lächelte sie mit der Genugtuung, total locker zu wirken. Jedenfalls nach außen hin. »War interessant.«

Mit seiner üblichen unsicheren Fahrweise fädelte sich Alexander in den Verkehr ein, wurde von einem hupenden Lastwagen geschnitten und stotterte sich weiter vorwärts. Aber sie hütete sich, ihn zu kritisieren. Stattdessen knetete sie den Amethyst in ihrer Hosentasche. *Mach dich locker, Marie.*

»Was sagt denn der Orthopäde?«, fragte Alex, offenbar bemüht, rasch das Thema Babette abzuhaken.

Für einen einigermaßen vollständigen Bericht hätte Marie Stunden gebraucht, denn was sie mit Doktor Neumaier besprochen hatte, sprengte den Rahmen einer griffigen Diagnose. Sie sah aus dem Seitenfenster.

»Dass ich Stress reduzieren muss«, brachte sie das Gespräch auf den Punkt.

»Aha, dann wird dir gefallen, dass ich mir den Nachmittag freigenommen habe, um für dich da zu sein. Meine Mutter hat übrigens schon sämtliche Kuchen für den Geburtstagskaffeeklatsch gebacken, und auch das Mittagessen ist fertig, wie sie mir eben schrieb.« Alexander leckte sich über die Lippen. »Es gibt Frikadellen mit Bratkartoffeln. Tja, nicht ganz deins, aber …«

Hilfe annehmen, Marie. Frag nicht, was es ist, nimm die Absicht für die gute Tat.

»Warum nicht mal Frikadellen«, erwiderte sie großmütig.

Irritiert warf er ihr einen Blick zu, statt auf den Verkehr zu achten, was ihm erneutes Gehupe aufgebrachter Autofahrer eintrug.

»Komisch, sonst bist du doch auch nicht so lässig beim Thema Essen.«

»Dann rate mal, was ich in der Tüte hier habe.«

Er linste zu ihr herüber, um sogleich wieder den Rückspiegel und den Seitenspiegel zu konsultieren, was bei seiner Fahrweise allerdings auch nicht viel nützte.

»Deine Medikamente, schätze ich.«

»Nein, ich bekomme nur homöopathisches Zauberzeug, das kann mir der Apotheker deiner Mutter mitbringen, er beehrt uns ja später mit seinem Besuch.« Marie legte eine Kunstpause ein, damit das Folgende umso effektvoller ausfiel. »In der Tüte befinden sich zwei Kilo Brennholz und eine Familienpackung Marshmallows. Die rösten wir später im Kamin.«

»Waaas?«

Alexander trat so hart auf die Bremse, dass sie beide ruckartig nach vorn geschleudert wurden. Fast wäre er in einen schwarzen Geländewagen gekracht, der vor einer roten Ampel hielt. Mit offenem Mund sah er Marie an, und sie genoss seine Verblüffung. Es war so schön, den eigenen Mann überraschen zu können nach fünfzehn langen Ehejahren, in denen man einander in- und auswendig kennengelernt zu haben glaubte. Sie dehnte ein wenig ihre Schultern, bevor sie weitersprach.

»Mir ist etwas eingefallen, was ich in letzter Zeit vergessen habe: mich dem Leben hinzugeben.«

»Bist du krank?«, fragte er immer noch vollkommen perplex.

»Auch. Aber das ist längst nicht alles. Ich werde ein paar Dinge ändern. Zum Beispiel wird es keine Erledigungslisten mehr geben, die überall in der Wohnung kleben. Und wir sollten uns ein bisschen mehr um Robin kümmern, so emotional gesehen, meine ich.«

»Also, langsam bekomme ich Angst«, murmelte Alexander. »Du willst deine heiligen Erledigungslisten aufgeben? Und dich gefühlvoll um Robin kümmern? Außerdem sind wir jetzt schon seit zehn Minuten unterwegs, und du hast noch kein einziges Mal gemeckert, nicht mal wegen meiner Vollbremsung.«

»Warum sollte ich?«, säuselte Marie und beschloss, eine von Babettes Weisheiten zum Besten zu geben. »Erst deine Unvollkommenheit macht dich zu dem, was du bist.«

Wieder bremste Alexander. Nach einer sehr langen Schrecksekunde bog er in die nächstbeste freie Parkbucht ein, wobei er knapp an einem Pick-up vorbeischrammte. Tiefe Bestürzung malte sich auf seinem Gesicht, als er den Motor ausstellte.

»Was stimmt nicht mit dir?«, rief er nahezu verzweifelt. »Seit du dir vorgestern Abend diese ganzen Süßigkeiten reingezogen hast, bist du irgendwie wesensverändert! Hand aufs Herz: Nimmst du Psychopharmaka?«

Nun war es Marie, die eine gewisse Beklemmung verspürte. Da benahm sie sich einmal nach Alexanders Geschmack, locker, lässig, tolerant, und er dachte, sie sei mit irgendwelchen Drogen vollgepumpt. Drastischer konnte man ihr nicht vor Augen führen, dass Disziplin, Pflichtbewusstsein und Kontrolle ihre zweite Natur geworden waren. Die Gelassenheit, die sie jetzt zur Schau trug, wirkte genauso unheimlich auf Alex wie ihre gute Laune.

»Weißt du«, sie atmete tief durch, »ich hatte heute viel Zeit nachzudenken. Beim Arzt, bei einem längeren Spaziergang, auf der Massageliege …«

»O Gott, jetzt sag nicht, du bist auch noch spazieren gegangen«, fiel er ihr ins Wort.

Marie musste schmunzeln. Für sie selbst war es ja ein kleines Wunder, dass sie diese mentale Lockerungsübung hinbekommen hatte.

»Doch, doch, deine voll durchgetaktete Frau hat sich einfach ein bisschen treiben lassen«, bestätigte sie. »Auf ärztliche Anordnung, wohlgemerkt.«

»Verkehrte Welt«, brummte Alexander. »Ich raff es einfach nicht.«

Die perfekte Steilvorlage für Marie, ihren nächsten Trumpf aus dem Ärmel zu ziehen.

»Vielleicht kannst du es entspannter angehen, wenn du jetzt einen schönen Espresso bekommst, und zwar vom besten Barista der Stadt. Warte.« Sie googelte die Adresse von Eddy's Best Coffee auf ihrem Handy und gab den aktuellen Standort ein. »Es ist ganz in der Nähe. Du musst nur zweimal links und einmal rechts abbiegen.«

Mit einem halb unterdrückten Stöhnen sackte Alexander in sich zusammen und presste beide Handballen auf die Augen.

»Sorry, darauf komme ich nicht klar. Seit fünfzehn Jahren bist du diejenige, die unser Leben bis ins Kleinste durchplant. Und jetzt willst du einfach so und außer der Reihe mit mir einen Kaffee trinken gehen?«

»Vielleicht habe ich übersehen, dass der Schleier des täglichen Einerleis von Zeit zu Zeit durch Spontanität gelüftet werden sollte«, verkündete Marie, selbst etwas verwundert, dass sie tatsächlich so einen Satz über die Lippen brachte.

»Du und spontan.« Alexanders Stimme bebte. »Was kommt als Nächstes? Nieder mit der Schwerkraft, es lebe der Leichtsinn?«

»Das können wir bei einem doppelten Espresso besprechen«, erwiderte Marie sanft. »Nun fahr schon los, Schatz. Ich navigiere dich.«

Schweigend ließ Alexander den Motor an, schaute ängstlich in den Rückspiegel und setzte zurück. Dann tuckerte er ohne ein Wort los. Natürlich lagen Marie die gewohnten Kommentare auf der Zunge: *Fahr schneller. Achtung, der Radfahrer. Du driftest zu weit nach rechts. Brems ab, die Ampel wird rot. Vorsicht beim Linksabbiegen.* Doch es war irgendwie entspannend, nicht dauernd zu intervenieren. Loslassen schien wirklich etwas für sich zu haben.

Als Alex die Familienkutsche mit Mühe und Not in eine Parklücke wenige Meter entfernt von Eddy's Best Coffee bugsiert hatte, trat ein weicher Zug in sein Gesicht.

»Ich freu mich, dass du auf einmal so anders bist, ehrlich. Und ich habe viel an gestern Nacht denken müssen.« Mit der rechten

Hand langte er zu ihr herüber und streichelte ihre Wange. »Das alles ist für mich etwas seltsam, aber ich glaube, mir gefällt es.«

Auch Marie gefiel dieser neue Ton, der gar nichts Gereiztes mehr an sich hatte. Sie konnte körperlich spüren, wie sich die Kältekammer ihrer Ehe langsam erwärmte. Es war ein wunderbares Gefühl. Die alte Vertrautheit stellte sich wieder ein, etwas Inniges, Zärtliches, was sie schmerzlich vermisst hatte.

Sie wollte schon aussteigen, als ihr Handy klingelte, das sie immer noch in der Hand hielt. Auf dem Display erschien die Nummer von Frau Behrmann-Röckel. Ach herrje. Noch mal konnte sie Robins Klassenlehrerin nicht wegdrücken, deshalb nahm sie schweren Herzens das Gespräch an.

»Hallo, wie laufen die Vorbereitungen für das Schulfest?«, fragte sie, um ihre Lockerheit zu beweisen. Immerhin hatte sie sich diese Veranstaltung ja ganz anders vorgestellt.

»So weit ganz gut.« Frau Behrmann-Röckel räusperte sich geräuschvoll. »Leider muss ich Ihnen etwas Unerfreuliches mitteilen. Robin wurde in der großen Pause mit Drogen erwischt.«

Nein! Bitte nicht! Marie hatte immer Angst vor dem Moment gehabt, in dem ihre wohlgeordnete Welt einstürzen würde. Schon durch den Hexenschuss hatte ihre Welt Risse bekommen, doch dies war der ultimative Zusammenbruch, und er traf sie mit ungebremster Wucht.

»Sind Sie sicher?«

»Absolut«, antwortete die Lehrerin kühl. »Aus diesem Grund sehe ich mich gezwungen, Robin vorerst vom Unterricht zu suspendieren. Sie haben ja selbst die Zero-Tolerance-Politik an unserer Schule eingeführt.«

Jawohl, das hatte Marie. Und nun erwies sich diese Null-Toleranz-Politik als Bumerang. Robin suspendiert! Als sei er gemeingefährlich! In ihrem unteren Rücken meldete sich wieder jenes dumpfe Ziehen, das jederzeit in flammende Schmerzen übergehen konnte.

»Was jetzt?«, fragte sie bang.

»Ich muss Sie bitten, Robin umgehend abzuholen«, verlautbarte Frau Behrmann-Röckel in einem sehr offiziösen Ton, der keine Widerrede duldete. »Von einer polizeilichen Anzeige sehe ich vorerst ab. Zunächst sollten die Hintergründe geklärt werden.«

Siedend heiß fiel Marie nun wieder ein, dass Robin vor Kurzem die Droge Ecstasy gegoogelt hatte. So fügte sich eins ins andere. Ohne Frage war er mit allen Finten des Computerzeitalters vertraut, so oft, wie er vor seinem Laptop hockte, und man hörte ja, dass sich Jugendliche alle möglichen Substanzen so selbstverständlich im Darknet besorgten wie andere Leute Klopapier im Supermarkt.

»Wir kommen sofort«, sagte sie heiser.

»Was ist denn?« Alexander sah sie besorgt an. »Du bist ja weiß wie die Wand.«

Nachdem Marie das Gespräch beendet hatte, wartete sie, bis sich ihre Atmung normalisierte. Die alte Marie wäre jetzt an die Decke gegangen, doch sie wollte nicht mehr die alte Marie sein.

»Aus unserem Kaffee wird leider nichts«, sagte sie sehr gefasst. »Man hat Robin in der Schule mit Drogen erwischt.«

Wie vom Donner gerührt saß Alexander da. Nur seine Augen blinzelten nervös.

»Unseren Robin? Das kann doch nicht sein.«

»Habe ich ja auch gesagt, aber Frau Behrmann-Röckel ist ganz sicher. Wir sollen ihn abholen, jetzt.«

»Puuuuh.« Mit leerem Blick starrte Alexander auf das Armaturenbrett. »Ich hätte schwören können, dass der Junge auf einem guten Weg ist.«

Marie war zwar etwas anderer Meinung, behielt das jedoch für sich. Rückwirkende Besserwisserei änderte ja nichts mehr daran, dass sie als Mutter versagt hatte. Auf der ganzen Linie. Sie hatte es mit Kritik versucht, mit eiserner Kontrolle, sogar mit Spionage, doch nichts hatte genützt. War womöglich dieser Marvin-Blue für den Schlamassel verantwortlich? So tiefenentspannt, wie Babette sich gab, verzichtete sie sicherlich auf Kontrollen im Zimmer ihres Sohnes. Oder ging es hier um etwas ganz anderes?

»Okay, dann starte ich mal«, sagte Alexander niedergeschlagen. »Aber egal, was Robin angestellt hat: Wir machen kein Drama draus und halten zu ihm, ja?«

Marie nickte. Teilnahmslos sah sie aus dem Fenster, während Alex ungewohnt zügig zur Schule fuhr. Er hätte jede Leitplanke mitnehmen und zehn Autos rammen können, vermutlich hätte sie es gar nicht gemerkt, so versunken war sie in ihre Überlegungen.

Robin war auf die schiefe Bahn geraten, und das, obwohl sie doch versuchte, immer alles richtig zu machen. Vielleicht hätte ich öfter echte Gespräche mit Robin führen sollen, dachte sie, statt ihn immer nur zu ermahnen und zu triezen. Er war ihr irgendwann fremd geworden, ein Pubertätsmonster, das sie mit wachsender Skepsis behandelt hatte. Das war womöglich falsch gewesen. Wie hatte es der Masseur noch formuliert? Sein Job sei es, seinen Kindern jeden Tag zu zeigen, wie sehr er sie liebe? Wusste Robin, dass er geliebt wurde?

Ihre Hände krampften sich um den Verschluss ihrer Handtasche. Plötzlich begriff sie das ganze Ausmaß ihres Verhaltens. In Wahrheit hatte sie Robin nicht den kleinsten Fehler durchgehen lassen, weil sie sich selbst keine Fehler zugestand. Es war ihr Perfektionszwang, den sie auf Robin übertrug. Und nicht nur auf ihn, auch auf Lilli und Alexander. Schon verrückt. Alle redeten über Fehlerkultur und darüber, dass das Unvollkommene die Persönlichkeit ausmache, nur sie war die Betonhärte in Person gewesen. Robin hatte auf seine Weise versucht, mit dem Druck fertigzuwerden. Auf eine grundfalsche Weise, aber konnte sie es ihm übelnehmen?

Als sie eine Viertelstunde später an der Schule vorfuhren, hockte Robin wie ein Häuflein Elend neben dem Eingang auf einem Fahrradständer. Er wirkte so verloren, dass es Marie das Herz zerriss. Noch bevor Alexander den Motor ausstellte, sprang sie aus dem Auto, Rückenschmerzen hin oder her, rannte auf ihn zu und nahm ihn in die Arme.

»Mum.« Unwillig machte er sich von ihr los. »Was soll das? Wieso faltest du mich nicht zusammen?«

»Weil ich dich liebe«, schluchzte Marie. »Und weil ich dich immer lieben werde, egal, was du anstellst.«

Kapitel 15

Es war die merkwürdigste Autofahrt seit Langem. Alexander summte in einem fort fröhlich vor sich hin, um seine lockere Einstellung zu dem Ganzen zu demonstrieren und »kein Drama daraus zu machen«, wie er als klassischer Konfliktvermeider so gern sagte. Robin saß verstockt auf dem Rücksitz und lauschte einer Musik, die als zischend verzerrter Rhythmus aus seinen Kopfhörern knallte. Marie tat nichts, außer in einem Meer verwirrender Gefühle zu versinken. Liebe, Bedauern, Ratlosigkeit, Scham, es war von allem etwas dabei.

Sehnsuchtsvoll dachte sie an ihre frühen Elternjahre zurück. Damals hatten die größten Herausforderungen darin bestanden, die Zwiebelstückchen aus der Sauce bolognese zu fischen oder abends vor dem Einschlafen den verschwundenen Lieblingsstoffhasen zu suchen. Jetzt also Drogen. Keine Frage, ihr Sohn wurde erwachsen. Sie musste ihn innerlich umtopfen, vom Balkonkasten auf das ganz große Beet da draußen. Aber wie ging man mit einer Pflanze um, die kreuz und quer wuchs, nur nicht so, wie die Gärtnerin es wollte?

Für Strenge war es zu spät, und ihre Liebesbekundungen hatte Robin nur widerwillig über sich ergehen lassen. Außerdem gab es ja auch noch die offizielle Seite der Medaille. Marie sah das komplette Schreckensszenario schon vor sich: Polizei, Jugendamt, ewige Schande.

Nach etwa fünf Minuten allgemeinen Schweigens ergriff Alexander das Wort.

»Robin, nimm doch mal die Kopfhörer ab.« Er unterstrich seine Bitte pantomimisch, indem er eine Hand vom Lenkrad nahm, mit einem Zeigefinger auf sein rechtes Ohr zeigte und »Kopfhörer!« brüllte.

»Ist was?«, erklang Robins Stimme von hinten.

»Deine Mutter hat nachgedacht«, sagte Alexander zwischen zwei Überholmanövern, die er erstaunlich schwungvoll absolvierte. »Es wird sich einiges ändern.«

»Was denn?«, muffelte Robin. »Computerverbot? Hausarrest? Robin Hasemann und die Kammer des Schreckens?«

Unter stechenden Rückenschmerzen drehte sich Marie zu ihrem Sohn um, damit sie ihn anschauen konnte.

»Ich möchte, dass wir wieder als Familie zusammenwachsen, Robin. Wir stehen zu dir, komme, was wolle.«

»Emotional und so«, sekundierte Alexander.

Robins leicht zerknittertes Mienenspiel changierte zwischen Furcht und tiefer Verunsicherung.

»Holy shit, habt ihr was genommen? Oder seid ihr jetzt in so 'ner abgefahrenen Sekte?«

»Natürlich wollen wir wissen, warum du Drogen dabeihattest«, erwiderte Marie so ruhig wie möglich. »Doch ich bin sicher, es gibt eine plausible Erklärung dafür.«

»Du? Bist dir sicher?« Gekonnt rülpste Robin das berühmte *Tatatataaa* aus Beethovens fünfter Symphonie. »Das glaubst du doch wohl selber nicht.«

»Hast du gehört?«, lächelte Alexander. »Unser Sohn interessiert sich für klassische Musik.«

Einige Sekunden lang herrschte völlige Stille im Wagen, dann explodierte Robin.

»Ihr habt ja wohl einen Riss im Wirsing! Los doch, schimpft mit mir, tretet mich in die Tonne! Darauf habt ihr doch bloß gewartet!«

Marie drehte sich wieder nach vorn, weil ihr Rücken nach einer geraden Haltung verlangte. Um ihren Sohn weiterhin im Auge zu behalten, klappte sie die Sonnenblende herunter, in die ein kleiner Spiegel eingelassen war.

»Jeder macht mal Fehler«, gab sie ihr neues Wissen zum Besten. »Das verschafft uns Gelegenheit, daraus zu lernen.«

»Ah, okay, jetzt schnalle ich es endlich«, sagte Robin finster. »Ihr wollt mich in ein Internat abschieben, weil es mit dem häuslichen Bootcamp nicht geklappt hat.«

»So wenig vertraust du mir?«, flüsterte Marie mit erstickter Stimme.

»Wie soll ich dir vertrauen, wenn du mir nicht vertraust?«, brauste Robin auf. »Denkst du, ich bin blöd? Dauernd hast du mein Zimmer gefilzt, heimlich in meinem Handy rumgeschnüffelt und Lilli diesen krassen Spionageteddy verpasst. Die Stasi ist nichts dagegen!«

»Tut mir leid.« Marie schaute schuldbewusst auf ihre Hände. »Ich habe es wohl ein bisschen übertrieben.«

»Ein bisschen? Du willst mir ja sogar vorschreiben, mit wem ich befreundet bin. Ich darf am Wochenende nicht mal zu Marvin-Blue, dafür soll ich mit dem bescheuerten Johannes abhängen. Der ist so doof, der isst keine Brezeln, weil er den Knoten nicht aufkriegt, also, so sinngemäß. Warum reitest du dauernd auf dem rum?«

»Weil Johannes von Wangenheim aus gutem Hause ist und einen guten Einfluss auf dich hat«, erklärte Marie, was sie schon mindestens hundertmal erklärt hatte. »Das kann man von Marvin-Blue wohl kaum behaupten.«

»Ach, du hast doch keine Ahnung, was wirklich in meiner Klasse abgeht«, erwiderte Robin fast verächtlich.

Der letzte Satz machte Marie hellhörig. Plötzlich stand ihr wieder der Moment vor Augen, als sie im zerrissenen Jogginganzug an Robins Tür vorbeigeschlichen war und er so wunderbar loyal reagiert hatte. Heldenhaft hatte er seine Mum vor einer peinlichen Entdeckung geschützt. Robin war ein feiner Kerl. Der verpfiff niemanden, nicht mal die eigene Mutter. Unverwandt schaute sie in den kleinen Spiegel, um aus seinem Gesicht mehr zu erfahren, als er mit Worten preisgab.

»Geht es bei diesem Drogenfund vielleicht um jemand anderen?«, fragte sie ins Blaue hinein.

Robins Reaktion sprach für sich. Trotzig zog er die Schultern hoch und schaute so angestrengt desinteressiert weg wie ein Fluggast an der Sicherheitskontrolle, der unter seiner Jacke einen Sprengstoffgürtel versteckt hatte.

»Ich bin kein Einunddreißiger, falls du das meinst.«

»Könntest du das bitte so ausdrücken, dass man es auch als Erwachsener versteht?«, mischte sich Alexander ein, der sich unterdessen vor allem auf den Verkehr konzentriert hatte.

»Einunddreißiger, so nennt man Verräter«, brummte Robin. »Im Knast.«

»Wie schön, dass du dich bereits auf eine Gefängniskarriere vorbereitest«, merkte sein Vater sarkastisch an. »Hier geht es allerdings um dein weiteres Leben in Freiheit.«

»Warte mal kurz, Alex.« Marie beobachtete Robin weiterhin im Spiegel. »Logisch betrachtet, haben wir es also mit einem Ehrenkodex zu tun. Du schützt jemand anderen, obwohl du damit riskierst, von der Schule zu fliegen.«

Die Art, wie er die Lippen zusammenpresste, reichte ihr als Antwort. So fragte sich nur noch, wer der wahre Übeltäter war. Johannes von Wangenheim sicher nicht, der war kein Krimineller, der sich in dunklen Ecken rumdrückte und Dealer konsultierte. Marvin-Blue kam schon eher infrage. Andere Schulkameraden kannte Marie nur flüchtig von den üblichen Basaren und Schulfesten. Selten hatte Robin mal einen Freund zu sich nach Hause mitgebracht, vielleicht deshalb, weil ihm seine Mutter Marie Kontrollsky peinlich war. Eine Runde Fremdschämen, das war nichts für Robin Hasemann.

Nachdenklich rief sich Marie weitere Gesichter seiner Klassenkameraden ins Gedächtnis. Aber konnte sie überhaupt ihrer Menschenkenntnis trauen? Gerade heute hatte sie einen ziemlichen Bock geschossen mit der Frau von Doktor Neumaier. Auch Babette von der Heide hatte sie wohl weitgehend falsch eingeschätzt. Sie mochten nicht auf einer Wellenlinie liegen, doch Babette war einfach nur freundlich und zugewandt gewesen. Verstohlen befühlte Marie den Amethyst in ihrer Hosentasche. Sogar ein Geschenk hatte Babette ihr gemacht, nicht ahnend, dass Marie ihr so herzwärmende Etiketten wie »schaumgebremste Hippietante« verpasste.

Und wenn es nun doch Johannes gewesen war?, grübelte sie weiter. Seine Mutter Elisabeth von Wangenheim gehörte zur Businessfraktion der Elternschaft, immer untadelig angezogen und mit der schneidenden Stimme einer befehlsgewohnten Erfolgsfrau ausgestattet. Auch den Vater kannte Marie. Er war ein stadtbekannter Kieferorthopäde mit drei Praxen, in denen Schulkinder schnurgerade Zähne im Akkord bekamen. Schwer vorstellbar, dass sein Sohn Drogen nahm. Aber war es auch undenkbar?

»Wir könnten ja eine Anzeige gegen Unbekannt aufgeben«, schlug Alexander vor, als sei das die Lösung des Problems.

»Wir könnten auch einen Pups lassen und hoffen, dass er sich in Parfüm verwandelt«, grunzte Robin.

Marie sagte gar nichts. Da saßen sie nun zu dritt im Wagen, eine kleine Schicksalsgemeinschaft, die nicht weiterwusste. Wie sollte sie Robin das Geheimnis seiner Drogen entlocken?

»Am besten, wir essen erst mal schön Mittag«, ließ Alexander den nächsten Vorschlag vom Stapel. Mit seiner angestrengten Fröhlichkeit wirkte er in etwa so glaubwürdig wie ein Hütchenspieler in der Fußgängerzone. »Essen hält Leib und Seele zusammen, Junge. Oma hat Frikadellen gemacht!«

»Öh«, röhrte Robin.

»Aber die hast du doch früher immer so gern gegessen.«

»Da war ich drei.«

Was von Alex als vertrauensbildende Maßnahme gemeint gewesen war, zerkrümelte augenblicklich. Es stimmte ja, Robin war kein Kleinkind mehr, das man abfütterte, und alles wurde gut. In diesem Moment zerriss ein Klingelton die angespannte Stille. Zeitgleich zogen Alex und Marie ihre Handys heraus. Es war Maries, das klingelte. Babette. Rangehen oder nicht? Aber vielleicht wusste sie ja mehr über diese Drogengeschichte?

»Hallo, ich bin's«, meldete sich ihre Rivalin. »Ist ja eine doofe Sache mit den Drogen. Marvin-Blue sagt, es wäre Ecstasy. Wie geht es Robin? Ist er so weit okay?«

Seltsame Frage. Marie warf einen Blick in den Spiegel der Sonnenblende. In sich zusammengesunken hing ihr Sohn auf der Rückbank und tippte mit irrwitziger Geschwindigkeit Nachrichten in sein Handy.

»Er wirkt sehr gefasst.«

»Hey, shit happens«, gurrte Babette mit dieser unglaublichen Abgeklärtheit, die sie auszeichnete. »Was haltet ihr davon, wenn ihr zu mir kommt? Dann können wir alles besprechen.«

»Was denn genau?«, fragte Marie überrascht.

»Na, was da in Robins Klasse läuft. Marvin-Blue hat mir in letzter Zeit so einiges erzählt.«

Und Robin hat mir nichts erzählt, nicht das kleinste Sterbenswörtchen, dachte Marie etwas enttäuscht. Babette muss ja ein tolles Verhältnis zu ihrem Sohn haben. Gleichzeitig wurde ihr bewusst, dass Babette genau die Freundin war, die sie jetzt brauchte. Eine Freundin, die nicht die Nase rümpfte und niemanden vorschnell verurteilte, sondern noch die größten Katastrophen gelassen sehen konnte. Diese Erkenntnis war für Marie gleichermaßen beruhigend wie unheimlich. Die Frau, die an Alex rumbaggerte – eine Freundin? Und doch musste sie nur Babettes zuversichtliche Stimme hören, um einen Silberstreif am Horizont wahrzunehmen.

»Einverstanden.« Sie sah auf die Uhr. »Wir könnten so ungefähr in zehn Minuten bei dir sein.«

»Woher weißt du denn, wo ich wohne?«

Oha. O nee. In Maries Hirn brach hektische Betriebsamkeit aus. Was sollte sie sagen? Ahnte Babette etwas? Flog sie jetzt auf?

»Wer ist denn dran?«, wollte Alexander wissen.

»Es ist Babette, sie lädt uns zu einer Krisensitzung ein«, wisperte Marie, dann sprach sie in normaler Lautstärke weiter. »Also gut, wir kommen, Alex kennt ja den Weg.«

Danach beendete sie rasch das Telefonat, um weiteren hochnotpeinlichen Fragen zu entgehen.

»Cool, wir fahren zu Babette«, kam es deutlich besser gelaunt von der Rückbank.

»Aber die schönen Frikadellen«, wandte Alexander fast weinerlich ein.

»Die müssen leider Gottes warten, Robin geht vor«, entschied Marie. »Pünktlich zum Geburtstagskaffeeklatsch deiner Mutter stehen wir dann auf der Matte.«

Sie schaute aufs Handydisplay. In der Zwischenzeit hatte Holger noch mehrfach versucht, sie zu erreichen, und auch Scarlett hatte sich einige Male gemeldet. Marie beschloss, später zurückzurufen. Jetzt hatte sie einfach keinen Sinn für doppelt und dreifach vitaminisierte FeelBetterFood-Probleme.

Als zehn Minuten später die Pferdekoppeln und der Gasthof Zum Ochsen in Sicht kamen, beschlich sie ein flaues Gefühl. War sie hier wirklich im Gebüsch herumgekrochen, um sich auf die Lauer zu legen? Sie schämte sich dafür, auch wenn der Stachel im Herzen blieb, dass sich ihr Mann und Babette so gut verstanden. So ganz wurde sie noch nicht schlau aus dieser Freundschaft. Vielleicht erfuhr sie jetzt ja mehr? In der Höhle der Löwin? Irgendwie graute Marie davor.

Nachdem Alexander mehr schlecht als recht den ungepflasterten Weg bewältigt hatte, parkte er direkt vor dem Kutscherhaus. Im hellen Sonnenschein sah das kleine Gebäude noch malerischer aus als in der abendlichen Dämmerung, auch wenn die vielen Macken im Tageslicht deutlicher sichtbar waren. Das Holzgebälk des Fachwerks wirkte stark verwittert, auf dem Dach fehlten einige Schindeln, im verwilderten Garten stand neben den maroden Sonnenliegen ein altertümlicher verrosteter Pflug herum. Dennoch fügte sich alles zu einer romantischen Idylle, das musste Marie zugeben. Jedenfalls, wenn man die Augen ein bisschen zusammenkniff.

Sie waren kaum ausgestiegen, als Babette mit ausgebreiteten Armen und wehenden Locken aus dem Haus gelaufen kam.

»Schön, dass ihr da seid! Der Anlass ist ja nicht so berauschend, aber hey, am Ende wird immer alles gut, und wenn es nicht gut wird, ist es noch nicht das Ende.«

Ihr Optimismus wirkte so ansteckend, dass sich sogar Robins Miene aufhellte. Beiläufig klatschte sie ihn ab, danach wuschelte sie ihm zärtlich-ruppig durchs Haar, etwas, was sich Marie niemals getraut hätte. Robin schien es sogar zu genießen.

»Na, du Honk, alles frisch?«, flachste Babette. »Jetzt brauchen wir aber kiloweise Feenstaub, damit wir das wieder hinbiegen.«

»Danke, dass du uns unterstützt, Babette«, seufzte Alexander melancholisch, wobei nicht ganz klar war, ob er doch noch den Frikadellen hinterhertrauerte.

»Nicht der Rede wert«, winkte sie ab. »Kommt doch erst mal in die Küche, ich habe gerade Brombeeren gepflückt, dazu gibt es Joghurt.« Sie zwinkerte Marie zu. »Aber nicht mit Pansengeschmack.«

Im selben Moment gingen auf Maries Handy stakkatoartig mehrere Nachrichten ein, alle in Großbuchstaben, alle von Holger.

MARIE, WO SIND SIE?
RUFEN SIE MICH BITTE ZURÜCK!
ES IST DRINGEND, MARIE!
BITTE MELDEN SIE SICH ASAP

Keine *lieben Grüße*. Es schien wirklich eilig zu sein. Marie rang mit sich. Doch vielleicht ließ es sich ja schnell erledigen, und dann hätte sie einen klaren Kopf für Robin.

»Geht doch bitte schon mal rein.« Sie zeigte auf ihr Handy. »Nur ein kurzer Anruf beim Chef, dann bin ich bei euch.«

»Lass dir Zeit, Robin muss sowieso erst mal runterkommen«, raunte Babette ihr zu. »Er macht dicht, wenn wir jetzt alle sofort über ihn herfallen.«

Während sie mit Alexander und Robin ins Haus schlenderte, setzte sich Marie sehr vorsichtig auf den verrosteten Pflug, um ihren schmerzenden Rücken nicht zu verärgern, und wählte Holgers Nummer an.

»Hi Marie.« Seine Stimme klang eigentümlich gehetzt. »Wie geht's Ihnen? Es gibt großartige Neuigkeiten.«

»Ach ja? Welche denn?«

»Ich habe einen Platz im besten Schweige-Retreat der westlichen Hemisphäre für Sie ergattert. Im Buddha's Delight. Es liegt in der Toskana, umgeben von Zypressen und Zitronenbäumen. Kein WLAN, keine Ablenkung, nur himmlische Ruhe. Falls Sie kreative Ideen haben, können Sie mir gern ein Fax senden. Lustig, oder? Wer hat denn heute noch ein Faxgerät? Es wird Ihnen guttun, mal in aller Abgeschiedenheit zu sich selbst zu kommen. Normalerweise beträgt die Wartezeit Monate, aber ich konnte ein bisschen dran drehen, und: Bingo, Sie haben den Platz.«

Unschlüssig rupfte Marie an einer rosa blühenden Glyzinie herum, die neben ihr an dem Pflug hochrankte. Ob das die richtige Taktik war? Reden ist Silber, Schweigen ist Gold? Die Erfahrungen des heutigen Tages legten ihr etwas anderes nahe. Herausgerissen aus ihrem Alltag, hatte sie einige lebensverändernde Gespräche geführt. Dennoch musste sie sich wohl bedanken. Immerhin war es sehr fürsorglich von Holger, diese komische Schweigebude für sie zu organisieren.

»Wie nett, danke schön«, sagte sie artig. »Dann wird es Sie freuen, dass ich ebenfalls mit guten Neuigkeiten aufwarten kann. Heute habe ich einen Barista kennengelernt, er heißt Eddy und betreibt ein veganes Feinkostgeschäft. Wir könnten mit ihm kooperieren, denn er hatte eine Wahnsinnsidee: Frozen Yoghurt für Hunde. Das würde ich gern weiterentwickeln, für Menschen natürlich. Mir schwebt eine völlig neue Produktlinie vor – Frozen Yoghurt auf Gemüsebasis mit Kräuteraromen. Gesunde Snacks aus dem Tiefkühlregal zum lässigen Löffeln, was halten Sie davon?«

»Mega, Marie! Das ist genial!«

»Freut mich. Ich dachte an eine Extralinie mit dem Titel Eddy's Best Frozen Snacks.«

Stille. Eine Weile hörte Marie nur das Rauschen der alten Obstbäume, die das Kutscherhaus umstanden.

»Holger? Sind Sie noch dran?«

»Ja, klar.« Er räusperte sich. »Die Idee ist phantastisch, aber was hat dieser Eddy in unserem Projekt zu suchen?«

»Das liegt doch auf der Hand«, antwortete Marie, während es in ihrem Magen zu pochen und zu puckern begann. »Es ist seine Idee, das müssen wir würdigen.«

»Hm.« Wieder räusperte sich Holger. »Hat er ein Copyright darauf? Wahrscheinlich nicht. Also sollten wir die Frozen-Yoghurt-Sache ohne irgendeinen Eddy durchziehen, den kein Mensch kennt.«

Oha. Da sprach ein ganz anderer Holger als sonst. Ein cleverer, gewiefter Businesstyp, der mit allen Wassern gewaschen war.

»Entschuldigen Sie, so geht das nun wirklich nicht«, protestierte sie.

»Was geht und was nicht, überlassen Sie bitte mir«, entgegnete er unerwartet barsch. »Jack's Frozen Secret könnte mir gefallen. Ja, so machen wir's!«

Marie brach der Schweiß aus. Sie hätte es wissen müssen. Hinter der Fassade des empathischen Firmenlenkers lauerte der knallharte Geschäftsmann. Kaum war die Idee auf dem Tisch, wollte Holger sofort Eddy ausbooten – oder vielmehr schnöde beklauen. Das war ein dicker Hund.

»Ich muss Schluss machen, mein Physiotherapeut wartet schon«, schwindelte sie aufs Geratewohl, weil sie sich von diesem Schock erst mal erholen musste. »Ciao, Holger, wir können ja ein andermal darüber reden.«

»Ciao, Marie. Und sagen Sie Bescheid, wann Sie in die Toskana reisen. Am besten packen Sie sofort Ihre Koffer, man erwartet Sie bereits.«

Nachdem Marie aufgelegt hatte, starrte sie lange ins Leere. So stellte sich Holger das also vor. Er nahm, was er kriegen konnte, wollte jedoch nicht mit demjenigen teilen, dessen Idee er den Erfolg überhaupt erst verdankte. Wie schuftig war das denn?

»Marie?«, rief Alexander aus dem Haus. »Wo bleibst du?«

»Komme sofort!«

Völlig durcheinander schaute sie in den Garten, der sie wie eine schützende Hülle umgab. Es war so schön hier, so friedlich inmitten der wild wuchernden Büsche, der hohen Bäume und blühenden Hortensien. Was sie gerade über Holger erfahren hatte, löste jedoch alles andere als friedliche Gefühle in ihr aus.

»Hey, Marie!« Winkend kam Babette durch das hohe Gras gelaufen, einen Teller in der Hand. »Ich dachte, wenn du nicht reinkommst, komme ich eben raus. Ehrlich, du siehst aus, als könntest du was zwischen die Kiemen gebrauchen.«

Verblüfft musterte Marie den Teller, auf dem violett-schwarze pralle Brombeeren in weißem Joghurt schwammen. Was sie erwartet hatte, waren Ermahnungen gewesen: Los, schneller, beeil dich, wo bleibst du denn. Stattdessen legte Babette eine frappierende menschliche Großzügigkeit an den Tag.

»Du bist nicht sauer, dass ich hier telefoniert habe, während ihr mit Robin redet?«

»I wo.« Babette reichte ihr den Teller und legte einen großen Löffel dazu. »Wird sowieso noch eine Weile dauern, bis dein Sohn auspackt. Bis jetzt ist er stumm wie eine tiefgefrorene Erbse. Da gibt's nur eins: langsam antauen lassen und dann auf kleiner Flamme erhitzen.«

Ihre pragmatische herzliche Art war einfach entwaffnend. Marie wollte Babette zwar immer noch nicht mögen, doch ihr Widerstand schmolz dahin. Ja, Babette verhielt sich wie eine echte Freundin.

»Danke dir, das sieht lecker aus.« Sie nahm einen Löffel von den Brombeeren, die ungeheuer saftig und süß schmeckten. »Ich rechne es dir hoch an, wie entspannt du mit der Situation umgehst.«

»Nicht der Rede wert«, winkte Babette ab. »Von mir aus könnt ihr den ganzen Tag hierbleiben. Hauptsache, wir schaffen dieses Drogenproblem aus der Welt. Ich habe Luna-Rosé schon eine Message geschickt, dass sie Lilli nach der Schule mit hierherbringen soll.«

»Deine Tochter hat also ein Handy?«, erkundigte sich Marie etwas strenger als gewollt.

»Klar, so ist es sicherer«, bestätigte Babette. »Ich habe eine Tracking-App darauf installiert, dann weiß ich immer, wo sie ist, wenn sie sich verspätet.«

Sieh mal an, ich bin also nicht der einzige Kontrollfreak, dachte Marie fast erleichtert, während sie einen weiteren Löffel Brombeeren mit Joghurt naschte. Langsam wurde ihr Babette richtig sympathisch. Womöglich war sie gar nicht so chaotisch wie angenommen.

»Ich komme gleich ins Haus«, versprach sie kauend.

»Nur die Ruhe.« Babette lächelte verständnisvoll. »Du hast offensichtlich schon genug Stress, da will ich dir nicht noch mehr Druck machen.«

Nach diesen Worten drehte sie sich um und lief zurück. Babette war wirklich tiefenentspannt. Das verschaffte Marie Gelegenheit, darüber nachzudenken, was sie in Sachen Eddy unternehmen könnte. Irgendwas musste man doch gegen diesen Ideenklau tun! Nur was? Sie ließ ihren Blick über die weitläufigen Pferdekoppeln schweifen, die gleich hinter dem Garten begannen. Leises Schnauben und Wiehern wehte zu ihr herüber. Marie meinte sogar den unverwechselbaren warmen Pferdeduft einzuatmen, dazu das würzige Aroma frisch gemähten Grases.

Sonst sagte sie immer, sie hätte so viel Stress, dass sie keine Zeit zum Zusammenklappen hätte. Genau das war das Problem. Ihre Rückenschmerzen waren ein Zusammenklappen auf Raten. Sie musste ruhiger werden, sich mehr Zeit nehmen, um alles genau zu durchdenken. Das tat sie nun. Gründlich. Und dann fasste sie einen Entschluss. Ihre Finger zitterten, als sie den leeren Teller ins Gras stellte und die Nummer ihrer Assistentin antippte.

»Frau Hasemann, gut, dass Sie endlich zurückrufen, ich hatte es schon so oft probiert, es ist was absolut Schräges passiert, das sollten Sie unbedingt wissen«, sprudelte Scarlett ohne Punkt und Komma los. »Haben Sie meine Mail gesehen? Mit dem Entwurf der Website von Soulkitchen&more?«

Na, so was. Holger verlor wahrlich keine Zeit. Obwohl seine Food-Designerin krankgeschrieben war, hatte er bereits die nächsten Schritte unternommen. Und ihr nichts davon gesagt.

»Es gibt eine – Website?«, wiederholte Marie langsam.

»Einen firmeninternen Entwurf, der noch unter Verschluss ist, aber na ja, ich bin da irgendwie rangekommen.«

»Wie – irgendwie?«

»Das wollen Sie nicht wissen«, gluckste Scarlett. »Ich gehöre halt zur Generation Digital Natives, da sind Passwörter und Firewalls nur so eine Art Kinder-Sudoku, das man mit links knackt.«

»Ist das nicht illegal?«

»In diesem Fall heiligt der Zweck die Mittel. Bitte sehen Sie sich das an. Jetzt. Auf der Stelle.«

Mit einem ganz, ganz schlechten Gefühl ging Marie in ihren Mailaccount, suchte Scarletts Nachricht heraus und öffnete die angehängte Datei. Ja, es gab tatsächlich schon einen Entwurf für die Website von Soulkitchen&more, professionell aufgezogen, mit windschnittigem Logo, modernem Layout in hellen Pastellfarben und vielen perfekt bearbeiteten Fotos. Das größte zeigte Holger und Jack. Siegesgewiss grinsten sie den Betrachter an, darunter stand in dicken Lettern: *Das neue Dreamteam: Jack di Fabio und Holger Christiansen revolutionieren die Welt des Health Food.*

Marie scrollte weiter runter. Lang und breit wurden ihre neuesten Kreationen beschrieben, die Algenkekse mit Frühstücksspeckgeschmack, die Power-Kichererbsen-Chili-Chips mit Zink und Magnesium, das Advanced-Lavendel-Grapefruit-Popcorn, außerdem sämtliche Produkte der BetterBlackLine. Doch so aufmerksam sie auch suchte, weder ihr Name noch ihr Foto tauchte irgendwo auf. Unter jedem einzelnen Produkt stand das Copyrightzeichen von Jack di Fabio.

Wie vor den Kopf geschlagen ließ Marie das Handy sinken. So also war der Satz zu verstehen *Wir sind das neue Dreigestirn am kulinarischen Himmel.* Die beiden Herren wollten den Ruhm allein absahnen, und sie war nur die nützliche Idiotin im Hintergrund, die die Ideen lieferte. Das hätte sie vielleicht noch verkraftet, doch nun wollte Holger auch noch Eddys Erfindung klauen, und das ging zu weit.

»Frau Hasemann? Ist Ihnen was aufgefallen?«, fragte Scarlett nach.

»Also, ich weiß gar nicht, was ich dazu sagen soll.« Marie blies die Backen auf. »Fakt ist, dass ich auf der Website nicht vorkomme. Beim Meeting im Julep's hat sich das noch ganz anders angehört.«

»Genau deshalb habe ich Sie ja dauernd angerufen!« Scarletts Stimme überschlug sich vor Aufregung. »Das ist der reine Etikettenschwindel! Holger Christiansen und Jack di Fabio tun so, als wären diese ganzen Kreationen auf Jacks Mist gewachsen, dabei sind das doch alles Ihre Ideen!«

»Stimmt.« Fahrig zupfte Marie an der Glyzinienranke herum, die inzwischen schon etwas mitgenommen wirkte. »Aber was soll ich machen? Ich bin bei FeelBetterFood angestellt, deshalb hat der Chef jedes Recht, meine Rezepte zu vermarkten. Ohne mich zu nennen.«

»Juristische Spitzfindigkeiten und Anstand sind zwei Paar Schuhe«, erregte sich Scarlett. »Wer faselt denn dauernd von Team-Spirit? Wer tut denn so, als wären wir alle eine große glückliche Familie? Das passt doch nicht zusammen!«

»Holger hat mir sogar angeboten, vorübergehend in das firmeneigene Penthouse zu ziehen, um meine Eheprobleme zu lösen. Alternativ bietet er mir einen mehrwöchigen Aufenthalt in einem toskanischen Schweige-Retreat an. Langsam hege ich den Verdacht, dass er mich in der Versenkung verschwinden lassen will, damit ich rund um die Uhr für FeelBetterFood ackere.«

»Das ist modernes Kidnapping!«

»Es kommt sogar schlimmer«, offenbarte Marie nun den weit größeren Skandal. »Die beiden wollen das Frozen-Yoghurt-Konzept eines Bekannten von mir kopieren.«

»Ohne Namensnennung, ohne Honorar, nehme ich an!«, rief Scarlett erbittert.

»So ist es.« Marie stand mühsam auf und drückte ihren schmerzenden Rücken durch. »Entschuldigung, eigentlich wollte ich mit Ihnen beratschlagen, was wir dagegen tun können, doch ich muss mich jetzt erst mal um Robin kümmern. Er hat ernste Probleme.«

»Robin?« Scarletts Stimme rutschte noch etwas höher. »Was ist denn mit ihm?«

Marie presste das Handy ans Ohr. Jetzt fiel ihr wieder das Gespräch ein, das sie am gestrigen Abend vor ihrer Spionageaktion belauscht hatte. Robin und Scarlett hatten ganz offen miteinander gesprochen, wie zwei alte Freunde. Irgendwie hatten sie einen besonderen Draht zueinander. Vielleicht kriegte Scarlett ja mehr aus ihm heraus?

»Darf ich Sie was fragen, Scarlett? Wären Sie eventuell bereit, mal mit Robin zu reden? Er wurde in der Schule mit Drogen erwischt, aber meinem Eindruck nach …«

»Robin? Drogen? Niemals!«, widersprach Scarlett heftig. »Wenn ich helfen kann, komme ich natürlich sofort. Soll sich der Chef doch gehackt legen mit dem Meeting, das jetzt ansteht. Wo sind Sie?«

Während Marie ihr den Weg beschrieb und alle Details schilderte, die Pferdekoppeln, den Gasthof Zum Ochsen, das Gestüt, das Kutscherhaus, durchströmte sie auf einmal ein warmes Glücksgefühl. Nicht nur Babette, auch Scarlett war eine Freundin, eine echte Freundin durch dick und dünn. Aber Marie Hasemann war mal wieder die Letzte, die das begriffen hatte.

»Sie können mir auch einfach Ihren Standort senden«, kicherte Scarlett. »Schon vergessen? Digital Native und so?«

Ach, natürlich. In solchen Momenten fühlte sich Marie wie ein Relikt aus der Steinzeit der Kommunikation. Als Kind hatte sie noch Landkarten auf den Knien gehabt, wenn ihre Mutter Auto gefahren war. Rasch wechselte sie in die entsprechende App und sendete ihren Standort.

»Dann bis gleich, Scarlett. Und danke, vielen Dank, dass Sie mit Robin reden. Das werde ich Ihnen nie vergessen.«

Als sie das Gespräch beendet hatte, wurde Marie klar, dass sie sich gerade Hilfe geholt hatte, ganz so, wie von Doktor Neumaier empfohlen. Niemanden wunderte das mehr als sie selbst. Sie hatte sich immer als Einzelkämpferin gesehen, nun dämmerte ihr, dass sie nicht allein war. Dankbar stellte sie fest, dass sie von wohlwollenden Menschen umgeben war, die ihr sogar gern zu Hilfe eilten. Es gab nur eine Ausnahme: Holger Christiansen.

Auch das wurde Marie plötzlich klar. Er behauptete zwar immerzu, er meine es gut mit ihr, in Wahrheit aber quetschte er sie aus wie eine Zitrone. Überstunden, Wochenendarbeit, eine Deadline nach der anderen – Rücksicht nahm er nun wirklich nicht. Sogar in dem Schweige Retreat sollte sie noch für ihn arbeiten und ihm Faxe senden. Da war es nur eine Frage der Zeit, wann er die ausgepresste Zitrone wegwerfen würde.

Und tat er das nicht bereits?

Mit schleppenden Schritten setzte sich Marie in Bewegung. Sie spürte kaum das Gras unter ihren Schuhsohlen, so unwirklich kam ihr das Ganze vor. Weich wie Gummi gab der Boden nach, flaumig segelten die Gedanken durch ihren Kopf und setzten sich allmählich zu einer ganz neuen Sicht der Dinge zusammen.

Seit zwei Tagen redete Holger auf sie ein, sie brauche eine Auszeit und solle mit der Seele atmen. Marie hatte das als ehrliche Anteilnahme aufgefasst. Genauso gut konnte es jedoch auch sein, dass er sie einfach loswerden wollte, während er mit Jack ins Rampenlicht trat, um Soulkitchen&more zu lancieren. Was hatte er noch gesagt? In dem Schweige-Retreat gebe es kein WLAN? Eleganter konnte man keine Mitarbeiterin offline entsorgen, die bloß nichts von der Premiere einer neuen Marke mitbekommen sollte, die in Wahrheit ihr Werk war.

Bevor sie ins Haus trat, tupfte sie mit einem Taschentuch ihre schweißnasse Stirn ab. Wie dumm sie gewesen war, wie naiv. Holger hatte sie hemmungslos angeflirtet, damit sie nichts von seinen Machenschaften im Hintergrund merkte. Das Kalkül dahinter wurde für sie immer offensichtlicher. Von einem *neuen Leben* hatte er gesäuselt, am besten natürlich ohne Alexander, damit sie rund um die Uhr für FeelBetterFood verfügbar war. Nur deshalb hatte er ihr auch das Penthouse über den Büros angeboten.

Eine Nachricht ging auf ihrem Handy ein, wieder in Großbuchstaben, wieder von Holger.

ICH HABE IHNEN FÜR MORGEN FRÜH EINEN FLUG NACH FLORENZ GEBUCHT. EIN FAHRER WIRD SIE DIREKT AM FLUGHAFEN ABHOLEN UND INS BUDDHA'S DELIGHT BRINGEN. WORAUF WARTEN SIE, MARIE?

Ich warte auf gar nichts mehr, dachte sie. Es wird Zeit, ein paar Entscheidungen zu treffen.

Kapitel 16

Vollkommen bewegungslos verharrte Marie im Flur des Kutscherhäuschens. Mit beiden Händen hatte sie die unverschlossene Haustür aufgeschoben, ein knarrendes Ungetüm aus verwittertem Eichenholz, und danach eigentlich die Küche suchen wollen. Aber es gab etwas, was sie davon abhielt: der sehr seltsame, sehr spezifische Duft, der ihr hier entgegenschlug.

Marie verfügte über einen phänomenalen Geschmackssinn. Schon von Berufs wegen musste sie kleinste Nuancen herausschmecken können, seien es noch so winzige Spuren bestimmter Gewürze, Kräuter, Aromen. Und Geruchssinn und Geschmackssinn gehörten nun mal zusammen, wie man bei jeder schweren Erkältung merkte, wenn Nase und Zunge zugleich ausgeknockt wurden. Aus diesem Grund war Marie in der Lage, auch feinste Duftnuancen zu erschnuppern. Und was ihr gerade in die Nase stieg, weckte einen Tsunami unliebsamer Erinnerungen, die mit der Wucht einer meterhohen Woge auf sie einstürzten.

Es war der Geruch ihrer Kindheit. Kräutertee, Räucherstäbchen, Vanille, kalter Kaffee, alte Socken, Nudelsuppe aus der Dose, dazu eine Spur angebrannte Milch und das dezente Aroma zerlesener Bücher.

Plötzlich stand ihr wieder alles vor Augen. Die verkramte Wohnung, in der sie aufgewachsen war. Die Unordnung, das Chaos.

Als Nächstes ihre Mutter, die in einem wallenden Blümchenkleid in der Küche mit einem Lover telefonierte und mal wieder die Milch anbrennen ließ. Dann ihr Vater, der sich mit einer Flasche Wein auf der Couch verschanzte. Die Gesichter ihrer Geschwister, für die sie einkaufte und kochte und denen sie bei den Hausaufgaben half. Schließlich ihre einzige Zuflucht, ihr winzig kleines Zimmer, in dem sie bis tief in die Nacht hinein die Bücher aus der schulischen Leihbibliothek durchgeschmökert hatte, um ihrer unerfreulichen Realität zu entkommen.

Die Bücher waren ihr Halt gewesen, ihr Trost, ihr Fenster zu einer besseren Welt. Lesend hatte sie sich in eine Zukunft geträumt, die ganz anders war als ihr verkrachtes Zuhause. Damals hatte sie Kinder beneidet, die in schmucken Reihenhaushälften wohnten, mit akkuraten Rosenrabatten, treu sorgenden Müttern und gut gelaunten Vätern, die ihre Familie am Wochenende in den Zoo oder zum Eisessen ausführten. Nichts von alldem hatte Marie erlebt. Wurde sie gefragt, warum sie nie Freundinnen zu sich einlud, hatte sie immer gesagt: Bei uns zu Hause ist es zu wahr, um schön zu sein.

Schwankend klammerte sie sich an ein wackliges Art-déco-Tischchen, auf dem eine Messingschale mit allerlei Krimskrams stand. Der Geruch des Flurs hatte ihren wunden Punkt zum Leben erweckt. Etwas, das sie ganz tief in ihrem Innern versteckte, so wie ihre unterdrückte Wut und ihre Schamgefühle. Nie hatte sie ihrer Mutter verziehen, dass sie das Familienleben nicht auf die Reihe gekriegt, sondern ganz selbstverständlich erwartet hatte, ihre Älteste würde sämtliche Mutterpflichten übernehmen. Jahrzehntelang hatte Marie dieses Kindheitstrauma durch gnadenlosen Perfektionismus unterm Deckel gehalten. Nun war der Deckel aufgeploppt. Alles quoll ungebremst an die Oberfläche wie überkochende Milch.

Und auf einmal wusste Marie, was sie an Babette von der Heide so wahnsinnig gestört hatte, vom ersten Augenblick an. Nicht nur ihre Laissez-faire-Einstellung und ihre doppelt weichgespülten Sonntagsreden über Kindererziehung. Auch nicht so sehr die Schnapsidee, gemeinsam die Klassenreise nach Amsterdam zu begleiten. Nein, Babette erinnerte sie an ihre völlig chaotische, absolut verantwortungslose Mutter. Das war ein Schock. Die Vergangenheit hatte sie eingeholt, und Babette konnte gar nichts dafür.

Ich bin auf mich selbst reingefallen, dachte Marie. Auf meine völlig verkorkste Geschichte. Unruhig wanderte ihr Blick umher. Bis zur Decke, von der eine nackte Glühbirne baumelte, waren die Wände mit Bücherregalen gepflastert. Davor stapelten sich unausgepackte Umzugskisten und schadhafte antike Beistelltischchen. Auf dem Boden lagen Schuhe neben vergessenem Spielzeug herum. Es war wie eine Reise zurück in ihre Kindheit.

»Ach, hier bist du«, wunderte sich Babette, die gerade mit einem dampfenden Teebecher im Flur erschien. »Was ist los? Du siehst aus, als hättest du einen Geist gesehen.«

»Habe ich auch.« Marie massierte ihre pochende Stirn. »Einen Geist aus der Vergangenheit.«

»Uuhhh, gruselig«, amüsierte sich Babette. »Ist halt ein altes Gemäuer, wahrscheinlich spukt es hier tatsächlich. Wer weiß, was noch alles zutage kommt, wenn ich erst mal richtig renoviere – hoffentlich kein Skelett hinter einer Tapetentür oder so was.« Nachdem sie Marie den Teebecher in die Hand gedrückt hatte, deutete sie auf die Glühbirne an der Decke. »Tja, mit sandgestrahlter Perfektion wie bei dir zu Hause kann ich leider nicht dienen. Du siehst ja, nichts hält so lange wie ein Provisorium. Dafür ist es herrlich verwunschen hier, nachts flitzen sogar Fledermäuse ums Haus.«

»Babette.« Marie hatte einen trockenen Mund, ihre Zunge klebte pelzig am Gaumen. »Ich muss mich bei dir entschuldigen.«

»Bei mir?«, fragte Babette verblüfft. »Wofür denn? Ich sagte doch, du kannst draußen so lange telefonieren, wie du willst.«

»Das ist es nicht«, erwiderte Marie leise.

»Was dann?«

Es war so kompliziert. So verflixt kompliziert. Aufgewühlt nahm Marie einen Schluck Tee. Sie musste es wenigstens versuchen.

»Ich war anfangs ziemlich eklig zu dir. Beim Elternabend habe ich dir nur Kontra gegeben, was mir echt leidtut.«

Babette zuckte die Schultern, ihre Armreifen klimperten.

»Geschenkt. Du bist halt sehr strikt mit allem. Ich sehe die Dinge lockerer.«

»Genau das hat mich ja so provoziert!«, rief Marie. »Weil, weil … du mich an meine Mutter erinnerst!«

So, jetzt war es heraus. Babette war ein bisschen blass geworden. Geistesabwesend spielte sie mit einem angerosteten Schlüssel, der in der Messingschale lag.

»Was ist denn mit deiner Mutter?«

Stockend erst, dann immer flüssiger erzählte Marie von ihrer schwierigen Kindheit: Von der immensen Verantwortung, die sie früh hatte übernehmen müssen, von der hilflosen Wut auf ihre chaotische Mutter und wie sie sich vor den anderen Kindern geschämt hatte.

»Deshalb wollte ich die perfekte Familie, verstehst du?«

»Die hast du doch.« Tröstend legte Babette einen Arm um ihre Schultern. »Einen netten Mann, zwei tolle Kinder – was willst du mehr?«

Marie stöhnte auf.

»Ich bin komplett übers Ziel hinausgeschossen mit meinem Perfektionszwang. Ehrlich, Babette, ich habe meine Familie regelrecht terrorisiert. Die Kinder müssen alle möglichen Kurse und Programme absolvieren, trotzdem reicht es nie für meine Ansprüche. Sogar Alex trieze ich dauernd. Er soll abnehmen, öfter Tennis spielen, zum Friseur gehen, sich adretter anziehen. Und das Resultat? Meine Familie hält mich für einen Drachen, Robin ist mit Drogen erwischt worden.«

»Unsinn«, widersprach Babette energisch. »Erstens bist du kein Drachen, zweitens deckt Robin jemand anderen, das wissen wir doch schon. Und letztlich ist das doch ein toller Charakterzug von ihm, oder nicht? Wer mag schon Leute, die petzen?«

»Ja, stimmt«, gab Marie zu. Sie trank einen weiteren Schluck Tee. »Rooibusch mit Vanille und Kardamom?«

»Erraten, du Geschmacksgenie«, schmunzelte Babette. »So, über deine Mutter möchte ich später noch mal mit dir reden, nun zu Robin. Irgendeine Idee?«

»Inzwischen habe ich mit meiner Assistentin Scarlett gesprochen«, berichtete Marie, deren Puls langsam auf eine angenehmere Frequenz sank. »Scarlett versteht sich sehr gut mit Robin, vielleicht bekommt sie heraus, was da los ist. Sie wird gleich hier sein, sofern es dir recht ist.«

»Na klar, alles, was hilft, wird gern genommen.« Eigentümlich intensiv schaute Babette ihr in die Augen. »Gibt es noch mehr Ärger? Wie lief dein Telefonat mit dem Chef?«

Normalerweise hätte Marie jetzt behauptet, alles sei in bester Ordnung. Seit Jahren ließ sie Negatives tunlichst unerwähnt, damit bloß kein Kratzer auf das Bild der taffen erfolgreichen Marie Hasemann geriet. Jetzt war es anders. Wohltuend anders. Bei Babette musste sie nicht befürchten, schief angesehen zu werden, wenn sie weder taff noch erfolgreich wirkte.

»Es war ganz, ganz schlimm«, seufzte sie. »Der Chef will mich kaltstellen, und dann will er auch noch Eddys Konzept mit dem salzigen Frozen Yoghurt klauen.«

»Scheint ja ein besonders mieses Früchtchen zu sein, dein Chef«, brummte Babette.

»Ja, stell dir vor, ich soll in einem toskanischen Schweige-Retreat verschwinden und von dort aus für ihn arbeiten. Sinnig, oder? Klappe halten, weitermachen.«

»Den nehmen wir uns als Nächstes zur Brust«, verkündete Babette mit einem grimmigen kleinen Lächeln. »Aber erst mal ist Robin dran. Gehen wir in die Küche?«

»Einverstanden.«

Marie folgte ihr den Flur entlang, der sich an seinem unteren Ende verbreiterte. Zur Linken lag ein Wohnzimmer, das aussah wie vom Sperrmüll designt. Ein alter Ohrensessel fristete sein verblichenes Dasein neben einem knallgrünen Fünfziger-Jahre-Sesselchen. Gegenüber standen ein orientalischer Lederpuff in Rot und Gelb sowie ein mit hellblauem Chintz bezogenes Empirebänkchen. Als Ablage diente eine antike Truhe mit Messingbeschlägen. Ansonsten glänzte der Raum durch Leere. Verrückterweise ergab das alles trotzdem Sinn. Ein Farbschema oder ein bestimmter Stil war natürlich nicht erkennbar, doch das wild gemixte Ensemble war charmant, vor allem aber ungeheuer lebendig. Dagegen wirkte Maries Wohnzimmer mausetot.

»Kommst du?«, fragte Babette.

Nur ungern riss sich Marie vom Anblick des faszinierenden Raums los. Sie drehte sich um. Babette war schon weitergegangen und schob eine Tür mit floral gemusterten Glasscheiben auf. Dahinter lag die Küche. Eine Küche, die Marie den Atem raubte, so schön und gemütlich war sie. Offenbar handelte es sich noch weitgehend um die originale Ausstattung des alten Kutscherhauses. Ein riesiger weiß emaillierter Gasherd nahm die Stirnwand ein, dazu gruppierten sich alte honigfarbene Küchenschränke und ein großer runder Eichentisch, dessen Tischplatte von unzähligen Essgelagen vernarbt war. Aufgelockert wurde die leicht museale Anmutung durch einen großen silbernen Kühlschrank mit Eiswürfelspucker, eine bauchige Vase voller Wiesenblumen sowie unzählige bunte Kinderzeichnungen an den Wänden.

»Hi Mum«, murmelte Robin, der am Tisch saß und trübsinnig vor sich hin starrte.

Alexander lehnte am Gasherd, trank ein Glas heiß dampfende Milch – daher der verbrannte Geruch, folgerte Marie – und rührte mit der freien Hand in einem Topf, in dem zweifellos die bereits erschnupperte Dosennudelsuppe köchelte.

»Wir werden kein Drama draus machen«, sagte er zum x-ten Mal, nur dass es jetzt eher warnend als beschwichtigend klang – ein Zeichen dafür, dass seine Wir-werden-auf-keinen-Fall-nervös-Taktik allmählich zerbröselte.

»Marie hat keineswegs die Absicht, melodramatisch zu werden«, erklärte Babette. »Sie hat sogar eine ganz besondere Person hergebeten, die sich in aller Ruhe mit Robin unterhalten wird.«

»O nee, wen denn?« Robin hob den Kopf. »Einen Polizisten? Einen Psychoheini? Oder gleich einen Bewährungshelfer?«

»Wer den Teufel an die Wand malt, spart die Tapete«, stöhnte Alexander.

»Nichts von alledem«, lachte eine helle Stimme.

Einigermaßen perplex sahen alle zur Tür, durch die soeben Scarlett in die Küche trat, in Jeans und weißem T-Shirt mit Feel-BetterFood-Aufdruck. Das stoppelkurze Blondhaar hatte sie in Bart-Simpson-Manier hochgegelt, was ihrem jungen Gesicht mit der schwarzen Nerdbrille etwas Freches, fast Verwegenes verlieh.

»Scarlett?« Robin schnaufte vernehmlich. »What the fuck …«

»Ich tu mal so, als hätte ich den Ausdruck nicht gehört«, schnitt Marie ihm das Wort ab, bevor er noch andere Ausdrücke aus seinem reichen Repertoire zum Besten gab. Dann wandte sie sich an ihre Assistentin. »Danke, dass Sie es so schnell möglich machen konnten.«

»Ist mir ein innerer Vorbeimarsch«, grinste Scarlett vergnügt. »Der Chef rastet zwar aus, weil ich das superoberwichtige Meeting knicke, aber hey, das hier geht vor.«

Unterdessen war Babette zu dem großen silbernen Kühlschrank gegangen und öffnete ihn.

»Wir haben frische Brombeeren, Scarlett, möchtest du einen Joghurt dazu? Ist jede Menge da.«

In der Tat drängten sich in den Kühlschrankfächern mindestens zwanzig Joghurtbecher, die sich den Platz mit allerlei Aufbewahrungsdosen undefinierbaren Inhalts teilten.

»Das ist ja eine Hölle für Laktoseintolerante«, lachte Scarlett. »Ja, gern einen Joghurt. Für Robin habe ich übrigens was ganz Spezielles mitgebracht.«

Mit geheimnisvoller Miene zog sie den Reißverschluss ihres kleinen schwarzen Rucksacks auf und holte eine XL-Chipstüte heraus, die sie ihm hinhielt.

»Da, für dich.«

»Wow, Megapussi«, stöhnte Robin.

»Das will ich nicht gehört haben«, sagte Marie scharf.

»Wieso«, er grinste verschmitzt, »Megapussi ist finnisch und heißt große Tüte. Frag Scarlett.«

»Er hat recht, Frau Hasemann«, griff Scarlett vermittelnd ein. »Wir haben gestern Abend ein bisschen über Chips gefachsimpelt, und da habe ich ihm das Wort, na ja, beigebracht.«

»Megapussi!«, platzte es mit viel Gelächter aus Alexander heraus. »Bei Ihnen kann ja sogar ich noch was lernen!«

Auch Babette lachte. Mit wenigen Handgriffen leerte sie einen Joghurtbecher in einen tiefen Teller, streute Brombeeren darüber und stellte den Teller auf den Tisch.

»Guten Appetit, Scarlett. Wir lassen dich mal besser mit Robin allein. Marie, hast du Lust, dir in der Zwischenzeit das Gestüt anzuschauen?«

Die Frage kam etwas unerwartet. Marie dachte noch darüber nach, als sich Alexander zu Wort meldete.

»Das ist eine großartige Idee, Babette. Der Arzt hat ihr nämlich moderate Bewegung verschrieben.« Er trank seine Milch aus und stellte das Glas in die Spüle. »Ich würde dann nach Hause fahren und sie später abholen. Meine Mutter macht sich bestimmt schon Sorgen, und immerhin ist heute ihr Geburtstag.«

Ein eleganter Abgang, das musste Marie ihm lassen. Frikadellen von Muttern waren eben immer noch verlockender als Nudelsuppe aus der Dose. Etwas unbehaglich sah sie an sich herab.

Mit ihrem grauen Businessanzug und den Stiefeletten war sie nicht gerade passend für einen Spaziergang auf dem Lande gekleidet.

»Ich habe Gummistiefel für dich«, sagte Babette, die ihrem Blick gefolgt war. Sacht nahm sie Marie an die Hand und zog sie aus der Küche in den Flur. »Wenn du möchtest, leihe ich dir auch gemütliche Jeans. Warte eine Sekunde, du musst nicht die Treppen hochsteigen mit deinem empfindlichen Rücken, ich hole alles oben aus meinem Zimmer.«

Wieder einmal staunte Marie über die Herzlichkeit, mit der Babette ihr das Gefühl gab, willkommen zu sein.

»Sehr gern. Danke schön.«

Fünf Minuten später stapften sie Seite an Seite durchs kniehohe Gras, beide in Jeans und Gummistiefeln. Wie schon am Abend zuvor fiel Marie auf, wie frisch und würzig die Luft hier draußen war. Sie atmete tief durch. Eine stärkere Brise war aufgekommen, die Zweige der Bäume bogen sich rauschend im Wind, von fern hörte man das Getrappel der Pferde auf den Koppeln. An keinem Ort der Welt wäre Marie jetzt lieber gewesen. Nach und nach entspannte sie sich, was auch ihr Rücken dankbar registrierte. Das wohlvertraute dumpfe Ziehen war noch da, doch die flammenden Schmerzattacken hatten sich verzogen.

»Für mich ist das ein Paradies, ich war sofort hin und weg, als ich zum ersten Mal hier war«, begann Babette unvermittelt zu erzählen. »Das Areal ist riesig. Hinter dem Gestüt gibt es einen großen Badeteich, außerdem ein Wäldchen, wo man im Herbst Pilze pflücken kann.«

»Und dass du noch so viel renovieren musst, macht dir nichts aus?«

»Ach, das wird schon«, wischte Babette den Einwand beiseite. »Es gab sogar noch ein anderes Haus auf dem Gelände, das leer steht, die ehemalige Meierei, die zu dem Gut gehört. Aber ich fand sie übersaniert, so mit Einbauküche und gefliesten Böden. Mir ist mein abgeratztes Häuschen lieber. Es hat Persönlichkeit, ich fühle mich dort umarmt.«

Nicht gerade Kriterien, die Marie nachvollziehen konnte, aber zu Babette passte das irgendwie. Sie vertrat eben das genaue Gegenteil von allem, was Marie für richtig hielt. Wobei Marie gar nicht mehr so sicher war, ob ihr Unterscheidungsvermögen zwischen Richtig und Falsch noch funktionierte. Außerdem empfand sie zusehends Sympathien für die Frau, die ihren sicher gut bezahlten Bankjob an den Nagel gehängt hatte, um samt Kindern auf einen Pferdehof zu ziehen.

Vor einem flachen lang gestreckten Fachwerkgebäude, in das mehrere hohe Holztüren eingelassen waren, blieb Babette stehen.

»Schau, das ist der Stall, in dem ich arbeite. Magst du reingehen?«

Marie nickte. Wie alle kleinen Mädchen hatte sie einst von Pferden geschwärmt, aber Reitstunden oder auch nur Ausflüge auf einen Ponyhof waren zu ihren Kinderzeiten natürlich ausgeschlossen gewesen. Ein bisschen aufgeregt betrat sie den Stall, in dem sich Box an Box reihte, unterbrochen von hoch aufgetürmten Heuballen. Hier drinnen war der Pferdeduft so intensiv, dass Marie genießerisch die Augen schloss. Es war ein vertrauenerweckender Duft, kreatürlich, erdig, echt. Fast konnte man glauben, dass sich alle Probleme in Luft auflösten, wenn man nur hier stand und in vollen Zügen Urvertrauen einatmete.

Holger hätte es wahrscheinlich *down to earth* genannt. Aber

Holger begann schon, Geschichte zu werden, das wurde Marie immer klarer.

»Schön, nicht?«, hauchte Babette. »Ich bin auch ganz wild auf diesen Pferdegeruch. Dafür schmeiße ich jedes Parfüm weg. Dann lass uns mal sehen, was Pedro macht, unser Shetlandpony. Der Arme hat eine Verstauchung im linken Vorderbein, deshalb wird er mit Arnikasalbe behandelt und musste heute im Stall bleiben.«

Im Gehen holte sie eine Mohrrübe aus der Hosentasche und lenkte ihre Schritte zu einer Box, in der ein cappuccinobraunes Pony mit flachsblonder Mähne stand. Es wieherte leise, als Babette näher kam. Mähnenschüttelnd warf es seinen Kopf hin und her, dann knabberte es an der Möhre. Während Marie das Pony betrachtete, musste sie an Lilli denken. Auch Lilli liebte Pferde, und ganz besonders liebte sie Ponys. Allerdings war es eine Fernbeziehung, denn geritten war Lilli nur einmal in einem Tierpark. Seitdem beschränkte sich ihre Pferdeliebe darauf, heimlich die Zeitschrift *Wendy* zu verschlingen statt pädagogisch wertvoller Bücher.

Mann, Mann, ich bin so was von daneben, dachte Marie geknickt. Immer habe ich nur auf meine Ratgeber gehört statt auf meine innere Stimme. Die hätte mir nämlich gesagt, dass Lilli verrückt vor Glück wäre, wenn sie öfter nachmittags auf so einem Pony reiten dürfte. Was hingegen Robin liebend gern getan hätte außer chillen oder vor dem Laptop sitzen, hätte Marie nicht sagen können. Fast schien es, als kenne sie ihren Sohn gar nicht mehr richtig.

»Sag mal«, sie streifte einen Erdklumpen von ihrem linken Gummistiefel, »Robin war doch schon öfter bei euch. Hat er dir zufällig mal gesagt, wofür er sich eigentlich so interessiert?«

Babette, die gerade Pedro den Hals klopfte, schaute sie etwas irritiert von der Seite an.

»Warum fragst du ihn das nicht selber?«

»Ich würde es gern von dir wissen.«

»Hm.« Bedächtig zog Babette eine zweite Möhre aus der Hosentasche und hielt sie Pedro hin. »Er ist gern bei den Pferden, neulich hat er mir sogar beim Ausmisten geholfen. Und er will mit Gitarre anfangen, glaube ich, vielleicht auch mit Schlagzeug.«

Aha. Stumm sah Marie zu, wie hingebungsvoll Pedro die Möhre verputzte. Robin und Stallausmisten, das war in etwa so abwegig wie Alex und Tangotanzen.

»Meinst du, Scarlett kriegt was aus ihm raus?«, fragte Babette nach einer Weile.

Aufseufzend lehnte sich Marie an einen Strohballen. Spitze Halme kitzelten ihren Nacken, was ihr durchaus nicht unangenehm war.

»Wenn Scarlett mir erklären kann, wie mein Sohn tickt, ist sie meine Heldin. Andererseits traue ich ihr einiges zu. Sie ist unwahrscheinlich clever.«

»Und instantsympathisch«, lächelte Babette. »Als sie in die Küche kam, habe ich sie sofort ins Herz geschlossen.« Behutsam streichelte sie Pedros weiche Nüstern, was er mit einem zufriedenen Schnauben beantwortete. »Wie fühlst du dich? Gehen wir noch ein Stück?«

»Sehr gern.«

Langsam setzten sie sich wieder in Bewegung. Als Nächstes führte Babette ihre Besucherin zum Haupthaus des Gestüts, einem herrschaftlichen Gutsgebäude mit zwei weißen Säulen rechts und links des Eingangs, dann zum Badeteich, der eher die

Bezeichnung schilfumwachsener Tümpel verdiente und vermutlich von Kröten und Kaulquappen bevölkert war. An einem kleinen Bootssteg lag ein frisch lackierter roter Holzkahn, der knarrend vor sich hin dümpelte.

»Damit machen wir demnächst eine Mondscheinpartie«, erzählte Babette. »Inklusive Mitternachtspicknick auf dem See, das habe ich Luna-Rosé fest versprochen. Du bist eingeladen, Marie, wir machen einfach einen Mädelsabend daraus.« Plötzlich wurde sie ernst. »Magst du mir noch etwas mehr über deine Mutter erzählen?«

Das Thema hatte ohnehin in der Luft gelegen. Also setzten sie sich auf den Bootssteg, sahen den Libellen zu, die wie Minihubschrauber über das Wasser hinwegsurrten, und Marie schilderte ohne jede Beschönigung, wie es ihr damals ergangen war. Es tat so gut, sich diesen dunklen Lebensabschnitt von der Seele zu reden, wenn man eine geduldige Zuhörerin wie Babette hatte, die nur selten Zwischenfragen stellte und sich jeder Bewertung enthielt.

»Wie lange hast du deine Mutter nicht gesehen?«, erkundigte sie sich, als Marie geendigt hatte.

»Fünfzehn Jahre, das lässt sich leicht rechnen.« Marie seufzte tief. »Pflichtschuldigst hatte ich sie zu meiner Hochzeit eingeladen, wo sie mit einem jugendlichen Geliebten auftauchte – angeblich ein philippinischer Perlentaucher – und sich dann als hyperaktive Tanzmaus betätigte. Was danach im Einzelnen passierte, erspare ich dir. Nur so viel: Kurz vor Mitternacht fiel sie in die Hochzeitstorte, hat sich die Sahne von ihrem Perlentaucher aus dem Gesicht küssen lassen und zog anschließend mit dem smarten Oberkellner weiter. Das war's dann. Zwei Tage später habe ich ihr einen Brief geschrieben, in dem ich sie bat, uns doch künftig bitte in Ruhe zu lassen.«

Gedankenverloren strich Babette über die rötlichen Kolben einiger Schilfhalme, die durch die Planken des Bootsstegs wuchsen.

»Und? Hat sie sich daran gehalten?«

»Im Großen und Ganzen ja.« Marie betrachtete ihre Gummistiefel, die halb im Wasser hingen. »Zweimal im Jahr telefonieren wir, an Weihnachten und an ihrem Geburtstag. Das ist alles. Meinen Geburtstag und die Geburtstage der Kinder kann sie sich angeblich nicht merken.«

Sie hielt den Atem an. Würde Babette jetzt sagen, so gehe das aber nicht, schließlich sei es ihre Mutter, und irgendwann müsse man selbst mit dem größten Schlamassel seinen Frieden machen? Nichts von alldem geschah. Stattdessen rappelte sich Babette auf und ordnete ihre klimpernden Armreifen.

»Ich gebe dir noch ein paar Minuten, ja? Lass den Moment auf dich wirken. Bloß kein Stress, bloß keine Hektik. Ich gehe schon mal vor und schaue, ob unser junger Delinquent etwas von sich gegeben hat.«

Leicht verwirrt blieb Marie zurück. *Bloß kein Stress, bloß keine Hektik,* noch beim Elternabend hatte sie diese Worte für eine süßlich säuselnde Hippiemasche gehalten. Doch Babette war so echt wie der Pferdegeruch im Stall. Eine Frau, die ihren Platz in der Welt gefunden hatte, was Marie nun wirklich nicht von sich behaupten konnte.

Sie stützte sich mit den Handflächen auf das warme Holz des Bootsstegs. Der Tag war längst noch nicht zu Ende, und es gab noch ungeheuer viel zu klären. Robins Problem mit dem Drogenfund, die Sache mit Eddy, der schwelende Konflikt mit Holger. Auch ein paar Zukunftsfragen standen an. Vielleicht war es ja hilfreich, die unvermutet geschenkte Zeit zu nutzen und eine Zwischenbilanz zu ziehen: Wo stehe ich? Wohin soll die Reise gehen? Und wie viel Gepäck brauche ich eigentlich?

Ging es um die berühmte Reise auf eine einsame Insel, waren die Antworten der meisten Leute so vorhersehbar wie verregnete Sommer an der Nordsee: ein gutes Buch, eine Sonnencreme, die Lieblingsschokolade, vielleicht noch Musik von Mozart oder Madonna. Ging es um die Lebensreise, war die Frage nicht so leicht zu beantworten. Weder das Ziel noch welches Gepäck unverzichtbar war, hätte Marie auf Anhieb sagen können. Sah man mal von ihrer selten dämlichen Idee ab, bei FeelBetterFood Karriere zu machen, hatte sie bisher keine persönlichen Ziele gehabt, nur den eisernen Vorsatz, ihren Kindern die besten Startbedingungen für eine gute Zukunft zu bieten.

Und das Gepäck? Im Grunde schleppe ich doch nur Ballast mit mir rum, dachte Marie ernüchtert. Ich habe eine zweiteilige Couchgarnitur ohne den kleinsten Fleck, die ich nahezu hysterisch bewache. Ich habe einen Rasen, der dauernd gemäht werden muss, obwohl kein Mensch im Garten sitzt. Ich habe ein superschickes Schlafzimmer, in dem seit Monaten nichts gelaufen ist außer dem Fernseher. Na gut, gestern Nacht hat sich eine sehr, sehr erregende Ausnahme ereignet. Aber sonst? Wozu das alles?

Sie beschattete die Augen mit der flachen Hand und schaute über den See, der sich da und dort kräuselte, wenn ein Fisch an die Oberfläche flutschte. Obwohl eine Menge dagegensprach, wurde sie plötzlich ganz ruhig. Sie schloss die Augen. Der leichte Wind streichelte ihre Wangen, Bienen summten, Sonnenstrahlen wärmten ihr Gesicht. Und plötzlich durchzuckte sie ein irrwitziger Gedanke: Ich bin angekommen.

Wie bitte? Ungläubig öffnete sie die Lider. Was war mit ihr passiert? Lag das etwa an dem psychodelischen lila Amethyst, den sie in die Hosentasche der Jeans gesteckt hatte, obwohl sie überhaupt nicht an so einen Hokuspokus glaubte? Dennoch fühlte es sich an, als sei sie hier am richtigen Ort, um Wurzeln zu schlagen.

Wie es beruflich weitergehen sollte, darüber lag noch der Morgennebel einer neuen Lebensphase, die soeben begann, zumindest Letzteres wusste Marie. FeelBetterFood war durch. Es würde ein ebenso kurzer wie schmerzloser Abgang werden. Kein Showdown, keine große Szene. Sie würde Holger mit der freundlichen Gleichgültigkeit behandeln, die er verdiente. Große Emotionen standen ihm einfach nicht zu.

Aber sie, Marie, hatte es verdient, alles Stressende *wegzuatmen* – besten Dank auch, Holger, Spitzentipp – und den vielleicht schönsten Fehler ihres Lebens zu begehen. Raus aus dem Hamsterrad, rein ins Leben.

Kapitel 17

Alt genug, um es besser zu wissen, jung genug, um es trotzdem zu versuchen, dachte Marie, als sie einen von Heckenrosen gesäumten Weg entlang zurück zum Kutscherhaus ging. Manchmal musste eben die Hoffnung über die Erfahrung siegen. Ihre Entscheidung stand jedenfalls fest, auch wenn sie noch gar nicht genau wusste, wofür sie sich eigentlich entschieden hatte. Momentan kobolzten nur vage Ideen in ihrem Kopf herum. Irgendwas mit Essen, irgendwas ohne FeelBetterFood, vielleicht was mit Eddy. Außerdem ins Grüne, am liebsten auf so einen Pferdehof.

Es war einfach ein magischer Ort. Alles gefiel ihr hier, die frische Luft, die Pferde, das Rauschen der alten Bäume. Und hatte Babette nicht gesagt, es sei noch ein anderes Haus frei? Lilli könnte jeden Tag reiten, Robin fand offenbar Gefallen daran, sich um die Tiere zu kümmern. Aber was würde Alex dazu sagen? Das war doch alles viel zu spontan, zu verrückt, zu kopflos …

»Frau Hasemann, hey!«

Mit großen Schritten kam ihr Scarlett entgegengelaufen. Sie war nicht allein. In ihrer Begleitung befand sich Robin, allerdings ein ganz anderer Robin als noch vor einer Stunde. Sein trübsinniger Blick war aufgeklart wie der Himmel nach einem Wolkenbruch, seine schlaffe Stubenhockerhaltung war einem fast aufrechten Gang gewichen.

»Wir haben eine Lösung ausgeknobelt, eine Superlösung, mit der alle leben können – niemand wird verletzt!«, rief Scarlett enthusiastisch.

Genau das war es, was Marie so an ihr mochte, dieses Mitreißende, Zupackende. Dabei ging es nicht mal um Terminkalender oder Telefonate im Job, hier ging es um etwas sehr, sehr Privates. Umso mehr rührte sie Scarletts Hilfsbereitschaft.

»Bevor Sie weitersprechen, muss ich Ihnen etwas mitteilen«, sagte sie bewegt. »Ich möchte Ihnen das Du anbieten. Das hätte ich längst tun sollen, du bist nämlich eine absolut wunderbare Freundin.«

Eine freudige Röte überzog Scarletts Wangen, mit einer Hand zupfte sie an ihren gegelten blonden Zacken herum.

»Wo kommt das denn auf einmal her? Okay, klar, gern. Und danke, Frau – ähm, Marie.«

Sie nahm ihre schwarze Nerdbrille ab und wischte sich über die Augen. Nie hätte Marie gedacht, dass ihr das Duzen so viel bedeutete.

»Ist mir eine Ehre, Scarlett. Schon allein, dass du hier bist, hilft uns.«

Sogleich setzte Scarlett die Brille wieder auf und machte ihr amtliches Erledigungsgesicht.

»Dann wird es Sie, also – dich – freuen, dass dieser Alptraum mit den Drogen bald vorbei sein könnte. Wenn wir nicht so unendlich bescheiden wären, würde ich sogar von einer genialen Lösung sprechen. Oder, Robin?«

Er grinste stolz, dann rülpste er ein lupenreines Hänschen klein.

»Robin, echt jetzt.« Marie musste auf einmal lachen, was noch nie vorgekommen war, wenn er losrülpste. »Mit der Nummer könntest du auftreten.«

»Dazu kommen wir später, das muss noch ein Geheimnis bleiben«, erwiderte Scarlett verschwörerisch. »Erst mal die knallharten Fakten. Robin, willst du?«

»Mmmmja, geht fit.« Er vergrub die Hände in den Hosentaschen seiner ausgebeulten Jeans und wechselte einen Blick mit Scarlett, bevor er weitersprach. »Die Person Y, so haben wir sie genannt …«

»Halt, halt«, fiel Marie ihm ins Wort, »heißt das etwa, du gibst den Namen immer noch nicht preis?«

»Pah, er ist doch kein Einunddreißiger«, entgegnete Scarlett, die sich ebenfalls mit dem Knastjargon auszukennen schien.

»Also, Person Y kontaktiert ihren Dealer im Darknet«, setzte Robin von Neuem an. »Früher hat sich die *Person* den Stoff per Post schicken lassen, inzwischen ist das zu unsicher geworden. Deshalb machen sie immer neue Treffpunkte für eine Übergabe aus.«

»Ja, und?«, fragte Marie ungeduldig.

Im selben Augenblick merkte sie, dass sie wieder in ihren alten Stressmodus zurückfiel. Atmen, befahl sie sich. Atmen und zuhören.

»Fertig, Mum?«, griente Robin.

»Bin ganz Ohr.«

»Scarlett und ich haben ein paar Jailbreaks gemacht, in deiner Generation nennt man das Hacken.« Mokant hob Robin eine Augenbraue. »Person Y holt sich ihren Nachschub immer beim selben Dealer. Dem hat sie jetzt geschrieben, dass sie eine größere Menge braucht, fürs Schulfest.«

O Gott. Ogottogott.

»Heute Morgen wollte Y ein paar Leute an der Schule mit Ecstasy anfüttern«, fuhr Robin fort. »So als Einstieg, damit die ihm dann bei der Schulparty größere Mengen abnehmen.«

»Person Y ist sozusagen ein Kleindealer«, warf Scarlett erklärend ein.

»Der sich einen Kundenkreis an der Schule aufbauen will?« Marie war starr vor Entsetzen. Plötzlich begriff sie, warum ihr Sohn das Zeug in der Tasche gehabt hatte. »Und du wolltest diesen dubiosen Y daran hindern, das Ecstasy zu verteilen?«

»Cool, du hörst ja sogar zu«, zog Robin sie auf. »Aber jetzt kommt der Hack, also, Hack wie Life Hack. Aus dem Chat im Darknet wissen wir, wo und wann heute Abend die Übergabe laufen soll, denn Y will die Dealernummer natürlich weiter durchziehen. Scarlett wird hingehen und dieser Person einen heftigen Einlauf verpassen.«

»Viel zu gefährlich«, protestierte Marie. »Wir müssen die Polizei einschalten!«

»Das ist genau das, was Robin nicht möchte«, übernahm Scarlett. »Er findet Y zwar obermies, andererseits will er dieser Person nicht die Zukunft verbauen. Sobald die Polizei ins Spiel kommt, wird ja alles offiziell: Strafanzeige, Gerichtsverfahren, vielleicht eine Jugendstrafe, auf jeden Fall ein dunkler Fleck in der Biographie.«

»Deshalb wird es heute folgendermaßen laufen«, erläuterte Robin den Plan. »Scarlett macht Fotos von der Übergabe, wartet, bis der Dealer weg ist, und spricht dann Y an: Entweder er stoppt das Verticken von Ecstasy, oder sie geht mit den Fotos zur Polizei. Person Y hat also die Wahl zwischen Aufhören und Anzeige. Auf jeden Fall muss Y zur Schulleitung gehen und sich als diejenige Person outen, die das Ecstasy dabeihatte.«

Marie konnte nur staunen. Auch wenn sie die Polizeivariante bevorzugt hätte, musste sie wohl oder übel anerkennen, dass Robin Charakter bewies. Er wollte diese Sache ohne jedes Aufhebens bereinigen und dem Übeltäter eine zweite Chance geben. Sie hatte einen tollen Sohn. Und schon wieder war sie gerührt. Aber auch besorgt.

»Scarlett, auf keinen Fall gehst du allein dahin«, stellte sie klar. »Ich komme mit, und wenn ich hundert Tabletten nehmen muss, damit mein Rücken mitmacht.«

»Dann seid ihr schon zu dritt«, sagte Robin. »Babette will nämlich auch mitkommen.«

»Ja, aber Frau Hase… Marie, bist du sicher?«, fragte Scarlett ungläubig nach.

»Meine Mum darf man nicht unterschätzen. Ich denke mal, die hat's drauf mit solchen heißen Aktionen.« Robin holte sein Handy aus der Hosentasche, tippte aufs Display und hielt es seiner Mutter hin. »Kennst du die?«

Marie riss die Augen auf. Ach, du irres Elend. Das Foto, das Robin ihr zeigte, war ziemlich dunkel und etwas unscharf, dennoch hatte sie keinerlei Schwierigkeiten, die schwarze Gestalt zu erkennen, die da in der Dämmerung hinter einem Brombeerbusch kauerte.

»Das hat mir Marvin-Blue vorgestern gemailt.« Ein jungenhaft durchtriebener Zug huschte über Robins Gesicht. »Keine Ahnung, wer das ist. Du?«

Er hatte es also gewusst. Die ganze Zeit. Und sie nicht verraten. Das war so unfassbar süß und loyal und ritterlich, dass Marie von ihren Gefühlen überwältigt wurde. Sie konnte nicht anders, sie musste Robin umarmen. Und wo sie schon mal dabei war, umarmte sie auch gleich Scarlett.

»Ich bin so … so unglaublich … glücklich«, stammelte sie.

»Na ja, erst mal müssen wir Person Y ausbremsen«, wurde sie von Scarlett auf den Boden der Tatsachen zurückgeholt. »Heute Abend um elf ist die Übergabe, auf dem Parkplatz eines Einkaufszentrums.«

»Egal wo, ich bin dabei«, bekräftigte Marie ihren Entschluss.

»Also schön, einverstanden«, willigte Scarlett ein und schaute zur Uhr. »Ich müsste dann mal langsam zurück ins Büro. Wenn du willst, fahre ich euch vorher nach Hause. Robin meinte, seine Oma hätte heute Geburtstag, da müsste er antreten.«

Der Geburtstag. Maries Herz und Kopf waren so voll, dass sie den fast vergessen hätte. Dass ausgerechnet Robin an familiäre Pflichten dachte, haute sie zusätzlich um.

»Danke, Robin.«

»Oma ist schon in Ordnung, auf ihre schräge Art.« Er ging ein paar Schritte beiseite. »Sorry, muss mal kurz mit Marvin-Blue schreiben.«

Marie war platt. Richtig platt.

»Seit wann entschuldigst du dich denn dafür, dass du am Handy klebst?«

»Seitdem du mich zur Höflichkeit erzogen hast?«

Verständnislos starrte sie ihn an. Ihren Robin, ihren hochanständigen, phantastischen, mit Ironie begabten Sohn. Vielleicht hatte sie ja doch nicht alles falsch gemacht. Während er sich wegdrehte, um Marvin-Blue eine Nachricht zu schreiben, wandte sie sich flüsternd an Scarlett.

»Eins würde mich ja mal brennend interessieren – wie hast du es geschafft, dass er dir vertraut?«

»Weiß nicht, wir surfen halt irgendwie auf einer Welle«, antwortete sie nachdenklich. »Außerdem waren wir seit gestern dauernd im Kontakt, auf Instagram.«

»Robin hat doch gar keinen Instagram-Account«, warf Marie überrascht ein.

Weil ich sein Handy checke, hätte sie anfügen müssen, doch das war ihr dann doch zu peinlich.

»Er ist schlauer, als du denkst«, lächelte Scarlett. »Vom zusammengesparten Taschengeld hat er sich ein Wegwerfhandy gekauft. Damit geht er ins Internet, ohne dass ein gewisser Jemand ihm hinterherspionieren kann.«

Boiiing. Es dröhnte so laut in Maries Ohren, als hätte ein tibetischer Mönch einen Riesengong betätigt. Also wusste Scarlett Bescheid.

»Seit gestern Abend hat er schon jede Menge Follower gesammelt«, erzählte ihre Assistentin weiter. »Das Ding rockt.«

»Wieso? Was gibt es denn so Spannendes auf seinem Account zu sehen?«

»Ahnst du es nicht schon, Marie? Dein Sohn hat Talent. Diese Dragqueen-Sache ist für ihn zwar nur ein Versuch, sich auszuprobieren und in andere Rollen zu schlüpfen, aber die Videos, die er hochlädt, sind echt witzig.«

Was sollte man davon halten? Marie schluckte. Was, wenn ihn jemand erkannte trotz Schminke und Frauenklamotten? Wie würden die anderen Eltern reagieren? Aber war das nicht vollkommen gleichgültig?

»Das, tja, also, freut mich«, druckste sie heraus.

»Mach dich locker«, sagte Scarlett weich. »Die Welt hat sich ein paar Runden weitergedreht. Früher war so was noch ein bisschen anrüchig, mittlerweile sind Dragqueens Kult.«

Mach dich locker, dasselbe hatte ihr auch Babette geraten. Also atmete Marie erst mal durch, bevor sie diese Neuigkeit kommentierte.

»Dann bin ich wohl die Mutter einer kommenden Kultfigur«, stellte sie mit einem schiefen Lächeln fest.

»Vielleicht zeigt Robin dir ja demnächst mal die Videos. Gib ihm ein bisschen Zeit, ja?«

Zeit, ein gutes Stichwort. Ein Zauberwort. Bislang hatte Marie weder sich selbst noch anderen Zeit gegönnt. In dieser Hinsicht konnte sie noch einiges lernen.

»Mache ich, Scarlett. Bevor wir losfahren, würde ich mich noch gern von Babette verabschieden.«

»Kein Problem, bis gleich.«

Während Marie zum Kutscherhaus zurückging, vor dem ein winziger Fiat 500 in fröhlichem Türkis parkte, merkte sie, wie gut ihr der Spaziergang getan hatte. Sie lief ganz anders, irgendwie geschmeidiger, nicht mit ihrem üblichen Stechschritt inklusive eingezogenem Bauch. Etwas hatte sich in ihr gelöst. Die permanente Anspannung war weg, dieses Pobacken-Zusammenkneifen-und-Weitermachen. Vor allem die Aussicht, nie wieder als persönliche Sklavin für Holger Christiansen springen zu müssen, allzeit bereit für Überstunden und Wochenendarbeit, hellte ihre Stimmung auf. Es war natürlich etwas riskant, eine feste Anstellung aufzugeben – die im Übrigen weder fest noch unbefristet gewesen war –, doch alles erschien ihr besser, als weiter für Holger, den Heuchler, zu schuften.

Die Tür zum Kutscherhäuschen stand weit offen. Diesmal fiel Marie der Gang durch den rumpeligen Flur wesentlich leichter. Nach wie vor erschnupperte sie hier ihre Kindheit, doch nach dem Gespräch mit Babette waren einige dunkle Schatten verflogen. Sie dachte an ihre überforderte Mutter. War nicht jede Mutter manchmal überfordert? Kannte nicht jede Frau, die Kinder in die Welt setzte, dieses Gefühl, komplett zu versagen? Selbst Marie kannte es jetzt. So selbstsicher, strukturiert und organisiert sie das Familienleben auch angegangen war, so viele schlaue Ratgeber sie auch gelesen hatte, ohne die Hilfe ihrer neuen Freundinnen wäre sie niemals in der Lage gewesen, das Robin-Problem zu lösen.

Geistesabwesend schaute sie in die Krimskramsschale auf dem Art-déco-Tischchen. Sicher, ihre Mutter hatte sich verantwortungslos verhalten, doch so war sie nun mal: das ganze Programm von verrückt bis durchgeknallt. Bösen Willen konnte man ihr deshalb nicht unterstellen. Ihre Mutter hatte damals keine Freundinnen gehabt, und schon gar keine Freundinnen wie Scarlett oder Babette. Innerlich leistete Marie Abbitte. Vielleicht sollte sie ihr verzeihen.

Als sie in die Küche trat, entdeckte sie Luna-Rosé und Lilli am Esstisch, über zwei Teller mit Nudelsuppe gebeugt. Lilli hatte ihre Klamotten von gestern an, immerhin mit akkurat geknöpfter Bluse, was sie wohl ihrer Oma verdankte. Luna-Rosés Look gehörte eher zur eigenwilligen Sorte. Über einem silbrig-grünen Lurextop trug sie ein XL-Flanellhemd mit rot-blauem Karomuster, das sie vermutlich ihrem großen Bruder stibitzt hatte, dazu ein lila Stirnband. Eine Kombination ohne jegliches Farbkonzept, doch auf eine charmante Weise passte es zu ihr.

»Ist es dir überhaupt recht, dass Lilli mitisst?«, fragte Babette, die gerade den Kühlschrank ausräumte. »Ich bin heute nicht zum Kochen gekommen, und für deine hohen Ernährungsansprüche reicht so ein schlappes Süppchen aus der Dose doch bestimmt nicht.«

»Auch Mütter sind nur Menschen«, lächelte Marie, was so ziemlich das Gewagteste war, was sie in puncto Ernährung jemals von sich gegeben hatte.

Es stimmte ja, normalerweise hätte sie ihrer Tochter den Teller weggenommen und eine Strafpredigt über minderwertiges Dosenfutter gehalten. Doch nach den Erlebnissen des heutigen Tages sah sie alles lockerer. Solange die Mischung aus frischen vollwertigen Mahlzeiten und Fertigessen stimmte, musste man sich wahrscheinlich keine Sorgen machen.

»Ciao, Babette. Wir sehen uns dann heute Abend um elf.«

»Was macht ihr denn, Mami?«, wollte Lilli wissen.

»Mädelsabend mit Scarlett«, antwortete Babette für Marie.

»Darf ich mit?«

»Ein andermal, Liebling.« Zärtlich hauchte Marie ihrer Tochter ein Küsschen auf die Wange. »Babette hat vorgeschlagen, dass wir demnächst eine Kahnpartie bei Mondschein unternehmen.«

Luna-Rosé, die bislang geschwiegen hatte, legte ihren Suppenlöffel beiseite und stupste Lilli an.

»Die gehen heute bestimmt tanzen. Meine Mami sagt nämlich immer, auch Mütter wollen mal Spaß haben.«

»Spaß.« Unsicher schaute Lilli zu Marie. »Du willst *Spaß*? Wirklich, Mami?«

»Warum nicht?« Sie sah zu Babette, die immer noch am Kühlschrank herumhantierte. »Kann ich dir noch mit irgendwas helfen, bevor ich gehe? Ein bisschen aufräumen vielleicht?«

»Ach, ich miste nur aus«, antwortete Babette mit einer wegwerfenden Handbewegung. »Tupperdosen sind superpraktisch, weißt du. Man muss übrig gebliebenes Essen nicht sofort wegschmeißen, man kann in Ruhe warten, bis sich der Deckel wölbt.«

Luna-Rosé sah von ihrer Suppe auf und drehte eine Locke um den Finger, die unter ihrem lila Stirnband hervorquoll.

»Meine Mami sagt, Spaß ist wichtiger als eine aufgeräumte Küche.«

»Ist halt so meine Philosophie, auch in Bezug auf Männer übrigens«, erläuterte Babette ihre Einstellung. »Wenn mich ein Mann besucht, erlebt er lieber eine entspannte Frau mitten im Chaos als eine ordentliche Wohnung, in der ein Wrack sitzt.«

Das musste Marie erst mal auf sich wirken lassen. Und dann begriff sie es. Wie oft hatte sie Alexander abgehetzt zu Hause empfangen, völlig ausgelaugt vom Kochen und Aufräumen, nachdem sie schon den ganzen Tag im Büro geackert hatte. Da war schlechte Laune vorprogrammiert. Bei Babette war ihm das bestimmt nicht passiert. Die hatte garantiert keine hektische Aufräumaktion gestartet, bevor er sie besuchte, sondern ihm gewohnt tiefenentspannt die Tür geöffnet. Oje. Die wievielte Lektion war das jetzt eigentlich? Marie hatte aufgehört zu zählen. Babette war ein wandelndes Coaching.

»Also, wir müssten dann los.« Sie schaute zu ihrer Tochter. »Lilli, kommst du? Oma hat doch heute Geburtstag.«

»Na gut …« Man sah Lilli an, wie gern sie geblieben wäre. »Aber nur, wenn ich keinen Lederkäse essen muss.«

Nach einem komplizierten Abschiedsritual mit Luna-Rosé, das aus diversen Umarmungen und allerlei synchronen Handbewegungen bestand, folgte sie Marie nach draußen, wo Scarlett und

Robin auf der Kühlerhaube des kleinen Fiat hockten. Kichernd schauten sie sich Handyvideos an. Vielleicht Videos von Dragqueens? Marie beschloss, nicht zu fragen. Sie musste loslassen, damit Robin ihr vielleicht irgendwann wieder vertraute.

Zu viert zwängten sie sich in die Konservenbüchse von Auto, was einige Zeit in Anspruch nahm. Besonders Robin hatte gewisse Schwierigkeiten, seinen hochaufgeschossenen Körper auf dem Rücksitz unterzubringen. Er war so groß geworden …

»Ich habe heute Morgen Blumen für Ihre – für deine Schwiegermutter besorgt«, sagte Scarlett, als sie den Motor anließ. »Sie liegen im Kofferraum, mit einem feuchten Plastikbeutel am unteren Ende, damit die Stiele nicht austrocknen.«

Mal wieder hatte Scarlett an alles gedacht, umsichtig, wie sie nun mal war, und Marie hatte fast ein schlechtes Gewissen, weil sie nicht selbst auf die Idee gekommen war.

»Den nächsten Blumenstrauß bekommst du von mir, Scarlett. Und falls du Ärger mit dem Chef kriegst, weil du so lange weg warst, lege ich gern ein gutes Wort für dich ein.«

»Bei dem beschissenen Blödmann?«

»Ich tu mal so, als hätte ich den Ausdruck nicht gehört!«, kam es im Chor von der Rückbank.

»Sorry, Kinder«, entschuldigte sich Scarlett zerknirscht. »Ich sollte wohl besser auf meine Wortwahl achten.«

Marie hörte kaum hin. Sinnend betrachtete sie den Glücksbringer, der wackelnd am Rückspiegel hing, einen kleinen lachenden Engel aus rosa Metall.

»Ich werde kündigen, Scarlett.«

»Waaas?«, scholl es ihr zweistimmig entgegen.

»Du wirst eine Kündigin?«, fragte Lilli atemlos. »Ist das so was wie eine Königin? Bekommst du eine Krone? Werde ich dann eine Prinzessin?«

»Mum schmeißt hin«, erklärte ihr großer Bruder sachlich. »Also, ihren Job.«

»Wow.« Scarlett schaltete einen Gang runter und fuhr deutlich langsamer, während sie Marie einen verwunderten Blick zuwarf. »Ich meine, verstehen kann ich's. Seit fünf Monaten gucke ich mir das jetzt an – was du leistest, wie du dich auspowerst. Ehrlich, manchmal hatte ich Angst, dass du umkippst.«

»Dafür hatte ich gar keine Zeit.«

»Eben.« Mit zusammengezogenen Augenbrauen umfuhr Scarlett ein Schlagloch auf dem ungepflasterten Weg, offensichtlich, um Maries Rücken zu schonen. »Gut, dass du Holger Christiansen abservierst, das war überfällig. Zum Abschied sollten wir ihm aber noch einen kleinen Denkzettel verpassen.«

»Einen Denkzettel? Was meinst du?«

»Darüber muss ich in Ruhe nachdenken, ungeschoren kommt er jedenfalls nicht davon«, erwiderte Scarlett. »Und weißt du was? Wenn du was Neues aufziehst, bin ich dabei.«

Jetzt war es Marie, der ein lang gezogenes »Waaas?« entfuhr.

»Liegt doch absolut nahe, so gut, wie wir zusammengearbeitet haben«, führte Scarlett ihren Gedanken weiter aus. »Du warst mein einziger Lichtblick bei FeelBetterFood. Die anderen Kollegen haben mich doch immer nur behandelt, als wäre ich die Klofrau. Wobei ich nichts gegen Klofrauen habe, die machen einen tollen Job. Aber das ganze Teamgetue in der Firma, dieses Tischfußball und Dart und die Feierabendstammtische, das alles fand ich immer nur nervig. Wenn schon Social Shmoozing, dann mit Leuten, die ich mag.«

»Social Shmoozing?«, wiederholte Robin. »Was ist das für ein komischer Verein, dieses FeelBetterFood? Ein Puff?«

»Mami, was ist ein Puff?«, erkundigte sich Lilli neugierig.

»Darüber reden wir ein andermal, Liebling.« Marie fixierte den kleinen rosa Engel am Rückspiegel. Vielleicht war er ja ein gutes Omen für ihre Pläne, die langsam Gestalt annahmen. »Scarlett, ich hatte dir doch von Eddy und seinem Frozen Yoghurt erzählt …«

»Das ist es! Wir entwickeln die Idee zu Ende, bevor Holger Christiansen sie stehlen kann!«, rief Scarlett mit jäh aufflammender Begeisterung. »Denn wir werden schneller sein! Bevor der Chef eine neue Produktlinie rausbringt, lässt er doch erst mal alle möglichen Agenturen glühen, außerdem Verpackungsdesigner und Marketingspezialisten, die ihm tausend Konzepte vorlegen müssen, bis er endlich zufrieden ist. Das gibt uns den entscheidenden Vorsprung. Wir verpacken das Frozen Yoghurt ganz schlicht, in wiederverwendbaren Bambusbechern, und das Marketing machen wir …«

» … auf Instagram«, nahm Robin ihr das Wort aus dem Mund. Sein Kopf erschien zwischen den Vordersitzen. »Normale Werbung ist doch für die Tonne. Interessiert keinen. Wir starten einen Insta-Account für euer Frozen Yoghurt, suchen ein paar passende Influencer, die die Produkte posten, und wuuusch, geht das Ding durch die Decke.«

In Maries Ohren rauschte es. Das alles ging fast zu schnell für ihren neuen Entschleunigungskurs, dennoch hörte es sich verlockend an. Das hier war echter Team-Spirit, nicht nur modisches Chefsprech.

»Und was tue ich?«, piepste Lilli.

Marie drehte sich halb zu ihr herum, obwohl ihr Rücken noch weit entfernt davon war, derartige Bewegungen schmerzfrei mitzumachen.

»Für dich finden wir auch eine Aufgabe, lass mich überlegen.« Ihre Gedanken wanderten von Lilli zu Luna-Rosé und von Luna-Rosé zu Babettes Küche mit den Kinderzeichnungen an den Wänden. Die Bilder waren nicht perfekt, und genau das machte sie so schön. »Lilli, du malst die Vorlagen für die Deko auf den Bambusbechern. Tomaten, Süßkartoffeln, Brokkoli und so weiter. Wie findest du das?«

»Aber ich kann nicht gut malen«, schniefte Lilli, »jedes Mal, wenn ich was für die Schule malen soll, machst du das für mich.«

»Damit ist jetzt Schluss.« Marie drehte sich wieder nach vorn und rieb sich den Lendenwirbelbereich. »Du bist eine wunderbare Künstlerin, Lilli. Die Kunden werden es lieben.«

»Ehrlich?«

»Hey, du Zwerg«, lachte Robin, und es war das erste Mal seit Wochen, dass Marie ihn herzhaft lachen hörte. »Mum hat dir gerade einen Job angeboten, also frag nicht, ob du das kannst, frag lieber, ob der Job gut bezahlt ist.«

»Mamiii?«

»Eine kleine Taschengelderhöhung wäre durchaus drin«, erwiderte Marie lächelnd.

»Über mein Honorar reden wir dann später«, schob Robin feixend nach. »Ich kann euch auch eine Website bauen.«

Marie schüttelte den Kopf.

»Du bist vierzehn.«

»Und – was? Du wirst in zwei Tagen vierzig. Heißt das etwa, du kannst eine Website bauen?«

Worüber sollte Marie mehr staunen? Darüber, dass Robin Websites programmieren konnte oder dass er wusste, wann sie Geburtstag hatte?

»Amaryllisweg drei.« Scarlett trat auf die Bremse. »Alles aussteigen, was Hasemann heißt.«

Sie waren tatsächlich schon zu Hause angekommen. Mittlerweile zeigte Maries Uhr halb vier. Sie sah aus dem Beifahrerfenster. Im Vorgarten war ein kleiner Stau entstanden. Lauter ältere Herrschaften mit Blumen und hübsch verpackten Geschenken standen Schlange vor der Haustür, an der Lydia Hasemann huldvoll wie Queen Mum ihre Gäste empfing. Zur Feier des Tages trug sie atmungsaktives Kobaltblau. Zusätzlich hatte sie ihr Outfit mit einer bunt bemalten Nudelkette aufgepeppt, ein Weihnachtsgeschenk von Lilli.

»Los, Mum, steig schon aus, wir müssen da rein, beeil dich«, drängelte Robin.

In seinem ungeduldigen Tonfall erkannte Marie sich selbst wieder. Los doch, beeilt euch, die Uhr tickt, mit solchen hastigen Halbsätzen hatte sie die letzten Jahre verbracht. Das würde sich ändern, wie so vieles andere. Mit ihrer neu ersonnenen rückenschonenden Taktik – erst das rechte Bein, leichte Drehung, dann das linke Bein, kurze Streckung, schlängelndes Rauswinden – stieg sie aus, bedankte sich bei Scarlett, die einen großen Blumenstrauß aus dem Kofferraum geholt hatte, und ging an der Schlange vorbei auf das Haus zu.

»Guten Tag, Herr von Hülse, ja, meine Schwiegertochter wird auch zugegen sein«, begrüßte Lydia Hasemann gerade einen älteren Herrn mit weißem Spitzbärtchen, der eine rot-weiß gepunktete Fliege zum vanillegelben Anzug trug. »Sie hatte noch Anwendungen, wegen ihres Rückens. Aber sogar mit einem Hexenschuss sieht sie so nett und adrett aus wie eh und je.«

Inzwischen hatte Marie die Haustür erreicht und streckte dem Geburtstagskind die Blumen entgegen, einen sehr geschmackvollen Strauß aus blauen Hortensien, Rittersporn und Eukalyptuszweigen. Auf Scarlett war Verlass.

»Nochmals alles, alles Gute für dich, liebe Lydia.«

»Mariechen.« Ihre Schwiegermutter musterte sie von oben bis unten. »Was hat das zu bedeuten?«

Marie sah an sich herab. Jetzt erst merkte sie, dass sie immer noch die Jeans und die leicht verdreckten Gummistiefel von Babette trug.

»Auf ärztliche Anweisung musste ich spazieren gehen. Aber keine Sorge, natürlich ziehe ich mich gleich um.«

»Das will ich auch hoffen«, zirpte Lydia Hasemann. »Danke übrigens für die figurformende Wäsche. Ich kriege zwar keinen Kuchen runter und kaum noch Luft, aber alle machen mir Komplimente.«

»Wie schön«, schmunzelte Marie.

Das war nicht mal geschwindelt. Sie fasste es als glückliche Fügung auf, dass dieser hilflose Versuch, attraktiver für Alexander zu werden, nun einer angemessenen Bestimmung zugeführt worden war.

Nachdem sie die Gummistiefel von den Füßen gestreift hatte, arbeitete sie sich auf Socken durch den überfüllten Flur bis zum Wohnzimmer vor. Noch nie hatten so viele Gäste dieses Haus bevölkert. Sie verdrückten Kuchen auf den heiligen lila Couchen, trampelten achtlos die hochflorige Auslegeware platt, schlürften Kaffee und Sekt ohne Rücksicht auf etwaige Flecken und unterhielten sich angeregt, ohne von Marie Notiz zu nehmen.

Da stand sie nun, inmitten fremder Menschen, die Lydia Hasemanns Geburtstag begingen – und rastete *nicht* aus, obwohl sie das vor zwei Tagen garantiert noch getan hätte. Es war so viel Leben hier, so viel Freude in den Gesichtern. Wie hätte sie da ausflippen sollen?

Sie ging weiter zum Esszimmer, wo ihre Schwiegermutter das Kuchenbüfett aufgebaut hatte, ein Festival gängiger Backmischungen aus dem Supermarkt. Daneben stand, ganz stilecht, schnöde Sprühsahne. Auch Donauwellen waren dabei, die Marie ein weiteres Schmunzeln entlockten. So hatte alles angefangen mit Babette.

»Marie.« Mit Leichenbittermiene trat Alexander auf sie zu. In seinen Mundwinkeln hingen kleine Frikadellenkrümel. »Reg dich bitte nicht auf, es ist alles ein bisschen aus dem Ruder gelaufen mit der Geburtstagsfeier. Ich engagiere einen Putztrupp, der morgen alles wieder in Ordnung bringt. Wenn du willst, kann ich die ganzen Leute auch in den Garten hinauskomplimentieren, wo sie nicht so viel anrichten können.«

»Ach Alex«, Marie lehnte sich an seine Schulter. »Lass den Gästen doch ihren Spaß.«

»Spaß? Habe ich das richtig verstanden?«

»War, glaube ich, Lektion Nummer sieben oder acht. Okay, das musst du jetzt nicht verstehen.« Spitzbübisch schaute sie ihn an. »Ich muss erst mal unter die Dusche, kommst du mit?«

Eine eindeutig doppeldeutige Frage. Doch die Ereignisse der zurückliegenden Nacht hatten Marie mutiger gemacht. Vielleicht brauchte sie ja keinen Sexplan, wenn sie spontanen Eingebungen folgte – obwohl Marie Hasemann und *spontan* in etwa so gut zusammenpassten wie Matjes und Schokoladensoße.

»Unter die Dusche? Mit dir?« In Alexanders Augen fing es begehrlich an zu glitzern, dennoch schien er seinen Ohren nicht ganz zu trauen. »Ist das ein Scherz?«

»Kommt drauf an, was du daraus machst«, gurrte sie. »Duschen zu zweit spart Wasser und Zeit, aber falls dir nicht mehr dazu einfällt, Schatz, ich hätte da so ein paar Ideen.«

Kapitel 18

Nie wirkte eine Wohnung stiller als nach einer großen Feier. Das Geplauder der Gäste war verstummt und hing nur noch als fernes Echo in den Räumen. Wie Pilze, die aus dem Boden geschossen waren, standen überall leere Kaffeetassen und benutzte Gläser herum, da und dort lagen Schleifen und Geschenkpapier auf dem Boden, der Krümelfaktor war so hoch wie nach einem Kindergeburtstag. Auch Blumensträuße gab es zuhauf, wobei Holgers Rosenstrauß nach wie vor den Vogel abschoss. Lydia Hasemann hatte ihn auf den Kaminsims gestellt, von wo er seinen betörenden Duft verbreitete.

Etwas abgekämpft saß Marie auf der Couch und genoss die Ruhe nach dem Sturm. In der Küche rumorte ihre Schwiegermutter. Schon an den klappernden Geräuschen erkannte Marie, dass sie mal wieder alles falsch in die Spülmaschine stellte. Nun ja. Da hieß es, kräftig durchzuatmen. Maries ernstgemeintes Hilfsangebot hatte Lydia Hasemann ausgeschlagen, vielleicht deshalb, weil sie dann doch gemerkt hatte, dass ihre Geburtstagssause ein wenig ausgeufert war. Aber schön war's gewesen. Und lustig. Nie würde Marie das Gespräch mit Herrn von Hülse vergessen, der gekalauert hatte, die brandneuen Schmerzzäpfchen gebe es jetzt zum »Einführungspreis«. So langsam verstand Marie, was ihre Schwiegermutter an ihm fand.

»Alles gut überstanden?«, fragte Alexander, der sich zu ihr auf die Couch setzte. »Was macht der Rücken?«

»Sich bemerkbar.«

Ja, die Schmerzen waren zurückgekehrt, doch inzwischen hatte Marie herausgefunden, dass es besser wurde, wenn sie in einer halb liegenden Position auf der Couch lagerte und die Füße auf die Armlehne legte – etwas, was nach ihren selbst geschaffenen Hausregeln eigentlich streng verboten war. Lächelnd schmiegte sie sich an ihren Mann.

»Mein persönliches Highlight war unsere Dusche.«

»Und im Stehen ist es ja auch äußerst rückenschonend«, fügte Alex mit einem kleinen Grinsen hinzu. »Es ist übrigens noch Sprühsahne übrig, damit lässt sich so einiges …«

»Mami, Mami«, übermütig hüpfend erschien Lilli im Wohnzimmer. »Können wir jetzt die Marshmallows grillen?«

»Sicher, mein Liebling.«

Alexander rückte ein wenig von Marie ab, in seinen Gesichtszügen malte sich kindliche Aufregung.

»Du willst das also wirklich durchziehen?«

Ja, das hatte Marie vor, allerdings mit einem kleinen Hintergedanken. Zwischen einer Donauwelle und einem matschigen Stück Frankfurter Kranz hatte Alex ihr eröffnet, heute Abend werde er wieder zu Babette gehen. Marie konnte das nicht ganz nachvollziehen. Seine Ambition, Babette bei der Renovierung zu helfen, in allen Ehren, doch warum ausgerechnet heute?

Sie schaute zur Uhr. Es war halb sieben. Bevor ein anständiges Feuer im Kamin brannte, würde eine Menge Zeit vergehen, bis es zu spät für irgendwelche aushäusige Aktivitäten war. Hoffentlich. Lange hatte sie sich Alexander nicht mehr so nah gefühlt.

Dass er dennoch den Abend woanders verbringen wollte, mit einer Frau, die ihm besser gefiel, als es Marie gefiel, gab ihr einen Stich. Deshalb hoffte sie, dass er über die Erfüllung seines Kindertraums die Verabredung mit Babette vergessen würde.

»Schmeiß den Kamin an, Alex. Und sag Robin Bescheid, vielleicht hat er auch Lust auf geröstete Marshmallows.«

»Nein, das mache ich!«, rief Lilli. »Ich hole ihn!«

Während sie aus dem Wohnzimmer sauste, schaute Alexander in die große Tüte, die Marie neben die Couch gestellt hatte.

»Also, wie geht das noch mal?« Er kratzte sich den Kopf. »Was muss ich als Erstes tun?«

Männer. Die verrücktesten Lebewesen des Universums. Sie konstruierten hochkomplizierte Autos, führten die Regierungsgeschäfte riesiger Länder und flogen zum Mond, aber im wahren Leben glänzten sie durch rührende Hilflosigkeit.

»Fang doch damit an, die Holzscheite aufzuschichten«, antwortete Marie mit Engelsgeduld. »Es liegen auch kleine Kiefernspäne in der Tüte, die zündest du an und legst sie unter die Scheite, damit sofort eine Flamme entsteht. Und vergiss bitte nicht, die Rauchabzugsklappe zu öffnen.«

»Holzscheite, Kiefernspäne, Rauchabzugsklappe«, murmelte Alexander. »Gut, ich versuch's.«

Als sich wenig später Lilli und Robin zu Marie auf die Couch gesellten, war das Spektakel schon in vollem Gange. Leise fluchend kniete Alexander vor dem Kamin, dicker bläulicher Qualm waberte in Schwaden durchs Wohnzimmer, von einer Flamme war nichts zu sehen. Es juckte Marie in den Fingern einzugreifen. Auch der eine oder andere Kommentar über die korrekte Bedienung von Rauchabzugsklappen lag ihr auf der Zunge, doch sie beschränkte sich darauf, aufzustehen und in die Küche zu wechseln, um die extralangen Fonduespieße aus der dafür vorgesehenen Schublade zu holen.

»Was wird das, Mariechen?« Aufgebracht stemmte Lydia Hasemann ihre Fäuste in die kobaltblau umspielten Hüften. »Das riecht ja, als brennt das ganze Haus ab.«

»Wir rösten gleich Marshmallows, nichts weiter.«

Tapfer ließ Marie das heillose Chaos unerwähnt, das in der Küche herrschte. Überall standen aufgerissene Backmischungskartons herum, in der Spüle türmten sich schmutzige Kuchenplatten, der Boden war staubig von Puderzucker.

»Wir haben doch noch so viele Reste, Kind. Wollt ihr nicht lieber ein schönes Quarkbällchen? Schau, es sind noch jede Menge übrig.«

»Lydia«, Marie legte eine Hand auf die Brust, »es war Alexanders Herzenswunsch, Marshmallows zu grillen.«

»Na, dann macht mal puppenlustig weiter«, murrte ihre Schwiegermutter. »Aber Alexander schmeckt mein Kuchen, das steht fest. Und vorher hat er fünf Frikadellen verputzt.«

Jaja, futtern wie bei Muttern, diesen Wettbewerb hast du schon immer gewonnen, dachte Marie, während sie in der drittobersten Schublade des Küchenschranks wühlte. Vergeblich. Nach einigem Suchen fand sie die Fonduespieße bei den Essvorräten, gut versteckt hinter Vollkornmehl und Müslitüten. Wer machte denn so was? Kurz regte sich ihr alter Widerwille, weil Lydia Hasemann immer alles durcheinanderbrachte mit ihrer himmelschreienden Systemlosigkeit. Dann besann sie sich auf das, was sie sich vorgenommen hatte. Atmen. Locker bleiben. Hilfe anerkennen.

»Lydia, ich möchte mich bei dir bedanken.«

Argwöhnisch sah Frau Hasemann Senior von der länglichen Plastikdose auf, in die sie gerade quittengelbe Kuchenscheiben schichtete, Backmischungszitronenkuchen mit dem typischen glitschigen Wasserrand.

»Wie bitte?«

Marie versuchte sich an einem Lächeln, das ihr gar nicht mal so schwerfiel.

»Ist ja nicht selbstverständlich, dass du so rasch eingesprungen bist, als ich mit meinem Hexenschuss im Bett lag. Nochmals danke schön. Auch für das Kirschkernkissen und die Bettpfanne und all das.«

»Sag mal, nimmst du irgendwelche komischen Tabletten?«

Puh. Da war man mal freundlich und wurde sogleich als benebelter Junkie abqualifiziert. Vielleicht wurde es Zeit für eine Aussprache.

»Bin ich denn so ein Scheusal? Normalerweise?«

Mit allen zehn Fingern fuhr sich Lydia Hasemann durchs eisgraue Haar, das zur Feier des Tages eine besonders lebhafte Violettnuance aufwies.

»Was soll ich sagen, Mariechen, Schwiegertochter und Schwiegermutter, das ist nun mal wie Hund und Katze. Und dass du mich ablehnst, merkt ja wohl ein Blinder mit Krückstock.« Ihre Stimme bebte ein bisschen, es schwang weniger Vorwurf als Enttäuschung darin. »Aber was soll man machen? Herr von Hülse sagt immer: Bleibe gelassen, bleibe heiter, ärgern bringt dich kein Stück weiter.«

Ihre Worte trafen Marie härter, als sie erwartet hätte. Das war sie also, die ungeschönte Wahrheit. Dafür, dass sich Lydia Hasemann so gründlich abgelehnt fühlte, hatte sie die vielen kleinen Reibereien mit bemerkenswerter Fassung getragen.

»Falls ich zu kratzbürstig war, tut es mir leid«, sagte sie reumütig. »Ich weiß, dass ich ein wenig zur Besserwisserei neige, aber glaub mir: Du bist die einzige Person, der du gefallen musst.«

»*Ein wenig*«, griff ihre Schwiegermutter jene Passage auf, die ihr offenbar den größten Ärger bereitete. »Kind, du machst uns alle kirre mit deinem Ordnungsfimmel, deinen tausend Regeln und deinem …«

»… Perfektionismus«, würgte Marie weitere unerfreuliche Einschätzungen ab. »Ich gelobe Besserung.«

»Und du nimmst wirklich keine Psychotabletten?« Misstrauisch kniff Lydia Hasemann die Augen zusammen. »Herr von Hülse sagt, dass solche Medikamente ein hohes Abhängigkeitspotenzial haben. So was könntest du übrigens in der *Apotheken-Umschau* erfahren, falls du sie lesen würdest. Dann wüsstest du auch, dass Johanniskraut eine unschädliche Alternative ist.«

In diesem Moment klingelte es, eine durchaus willkommene Unterbrechung. Erleichtert ging Marie in den Flur, wo bereits Robin die Haustür öffnete. Dahinter erschien ein uniformierter Polizist.

»Bin ich hier richtig bei Familie Hasemann?«, schnarrte er.

Maries Herz plumpste in den Magen und rutschte von dort aus weiter in die Kniekehlen. Ein Polizist! Jetzt würde das ganze Desaster auf sie einstürzen, noch bevor sie die Drogenangelegenheit auf Robins Art regeln konnte, ohne Anzeige, polizeiliches Verhör, öffentliches Spießrutenlaufen. Dafür war es nun zu spät. Schützend stellte sie sich vor ihren Sohn. Sie war eine Mutter, und Mütter verteidigten ihr Junges.

»Einen schönen guten Abend, wie kann ich Ihnen helfen?«

»Andersrum, ich kann Ihnen helfen«, antwortete der Beamte

launig. »Wir haben den Wagen von Frau Lydia Hasemann gefunden. Sind Sie das?«

»Nein, ich!«, rief Maries Schwiegermutter, die auf ihren rosa Crocs angelaufen kam. »Das ist ja, also wirklich, das ist … wo war er denn?«

»Wir haben einen anonymen Tipp bekommen«, erklärte der Polizist. »Der Wagen steht etwas außerhalb am Straßenrand, kurz vor dem Weg, der zum Gasthaus Zum Ochsen führt.«

»Einen anonymen Tipp«, echote Marie. Sie schaute zu Robin, der auffallend still in sich hineingriente. »Soso.«

Der Polizist deutete auf den Streifenwagen, der vor dem Haus stand.

»Ich bringe Sie gern hin. Wollen Sie gleich mitkommen?«

»Was denken Sie denn?«, fauchte Lydia Hasemann. »Ich hole nur meinen Autoschlüssel, dann kann's losgehen.«

Herrje, der Autoschlüssel!, schoss es wie eine Leuchtrakete durch Maries Kopf. Wo hatte sie den bloß hingelegt? Nach ihrer Beschattungsaktion war sie so aufgelöst gewesen, dass er überall sein konnte, im Bett, im Nachtschrank, im Badezimmer, irgendwo. Ihre Schwiegermutter ging natürlich davon aus, dass er nach wie vor im Rucksack lag, doch da hatte ihn Marie ganz bestimmt nicht deponiert, so weit erinnerte sie sich immerhin. Und wenn sie den Schlüssel nun in die Tasche der Jogginghose gesteckt hatte? Jener Jogginghose, die jetzt in der Mülltonne irgendeines Nachbarn ruhte?

Eines stand fest: Dummer Zufall und schlechtes Karma arbeiteten immer im Team. Beklommen lauschte Marie auf die Schritte von Lydia Hasemann, die die Treppe zum ersten Stock hochstieg. Am liebsten wäre sie selbst auf die Suche gegangen, doch wie hätte das denn ausgesehen?

»Ansonsten alles in Ordnung bei Ihnen?«, erkundigte sich der Polizist. »Es riecht ein bisschen streng hier.«

»Das ist nur mein Mann.«

»Was?« Der Beamte schob seine Mütze zurück und legte den Kopf schräg. »So riecht Ihr Mann?«

»Genauer gesagt versucht er, den Kamin anzuzünden.« Marie räusperte sich. »Und der Wagen ist hoffentlich unversehrt?«

»Er hat keine sichtbaren Schäden davongetragen«, bestätigte der Polizist. »Nur innen ist er ein bisschen schmutzig, aber mit einem Handstaubsauger kriegt man das schnell wieder hin. Wie gesagt, wir nehmen an, dass es jugendliche Rowdys waren, die nur eine Spritztour machen wollten.«

»Jaja, immer diese Rowdys«, seufzte Marie. »Dann hoffen wir mal, dass der Autoschlüssel bald gefunden wird.«

»Ich glaube, er ist genau da, wo Oma ihn finden kann«, sagte Robin, der irgendeinen Punkt an der Decke des Flurs fixierte.

Ach du liebe Güte – selbst daran hatte er gedacht? Wider Erwarten entpuppte er sich als echtes Organisationstalent. Sie hatte Robin unterschätzt. Allein seine Idee, dieser mysteriösen Person Y eine zweite Chance zu geben, war genial. Wobei Marie jetzt schon weiche Knie bekam, wenn sie sich ausmalte, wie es sein würde, heute Nacht einem waschechten Dealer zu begegnen.

»Übrigens können Sie auch Anzeige gegen unbekannt erstatten«, meldete sich der Polizist wieder zu Wort. »In diesem Fall könnten wir den Wagen abschleppen lassen und die Spurensicherung darauf ansetzen, für eventuelle Fingerabdrücke und so weiter.«

»Also, ähm, das wird nicht nötig sein«, widersprach Marie schnell, um diese Diskussion bloß nicht in Gegenwart ihrer Schwiegermutter vertiefen zu müssen. »Ende gut, alles gut!«

»Wie Sie wollen«, nickte der Polizist.

»Ich bin bereit!«, kündigte Lydia Hasemann lautstark ihr Kommen an, bevor sie hochrot im Flur erschien. »Hat ein bisschen gedauert, weil ich erst in meinem Rucksack gesucht habe. Der Schlüssel lag dann aber auf dem Nachtschrank im Gästezimmer. Seltsam, ich hätte schwören können, dass ich ihn in den Rucksack gesteckt habe. Geistig bin ich nämlich ziemlich fit, Herr Wachtmeister, ich nehme Ginsengtabletten und …«

»Entschuldigung, wir müssten allmählich losfahren«, unterbrach der Polizist ihren Redeschwall. »Ich hab nämlich gleich Feierabend.«

Lydia Hasemann verzog ungehalten das Gesicht.

»Junger Mann, mit solchen Tabletten kann man gar nicht früh genug anfangen. Aber über die segensreiche Wirkungsweise von Ginseng kann ich Sie ja auch noch während der Fahrt informieren.«

In die Stirn des Beamten gruben sich zwei tiefe Falten. Offenbar bereute er sein Angebot einer Mitfahrgelegenheit schon wieder. Grüßend legte er zwei Finger an seine Dienstmütze, dann floh er zum Streifenwagen, gefolgt von Lydia Hasemann, die unaufhörlich auf ihn einredete und wahrscheinlich nicht so schnell wieder damit aufhören würde.

»Tja, ich muss mich wohl bei dir bedanken«, flüsterte Marie, nachdem sie die Haustür geschlossen hatte.

»Wieso, war was, Mum?« Robin zwinkerte ihr zu, so als sei das alles für ihn völlig normal. »Du bist in der Alterspubertät, nichts weiter. Da ticken Eltern nun mal ein bisschen aus. Ist schon okay, dass du in Babettes Garten rumgelungert hast, aber wenn du demnächst über ein Tattoo nachdenkst oder dir Katzenvideos reinziehst, solltest du dir besser ein echtes Hobby suchen.«

Na, besten Dank. Jetzt bekam sie also schon Ratschläge vom eigenen Sohn.

»Schau doch mal nach, wie weit Papa mit dem Feuer ist«, erwiderte Marie etwas verwirrt. »Ich hole die Fonduespieße aus der Küche.«

Als sie wenig später ins Wohnzimmer kam, saß Alexander im Schneidersitz vor dem tatsächlich brennenden Kamin und wies mit einem derartigen Stolz in die Flammen, als hätte er soeben die Kunst des Feuermachens erfunden.

»Geschafft, Schatz! Ich habe es tatsächlich geschafft!«

Leider ein bisschen zu schnell. Es war erst sieben, wie ein Blick zur Uhr verriet. Auch das Marshmallow-Rösten ging schneller vonstatten als erhofft. Ein pastellbunter gummiartiger Zuckerwürfel nach dem anderen wurde aufgespießt und über die Flammen gehalten, während Alexander begeistert kauend erzählte, es gebe noch viel mehr, wovon er immer geträumt hätte: wild zelten in den Bergen zum Beispiel oder eine Flusstour im Hausboot. Das sei seine geheime Bucketlist, nicht etwa Bildungsreisen durch südbayerische Klöster oder Sprachreisen nach Spanien. Auch Kanufahren in reißenden Strömen wäre bestimmt toll.

Marie konnte nur staunen, was da alles an geheimen Wünschen in ihrem Mann schlummerte. Es war schon eigenartig, dass man fünfzehn Jahre lang verheiratet sein konnte, ohne einander wirklich zu kennen.

Nach und nach leerte sich die Marshmallow-Tüte. Bereits eine halbe Stunde später hingen alle auf den Couchen, satt, zufrieden und vollkommen erledigt von der großzügigen Zuckerzufuhr. Damit war der erste Punkt auf Alexanders Kindheitstraum-Liste vollständig abgehakt.

»Hat Riesenspaß gemacht, Schatz.« Er gab Marie einen Kuss auf die Wange und erhob sich schwerfällig. »Dann fahre ich jetzt zu Babette. Als Erstes wollen wir uns heute das Wohnzimmer vornehmen, in den nächsten Tagen kommen die Küche und die Kinderzimmer dran.«

Marie fiel die Kinnlade herunter. Das hörte sich ja an, als ob er die nächsten Wochen jeden einzelnen Abend bei Babette verbringen wollte! Was sollte das werden? Eine Ehe zu dritt?

»Jetzt mach aber mal einen Punkt«, unternahm sie einen letzten schwachen Versuch, ihn aufzuhalten. »Übersteigt das nicht langsam die Dimensionen eines Freundschaftsdienstes?«

»Nee, versprochen ist versprochen«, entgegnete er lapidar.

»Du denkst aber daran, morgen früh die Pflichten zu übernehmen? Die Kinder wecken, ihr Frühstück organisieren, sie gegebenenfalls zur Schule bringen, all das? Ich habe schon in aller Frühe einen Termin beim Physiotherapeuten, deshalb stehe ich nicht zur Verfügung.«

»Nichts einfacher als das, Marie. Ich kümmere mich um alles, außerdem ist meine Mutter ja auch noch da.«

Dann war er weg. Marie fühlte sich nur noch abgehängt. Wie flüssiges Gift zirkulierte die Eifersucht in ihren Adern und zersetzte die guten Gefühle, die sie heute gesammelt hatte. Sicher, Babette war neuerdings ihre Freundin, das stand außer Frage, aber auch Freundinnen konnten zu Feindinnen werden, wenn ein Mann ins Spiel kam. Und hieß es nicht, die eigene Frau bleibe dem Ehemann immer ein Rätsel, dessen Lösung er bevorzugt bei einer anderen suche?

»Mami, hilfst du mir bei den Hausaufgaben?«, fragte Lilli, die sich an sie gekuschelt hatte. »Ich muss noch Häschen für Sachkunde malen.«

Seufzend strich Marie ihrer Tochter ein Löckchen aus der Stirn. Es war Zeit loszulassen.

»Ach, ich glaube, du bist jetzt groß genug, das allein zu schaffen.«

»Ehrlich, Mami?«

In Lillis Augen leuchtete unbändige Freude darüber, dass ihre superperfektionistische Mutter ihr zutraute, etwas eigenständig zu erledigen. Und plötzlich kam Marie ein erschreckender Gedanke: Auf Dauer würden ihre Kinder sie immer weniger brauchen. Dabei gründete sich doch ihr Lebenssinn im Wesentlichen darauf, für die beiden da zu sein, rund um die Uhr, in allen Lebenslagen. Selbst bei Steuererklärungen und Wurzelbehandlungen dachte Marie unablässig an das Wohl ihrer Kinder.

»Und wer bringt mich heute ins Bett?«, wollte Lilli wissen. »Oma oder Tamara?«

Es schien ihr überhaupt nichts auszumachen, dass es jemand anderes als ihre Mutter sein könnte. Eine zwiespältige Entdeckung für Marie. Sie hatte immer geglaubt, unersetzbar zu sein. Glaubte das nicht jede Mutter? *Sie denken, ohne Sie geht's nicht, Sie brauchen das Gefühl, gebraucht zu werden,* hallten Holger Christiansens Worte durch ihren Kopf. Zumindest damit hatte er recht. Doch was, wenn es mit dem Gebrauchtwerden vorbei war? Was blieb ihr dann noch? Ächzend erhob sie sich aus ihrer halb liegenden Position.

»Ihr widmet euch euren Hausaufgaben, ich lege mich jetzt ein bisschen ins Bett, bevor …«

Bevor ich mich auf einem Parkplatz an einen Dealer heranschleiche, der möglicherweise bewaffnet ist? Das konnte sie unmöglich ausposaunen.

»Bevor du dich mit Babette und Scarlett triffst«, kam Robin ihr zu Hilfe. »Scarlett hat mir geschrieben, dass sie dich um halb elf abholt. Soll ich dich vielleicht um kurz vor halb wecken?«

»Das wird nicht nötig sein, danke«, erwiderte Marie. »Ich stelle mir den Handywecker, das reicht. Mütter haben einen leichten Schlaf.«

Das sagte sie seit ziemlich genau vierzehn Jahren: *Mütter haben einen leichten Schlaf.* Aber bald würde es vielleicht damit vorbei sein, so wie mit dem Gebrauchtwerden. Auf einmal fühlte sie sich, als sei sie im Transitbereich eines Flughafens gestrandet. Der erste Langstreckenflug lag hinter ihr, wohin der nächste gehen sollte, blieb vorerst unklar. Was sollte sie mit sich anfangen, wenn nicht mehr das Zettelchen mit der Aufschrift *treu sorgende Mutter* an ihrer Stirn klebte? Irgendein *Hobby* betreiben, wie ihr Sohn meinte?

Schritt für Schritt schleppte sich Marie die Treppe hinauf. Ihr war etwas schwindlig, was vermutlich an der Zuckeroffensive lag, mit der ihr Stoffwechsel kämpfte. Vage gondelte die Idee durch ihr Hirn, man könnte vegane Marshmallows mit dem gesunden Zuckerersatz Stevia erfinden, als sie das Schlafzimmer erreichte und ihren angeschlagenen Körper ins Bett bugsierte. Zu einer Uhrzeit, zu der sie sonst noch ein beeindruckendes frühabendliches Programm absolvieren musste. Es fühlte sich falsch an, jetzt ins Bett zu gehen. Doch offenbar war ihr heutiges Tatenvolumen so gut wie aufgebraucht, denn sie hatte sich kaum in eine rückenschonende Position begeben, als ihr auch schon die Augen zufielen.

»Mum? Bist du wach?«

Marie öffnete die schweren Lider. Es war Robin, der vor dem Bett stand.

»Fünf vor halb elf, Mum, du musst los. Scarlett wartet draußen auf dich.«

»Wie kann das sein? Ich habe mich doch eben erst hingelegt.«

»Zeittunnel? Paralleluniversum?« Er hielt sein Handy hoch. »Nach mitteleuropäischer Zeit ist es jedenfalls zweiundzwanzig Uhr fünfundzwanzig auf dem Planeten Erde.«

»Aha. Verstehe.«

Schlaftrunken griff Marie zu der Tablettenschachtel, die auf dem Nachttisch lag, und holte die fast geplünderte Blisterpackung heraus. Heute Nacht würde sie nicht selbst fahren müssen, also genehmigte sie sich zwei Tabletten – und zur Vorsicht eine dritte, bevor sie etwas wacklig aufstand.

»Wirf nicht zu viel von dem Zeug ein«, mahnte Robin, womit der Rollentausch zwischen Mutter und Sohn fröhlich weiterging. »Du kriegst das auch ohne Dröhnung hin.«

»Und was macht dich da so sicher?«

»Lustig, wenn die Frage vor der Antwort kommt. Hey, du bist die so ziemlich krasseste Mum der Welt, da können alle anderen einpacken.« Er hob einen Daumen. »Ich feier das voll, wie du dich in die Sache reinhängst. Go, Mummie, go!«

Mit diesem aufmunternden Zuruf stapfte er aus dem Zimmer. Marie glaubte, nicht recht gehört zu haben. War das etwa ein Kompliment gewesen? Es hatte schon eine gewisse Ironie, dass ausgerechnet ihre dumme Spionageaktion sie einander nähergebracht hatte. Das nannte man wohl das Gute am Schlechten. So mussten sich die Hummer in der Küche der Titanic gefühlt haben, als sie wider Erwarten ins offene Meer schwimmen konnten.

Etwas steif stakste sie zum Kleiderschrank, wo sie unschlüssig stehen blieb. Kein Ratgeber sagte einem, was man anzog, wenn man in kriminelle Handlungen einzugreifen beabsichtigte. Alexanders schwarzer Jogginganzug stand nicht mehr zur Verfügung, ihre Businessoutfits erschienen ihr unpassend, also entschied sie sich für schwarze Jeans und ein schwarzes Jackett. Vielleicht etwas overdressed, aber dunkle Kleidung würde hilfreich sein. Als Letztes steckte sie Babettes Amethyst in die Hosentasche. Marie glaubte zwar nicht an den Humbug, doch schaden konnte es schließlich nichts.

Nachdem sie sich bei Robin ein schwarzes Basecap ausgeliehen hatte, war ihr Aufzug komplett. Nur die Wirkung der Tabletten ließ noch auf sich warten. Es war wie auf rohen Eiern laufen, als Marie die Treppe hinunterstieg und sich am Wohnzimmer vorbei zur Haustür schleppte.

»Marlechen?«, erklang die vorwurfsvolle Stimme ihrer Schwiegermutter. »Wohin gehst du um diese Uhrzeit?«

Erwischt. Marie schaute ins Wohnzimmer, wo Lydia Hasemann auf der Couch saß, das Gesicht über eine Zeitung gebeugt.

»Ich treffe mich mit meinen Freundinnen zu einem Gedankenaustausch«, antwortete sie etwas hölzern.

»Du hast doch gar keine Freundinnen.«

Marie schluckte. Noch vor wenigen Tagen hätte Lydia Hasemann den Nagel auf den Kopf getroffen.

»Ich bin gerade dabei, mein Leben zu ändern. Und du? Was machst du so?«

»Ich lese die Todesanzeigen.«

Himmel, wie deprimierend. Sofort bekam Marie ein schlechtes Gewissen. Offenbar fühlte sich Lydia Hasemann so gründlich abgelehnt, dass sie sich nun sogar schon mit ihrem eigenen Ableben beschäftigte.

»Lydia, also, was soll ich sagen, das ist aber eine reichlich makabre Lektüre am späten Abend.«

»Nö, gar nicht.« Ihre Schwiegermutter lächelte verschmitzt. »Auf diese Weise erfahre ich, welche reiferen Herren gerade wieder Single geworden sind. Schließlich muss ich auch an meine Zukunft denken, Kind. Herr von Hülse kommt nicht so richtig aus dem Quark, obwohl er mir schon seit Jahren den Hof macht. Da heißt es, die Augen offen halten.«

»Oh.«

Mehr fiel Marie nicht dazu ein. Wer hätte auch gedacht, dass Todesanzeigen eine Art Parship für die ältere Generation waren? Aber man durfte die überaus patente Lydia Hasemann genauso wenig unterschätzen wie ihren Enkel Robin.

»Treib's nicht zu bunt«, grummelte ihre Schwiegermutter gar nicht mal so unfreundlich. »Aber na ja, man ist nur einmal jung. Mittelalt. Also, kurz vor den Wechseljahren.«

Tja, austeilen konnte Lydia Hasemann immer noch. Prompt meinte Marie einen Hitzeschauer zu spüren, gefolgt von dem Gefühl, im Zeitraffer zu zerknittern.

»Gute Nacht, Lydia, und viel Glück bei deiner Neusinglesuche.«

»Danke, und dir viel Glück bei deiner Suche nach Freundinnen.«

Maries Aufregung steigerte sich von Sekunde zu Sekunde, als sie weiter zur Haustür humpelte und in Babettes Gummistiefel stieg, die dort immer noch standen. Auf Dealerjagd trug man keine Pumps. Aber womöglich war das Eis, auf das sie sich zu begeben gedachte, dann doch ein bisschen dünn. Während Marie auf Scarletts kleinen türkisfarbenen Fiat zustolperte, beschleunigte sich ihr Puls. Robins Idee, dieser ominösen Person Y eine zweite Chance zu geben, hatte einiges für sich, andererseits konnte es zu ernsthaften Komplikationen kommen. Was, wenn dieser Dealer sie entdeckte und ausraubte? Was, wenn er ihnen eine Pistole an den Kopf hielt? Mannomann.

»Du guckst ja so belämmert aus der Wäsche, als ob es zu deiner eigenen Verhaftung geht«, scherzte Scarlett, als Marie den Wagenschlag öffnete.

»Genauso fühle ich mich auch.«

»Och, das wird schon.« Scarlett zog den Reißverschluss ihres olivfarbenen Parkas bis oben hin zu und setzte die Kapuze auf. »Steig doch erst mal ein.«

Vorsichtig hievte Marie ihren Körper auf den Beifahrersitz. Dabei merkte sie, dass die Tabletten begannen zu wirken, was allerdings mit einer gewissen Benommenheit einherging. Ohnehin war ihr ganz schön schwummrig bei dem Gedanken, wohin sie fuhren und warum.

»Keine Sorge, Marie, wir haben einen wasserdichten Plan«, sagte Scarlett, während sie den Gang einlegte und losfuhr.

»Aber was, wenn er nicht funktioniert?«

»Wenn Plan A scheitert, besteht Plan B darin, dass wir uns unauffällig zurückziehen.«

»Und wenn das auch nicht funktioniert?«

»Dann hält das Alphabet noch vierundzwanzig weitere Buchstaben bereit.« Scarlett deutete auf den kleinen rosa Glücksengel, der am Rückspiegel baumelte. »Wird schon schiefgehen, sagte der Mann, der einen gewissen Turm in Pisa baute.«

Eine ziemlich unbefriedigende Antwort für eine Frau, die den Spitznamen Marie Kontrollsky trug. Nervös kaute Marie auf der Innenseite ihrer Wange herum. Je konkreter die ganze Sache wurde, desto mehr steigerte sich ihre Nervosität. Den Rest der Fahrt hüllte sie sich in konzentriertes Schweigen, und auch Scarlett sagte nichts mehr. Beide dachten sie vermutlich dasselbe: dass sie sich in ein komplett irres Abenteuer mit ungewissem Ausgang stürzten.

Kapitel 19

Marie war noch nie die Mutigste gewesen. Bislang hatten die größten Mutproben ihres Lebens darin bestanden, zwei Kinder auf die Welt zu bringen – wobei sich Alex beim ersten Mal im Kreißsaal spektakulär übergeben hatte und beim zweiten Mal so betrunken gewesen war, dass man ihn auf den Krankenhausflur verfrachten und notärztlich versorgen musste. Das war's. Unvorhergesehenes gab es kaum in Maries perfekt geplantem Alltag, und schon gar keine Verwicklungen in kriminelle Machenschaften.

Nur Robin zuliebe unterdrückte sie den Impuls, auf der Stelle auszusteigen und schreiend wegzurennen, als sie nach einer guten Viertelstunde in einer Gegend landeten, wo ausgestorbene Einkaufszentren, Möbelhäuser und Gewerbehöfe ihr tristes Dasein fristeten.

»So, da sind wir.« Scarlett zeigte auf ein mit Maschendraht umzäuntes Gelände, an dessen Eingangstor ein Schild mit der Aufschrift *Parkplatz nur für Kunden* hing. »Ich fahre noch ein paar Meter weiter, damit wir nicht so auffallen.«

Langsam tuckerte sie weiter und parkte den Wagen neben einer Baracke, die so gespenstisch wirkte, als seien schon unzählige Morde darin verübt worden. Als Marie ausstieg, hatte sie das Gefühl, in einem Ozean aus Wahnsinn zu versinken. Das konnte doch alles nicht wahr sein. Was taten sie hier, in dieser gottverlassenen Mördergegend?

Erst als Babette aus dem Dunkel auftauchte, hob sich ihre Stimmung wieder ein wenig. So wie immer strahlte Babette diesen grenzenlosen Optimismus aus, den vermutlich weder Überschwemmungen, Blitzeinschläge noch Erdbeben erschüttern konnten. Im selben Augenblick fiel Marie ein, dass es sich um jene Frau handelte, bei der ihr Mann den Abend verbracht hatte, was ihre Stimmung sogleich wieder beträchtlich dämpfte.

»Ich habe schon das Terrain sondiert«, flüsterte Babette und legte konspirativ einen Finger an die Lippen. »Wir müssen leise sein, ja? Ein ideales Versteck ist das Parkplatzwächterhäuschen neben der Einfahrt, da haben wir den Überblick und bleiben trotzdem unsichtbar. Irgendwelche Einwände?«

Niemand antwortete. Also lotste Babette die beiden Frauen zum Eingangstor des Parkplatzes, hinter dem sich die gähnende Leere der Nacht ausbreitete, nur notdürftig aufgehellt durch ein paar trübe Lampen. Skeptisch betrachtete Marie das mannshohe Zaungatter.

»Tut mir leid, da komme ich nicht hoch.«

»Musst du auch nicht.« Aus ihrem obligatorischen riesigen Lederbeutel holte Babette eine Zange. »Mit dem roten Teppich kann ich leider nicht dienen, aber ich bahne uns einen Weg.«

»Du kannst doch nicht …«, wollte Marie protestieren, doch Babette und Scarlett brachten sie mit einem entrüsteten »Pssst« zum Schweigen.

Nacheinander stiegen sie durch das Loch, das Babette in den Zaun geschnitten hatte. Damit erfüllten sie gleich zwei Straftatbestände: Sachbeschädigung und Hausfriedensbruch, wie Marie als Gattin eines Juristen nur zu gut wusste. Das hatte sie nun davon, sich auf irgendwelche Pläne einzulassen, deren Ausführung sich ihrer Kontrolle entzog.

»Okay, dann los!«, wisperte Babette. »Gleich zeigen wir diesem Y, wo die Wurst wächst, und dann hat es sich ausgedealt.«

Geduckt schlich sie voran bis zum Parkplatzwächterhäuschen, dessen Tür unverschlossen war.

»Voilà, wir haben Logenplätze.«

Behände huschte sie hinein, Scarlett folgte ihr, ohne zu zögern, danach zog sie Marie in das winzige Häuschen, in dem es penetrant nach Zigarettenrauch, abgestandenem Bier und allerlei Dingen roch, die man als geruchsempfindlicher Mensch lieber nicht näher ergründen wollte. Zu dritt nahmen sie auf einer harten Holzbank Platz, dann warteten sie gespannt. Es wurde elf Uhr, es wurde fünf nach elf, nichts rührte sich.

»Vielleicht haben wir uns im Datum geirrt«, sagte Marie, die immer unbehaglicher auf der unbequemen Bank herumrutschte.

»Denkst du etwa, Kriminelle befleißigen sich preußischer Pünktlichkeit?«, gab Babette süffisant zurück.

»Ach, du kennst dich mit Kriminellen aus?« Unaufhörlich wuchs Maries Groll gegen die Frau, die ihr den Mann abspenstig machte. »Dann hast du ja auch bestimmt schon einen Plan, was zu tun ist, wenn der Dealer uns aufstöbert und eine Waffe zieht.«

»Klar, ich mach ihn mit Güte fertig.«

»Super. Unrealistische Pläne sind genau mein Ding.«

Babette, die schon nicht mehr ganz so nervenstark wirkte wie am Anfang, schüttelte ihre Locken.

»Also bitte, wir sind hier in keiner Konferenz, in der wir Tagesordnungspunkte abhaken. Manchmal ist Improvisation alles.«

»Keinen Plan zu haben reicht dir wohl nicht«, revanchierte sich Marie, »man muss auch unfähig sein, ihn umzusetzen, oder was?«

»Ladys, so wird das nix«, intervenierte Scarlett. »Vertragt euch bitte. Wir brauchen unsere volle Konzentration.«

Stille. Sekundenlang hörte man nur das leise Quietschen der Sitzbank, auf der Marie nach einer bequemeren Position für ihren Rücken suchte. Das Thema Alexander ließ ihr keine Ruhe.

»Du und Alex, habt ihr heute Abend überhaupt gemalert?«, wagte sie sich weiter vor. »Oder wieder nur geredet?«

Trotz des Halbdunkels sah sie, wie Babette mit den Augen rollte.

»Marie, bitte vertrau mir, wir haben nur …«

»Was habt ihr?«

Babette stützte ihre Ellenbogen auf die Knie und seufzte vernehmlich.

»Mach dir keine Sorgen, Marie. Du bist eine tolle Frau, das weiß Alexander genauso gut wie ich.«

Dagegen ließ sich schwerlich etwas sagen. Angriffe konnte man parieren, gegen Lob war man machtlos.

»Schon bald wirst du …«, setzte Babette von Neuem an, wurde aber von Scarlett unterbrochen.

»Pssst. Ich glaube, ich sehe was.«

Alle drei starrten durch die staubblinde Glasscheibe und gingen synchron in Deckung. Eine gedrungene dunkle Gestalt mit einer Wollmütze auf dem Kopf schob das Eingangsgatter beiseite und schlurfte in groben Springerstiefeln über den Parkplatz.

»Also so was, das Tor war offen, die Sachbeschädigung hätten wir uns wirklich sparen können«, murmelte Marie.

»Pssst!«, zischte es ihr entgegen.

Im Schummerlicht des Platzes flammte ein Feuerzeug auf, gleich darauf sah man den rot glühenden Punkt einer Zigarette auf und ab wandern.

»Was meint ihr, ist das der Dealer oder Person Y?«, erkundigte sich Marie, diesmal im Flüsterton.

»Frag ihn doch«, wisperte Babette leicht gallig.

»Schätze, das ist der Dealer«, raunte Scarlett. »Er wirkt cool. Person Y ist kein Profi und wahrscheinlich hibbeliger.«

Wieder warteten sie. Eine zweite Zigarette wurde angezündet, eine dritte. Als Dealer schien man ein ziemlich ungesundes Leben zu führen. Nach der vierten Zigarette tat sich etwas am Eingang. Mit gesenktem Kopf huschte eine schlaksige Gestalt mit tief ins Gesicht gezogener Hoodiekapuze auf den Parkplatz und steuerte zielstrebig auf den Kettenraucher zu.

»Jetzt«, kommandierte Babette halblaut.

Sie zückte ihr Handy, Marie ebenfalls, Scarlett überraschte beide mit einer großen Spiegelreflexkamera, die sie aus ihrer Parkatasche zog. Eilig schraubte sie ein Teleobjektiv auf die Kamera.

»Vorbereitung ist alles«, flüsterte sie lächelnd.

Das war eigentlich Maries Text, doch sie ließ es bei einem leise gehauchten »Respekt!« bewenden, bevor sie einige Handyfotos schoss, die leider wenig mehr als grauschwarze Silhouetten zeigten.

»Kannst du was erkennen?«, wisperte sie Scarlett zu.

»Hmmm, ja, meine Kamera ist ungeheuer lichtstark, ich habe sogar die Gesichter drauf.«

Immerhin sah Marie auf ihrem Display, dass nun wie erwartet eine kleines Plastiktütchen den Besitzer wechselte. Im Gegenzug erhielt der Dealer einige Geldscheine. Es war unheimlich, das alles von ihrem Logenplatz aus zu beobachten. So was erlebte man sonst nur in Filmen, die selten mit einem Happy End aufwarteten. Maries Herz trommelte gegen den Brustkorb. Wenn nur alles gut ging! Mit einem Dealer war nicht zu spaßen, und schließlich war auch Robin in die Sache involviert.

Sie linste über den Rand des Displays. Irgendetwas stimmte da nicht. Eine hitzige Debatte war entbrannt, die sich zu einem handfesten Streit hochschaukelte. Mittlerweile diskutierten die beiden Gestalten so laut, dass man ihre Stimmen bis ins Parkwächterhäuschen hören konnte – eine teenagerhaft krähende und eine aggressive Reibeisenstimme, die von einer jahrelangen Raucherkarriere zeugte.

»Was ist da los, Scarlett?«, flüsterte Marie.

»Warte, ich zoome näher ran.«

Auch ohne Profikamera sah Marie, wie der Dealer wild mit den Händen gestikulierte. Dann erhob er plötzlich eine Faust.

»O Gott, das sieht ziemlich bedrohlich aus«, stöhnte Scarlett.

»Dann müssen wir sofort eingreifen«, folgerte Babette erregt.

»Wir werden alle sterben«, jammerte Marie, die heimlich und nur zur Vorsicht den Amethyst in ihrer Hosentasche umklammerte.

»Wenn wir nichts tun, schickt uns das Karma direkt in die Hölle«, entgegnete Babette.

»Soll das hier etwa eine Podiumsdiskussion werden?«, fauchte Scarlett ungewohnt scharf. »Wenn wir weiter untätig rumsitzen, ist das aktive Sterbehilfe für Person Y! Raus jetzt, bevor noch was Schlimmes passiert!«

Da das Parkplatzhäuschen eng wie eine Sardinenbüchse war und Marie als Letzte hineingelangt war, musste sie wohl oder übel als Erste wieder hinaus. Sie konnte sich kaum auf den Beinen halten, so schlecht war ihr vor Angst. Mit Handgreiflichkeiten hatte sie keine Erfahrung, und der Gedanke, mitten in der Nacht einem aggressiven Dealer gegenüberzustehen, ließ ihr das Blut in den Adern gefrieren. Babette hingegen fackelte nicht lange. Nachdem sie aus dem Parkhäuschen geschlüpft war, lief sie mit erhobenen Armen auf die Streithähne zu.

»Drogendezernat, verdeckte Ermittlung!«, schrie sie gellend. »Ihr seid verhaftet!«

Im Bruchteil einer Sekunde ließ der Dealer seine Faust sinken und stob so rasch davon, dass jede Verfolgung sinnlos gewesen wäre. Sein Kunde reagierte weniger geistesgegenwärtig. Sichtlich überrumpelt, drehte er sich in die Richtung, aus der die Stimme gekommen war, bevor auch er versuchte wegzulaufen. Babette war schneller. Nach wenigen Metern hatte sie ihn eingeholt und in den Schwitzkasten genommen.

»Türmen ist zwecklos, Freundchen«, keuchte sie. »Wir haben dich.«

Wie in Trance schritt Marie auf die beiden zu. Obwohl ihr so gar nicht der Sinn danach stand, bewunderte sie Babette dafür, wie mutig sie war, wie zupackend. Und wie viel Kraft sie hatte, um es mit jemandem aufzunehmen, der immerhin einen halben Kopf größer war als sie. Ein bisschen schämte sich Marie auch für ihre eigene Hasenfüßigkeit.

»Wie hast du das denn hingekriegt?«, fragte sie etwas lahm.

»Kleinigkeit.« Gekonnt drehte Babette der mysteriösen Gestalt einen Arm auf den Rücken. »Bevor ich auf Weltreise ging, habe ich einen Selbstverteidigungskurs absolviert. Das kann ich jeder Frau nur empfehlen.«

Inzwischen war Marie so nah, dass sie den Typen erkennen konnte, dem bei der kleinen Rangelei die Kapuze vom Kopf gerutscht war. Fassungslos starrte sie in sein jugendliches Gesicht.

»Johannes?« Ihre Stimme versagte fast. »Du bist Person Y?«

»Hä?«, grunzte er. »Was für'n Y?«

»Wie, du kennst ihn?« Scarlett, die nun ebenfalls hinzutrat, stupste Marie an. »Wer ist der Schwachmat?«

»Johannes von Wangenheim«, erklärte Marie vollkommen entgeistert. »Er geht in Robins Klasse.«

»Na, das ist ja ein nettes Früchtchen.«

Marie hätte noch ganz andere Ausdrücke auf Lager gehabt. Es war aber auch unsäglich. Ausgerechnet der verwöhnte Sohn aus wohlhabendem Hause beabsichtigte, andere Jugendliche gegen Bares mit Drogen vollzupumpen. Jetzt begriff sie auch, warum Robin nichts mehr mit ihm zu tun haben wollte.

»Was soll der Mist?«, knurrte Johannes, der vergeblich versuchte, sich aus Babettes eisernem Griff zu befreien. »Ich hab nichts gemacht. Bin nur ein bisschen spazieren gegangen.«

»Und das hier?« Triumphierend zog Babette ein durchsichtiges Plastiktütchen voller Pillen aus der Bauchtasche seines Hoodies und hielt es hoch. »Sind das etwa Lutschbonbons? Scarlett, mach doch bitte noch ein kleines Erinnerungsfoto.«

Diesmal war es sogar ein Foto mit Blitzlicht. Blinzelnd schaute Johannes von der einen zur anderen.

»Wer seid ihr? Frustrierte Hausfrauen? Bekiffte Aliens?«

»Wir sind Mütter«, erklärte Marie, was eigentlich schon alles, aber auch wirklich alles sagte. »Kraft des uns verliehenen Amtes als Erziehungsberechtigte fordern wir dich auf, jeglichen Drogenhandel ab sofort zu unterlassen, sei es an der Schule oder sonst wo. Außerdem wirst du gleich morgen früh zur Schulleitung gehen und die wahre Geschichte erzählen – dass Robin die Pillen an sich genommen hat, um deine miesen Drogengeschäfte zu verhindern.«

»Shit, jetzt weiß ich, wer Sie sind«, brummte Johannes. »Sie sind Robins gruselige Helikopter-Mum.«

»Nein, Marie ist voll in Ordnung«, warf sich Babette dazwischen. »Deshalb wirst du genau das tun, was sie sagt.«

»Und wenn nicht?«

Scarlett klopfte mit den Fingerknöcheln auf ihre Kamera.

»Darin, du Möchtegernkleindealer, sind hinreichende Beweise für ein Gerichtsverfahren. Du kannst es dir aussuchen: Entweder du regelst die Angelegenheit anständig, und zwar pronto, oder du brockst dir einen Megaärger ein. Robin gibt dir eine zweite Chance. Nutze sie.«

»Shit, shit, shit«, fluchte er halblaut vor sich hin.

»Ist dein eigener Shit, also räum ihn gefälligst weg«, erwiderte Babette kühl und ließ ihn los.

Damit hatte er offenbar nicht gerechnet. Verdutzt rieb er sich den Arm.

»Ich kann gehen? Echt? Keine Polizei? Keine Anzeige?«

»Aber nur, wenn du morgen beim Schuldirektor antanzt«, sagte Marie warnend.

»Was du ja tun wirst, wenn du auch nur ein bisschen Grütze in der Birne hast«, fügte Babette hinzu. »Also zisch ab.«

Wie ein aufgescheuchtes Huhn rannte er los, rutschte fast in einer Öllache aus, fing sich mit rudernden Armen wieder und verschwand so schnell in der Dunkelheit, als sei der Teufel höchstpersönlich hinter ihm her.

»Wir haben es geschafft!«, rief Scarlett.

Sie riss die Arme hoch, Babette ebenfalls, dann jubelten sie wie Fußballer nach einem gepflegt eingepflanzten Elfmeter. Nur Marie hatte immer noch ein mulmiges Gefühl, aus vielen Gründen. Der Dealer konnte zurückkommen, eventuell mit bewaffneten Komplizen. Oder er würde demnächst vor ihrer Haustür stehen. Ängste waren nun mal Maries Spezialität.

»Und was machen wir jetzt?«, fragte Scarlett, nachdem sie die Kamera in ihrem Parka verstaut hatte.

Babette lachte zufrieden in sich hinein.

»Beweise sind gesichert, es folgt der geregelte Abmarsch, danach steht Feiern auf dem Programm, was sonst? Ich habe zu Hause schon eine Flasche Prosecco kalt gestellt. Kommt ihr mit?«

»Was sonst?«, wiederholte Scarlett befreit kichernd.

Für Marie stellte sich die Sache nicht so einfach dar. Natürlich war sie genauso erleichtert und aufgedreht wie die beiden, doch die Vorstellung, dass Alex nichts Besseres zu tun hatte, als dauernd Babette zu besuchen, goss einen bitteren Wermutstropfen in ihre Freude über den geglückten Coup.

»Marie.« Babette legte ihr eine Hand auf die Schulter. »Ich merke schon, es gibt da einige negative Schwingungen zwischen uns. Lass uns das bei einem Prosecco aus der Welt schaffen, ja?«

Wie sollte das denn gehen? Maries inneres Antennensystem sagte ihr, dass Alex und Babette alles Mögliche an diesem Abend getan, aber bestimmt keine Wände gestrichen hatten. Andererseits ließ sich genau das eruieren, wenn sie jetzt mitging.

»Gut, bin dabei.«

»Freut mich!«, rief Babette überschwänglich. »Ihr kennt ja den Weg, wir treffen uns gleich im Kutscherhaus.«

»Abgemacht.« Scarlett strahlte übers ganze Gesicht. »Dann können wir auch gleich unser nächstes Projekt besprechen, nämlich, was wir mit Holger Christiansen anstellen, Maries Chef. Der Torfkopf hat einen Denkzettel verdient.«

»Egal was, ich mache mit«, erklärte Babette vergnügt. »Wir sind schließlich ein Spitzenteam.«

Nacheinander verließen sie den Schauplatz ihres nächtlichen Abenteuers, während Marie in dumpf brütendes Nachdenken verfiel. Sie kam einfach nicht weiter mit Babette. Alles sprach dafür, dass hier eine echte Frauenfreundschaft entstand, wie also passte Alex da rein? Merkte Babette denn gar nicht, dass sie sich besser zurückhalten sollte?

»Dürfte ich dich eventuell was fragen, Marie?«, setzte Scarlett äußerst zartfühlend an, als sie wieder im Wagen saßen. »Was habt ihr da für ein Ding laufen, du und Babette? Geht es um deinen Mann?«

»Eigentlich geht es um alles«, seufzte Marie. »Alexander und ich kommen einander zwar wieder näher, aber dauernd funkt Babette dazwischen. Irgendwie manipuliert sie ihn so raffiniert, dass Alex Abend für Abend wie ein Hündchen bei ihr angedackelt kommt.«

Scarlett ließ den Motor an und gab Gas.

»Okay, das ist wirklich merkwürdig.«

»Er ist auch ganz anders als sonst«, beklagte sich Marie. »Auf einmal will er Kanu fahren und zelten und in einem Hausboot rumschippern. Manchmal denke ich, unsere einzige Gemeinsamkeit besteht darin, dass wir am selben Tag geheiratet haben. Dabei gebe ich mir echt Mühe, auf ihn einzugehen.«

»Weiß er denn schon, dass du kündigen willst?«

Nein, darüber hatte Marie noch nicht mit ihm gesprochen. Momentan überschlugen sich die Ereignisse, und für so ein wichtiges Gespräch brauchte man eine ruhige Minute. Aber vielleicht redete sie sich das auch nur ein.

»Ich schiebe es noch vor mir her«, bekannte sie kleinlaut.

»Aha. Du hast Angst vor Veränderungen, obwohl du sie dir wünschst, oder?«

Ja, es stimmte. Auf jemanden, der immer alles exakt durchplante wie eine gut geölte Maschine, wirkten Veränderungen ebenso verlockend wie furchterregend.

»Also, Marie, ich glaube, der Unterschied zwischen dem, was du bist, und dem, was du sein willst, ist das, was du konkret tun wirst«, philosophierte Scarlett drauflos. Mit einer Hand zupfte sie an ihren blonden Stoppeln. »Eine kluge Frau hat mir mal gesagt: Das kalte Wasser wird nicht wärmer, wenn man später reinspringt.«

»So genau hörst du mir zu?«, fragte Marie verblüfft.

»Ich höre dir immer genau zu«, bekräftigte Scarlett lächelnd. »Jetzt musst du nur noch bereit sein, von dir selbst zu lernen.«

»Wie man ein verspannter Kontrollfreak wird?«

»Nein, eine Frau, die in jeder Lebenslage den Kopf oben behält. Schau mal, du hast gerade Robin aus der Patsche geholfen, das war doch großartig.«

»Ja, aber im Gegensatz zu Babette hatte ich ganz schön Muffensausen.«

»Na und? Du hast es durchgezogen, nur das zählt.«

Maries Hirn arbeitete auf Hochtouren. So positiv sah Scarlett sie also? Sie schloss die Augen und lehnte sich in ihrem Sitz zurück. Sofern sie ihren nächsten Plan durchzog, bedeutete das eine Riesenumstellung: den Job kündigen, die Doppelhaushälfte verkaufen, umziehen, eine eigene Firma gründen. All das erforderte eine perfekte generalstabsmäßige Planung, von der sie sich momentan überfordert fühlte.

»Ich weiß, was du denkst«, schmunzelte Scarlett.

»Ach ja?«

»Fünf Monate als Assistentin von Marie Hasemann, und du wohnst quasi in ihrem Hirn«, erwiderte Scarlett lachend. »Perfekte Pläne sind nur so lange perfekt, bis sich die Realität einmischt. Aber hey, du hast zwei Freundinnen, die dir zur Seite stehen, wenn die Realität zuschlägt. Sogar auf einem verlassenen Parkplatz. Was kann dir denn jetzt noch passieren, außer dass du planvoll verzwergst, weil du nichts änderst?«

Marie schaute aus dem Fenster. Es war stockfinster, bis auf ein paar erleuchtete Vierecke, die in der Ferne aufschimmerten. Das musste das Kutscherhaus sein.

»Jetzt feiern wir erst mal«, redete Scarlett ihr gut zu. »Vergiss mal deine Befürchtungen wegen Alex und Babette. Mein Instinkt sagt mir, dass da nichts Beunruhigendes läuft.«

»Dein Wort in Gottes Ohr.«

Vertrau mir, hatte Babette gesagt. Nichts fiel Marie schwerer als das.

»Vertrauen ist gut, Kontrolle ist besser«, gab sie ihren Standardspruch zum Besten.

»Wusstest du, dass der Satz von Lenin stammt, der dem Vernehmen nach nicht gerade ein ausgemachter Menschenfreund war?«

»Was? Nein!«

»Wird vielleicht Zeit, dir andere Vorbilder zu suchen«, gab Scarlett schalkhaft zu bedenken.

»Etwa den Dalai Lama?«

»Jetzt tu mal nicht so, als wüsstest du das nicht schon längst«, lächelte Scarlett. »Wie wäre es damit: Gib es auf, immer gewinnen zu wollen, und finde das Glück.«

»Gewinnen? Momentan würde es mir schon reichen, wenn ich den roten Faden in diesem ganzen Schlamassel fände.«

Inzwischen waren sie am Kutscherhaus angelangt. Friedlich lag es inmitten der dunklen Büsche und Bäume, ein Ausbund an Ruhe und Idylle und doch der Ort, wo Alex etwas suchte, was Marie ihm offenbar nicht geben konnte.

Sie waren kaum ausgestiegen, als Babette ihnen schon mit zwei gefüllten Sektgläsern entgegenkam.

»Willkommen zur After-Show-Party! Am besten, wir gehen in den Garten, es ist so eine herrlich laue Sommernacht.«

Wie überaus raffiniert, dachte Marie grimmig, auf diese Weise kann ich nicht sehen, ob das Wohnzimmer gemalert wurde. Doch das werde ich spätestens herausfinden, wenn ich zur Toilette gehe. Und den Sekt trinke ich auf keinen Fall. Alkohol und Schmerztabletten, das ist eine gefährliche Kombination.

»Jetzt erzählt mal, was ist denn mit Maries Chef?«, erkundigte sich Babette, während sie die beiden Frauen um das Haus herum und in den Garten führte.

»Er hat Marie total verladen«, berichtete Scarlett. »Und nun will er auch noch Eddys Idee klauen, die Marie weiterentwickelt hat.«

In groben Zügen schilderte sie, was sich zugetragen hatte, Marie hörte nur obenhin zu. Gebannt blieb sie stehen. Der Garten sah aus wie ein magisches Feenreich. Überall ragten Fackeln zwischen den Büschen aus dem Boden, an einem Kirschbaum hing eine Girlande mit bunten Glühbirnen, aus einer verborgenen Box erklang sanfte Musik. Als sei das nicht schon Romantik genug, stand inmitten dieses faulen Zaubers ein wackeliger Bistrotisch mit gusseisernem Schnörkelfuß, auf dem ein Windlicht, zwei geplünderte Pizzakartons und zwei halb leere Rotweingläser von einem intimen Candle-Light-Dinner zeugten. So also hatte Alex den Abend verbracht. Das Ganze wirkte wie aus dem Ratgeber: Wie verführe ich einen Mann in zehn Minuten?

»Ich hoffe, die Unordnung stört dich nicht, Marie«, sprach Babette sie unbefangen an. »Alex wollte unbedingt Pizza bestellen und stilecht aus der Schachtel futtern, weil er, na ja, also …«

»… weil er so was zu Hause nicht bekommt?«, platzte es aus Marie heraus. »Hat er noch mehr von dir gekriegt, was ihm zu Hause fehlt?«

»Ganz ruhig, Mädels«, flötete Scarlett, die natürlich ahnte, welches Drama sich hier abzeichnete.

»Klappe halten, weitermachen?«, rief Marie gequält. »Damit ist jetzt Schluss! Ich schaue mir das nicht länger an! Von der ersten Sekunde an hat Babette mit Alex geflirtet!«

»Ich?« Alle Farbe wich aus Babettes Gesicht, was trotz der gemütlich-schummrigen Beleuchtung gut zu erkennen war. »Marie, ehrlich, du bist komplett auf dem Holzweg!«

»Und was würde ich entdecken, wenn ich jetzt ins Wohnzimmer ginge? Etwa eine gestrichene Wand?«

Babette wechselte einen Blick mit Scarlett.

»Du machst es einem wirklich nicht leicht, Marie.«

»Warum sollte ich?«, explodierte sie. »Mein Leben lang habe ich es allen leicht gemacht. War immer für andere da, habe organisiert und strukturiert und kontrolliert, aber jetzt reicht es!« Marie zitterte am ganzen Körper. »Viel Spaß noch, ich gehe.«

»Nein, so darf dieser besondere Abend nicht enden«, flehte Scarlett.

»So darf er nicht nur, so muss er enden«, erwiderte Marie mit fester Stimme. »Ich werde übermorgen vierzig, da sollte man ein paar Dinge in seinem Leben geregelt haben. Zum Beispiel, echte von falschen Freundinnen zu unterscheiden.«

Sie wartete keine Antwort mehr ab, sondern marschierte los in die Dunkelheit, nur weg von hier. Im Gehen zog sie ihr Handy heraus und wählte die Taxinummer. Sie war fix und fertig. Alles hing am seidenen Faden. Gut möglich, dass sie demnächst durchdrehte.

Kapitel 20

Am nächsten Morgen erwachte Marie bereits um Viertel nach fünf, und zwar so gründlich, dass sie von null auf hundert in einen überwachen Zustand katapultiert wurde. Sie schaute zur anderen Seite des Betts. Alex hatte schon geschlafen, als sie spätabends nach Hause gekommen war, und noch immer schnarchte er seelenruhig vor sich hin wie ein großes zufriedenes Baby, das kein Wässerchen trüben konnte. Doch Marie musste nur an die leer gefutterten Pizzakartons in Babettes Garten denken, um sofort wieder diesen furchtbaren Mix aus Wut und Eifersucht zu spüren. Alex wandelte auf Abwegen, daran gab es nichts zu rütteln, und Babette nutzte die Situation schamlos aus. Von wegen Freundin. Ein Spaltpilz war sie, eine gewissenlose Hasardeurin, die es auf den Mann einer anderen abgesehen hatte.

Geräuschlos stand Marie auf. Wut war keine schlechte Voraussetzung, um heute einen Schlussstrich zu ziehen, zunächst beruflich. Sie würde ihren Schreibtisch räumen, bevor die Kollegen eintrudelten, und Holger danach eine WhatsApp mit nur zwei Worten schreiben: Aus, vorbei. Sollte er sich doch selbst zusammenreimen, warum sie ihm die Brocken hinschmiss.

Erst unter der Dusche stellte sie fest, dass sich ihre Rückenschmerzen wundersamerweise gebessert hatten. Womöglich war gerade eine Betonschicht von ihr abgefallen. Obwohl sich die

Zukunft wie ein riesiges Fragezeichen vor ihr aufbaute, wusste sie tief in ihrem Inneren, dass der Entschluss zu kündigen goldrichtig war.

Vorsichtig stieg Marie aus der Dusche, trocknete sich ab und cremte sich in aller Ruhe ein. Sonst musste immer alles ruckzuck gehen, heute konnte sie sich aufgrund der frühen Stunde Zeit lassen. Mit einem Handtuch wischte sie den beschlagenen Spiegel trocken und studierte ihr Gesicht: die kleinen Fältchen in den Augenwinkeln, die ganz leicht hängenden Wangen, die Andeutung einer Zornesfalte zwischen den Brauen. Kein Botox der Welt würde ihr Alex zurückbringen. Abgesehen davon hatte sie auch keine Lust mehr, mit den Waffen einer Frau um ihn zu kämpfen. Natürlich tat es weh, sich vorzustellen, dass er sie eventuell betrog, doch wenn er nicht einmal anerkannte, dass sie sich lockermachte, auch ihm zuliebe, war Hopfen und Malz sowieso verloren.

»Entweder du willst mich oder eben nicht«, wisperte sie unhörbar, als sie ins Schlafzimmer ging, wo Alexander immer noch hingebungsvoll schnarchte.

Es bereitete Marie diebische Freude, ihren Handywecker zu deaktivieren. Alex dachte, er käme ohne sie aus? Viel Spaß. Heute würde er verschlafen und dann zusehen müssen, wie er trotzdem alles auf die Reihe bekam. Marie lächelte ein klitzekleines bisschen schadenfroh. Sofern Babette die neue Frau seines Herzens werden würde, konnte er sich auf mehr Chaos gefasst machen, als selbst ein Alexander Hasemann verkraftete. Keine ausgeklügelten Zeitpläne mehr. Keine gebügelten Hemden, keine frisch gereinigten Anzüge, kein selbst gekochtes Abendessen, das pünktlich auf dem Tisch stand.

Nun stellte sich die Frage, was man anzog, wenn man im Job einen unauffälligen Abgang machen wollte. Lange überlegen musste Marie nicht. Passend zu ihrem geplanten Schlussstrich ließ sie die mausgrauen Businessoutfits im Schrank hängen und wählte stattdessen ein knallbuntes, tief ausgeschnittenes Sommerkleid, das sie seit Ewigkeiten nicht getragen hatte, dazu flache Ballerinas in Feuerrot. Hohe Schuhe waren ohnehin verboten, wenn man es mit dem Rücken hatte, vor allem aber war sie keine Arbeitssklavin mehr, die sich mit einer Businessuniform verkleiden musste, um gnädigerweise akzeptiert zu werden. Ihren Laptop würde sie zu Hause lassen. Heute war kein Arbeitstag, heute war ein Abschiedstag, da reichte ein kleines Handtäschchen.

Als sie kurz darauf in die Küche kam, werkelte dort bereits ihre Schwiegermutter herum, in atmungsaktives Grasgrün gewandet und damit beschäftigt, drei brutzelnde Spiegeleier zu beaufsichtigen. Nebenbei bediente sie sich großzügig aus einer Packung cholesterinsenkender Tabletten – quasi als kleiner Gruß aus der Küche, bevor sie ihr leberschädigendes Frühstück verputzte. Das war halt ihre Art, sich gesund zu ernähren.

»Mariechen!« Sie sah von der Pfanne auf, in der es buttrig brutzelte und zischte. »Was tust du denn in aller Herrgottsfrühe hier?«

»Dasselbe könnte ich dich fragen.«

»Nun, Kind«, Lydia Hasemann holte einige Scheiben fettigen Frühstücksspeck aus einer Plastikverpackung und ließ sie in die Pfanne gleiten, »in meinem Alter schläft man nicht mehr so lange. Herr von Hülse sagt, das nennt man präpotente Bettflucht.«

Trotz ihrer angespannten Stimmung musste Marie schmunzeln.

»Ich glaube, es heißt präsenile Bettflucht.«

»Herzlichen Dank auch für das senil«, erwiderte Lydia Hasemann leicht säuerlich. »Wie geht's deinem Rücken? Einen Anistee für dich? Oder einen Heuwickel?«

»Danke, ich muss zeitig los.«

Bevor Marie die Espressomaschine anstellte, betrachtete sie die Listen, die immer noch am Kühlschrank hingen. Säuberlich waren darauf Duschpläne, Frühstücksorganisation, Toilettenzeiten sowie die außerschulischen Aktivitäten ihrer Kinder notiert. Die Küche war immer Maries Kommandobrücke gewesen, von der aus sie den Tag steuerte. Noch konnte sie sich nicht recht vorstellen, wie der Alltag ohne solche Listen laufen sollte, aber auch diesen Punkt würde sie abhaken. Loslassen, Marie.

»Was hast du denn Schönes vor in deinem reichlich offenherzigen Sommerkleidchen?«, erkundigte sich Lydia Hasemann gleichermaßen tadelnd wie neugierig. »Etwa ein Stelldichein mit deinem Rosenkavalier?«

Das war ganz eindeutig die hübsche Schwester der hässlichen Frage, ob Marie am helllichten Morgen einen Seitensprung plante. Dazu hätte es durchaus eine passende Antwort gegeben: Frag doch mal deinen Sohn, mit wem er sich so vergnügt. Aber Marie hatte keineswegs vor, ihre Schwiegermutter in diese trübe Sachlage einzuweihen. Das war Alexanders Job.

»Mein Rosenkavalier ist durch, Lydia. Heute ist mein letzter Tag in der Firma.«

»Nanu? Hat dich der charmante Herr etwa rausgeworfen?«

»Nein, ich werfe ihn aus meinem Leben.« Marie fütterte die Espressomaschine mit einer Handvoll Kaffeebohnen und stellte eine Tasse unter das Auslaufrohr. »Alles, was stört, muss weg.«

Verdutzt wich Lydia Hasemann einen Schritt zurück, unter ihrem eisgrauen Bubikopf bildeten sich steile Falten.

»Und ich? Muss ich auch weg?«

Schon die Frage zerriss Marie das Herz. Es klang wie: positiv auf Gefühllosigkeit getestet. Überwältigt von plötzlich aufwallenden Emotionen flog sie förmlich auf ihre Schwiegermutter zu und nahm sie fest in die Arme, etwas, was sie noch nie getan hatte.

»Du gehörst doch zur Familie«, beteuerte sie mit erstickter Stimme. »Bleib so lange hier, wie du willst, Lydia. Wir lieben dich, du bist ein Teil unseres Lebens.«

Frau Hasemann Senior hielt ganz still, so als sei sie aus hauchdünnem Porzellan und befürchte, irgendetwas könnte abbrechen.

»Kind, also, du machst mir ein bisschen Angst.«

»Komisch, das sagen alle, wenn ich mal eine andere Seite von mir zeige«, seufzte Marie und drückte ihre Schwiegermutter noch ein bisschen fester an sich. »Der Grund ist ganz einfach: Die Betonplatte, mit der meine Gefühle versiegelt waren, ist endlich brüchig geworden.«

»Herrjemine, du scheinst wirklich schwer krank zu sein.«

Man musste wohl Geduld mit der alten Dame haben. Alles brauchte seine Zeit, auch eine Annäherung nach vielen Jahren stummer Kämpfe. Marie ließ sie los und ging zur Kaffeemaschine, wo sie auf die Taste für einen doppelten Espresso tippte.

»Ich halte mich nicht gerade für eine Einfühlungsbombe, doch eines ist sicher: Du sorgst dich rührend um unser Wohl und hast sehr viel mehr Aufmerksamkeit und Liebe verdient als bisher.«

»Aha.« Auf Zehenspitzen schlich Lydia Hasemann zurück zu

Herd und Pfanne, wobei sie einen gewissen Abstand hielt. Vermutlich befürchtete sie neue Umarmungsattacken. »Wenn du meinst, Mariechen …«

O ja, es war Marie ernst mit der Aussöhnung. Und das betraf nicht nur ihre Schwiegermutter. Fünfzehn Jahre lang hatte sie sich um eine Aussprache mit ihrer eigenen Mutter herumgedrückt und hingenommen, dass das Verhältnis erkaltete wie Lava nach einem Vulkanausbruch. Es war an der Zeit, mit der Vergangenheit abzuschließen und ihren Frieden mit der Tatsache zu machen, dass sie keine perfekte Mutter gehabt hatte. Sie würde sich mit ihrer Mutter aussöhnen, ganz bald schon, reinen Tisch machen und alle Querelen beenden, um den Kopf für einen Neuanfang freizuhaben.

Inzwischen waren die Kaffeebohnen zu Pulver zermahlen worden und hatten sich mit viel Druck und heißem Wasser in einen Espresso verwandelt. Marie pustete ein paarmal über die köstlich duftende Flüssigkeit, bevor sie die Tasse in einem Zug austrank. Dabei musste sie an Eddy denken und daran, dass ihm Gerechtigkeit widerfahren würde. Kein Holger Christiansen der Welt war mächtig genug, um einen kreativen Kopf wie Eddy auszubooten.

»Dein Handy hat übrigens gestern Nacht mehrmals gepiepst«, verkündete ihre Schwiegermutter, die ihre leicht angebrannten Spiegeleier aus der Pfanne kratzte. »Vielleicht solltest du mal nachsehen, wer dir da mitten in der Nacht geschrieben hat.«

Ach ja, das Handy. Marie hatte es nach ihrer Heimkehr auf den Küchentisch gelegt, um gar nicht erst in Versuchung zu kommen, eventuelle Anrufe von Babette anzunehmen. Auf lauwarme Ausflüchte konnte sie gern verzichten. Es gab nun mal

Indizien, die nichts an Eindeutigkeit vermissen ließen. Candle-Light-Dinner! Fackeln und Glühbirnengirlanden! Sanfte Musik! Hallo? Jede Erklärung wäre überflüssig gewesen.

Sie nahm das Smartphone in die Hand wie eine giftige Spinne und schaute aufs Display. Nein, keine Nachricht von Babette, dafür drei von Scarlett.

0.25 Uhr
Marie, wir sind furchtbar traurig, dass du einfach abgerauscht bist.
0.34 Uhr
Wir hecken gerade einen ziemlich genialen Holgerplan aus.
0.53
Der Plan steht! Bring bitte morgen den Spionageteddy mit in die Firma! Schlaf gut, S.

Rätsel des Lebens, Abteilung Scarlett. Was hatte denn der Teddy bei FeelBetterFood zu suchen? Und woher wusste Scarlett überhaupt von der Spionagefunktion?

Bin um acht in der Firma, LG M, schrieb sie zurück und steckte das Handy in ihr Handtäschchen.

»Deine Assistentin scheint ein aufgewecktes Mädchen zu sein«, lächelte Lydia Hasemann, die sich mit ihrem angebrannten Eier-Speck-Frühstück an den Tisch gesetzt hatte und mit bestem Appetit zu essen begann.

Moment mal. Marie runzelte die Stirn.

»Hast du Scarletts Nachrichten etwa gelesen?«

»Denkst du, du bist die einzige Mutter der Welt, die alles unter Kontrolle haben will?«

Das war ein Paukenschlag. Ausspioniert von der eigenen Schwiegermutter! Da Marie jedoch im sprichwörtlichen Glashaus saß, waren verbale Steinwürfe leider unzulässig. Sie konnte nur mehrmals tief durchatmen und zuschauen, wie Lydia Hasemann aufstand, um den Gläserschrank zu öffnen und den Teddy daraus hervorzuholen. Der Himmel allein wusste, warum sie ihn ausgerechnet zu den Gläsern gepackt hatte.

»Bitte sehr, Mariechen.«

Ohne sich ihre zwiespältigen Gefühlsregungen anmerken zu lassen, nahm Marie den Teddy in Empfang. Und nicht das Atmen vergessen.

»Danke sehr. Also, ich muss los, erst zur Physiotherapie, dann ins Büro. Dürfte ich deinen Wagen nehmen, Lydia? Alexander braucht ja später die Familienkutsche.«

»Nur zu«, nickte ihre Schwiegermutter und zog den Autoschlüssel aus ihrer Hosentasche. »Pass bitte gut darauf auf. Ich verstehe immer noch nicht, wie er auf den Nachtschrank geraten konnte.«

Irgendwann würde Marie es ihr vielleicht erzählen. Nur nicht heute. Es gab eine Menge Aufregendes, auf das sie sich jetzt fokussieren musste: ihren Abgang bei FeelBetterFood und Scarletts Racheplan, in dem der Spionageteddy eine tragende Rolle zu spielen schien.

»Wo bleibt Alexander eigentlich?«, rief Lydia Hasemann ihr hinterher, als sie schon mit dem Teddy im Arm die Haustür öffnete. »Müsste er nicht längst frühstücken? Und die Kinder! Müssen sie denn nicht zur Schule?«

Marie ging noch einmal zurück und steckte den Kopf durch die Küchentür.

»Alex hat mir versichert, es sei kein Problem, wenn er meine Pflichten übernimmt. Lassen wir uns überraschen.«

Mit diesen Worten verließ sie das Haus, das einst die Erfüllung ihrer kühnsten Träume gewesen war. Vorbei. Der Auszug war nur noch eine Frage der Zeit. Die alte Meierei auf dem Gelände des Pferdegestüts kam natürlich nicht mehr in Betracht, denn Babette in der Nachbarschaft zu wissen, wäre unerträglich gewesen. Aber bald würde Marie mit ihren Kindern im Grünen wohnen, sei es mit Alexander oder ohne ihn, und diese Perspektive vermittelte ihr genügend Energie, um den nächsten Stunden mit Zuversicht entgegenzusehen. Die Wiederbegegnung mit Lydia Hasemanns Kleinwagen entlockte ihr sogar ein Lächeln.

»So, du störrische Diva«, flüsterte sie ins Armaturenbrett, »jetzt spring bitte ohne Zickenkrieg an, ja?«

Der Wagen tat ihr den Gefallen. Er ließ sich auch viel leichter kuppeln als zwei Abende zuvor. Vielleicht hatte er ja eine Seele und merkte, dass die Fahrerin diesmal ganz offiziell darin saß.

Es war Viertel vor sieben, als Marie vor dem Haus parkte, in dem der staatlich geprüfte Masseur Herr Markus sein Unwesen trieb. Heute stand Bewegungstherapie auf dem Programm. Marie fand zwar, dass sie in den letzten beiden Tagen mehr Bewegung gehabt hatte als sonst in zwei Wochen, doch mit ihrem letzten Rest Pflichtbewusstsein sagte sie sich, dass sie keine Termine schwänzen durfte, die ihrer Gesundheit dienten.

In der Praxis war es noch fast leer. Nur Herr Markus lehnte am Empfangstresen, in der ganzen Pracht seiner muskulösen Bodybuilder-Erscheinung, und nippte an einem Kaffeebecher mit dem launigen Spruch *Achtung, ich bin der Aktivurlaub, nicht die Pauschalreise*. Von vorn sah der Masseur noch furchteinflößender aus als von hinten.

»Haben wir ein Date?«, witzelte er. »Oder haben Sie sich für jemand anderen so hübsch gemacht?«

Marie musterte seine flaschenartigen Unterarme, auf denen sich blauschwarze Tattoos ringelten.

»Seit gestern hat sich viel verändert. Können wir gleich anfangen? Ich würde gern um acht im Büro sein.«

»Nur die Ruhe. Dann kommen Sie mal mit.«

Heute ging es in einen anderen Raum. Er erinnerte Marie an die Pekip-Kurse, zu denen sie einst mit Robin und Lilli gepilgert war, weil die anderen Mütter der Meinung gewesen waren, ohne das legendäre Prager Eltern-Kind-Programm sei das erste Lebensjahr der Kleinen sinnlos vergeudet. So wie die Räume damals war auch dieser Raum angefüllt mit allerlei quietschbunten Utensilien wie Gymnastikbällen, Plastikrasseln und Gummibauklötzen.

»Das Spielzeug ist eher für unsere jüngeren Patienten gedacht.« Herr Markus, der ihrem Blick gefolgt war, grinste jovial. »In Ihrem fortgeschrittenen Alter wenden wir andere Methoden an. Bitte setzen Sie sich auf den blauen Gymnastikball, dann strecken Sie die Arme nach vorn und wippen rhythmisch auf und ab.«

Es hörte sich unfassbar dämlich an. Marie versuchte es trotzdem, verlor aber sogleich die Balance und kippte auf die Seite.

»Hoho, was haben wir denn zuerst verloren? Das Gleichgewicht oder die Motivation?«, fragte Herr Markus lachend. »Das sieht ja aus wie die Seniorensportgruppe ›Turne bis zur Urne‹. Etwas mehr Einsatz ist schon nötig, wenn Sie mit Ihrem Rücken noch mal was reißen wollen.«

Während sie sich aufrappelte, spürte Marie etwas ganz und gar Neues: Freundlich winkend verabschiedete sich ihr Pflichtgefühl. Sie war in aller Frühe hergekommen, sie hatte sich ehrlich bemüht, doch sie musste nicht jedes alberne Gedöns mitmachen und dabei auch noch Sprüche über sich ergehen lassen, die ihr frisch erwachtes Selbstwertgefühl untergruben. Herr Markus konnte nichts dafür, er war nun mal so. Aber Marie wollte nicht mehr die Zähne zusammenbeißen und alles widerspruchslos ertragen. Nie wieder.

»Wissen Sie was?« Sie schenkte ihm ihr zuckrigstes Lächeln. »Mein Rücken führt ein sehr extravagantes Eigenleben. Soeben hat er mir verraten, dass er vor dem Büro noch einen Espresso bei Eddy trinken möchte.«

»Wie bitte?«

»Ich habe nämlich etwas herausgefunden«, fuhr sie unbeirrt fort. »Was meiner Seele guttut, tut auch meinem Rücken gut. Tausend Dank für Ihre Bemühungen, Herr Markus, und grüßen Sie bitte Ihre Kinder unbekannterweise von mir.«

Wie auf Wolken schwebte sie aus dem Raum. Selten hatte sie sich so frei, so selbstbestimmt gefühlt. *Schicksal ist kein Zufall,* gingen ihr Doktor Neumaiers Worte durch den Kopf, *es ist eine Sache der persönlichen Entscheidung, etwas, das man selbst in die Hand nehmen sollte.* Alles, was sie jetzt in die Hand nehmen wollte, war ein doppelter Espresso mit Zimt, Kardamom und einer winzigen Prise Salz.

Marie schwebte immer noch, als sie wenig später in der Nähe von Eddy's Best Coffee aus dem Wagen stieg. Die kühle Morgenluft tat ihr gut, das befreite Gefühl, eine lästige Pflicht abgeschüttelt zu haben, und nicht zuletzt die Aussicht auf den besten Espresso der Stadt versetzten sie in Hochstimmung. Schon von Weitem erkannte sie Eddy, der gerade seine Tische und Stühle auf den Bürgersteig stellte. Es war wie nach Hause kommen.

»Bella Marie!«, strahlte er, als sie vor ihm stand. »Wie schön, dich wiederzusehen. Hübsches Kleid übrigens. Warte eine Sekunde, du bekommst sofort deinen Spezialespresso.«

Voller Vorfreude folgte Marie ihm in den Coffeeshop, wo sich schon die ersten Gäste mit Cappuccino und italienischem Gebäck für den Tag wappneten. Während Eddy den Tresen umrundete und eine der nougatbraunen Tassen von der Espressomaschine holte, um sie mit seiner Kaffeekreation zu füllen, fasste sie sich ein Herz.

»Ich möchte etwas mit dir besprechen, Eddy. Wie du weißt, bin ich Food-Designerin.«

»Sì, bella.« Er drehte sich zu ihr um, ein anerkennendes Lächeln verschönerte sein Gesicht. »Ich liebe Menschen, die ihr Herz auf der Zunge tragen, auch im wörtlichen Sinne.«

»Was hältst du davon, wenn wir eine Kooperation starten?«, kam Marie direkt zur Sache. »Ich möchte gern deine Idee mit dem salzigen Frozen Yoghurt zu einer Produktlinie für den menschlichen Gaumen ausbauen: gesunde Eissnacks mit Sorten wie Kürbis-Limette und Tomate-Basilikum. Einen Namen habe ich auch schon für deinen Geniestreich: *Eddy's Best Frozen Snacks.«*

»Klingt fantastico!«, rief er begeistert aus, dann verdüsterte sich sein Blick. »Aber du arbeitest doch in dieser Firma. Wie hieß sie noch? Viel-von-irgendwas-Food? Die haben doch bestimmt nicht auf einen Niemand wie mich gewartet, um ein Produkt nach mir zu benennen.«

»Allerdings.« Marie lehnte sich leicht an den Tresen und nahm einen Schluck von dem Espresso, den Eddy ihr hingestellt hatte. »Aus genau diesem Grund verlasse ich das Unternehmen und mache mich selbstständig. Ich habe viele Ideen, doch das erste Glanzstück wird Eddy's Best Frozen Snack sein.«

»Dio mio!«

Sein ungläubiger Gesichtsausdruck löste ein Gefühl größter

Genugtuung in Marie aus. Eddy hatte es so was von verdient, mit einer eigenen Produktlinie ausgezeichnet zu werden. Holger würde nicht schlecht staunen. Allein die Vorstellung seines langen Gesichts, wenn er die neuen Produkte im Tiefkühlregal eines Bioladens entdeckte, war schon eine herrliche Rachephantasie. Womit Marie daran erinnert wurde, dass auch Scarlett auf Rache sann und sie im Büro erwartete.

»Danke für den wunderbaren Espresso, Eddy. Ich melde mich so rasch wie möglich bei dir.«

»Stets zu deiner Verfügung, bella Marie.«

Nachdem sie bezahlt hatte, gegen Eddys vehementen Protest, krabbelte ein nervöses Kribbeln ihre Beine hoch. Was erwartete sie heute bei FeelBetterFood? Was hatte Scarlett vor? Und wie würde Holger auf ihre Kündigung reagieren? Praktisch betrachtet, würde er sie wohl sofort freistellen. Wenn ein Mitarbeiter in einer wichtigen Funktion kündigte, ließ man ihn gehen, damit er nicht irgendwelche aktuellen Firmengeheimnisse ausplauderte.

Seltsam, wenn man weiß, dass es der letzte Tag ist, dachte Marie, als sie in den Wagen stieg. Ein letztes Mal die gewohnten Wege nehmen, ein letztes Mal mit dem Aufzug hoch in den zweiundzwanzigsten Stock fahren, ein letztes Mal das Büro betreten, in dem ich bis zum Anschlag gearbeitet habe, ohne dass irgendjemand Rücksicht auf mein Privatleben genommen hätte. Niemand außer Scarlett. Mehr und mehr wurde Marie bewusst, dass sie die letzten Monate nicht ohne ihre Assistentin durchgestanden hätte, die inzwischen eine echte Freundin geworden war. Deshalb hielt sie an einem Blumenladen und kaufte einen Arm voller üppig blühender blauer Hortensien, bevor sie die Fahrt fortsetzte.

Um fünf nach acht betrat Marie den Aufzug, um sechs nach acht schob sie sich mit Blumenstrauß und Teddy auf den Flur von FeelBetterFood. Dann blieb ihr die Luft weg. Marie hatte zu dieser frühen Uhrzeit ausgestorbene Räume erwartet, stattdessen standen sämtliche Mitarbeiter des Leitungsteams für sie Spalier: das Milchgesicht, das Weingesicht, das Transfettgesicht sowie drei weitere Kollegen, die die Geschicke von FeelBetterFood lenkten. Auch Scarlett war schon da. Sie trug ein pinkfarbenes Petticoatkleid, dazu Regenbogen-Flipflops und einen blumengeschmückten Haarreifen, als gehe sie zu einer Party. Marie verstand die Welt nicht mehr. Was hatte das alles zu bedeuten?

»Herzlich willkommen zu Ihrem letzten Tag bei FeelBetterFood«, sagte Ben Haller feierlich. »Wir bedauern Ihren Weggang außerordentlich, werden uns jedoch bemühen, Ihnen die letzten Stunden komplett zuckerfrei zu versüßen.«

Machte er Witze? Ausgerechnet Ben Haller, das Milchgesicht, dem sie die Panne mit dem Black Velvet Power Drink verdankte, tat auf einmal so freundlich? Als Nächstes begrüßte sie der Verpackungsspezialist. Er trug eine schuldbewusste Miene zur Schau wie ein kleiner Junge, der mit seinem Fußball ein Fenster zerschossen hatte.

»Ich fürchte, wir haben es zuweilen an Teamgeist vermissen lassen, leider.«

Auch der Marketingmann trat nun vor, mit einem riesigen Sonnenblumenstrauß, der selbst die Hortensien in Maries Arm toppte. Galant überreichte er ihr die Blumen.

»Frau Hasemann, ich will nicht lange drum herumreden: Ohne Sie wären wir alle aufgeschmissen. Jeder hier weiß, dass wir den rasanten Aufschwung der Firma nur Ihnen zu verdanken haben. Wofür soll ich Spitzenmarketingmaßnahmen ergreifen, wenn es keine Spitzenprodukte mehr gibt?«

»Und was soll ich spitzenmäßig verpacken, wenn uns künftig Ihre Spitzenideen fehlen?«, sprang ihm der Verpackungsexperte zur Seite.

Das alles kam so unerwartet und war so absurd rätselhaft, dass Marie nicht wusste, was sie antworten sollte. Ihr fehlten nicht nur die Worte, ihr fehlten ganze Sätze. Hilfe suchend schaute sie zu Scarlett, die sich währenddessen in Schweigen gehüllt hatte.

»Ich verstehe das nicht ganz. Das heißt, ich verstehe gar nichts. Was wird das hier?«

»Planung ist alles, das habe ich als Erstes von dir gelernt«, erwiderte Scarlett schelmisch. »Doch es wäre noch zu früh, dich in alles einzuweihen, weil es ein mehrstufiger Plan ist. Phase eins sieht vor, Holger mit seinen eigenen Waffen zu schlagen, Phase zwei besteht in dem versprochenen Denkzettel, Phase drei ist dann nur noch mit dem Zünden einer Rakete vergleichbar. Vertraust du uns?«

Eine kitzlige Frage. Selbstverständlich vertraute Marie ihrer Assistentin, doch bei den anderen Mitarbeitern war sie keineswegs sicher.

»Vielleicht sollte ich zunächst etwas aufklären«, sagte Ben Haller, das Milchgesicht. »Auch wenn es sich für Sie so darstellte, geht der Flop mit dem Black Velvet Power Drink nicht auf mein Konto.«

»Ach.« Marie schluckte. »Wem habe ich das Malheur denn dann zu verdanken?«

»Sie werden es nicht glauben – Holger höchstpersönlich«, antwortete Ben Haller mit rollenden Augen. »Er wollte Ihre Position in der Firma schwächen, deshalb hat er die Testreihe manipuliert.«

Das war der zweite Paukenschlag an diesem Morgen. Holger Christiansen hatte dafür gesorgt, dass der Drink durchfiel? Was für ein intergalaktischer Blödmann!

»Unser lieber Chef bevorzugt zwar flache Hierarchien, aber er will immer King im Ring bleiben«, fügte Scarlett hinzu. »Du warst ihm zu kreativ und zu stark, deshalb wollte er dir einen Dämpfer verpassen.«

»Womit wir ganz und gar nicht einverstanden sind«, übernahm Ben Haller wieder, »genauso wenig wie mit der Tatsache, dass er Sie bei seinem Projekt mit Jack di Fabio verschweigen will. Wir alle kennen mittlerweile die Website, die er heute um zehn Uhr seinen wichtigsten Investoren präsentieren wird.«

Maries Knie zitterten. Niemals hätte sie erwartet, dass die Kollegen zu ihr hielten. Nie im Leben!

»Lass uns in dein Büro gehen«, schlug Scarlett vor. »Um halb neun kommt der Chef, bis dahin solltest du dich auf einiges vorbereiten.«

Verständnislos schaute Marie in die lächelnden Gesichter. Die Atmosphäre hatte etwas von einer Klassenfahrt, übermütig und voll aufgedrehter Erwartung.

»Dann bis um zehn beim Meeting mit den Investoren«, grinste Ben Haller. »Freu mich schon drauf.«

Alle verschwanden konspirativ murmelnd, nur Marie und Scarlett blieben übrig.

»Hast du etwa einen Blumenladen ausgeraubt?«, scherzte Scarlett.

»Also, die hier sind für dich.« Marie legte ihr die Hortensien in den Arm. »Die hast du dir längst verdient. Aber Sonnenblumen von den Kollegen? Das ist doch verrückt.«

»Na ja, ganz so verrückt ist es auch wieder nicht«, erklärte Scarlett und versenkte ihre Nase in die süß duftenden Hortensienblüten. »Nach unserem Telefonat gestern Nachmittag habe ich eine WhatsApp-Gruppe zusammengestellt und reingeschrieben, wie Holger dich reinlegen will. Du glaubst gar nicht, was da auf einmal los war.«

»Was denn?«

»Warte.« Scarlett nahm Maries Hand und zog sie in ihr Büro, wo sie die Tür schloss. »Alle waren entsetzt«, erzählte sie halblaut weiter. »Sie halten große Stücke auf dich, Marie, und sie wollen nicht, dass du gehst. Daraufhin kam der Stein so richtig ins Rollen. Als Erstes hat Ben Haller Herrn Bornstein vom Testlabor heftig ins Gebet genommen. Nachdem er ihm androhte, nie wieder Dart mit ihm zu spielen, knickte Bornstein ein wie ein Streichholz. Er gab zu, er hätte den Black Velvet Drink auf Anweisung des Chefs verhunzt. Da war die Kacke so richtig am Dampfen …«

»Ich tu mal so, als hätte ich den Ausdruck nicht gehört.«

»Schon klar, sorry.« Lachend hockte sich Scarlett auf die Schreibtischkante und strich ihr pinkes Petticoatkleid glatt. »Also, Phase eins des Plans. Der Chef hat doch von diesem Penthouse gesprochen, in das du einziehen sollst, damit er dich besser unter Kontrolle hat.«

»Ja, und?«

»Du wirst ihn gleich am Fahrstuhl abfangen und so lange bezirzen, bis er mit dir hoch ins Penthouse fährt. Den Teddy nimmst du mit. Sag einfach, den bräuchtest du unbedingt, um dich zu Hause zu fühlen. So nach dem Motto: Nicht ohne meinen Teddy.«

»Scarlett, was soll …«

»Vorher aktivierst du natürlich die Kamera. Ich programmiere sie so, dass sämtliche Kollegen das Live-Video sehen können.«

Noch immer verstand Marie nicht, worum es eigentlich ging. Sie legte die Sonnenblumen und den Spionageteddy auf die Schreibtischplatte und ließ sich auf ihren Bürostuhl sinken.

»Inwiefern ist das denn ein Plan?«

Scarlett, die sich an dem Teddy zu schaffen machte, gluckste leise in sich hinein, als sähe sie schon etwas, was Marie nicht mal im Ansatz erkennen konnte.

»Holger flirtet doch neuerdings mit dir. Also mach ihn heiß. Bring ihn dazu, dich anzugraben. Am besten, er zieht sich ein bisschen aus.«

»Puh, so was kann ich nicht«, stöhnte Marie.

»Und wie du das kannst«, insistierte Scarlett. »Glaub mir, das wird ein Wahnsinnsspaß!«

»Ich fürchte, nach fünfzehn Jahren Ehe gehört sachgerechtes Flirten nicht mehr zu meinen Kernkompetenzen.«

»Quatsch, das ist wie Fahrradfahren, so was verlernt man nicht.«

Marie betrachtete die exakt ausgerichteten Stifte auf dem Schreibtisch, die akkurat aufgestellten Familienfotos, die Schreibtischlampe, deren verstellbarer Arm genau im rechten Winkel über der Tischplatte hing. Hier hatte Marie Hasemann tadellos funktioniert, pflichtbewusst und ohne Murren, so wie früher in der Schule, wenn sie eine Eins mit Sternchen bekommen wollte. Doch diese Marie Hasemann gab es nicht mehr.

»Ich mach's«, flüsterte sie.

»Yeah!« Scarlett warf ihr ein Luftküsschen zu. »Dann los. Der Chef muss jeden Moment kommen. Und vergiss bloß nicht den Teddy!«

Wie ein Wirbelwind huschte sie in ihrem farbenprächtigen Kleid aus dem Büro und warf die Tür hinter sich zu.

Schon bemerkenswert, wie es ihr immer gelingt, meine Bedenken zu zerstreuen, dachte Marie. Nervös zupfte sie ihr weit ausgeschnittenes Sommerkleid zurecht. Wenigstens war sie für diese irre Aktion richtig angezogen, was ja schon mal eine gute Voraussetzung für eventuelle unmoralische Angebote sein könnte. Jetzt hieß es, die Nerven zu bewahren. Sie hatte Holger nicht noch einmal begegnen wollen, doch nun musste sie ein letztes Mal dem Mann ins Gesicht blicken, der ein doppeltes Spiel mit ihr trieb.

Als sie sich erhob, fiel ihr etwas ein, das ihre Mutter immer gesagt hatte: Karma regelt das schon. Im Falle ihrer Mutter war es zwar Marie gewesen, die immer alles regeln musste, doch vielleicht half ihr die Devise jetzt, denn eines stand fest: Holgers Karmabilanz bewegte sich im unteren Bereich. Falls es also tatsächlich so etwas wie ein Karma gab, war es kein Wunschkonzert, sondern schickte den Menschen irgendwann genau das, was sie verdienten. Und vielleicht war ja heute *irgendwann.*

Kapitel 21

Der Eingangsbereich von FeelBetterFood wirkte wie leer gefegt. Selbst die Empfangsdame hatte sich verkrümelt, so dass Marie mutterseelenallein auf weiter Flur stand, als sich die Lifttüren öffneten und Holger im gewohnten Joggingmodus heraustrabte. Heute hatte er sich besonders sexy ausstaffiert, mit einem ultrakurzen roten Höschen sowie einem dekorativ durchgeschwitzten weißen Muscle Shirt, das seinen muskulösen Oberkörper überdeutlich zur Geltung brachte.

»Marie!« Abrupt blieb er stehen. »Sie sollten doch seit einer halben Stunde im Flieger sitzen! Haben Sie denn nicht meine Mail mit den Flugdaten bekommen?«

»Doch, doch, vielen Dank nochmals, das war eine großartige Idee«, versicherte sie und presste den Teddy an sich, um ihre flirrende Aufregung zu überspielen. »Allerdings habe ich inzwischen über Ihr großzügiges Angebot nachgedacht, vorübergehend in das Penthouse einzuziehen.«

Langsam, ganz langsam löste sich seine vorwurfsvolle Miene in Wohlgefallen auf, weshalb Marie schnell weitersprach.

»Es ist die bessere Lösung, Holger. Von dort aus kann ich ungestört kreativ sein, und wenn Sie um mein gestresstes Seelenheil besorgt sind, gehe ich auch gern offline.«

»Offline«, wiederholte er sichtlich erleichtert.

»Genau. Sie könnten sich meine Produktideen dann immer persönlich abholen, in privater Atmosphäre, ganz entspannt.«

Hinter seiner Stirn arbeitete es so sichtbar, dass Marie quasi durch seine Gehirnwindungen kriechen konnte. Geschickt hatte sie alle wichtigen Stichworte untergebracht – Penthouse, offline, private Atmosphäre. Holgers Synapsen glühten bei der Schlussfolgerung, dass sie sich seiner Strategie fügte und unsichtbar fleißig sein würde.

»Was halten Sie von einer spontanen Besichtigung?«, fragte sie lächelnd. »Ich würde meine neue Wirkungsstätte gern in Augenschein nehmen, bevor ich einziehe.«

»Sie meinen – jetzt?«

»Na klar«, bekräftigte Marie. »Es ist erst halb neun, Ihre erste Konferenz steht um zehn Uhr an, wie ich hörte, also bleibt uns genügend Zeit, damit wir ganz in Ruhe, ganz ungestört …«

Das Ende des Satzes ließ sie absichtsvoll in der Luft hängen, um Holgers Phantasie auf Touren zu bringen. Zusätzlich verstarkte sie die Wirkung des Unausgesprochenen mit einem koketten Augenaufschlag, der seine Wirkung nicht verfehlte.

»Wow.« Begehrlich leckte er sich die Lippen. »Das klingt gut, sehr gut. Okay, dann kommen Sie mal mit. Nur eine Frage: Was wollen Sie mit dem komischen Teddy?«

»Oh, das ist eine Art Talisman«, antwortete Marie mit oscarreifer Kleinmädchenstimme. »Ich nehme ihn sogar in den Urlaub mit, damit ich mich im Hotelzimmer sofort heimisch fühle. Teddy gut, alles gut.«

»Wie süß. Dann hoffe ich, dass Ihrem Teddy das Penthouse gefällt.«

Gemeinsam stiegen sie in den Aufzug. Ein hallodrihaftes Lächeln umspielte Holger Christiansens Mundwinkel, als er seine Schlüsselkarte an das Kontaktfeld hielt und den obersten Buchstaben, ein P, auf dem erleuchteten Tastenfeld antippte. Marie musterte ihn aufmerksam. Was hatte sie nur an ihm gefunden? Beziehungsweise: Warum war sie auf ihn reingefallen? Lag es an seiner sportlichen Erscheinung, dem jungenhaften gebräunten Gesicht, dem blond gesträhnten Haar, das er in Surfermanier halblang trug? Oder lag es an seiner Empathiemasche? Nichts von alldem konnte sie jetzt noch beeindrucken.

»Willkommen im FeelBetter-Penthouse«, sagte er, als die Lifttüren wieder auseinanderglitten.

Marie holte tief Luft. Das war kein Penthouse, das war ein Palast. Ein riesiger loftartiger Raum lag vor ihr, ganz in hellem Marmor ausgekleidet und so luxuriös eingerichtet wie einer Wohnzeitschrift für höchste Ansprüche entsprungen. Das Zentrum bildete ein großer ovaler Pool, in dem türkisblaues Wasser schimmerte, rundherum gruppierten sich schneeweiße Couchen und Sessel. Im linken Bereich gab es einen Küchentresen aus gewischtem Metall nebst Kochzeile und einem gigantischen weißen Kühlschrank, der die Monatsvorräte einer zehnköpfigen Familie hätte aufnehmen können. Ganz hinten, direkt vor den bodentiefen Fenstern, stand zwischen zwei lebensgroßen griechischen Statuen ein rundes, weißes Polsterbett mit mindestens zwanzig cremefarbenen Seidenkissen.

»Was sagen Sie, Marie? Könnten Sie sich hier wohlfühlen?«

Eine absurd tiefstapelnde Frage. Ob die Kollegen wohl wussten, was für eine unfassbare Pracht hier oben herrschte, und zwar auf Firmenkosten? Marie hatte sich noch nicht ganz von dem atemberaubenden Anblick erholt, als sie zwischen zwei Couchen einen fliederfarbenen BH entdeckte. Zum Donnerwetter aber auch, dieses Luxuspenthouse war Holgers Liebesnest!

»Sie haben bestimmt noch nicht gefrühstückt«, raunte er kehlig. »Was möchten Sie? Latte macchiato? Einen Smoothie? Champagner? Es ist alles da, was das Herz begehrt.«

Jetzt hieß es, taktisch vorzugehen. Aufreizend langsam schlenderte Marie an dem Pool vorbei zu den bodentiefen Fenstern und setzte erst den Teddy, dann sich selbst aufs Bett.

»Ich denke, Champagner wäre diesen Räumlichkeiten angemessen.«

»Bravo, das Äquivalent zum Sundowner ist nämlich der Sunriser«, lachte Holger. »Wusste ich's doch, dass Sie gar nicht so spießig sind, wie Sie sonst immer rüberkommen. Heißes Kleid übrigens. Es zeigt Sie von einer Seite, die ich längst schon mal kennenlernen wollte.«

Bevor er zur Küchenzeile ging, kickte er den fliederfarbenen BH unter die nächststehende Couch, dann holte er eine Champagnerflasche aus dem Kühlschrank, füllte zwei Gläser und ließ per Knopfdruck jeweils einen Eiswürfel hineingleiten. Unterdessen hatte Marie den Teddy auf dem Kopfpolster des Betts deponiert. Die Kamera war auf Weitwinkel eingestellt, also musste der Raum von hier aus gut einsehbar sein. Sie unterdrückte ein hysterisches Kichern bei dem Gedanken, dass Scarlett und die übrigen eingeweihten Kollegen zusahen, wie Holger mit raubtierartigen Bewegungen durch das Penthouse schnürte, ganz der gewiefte Verführer, der seine Beute schon in der Tasche zu haben glaubte.

»Bitte sehr.« Er reichte ihr ein Glas. »Wir trinken auf uns. Auf den next Level.«

Wie er sich den vorstellte, war unschwer zu erraten. Ganz tief schaute er Marie in die Augen, so tief, dass es schon etwas Penetratives hatte. Bei allem, was Menschen tun, geht es im Grunde immer nur um Sex, hatte Marie mal gelesen, nur nicht beim Sex – da geht es um Macht. Und exakt das wollte Holger: die uneingeschränkte Macht über seine Mitarbeiterin Marie Hasemann. Sie sollte sich ihm unterordnen, stumm, willfährig, allzeit zur Verrichtung der geforderten Arbeit bereit, ohne irgendwelche Ansprüche zu stellen.

»Ich mag es, wenn Sie Ihre weibliche Seite zeigen«, säuselte er und nahm einen großen Schluck Champagner. »Sonst wirken Sie immer so streng, als hätten Sie das Weibliche in sich weggeparkt. Doch von Ihrem korrekten Äußeren habe ich mich nie täuschen lassen.«

»Das ist ja Psychologie wie aus dem Lehrbuch, Holger!« Marie nippte nur an dem Champagner und dachte dabei an Scarletts Anweisungen – *am besten, er zieht sich ein bisschen aus.* »Grau ist alle Theorie, wie wär's mit etwas Praxis? Der Pool ist traumhaft, können Sie schwimmen?«

»Wie ein Fisch, vorher sollten wir allerdings das Sie begraben.« Erneut hob er sein Glas. »Auf dich, Marie!«

»Auf dich, Holger.«

Und jetzt runter mit den Klamotten. Dieser Satz lag greifbar in der Luft, jedoch mit unterschiedlichen Absichten und Bedeutungen. Holger wollte Marie schon vor dem Frühstück vernaschen, das war klar wie der wolkenlose Himmel draußen, aber Marie würde sich im wahrsten Sinne des Wortes bedeckt halten. Deshalb stellte sie das Glas auf den Marmorboden, machte es sich zwischen den Seidenkissen bequem und himmelte Holger unter halb geschlossenen Lidern an.

»Du bist bemerkenswert gut gebaut, einfach umwerfend. Kannst du deine Muskeln auch einzeln bewegen?«

Jeder normale Mann hätte ihr einen Vogel gezeigt. Nicht so Holger Christiansen. Ermutigt durch Maries Komplimente, übertrumpfte seine Eitelkeit bei Weitem seine Selbstachtung. Bereitwillig riss er sich das Muscle Shirt vom Oberkörper.

»Schau mal«, seine Brustmuskeln pumpten, »das ist das Resultat jahrelangen Trainings.«

»Hach, toll«, seufzte Marie. »Geht das auch mit deinem Bizeps?«

»Sicher.«

Er nahm eine Bodybuilder-Pose ein und spannte rhythmisch die Oberarmmuskeln an. Ein Bild für die Götter. Vor Maries geistigem Auge erschien Scarlett, die ein Stockwerk tiefer gerade lachend vom Stuhl fiel. Es war aber auch zu aberwitzig.

»Was ist mit deinem Gluteus maximus?«, heizte sie Holger weiter an.

»Mit meinem großen Gesäßmuskel?«

Ganz kurz runzelte er die Stirn, dann siegte wieder seine Eitelkeit. Und nun passierte etwas, was Marie noch ihren Enkelkindern erzählen würde, wenn sie dereinst alt genug für solche Peinlichkeiten waren: Holger drehte ihr seine Kehrseite zu, beugte sich vor und ließ hüftwackelnd sein rotes Höschen runterrutschen. Darunter kam nichts als das beängstigend schmale Bändchen eines schwarzen Stringtangas zum Vorschein, der die wohlgeformten Pobacken teilte. Marie hätte wegsehen können, doch sie konnte nicht anders, als hinzuschauen, wie bei einem Verkehrsunfall, der gegen jeden gesunden Menschenverstand den Hinstarr-Reflex auslöste. Das Spiel der Gesäßmuskeln ließ nichts zu wünschen übrig. Unten im zweiundzwanzigsten Stock musste die schenkelklopfende Hölle los sein.

»Na?«, fragte Holger. »Was sagst du?«

»Faszinierend, ehrlich – phänomenal«, krächzte sie.

»Und das ist keineswegs alles, was ich zu bieten habe.«

Schockschwerenot. Bevor er noch ganz andere Körperteile zur Schau stellte, die Marie nun wirklich nicht näher kennenlernen wollte, stand sie auf und holte den Teddy vom Kopfpolster. Sie musste sich schon sehr bemühen, um nach wie vor ernst zu bleiben.

»Danke für die umfassende Besichtigung, Holger. Wir können diese Dinge später vertiefen, vielleicht in der Mittagspause?«

Ruckartig zog er sein rotes Höschen hoch und drehte sich mit einem grenzenlos enttäuschten Gesichtsausdruck zu ihr um.

»Wieso später? Wir haben doch gerade erst angefangen.«

»Betrachte es als verlängertes Vorspiel«, entgegnete sie neckisch, während sie sich Schritt für Schritt Richtung Tür bewegte. »Stell dir vor, du gehst gleich in die Konferenz, ganz offiziös, ganz distanziert, und nur du weißt von dem kleinen Geheimnis, das wir teilen werden.«

»Vorspiel. Hm, du meinst einen Slow Burn?«

Es gab wohl nichts, wofür er keinen englischen Ausdruck gehabt hätte.

»Very, very slow, Holger.«

»Du kleine Genießerin!« Laszív zwinkerte er ihr zu. »Okay, geh schon mal in dein Büro, ich dusche noch und ziehe mich für die Zehn-Uhr-Konferenz um. Sie ist übrigens nur für das Leitungsteam gedacht, deine Anwesenheit wird also nicht nötig sein.«

So ein raffinierter Kerl. Natürlich wollte er sie ausschließen, das war sein perfider Plan. Er vermied es, Marie in die Augen zu sehen, als sie beiläufig den fliederfarbenen BH unter der Couch hervorholte und in den Pool warf.

»Ciao, Holger.«

Im Aufzug war es mit ihrer Beherrschung vorbei. Marie lachte Tränen, und sie lachte immer noch, als sie im zweiundzwanzigsten Stockwerk ausstieg, wo Scarlett sie sogleich in Empfang nahm, ebenfalls mit Lachtränen in den Augenwinkeln.

»Was für ein Hirni«, kicherte sie. »Du warst grandios, Marie!«

»Und nun? Was habt ihr eigentlich vor?«

»Warte die Konferenz ab«, gluckste Scarlett. »Wir arbeiten schon an einer neuen Präsentation für die Investoren.«

»Holger will mich aber nicht dabeihaben«, warf Marie ein.

»Was Holger will, ist irrelevant. Du gehst jetzt in den PlayBetterRoom und chillst ein bisschen, ich hole dich um fünf vor zehn dort ab.«

Das hätte sich Marie auch nicht träumen lassen, so kurz vor ihrem Abgang den Raum kennenzulernen, in dem die Kollegen ihr Social Shmoozing betrieben. Alles fühlte sich unwirklich an, wie in einem Fiebertraum. Marie Hasemann und Chillen. Wo gab's denn so was?

Der PlayBetterRoom entpuppte sich als eine richtige Jungshöhle, mit Tischkickerspielen, Dartscheiben und Flipperautomaten, die sich zwischen nussbraunen Ledersesseln verteilten. Der Raum war fast leer, bis auf Herrn Bornstein, der mit versteinerter Miene Pfeile auf eine Dartscheibe warf. Als er Marie sah, zuckte er zusammen.

»Frau Hasemann.«

»Herr Bornstein.«

Gesenkten Kopfes betrachtete er seinen weißen Kittel, so als wolle er die Knöpfe darauf zählen.

»Ich muss mich tausendmal bei Ihnen entschuldigen«, murmelte er bedrückt. »Aber mir blieb keine Wahl. Der Chef hat mich unter Druck gesetzt, und da ich der weitaus Älteste in der Firma bin, muss ich alles daransetzen, es hier bis zur Rente zu schaffen.«

»Vergeben und vergessen«, erwiderte Marie großmütig. »Dass sich Holger Christiansen auf die Kunst der subtilen und weniger subtilen Manipulation versteht, weiß ich nur zu gut.«

Mit einem Ausdruck vollständiger Entgeisterung hob Herr Bornstein den Kopf.

»Sie sind mir nicht böse?«

»Nein, wirklich nicht«, versicherte Marie. »Es hatte sogar sein Gutes. Ich werde die Firma verlassen und etwas Eigenes aufziehen.«

»Sie verlassen uns?« Herr Bornstein sah plötzlich aus, als hätte man ihm den Boden unter den Füßen weggezogen. »Das dürfen Sie nicht. Sie sind doch das Rückgrat der Firma!«

»Mag sein, aber meinem Rücken ist diese Verantwortung nicht gut bekommen. Ich brauche mehr Freiheiten, verstehen Sie?«

Stumm schaute er sie an. Dann hielt er ihr einen Pfeil hin.

»Wollen wir zum Abschied noch ein bisschen Dart spielen?«

Es war eine so rührende Geste, dass Marie nicht Nein sagen konnte. Herr Bornstein war kein Mann der großen Worte, doch auf seine Weise vermittelte er ihr die vermutlich größte Wertschätzung, die bei jemandem wie ihm zu haben war. Also verbrachte sie die nächste halbe Stunde damit, Pfeile auf eine Scheibe zu werfen und erstaunt festzustellen, dass es sogar Spaß machte.

Marie war so versunken in die ungewohnte sportliche Betätigung, dass sie ganz die Zeit vergaß und mehr als verblüfft aufsah, als Scarlett auf einmal vor ihr stand.

»Bereit für den großen Showdown, Marie?«

»Huch, was haben Sie denn vor?«, fragte Herr Bornstein etwas erschrocken.

Scarlett reckte das Kinn vor, in ihren Augen blitzte der Schalk. »Das werden Sie noch heute erfahren. Leider muss ich Ihnen Frau Hasemann jetzt entführen.«

Auf dem Weg zum Konferenzraum bröckelte Maries bis dahin recht gelassene Fassade von Sekunde zu Sekunde, so dass sie kaum noch atmen konnte, als sie die pulsierende Herzkammer von FeelBetterFood betrat. Der Raum war bereits voll, sehr voll. An dem großen Schiefertisch saß die gesamte Führungsriege der Firma, außerdem zwei Damen und drei Herren in eleganten Businessoutfits, vermutlich die Investoren. Das Catering war exquisit. Auf dunkelgrauen Porzellanplatten lagen hauseigen produzierte vegane Macarons, Müsliriegel und Kräuterchips, außerdem gab es frisches Obst, das appetitlich in polierten Metallschalen drapiert war.

Holger residierte am Kopfende des mit Köstlichkeiten beladenen Tischs, wo ein Beamer stand.

»Marie.« Konsterniert verschränkte er die Arme. »Was machst … was machen Sie denn hier? Das Meeting ist nicht für Sie gedacht.«

»Da sind wir ganz anderer Meinung«, schaltete sich Ben Haller ein. »Frau Hasemann mag noch kein offizielles Mitglied des Leitungsteams sein, doch das ist nur noch eine Frage der Zeit.« Er klopfte auf den freien Stuhl neben sich. »Mein rechter Platz ist leer, ich wünsche mir Frau Hasemann her.«

Mit diesem Kinderreim brachte er Holger Christiansen vollends aus der Fassung.

»Was soll der Bullshit, Ben?«

»Das wird selbsterklärend sein, wenn es so weit ist«, erwiderte das Milchgesicht cool. »Wollen wir anfangen? Die Damen und Herren Investoren sind vermutlich schon sehr gespannt auf die Präsentation.«

Sichtlich verstimmt nickte Holger. Er protestierte nicht einmal gegen die Anwesenheit von Scarlett, die sich vor den bodentiefen Fenstern postiert hatte, sondern klappte seinen Laptop auf.

»Nimm die aktualisierte Version der Website«, wisperte das Weingesicht ihm zu, »wir haben noch ein paar Details verfeinert.«

»Okey-dokey.«

Holger klickte auf seinem Laptop herum. Daraufhin sprang der Beamer an und projizierte die Startseite von Soulkitchen&more auf die Stirnwand des Konferenzraums. Es wurde mucksmäuschenstill.

»A warm Welcome für unsere Gäste«, eröffnete Holger in seinem denglischen Kauderwelsch die Konferenz. »Healthy organic Enjoyment, das ist die Zukunft. Wenn Sie sich für unser neues Projekt entscheiden, meine Damen und Herren, werden Sie Teil der Nutrition Future sein.«

Er scrollte weiter runter, und Marie erstarrte. Dort, wo in dem Website-Entwurf ein Foto von Holger und Jack di Fabio eingefügt gewesen war, sah man nun ihren Hinterkopf sowie den Chef von FeelBetterFood, mit nacktem Oberkörper und rausgedrückter Brustmuskulatur.

»Ähm, sorry.« Hastig hämmerte Holger auf seinen Laptop ein.

»Kleiner Scherz, zur Auflockerung. Also, unser neues Food Brand lässt keine Wünsche offen. Das heißt …«

Sein Zeigefinger schwebte über der Tastatur. Alle schauten gebannt auf das Video, das zwischen den Fotos der neuen Food-Kreationen erschien. Es zeigte Holger, wie er in seiner albernen Bodybuilder-Pose die Oberarmmuskeln spielen ließ.

»Verdammt«, zischte er.

»So sieht man wohl aus, wenn man sich im Einklang mit deinen neuen Nutrition Standards ernährt«, feixte Ben Haller.

Die männlichen Investoren hüstelten, die weiblichen schüttelten indigniert ihre Köpfe, Marie tanzte innerlich Limbo.

»Sagen Sie, wollen Sie uns verladen?«, fragte eine Dame, die ein dunkelblaues Businesskostüm trug und angewidert die geschminkten Lippen verzog. »Wir sind nicht extra hergekommen, um uns solch pubertäre Faxen anzusehen.«

Holger schwitzte Blut und Wasser. Mit dem Ärmel seines hellgrünen Hoodies wischte er sich über die schweißnasse Stirn.

»Tut mir leid, das verstehe ich nicht, irgendwas ist da anscheinend durcheinandergeraten.« Er warf Marie einen bitterbösen Blick zu. »Kommen wir am besten gleich zum Businessplan. Meine Leute haben alles exakt durchgerechnet. Schon im ersten Jahr nach der Einführung von Soulkitchen&more werden wir uns in der Gewinnzone befinden. Moment, ich zeig's Ihnen.«

Er tippte eine Taste, und ein buntfarbiges Diagramm erschien an der Wand, mit allerlei Zahlen und zwei Linien, die in einigem Abstand aufwärts zeigten.

»Die flache gelbe Linie steht für die Investitionen, die steile grüne für die Gewinnentwicklung«, erläuterte er die Graphik. »Der Return of Investment ist so gut wie …«

Seine Stimme erstarb. Wie von Geisterhand verschwanden die Kurven und verwandelten sich in zwei Pobacken, die rhythmisch zuckten. Wem dieser muskulöse Po gehörte, wurde offenbar, als sich die Person auf dem Video umdrehte und Holgers hochrotes Gesicht erschien.

»Das reicht!«, rief einer der Investoren und sprang auf. »Ihre miesen Scherze können Sie sich dahin stecken, wo Ihr Tanga endet!«

Auch Ben Haller war aufgestanden. Beschwichtigend hob er die Arme.

»Gemach, werte Damen und Herren. Nicht nur mit diesen unterirdischen Scherzen hat Herr Christiansen seine kapitale Unfähigkeit bewiesen, auch seine Managementmethoden erfüllen längst nicht mehr die Kriterien, die wir gemeinsam für FeelBetterFood definiert haben.«

»Was?«, krähte Holger.

»Flache Hierarchien, das bedeutet, dass wir als Führungsteam unter anderem ein Mitspracherecht haben, wenn es um die Leitung des Unternehmens geht«, sprach Ben Haller ruhig weiter. »So steht es in unserer Satzung, so setzen wir es um. Mit sofortiger Wirkung bist du raus, Holger. Dafür haben wir einstimmig beschlossen, Marie Hasemann zur neuen Chefin zu wählen.« Er lächelte fein in Richtung der Investoren. »Meine Damen und Herren, ich möchte Ihnen den kreativen Kopf unserer Firma vorstellen, die unvergleichliche Marie Hasemann. Mit ihren Produktinnovationen hat sie FeelBetterFood auf die Erfolgsstraße geführt.«

Marie hörte auf zu atmen. Alle Blicke richteten sich auf sie, und ihr wurde fast übel bei dem Gedanken, was Ben Haller da soeben von sich gegeben hatte.

»Endlich mal eine Frau an der Spitze!«, rief die Dame im dunkelblauen Kostüm mit unverhohlener Begeisterung. »Das ist schon mal ein klarer Pluspunkt! Frau Hasemann, würden Sie uns bitte Ihr Konzept für Soulkitchen&more erklären?«

»Das ist mein Konzept, das sind meine Ideen!«, schrie Holger Christiansen dazwischen.

»Es war nie dein Konzept«, widersprach Ben Haller eisig. »Es ist auch nicht mehr deine Firma. Ab heute beschränkt sich deine Position auf die eines stillen Teilhabers. Scarlett wird dich hinausbegleiten. Oder ist es dir lieber, wenn ich die Security rufe?«

»Ich denke, das wird nicht nötig sein«, zirpte Scarlett, die auf ihren Regenbogen-Flipflops heranschlappte und Holger unterhakte. »Kommen Sie. Den Rest des Tages geben wir Ihnen frei, ach ja, und den Rest Ihres Lebens auch.«

Holgers Gesicht war so grau wie der Schiefertisch geworden, kraftlos wie eine Marionette mit durchgeschnittenen Fäden hing er in seinem Stuhl.

»Aber, aber, aber …«

»Das wird schon«, sagte Scarlett sanft. »Man kann nicht immer gewinnen.«

»Aber FeelBetterFood wird mit der neuen Chefin gewinnen«, ergänzte Ben Haller, der sich wieder setzte. »Bitte, Frau Hasemann. Ihr Auftritt.«

»Ich glaub, ich kann das nicht«, japste Marie.

Sie hatte noch nie eine Rede vor einem derart erlauchten Investorenpublikum gehalten, und schon gar nicht über ihre eigenen Produktideen. Wo anfangen, wo aufhören? Und wie die richtigen Formulierungen finden?

»Mach dich nicht so klein«, flüsterte Scarlett, bevor sie Holger Christiansen aus seinem Stuhl hievte und abführte.

Marie zitterte, als sie sich erhob. Es war alles etwas zu viel auf einmal.

»Zuerst möchte ich mich für das in mich gesetzte Vertrauen bedanken«, begann sie leise zu sprechen.

»Unsinn, das ist kein Vertrauen, das ist die Konsequenz Ihrer phantastischen Arbeit«, entgegnete Ben Haller und lächelte ihr aufmunternd zu. »Erzählen Sie uns einfach, welche Ideen Sie haben.«

»Tja, also«, Marie räusperte sich einen Riesenfrosch aus der Kehle, »Innovationen sollten den Bedürfnissen der Käufer entsprechen. Ich gebe Ihnen ein Beispiel. Für eine spezielle Linie habe ich mich von einem stadtbekannten Barista inspirieren lassen, der Frozen Yoghurt für Hunde anbietet.« Unsicher schaute sie in die skeptischen Mienen der Businesstypen. »Natürlich wird es nicht bei Hundefutter bleiben«, fügte sie schnell hinzu. »Mir schweben tiefgefrorene salzige Snacks vor, die man lässig auf der Couch löffeln kann. Also kein süßes Eis, sondern salziges, im Sinne der Snackification. Denken Sie an eine gefrorene Gazpacho mit Tomate und Basilikum. Oder an gefrorene Karottencreme mit Limette und Koriander. Die Geschmacksrichtungen können beliebig diversifiziert werden, und …«

Sie hielt inne, denn alle fünf Investoren fingen gleichzeitig an zu klatschen, woraufhin sämtliche Anwesenden in den Applaus einfielen.

»Gratulation, das ist das Genialste, was ich seit langer Zeit gehört habe«, wurde sie von der Dame im dunkelblauen Kostüm beglückwünscht. »Egal, was noch kommt, ich steige ein!«

Jetzt zogen auch die anderen vier Investoren nach. Einer nach dem anderen näherte sich Marie und schüttelte ihr die Hand.

»Wir wollen noch viel mehr von Ihnen hören«, sagte ein Herr im Nadelstreifenanzug. »Wie wäre es mit einem Meeting in drei Tagen? Schaffen Sie es bis dahin, eine aussagekräftige Präsentation zusammenzustellen?«

»Gar kein Problem.« Marie strahlte überglücklich. »In meinem Kopf ist schon alles fertig, sogar die Verpackungen aus recycelbarem Bambus mit charmanten Kinderzeichnungen meiner Tochter.«

»Und mit dem Know-how unserer IT-Spezialisten wird die visuelle Verpackung der Präsentation ein Kinderspiel sein«, fügte Ben Haller verschmitzt hinzu.

»Von Ihrem IT-Know-how haben Sie uns heute mehr als überzeugt«, erwiderte die Dame im dunkelblauen Kostüm süffisant und öffnete die Spange, mit der sie ihr rotes Haar gebändigt hatte. »Ehrlich gesagt habe ich Holger Christiansen noch nie leiden können. Großspurigkeit, verbrämt mit Pseudoempathie, nein danke.«

Jetzt, mit den offenen Haaren, erkannte Marie die Frau. Es war dieselbe, die Holger im Julep's begrüßt hatte.

»Jeder braucht mal Auszeiten, um kreativ zu bleiben«, ahmte die Investorin seinen weichgespülten Tonfall nach. »Einfach das Nichtstun genießen. Die Gedanken fliegen lassen. Mit der Seele atmen. Boah, wie abgedroschen ist das denn?«

Es stimmte, dennoch musste Marie zugeben, dass ein Körnchen Wahrheit darin steckte. In den vergangenen Tagen hatte sie mehrfach mit der Seele geatmet, und nicht zu ihrem Nachteil.

»Dann freue ich mich, Sie in drei Tagen erneut begrüßen zu

dürfen«, richtete Ben Haller das Wort an die Investoren. »Einen schönen Tag noch.«

Der Konferenzraum leerte sich, nur die Führungsriege sowie Marie blieben zurück.

»Überraschung gelungen?«, fragte das Weingesicht triumphierend.

Marie schwankte leicht. Während ihr wahre Felsbrocken vom Herzen fielen, sank sie auf einen der Stühle.

»Es fällt mir noch schwer, das alles zu glauben.«

»Vielleicht glauben Sie es ja, wenn Sie den Vertrag hier gelesen haben«, erwiderte Ben Haller und schob ihr ein Schriftstück zu.

Marie wollte danach greifen, als ihr Handy surrte. Es hatte schon mehrmals gesurrt, doch während der Konferenz war es natürlich nicht infrage gekommen nachzuschauen. Sie sah auf das Display. Sechs verpasste Anrufe von Alex und eine Nachricht. *Pech gehabt, Marie. Die Privatvorstellung deines Chefs konnte ich auf deinem Laptop mitverfolgen. Das war's dann, oder?*

Nervenzusammenbruch war noch eine Untertreibung für das, was Marie heimsuchte, als sie die Nachricht gelesen hatte. Ein trockenes Schluchzen schüttelte ihren Brustkorb, ihr Magen befand sich im Schleudergang, ihre Gesichtszüge entgleisten wie ein Hochgeschwindigkeitszug in voller Fahrt. Warum musste ausgerechnet der Tag ihres größten beruflichen Triumphs der Tag ihrer schlimmsten privaten Niederlage sein?

Alarmiert beugten sich die Kollegen über sie und überboten einander in entsetzten Ausrufen. »Frau Hasemann! Marie! Hol doch mal einer ein Glas Wasser! Nein, einen Notarzt! Sie kollabiert! Ogottogott!«

All das zog nur wie eine entfernte Geräuschkulisse an Marie

vorüber. Sie war weg, ganz weit weg, irgendwo zwischen Hölle und Nirwana. Wie hatte sie bloß vergessen können, dass man die Bilder des Spionageteddys auch auf ihrem Laptop anschauen konnte, den sie dämlicherweise zu Hause gelassen hatte? Wie Alexander Holgers Performance interpretierte, war nur folgerichtig. Wonach sah es denn auch aus? Nach einer Frau, die ihren eigenen Chef anmachte, so dass er alle erotischen Register zog, vom Bizeps bis zu den Pobacken. Wobei das Wort erotisch es noch nicht einmal genau traf. Hemmungslos testosterongesteuert war wohl passender.

»Marie.« Eine Hand, die ihren Arm streichelte, Scarletts sanfte Stimme. »Was ist denn los, um alles in der Welt?«

»Sie ist zusammengebrochen«, sagte jemand.

»Raus bitte, alle raus«, befahl Scarlett. »Ich muss mit ihr allein reden.«

Als völlige Stille eingekehrt war, öffnete Marie die Augen.

»Alex hat Holgers Spezialvorstellung auf meinem Laptop gesehen«, ächzte sie unter größten Anstrengungen.

Scarlett blähte ihre Nasenflügel, auf ihren Wangen bildeten sich hektische rote Flecken.

»O nein – etwa auch den unsäglichen Knackarsch?«

»Alles, Scarlett.«

»Dann werde ich ihm halt erklären, wie wir die Sache ausbaldowert haben und warum.«

Marie legte ihren heißen Kopf auf die kühle Schiefertischplatte. Vor ihren Augen drehten sich glühende Kreise.

»Und du meinst, das hilft noch irgendwas? Eifersüchtig war er doch vorher schon auf Holger, jetzt hat er den Beweis. Denkt er jedenfalls.«

»Ihr seid wirklich das krasseste Ehepaar, das ich kenne«, stöhnte Scarlett. »Du bist eifersüchtig auf Babette, Alex ist eifersüchtig auf Holger, dabei ist das Ganze nach menschlichem Ermessen völlig harmlos, oder?«

Marie hatte keine Antwort darauf, deshalb schloss sie die Augen wieder. Es hatte alles keinen Sinn mehr. Ihre Ehe war so gut wie am Ende.

»Gehst du denn wenigstens auf das Schulfest heute Abend?«, erkundigte sich Scarlett. »Robin hat sich was Tolles ausgedacht.«

»Das Schulfest?« Marie schreckte auf. »Das hatte ich total vergessen!«

So was war ihr noch nie passiert. Die engagierte und strukturierte Marie Hasemann vergaß keine wichtigen Termine ihrer Kinder.

»Ich bin für dich da«, sagte Scarlett und tätschelte beruhigend ihren Rücken. »Du wirst sehen, heute Abend kommt alles ins Lot. Manchmal muss man nicht unbedingt das Ziel ändern, aber vielleicht den Weg dahin überdenken.«

Kapitel 22

Die Aula war gerammelt voll. Eltern, Schüler, Verwandte, Bekannte sowie die gesamte Lehrerschaft hatten sich eingefunden, um das alljährliche Schulfest zu begehen. Ohnehin war es ein aufregendes Ereignis, vor allem für die ambitionierteren Eltern, doch dass sich nach den offiziellen Programmpunkten eine Party mit einem echten DJ anschließen sollte, war eine kleine Sensation. So etwas hatte es noch nie gegeben, entsprechend lebhaft wurde darüber diskutiert. Man hörte das erregte Stimmengewirr bis in den kleinen Raum hinter der Bühne, den ein handgekritzeltes Schild als *Backstage* auswies.

Auch hier herrschten drangvolle Enge und hektisches Getriebe. Ein etwas pummeliges Mädchen übte quietschend Blockflöte, ein sehr schmaler, sehr bleicher Junge sagte Gedichte auf und wurde dabei von seiner völlig aufgelösten Mutter abgehört, zwei ältere Schüler in weiten schwarzen Anzügen probten etwas, das nach Schattenboxen aussah. Dazwischen flatterte Frau Behrmann-Röckel herum. Unablässig gab sie letzte Tipps für die Auftritte, ermahnte alle, sich an den Ablaufplan zu halten, und sorgte mit ihrer kopflosen Nervosität dafür, das Lampenfieber aller Beteiligten ins Unendliche zu steigern.

Es gab nur eine Ecke in dem winzigen Raum, wo stille Konzentration überwog: vor einem improvisierten Schminktisch, wo Robin auf einer Kiste hockte und sich von Scarlett sachgerecht bemalen ließ. Allerdings musste man zweimal hinschauen, bevor man Robin erkannte. Er trug ein bodenlanges schockrosa Kleid aus Maries aktiver Tanzvereinsphase, dazu orangefarbene hochhackige Sandaletten und einen blumengeschmückten Reifen im fluffig aufgelockten Haar. Auf seinen Lidern glitzerte es bläulich.

»Wie findest du den orangenen Lippenstift?«, fragte er Scarlett und deutete auf seinen Mund. »Zu viel Candy?«

»Candy ist genau richtig, es kann gar nicht süß genug sein«, antwortete Maries Assistentin, während sie eine weitere Schicht Rouge auftrug. »Wenn du auf dem Weg zur Bühne ein verzücktes Stöhnen hinter dir hörst, geh einfach weiter, das sind dann nämlich deine Fans.«

Geistesabwesend schaute Marie den beiden zu. Sie fühlte sich ziemlich durchgenudelt. Wie sollte sie diesen Abend überstehen? Die Panne mit dem Spionageteddy überschattete alles, auch ihren wundersamen beruflichen Aufstieg, an dem sie sich gar nicht recht freuen konnte. Was nützte das schon, wenn ihr Privatleben herumschlingerte wie ein herrenloses Boot auf hoher See? Alexander hatte durch Abwesenheit geglänzt, als sie nach Hause gekommen war, und er reagierte weder auf Anrufe noch Nachrichten. Dafür hatte ihre Mutter reagiert. Nach einigem Nachdenken über Ehe, Familie und chaotische Gefühle hatte sich Marie ein paar knappe Zeilen abgerungen.

Hallo Mama, viel Zeit ist vergangen. Gern würde ich mich mit dir aussprechen. Vielleicht wäre es ein guter erster Schritt, wenn du heute zum Schulfest kommst, bei dem du auch Robin und Lilli wiedersehen kannst. Ort und Uhrzeit sende ich dir separat.

Die mit lauter Ausrufezeichen gespickte Antwort von Kassandra Werner, ihres Zeichens Mutter von Marie Hasemann, war binnen weniger Minuten eingetroffen.

Endlich, Kind! Ich freue mich so sehr, denn glaub mir, ich habe nie aufgehört, dich zu lieben! Selbstverständlich komme ich zum Schulfest!

Wieder und wieder hatte Marie die Nachricht gelesen, und jedes Mal, wenn sie an die Stelle *Ich habe nie aufgehört, dich zu lieben* gekommen war, hatten sie Zuneigung, Scham und Freude überwältigt. Kein Vorwurf war aus den Worten herauszulesen, keine Bitternis, nur Begeisterung über die unverhoffte Kontaktaufnahme. Ob wohl auch Alexander dem denkwürdigen Wiedersehen beiwohnen würde? Die Chancen standen nicht gerade hoch. Schulfeste betrachtete er als lästige Pflichtübungen, so wie Elternabende und Elternsprechtage, und nach dem Anblick des halb nackten Holger Christiansen stand kaum zu vermuten, dass er neben seiner Frau sitzen wollte, um heile Familie zu spielen.

»Hey, nicht den Kopf hängen lassen«, flüsterte Scarlett ihr zu. »Wünsch Robin Glück, ja? Er braucht dich jetzt.«

Nur zögernd löste sich Marie aus ihren Grübeleien. Dann klopfte sie ihrem Sohn auf die Schulter.

»Toi, toi, toi, mein Schatz.«

»Und du hast wirklich nichts dagegen, dass ich als Drag auftrete?«, fragte er leise.

»Um ehrlich zu sein, war ich anfangs etwas …«, sie atmete einmal tief durch, »ach, Schwamm drüber. Ich finde es gut, dass du dich ausprobierst.«

»Alle, die keinen Auftritt haben, verlassen jetzt bitte den Backstage-Bereich!«, ließ sich die kieksende Stimme von Frau Behrmann-Röckel vernehmen. »Frau Hasemann, wie geplant, werden Sie nach den Grußworten des Direktors die Festansprache halten.«

»Ich?« Marie spürte ein heftiges Würgen in der Kehle. »Wieso denn das?«

»Weil Sie Elternsprecherin sowie Vorsitzende des Arbeitskreises Digitales Lernen und des Anti-Mobbing-Ausschusses sind?«, erwiderte Robins Klassenlehrerin leicht entnervt. »Sie haben sogar auf einer Rede bestanden, so steht es auch in dem Protokoll, das bereits vor vier Wochen entstanden ist.«

Ja, vor vier Wochen vielleicht, dachte Marie. Als ich noch jemand anderes war, die perfekte Orga-Queen, die tagelang eine perfekte Rede ausgetüftelt hätte.

»Improvisier einfach«, sagte Scarlett. »Ben Haller hat mir berichtet, dass du das hervorragend kannst.«

Gut und schön, aber das hier war etwas ganz anderes. Wie sollte Marie eine Festansprache halten, wenn im Publikum Alexander und Babette saßen, die sie seit Tagen hintergingen, außerdem ihre Mutter, die sie seit fünfzehn Jahren nicht gesehen hatte? Das war zu viel emotionales Konfliktpotenzial, um eine harmonietriefende Friede-Freude-Eierkuchen-Rede abzusondern, die Marie im Übrigen völlig vergessen hatte zu schreiben.

»Mum.« Robin wandte sich zu ihr um und klapperte mit seinen blau glitzernden Lidern. »Also wenn hier jemand was Interessantes zu erzählen hat, dann du.«

»Korrekt«, pflichtete Scarlett ihm bei.

»Bitte, Frau Hasemann, wir müssen anfangen«, drängelte Frau Behrmann-Röckel. »Der Direktor steht schon am Rednerpult, danach sind Sie an der Reihe.«

Jetzt gab es kein Zurück mehr. Du bist es deinen Kindern schuldig, überlegte Marie, deshalb darfst du nicht kneifen. Eine Last-minute-Absage wäre weit blamabler als jede Improvisation. Alles Blut wich aus ihrem Kopf, als sie sich an den Bühnenrand stellte. Der Direktor, ein rüstiger Endfünfziger in einem olivgrünen Cordjackett, erging sich in warmen Begrüßungsworten, danach leitete er ohne weitere Umschweife zu ihr über.

»Ein Applaus für unsere Elternsprecherin Marie Hasemann! Wir können uns glücklich schätzen, sie in allen schulischen Belangen als unentbehrliche Stütze an unserer Seite zu wissen!«

Von wegen Stütze. Schon während Marie zum Rednerpult ging, entdeckte sie Babette im Publikum, was einige Turbulenzen in ihr auslöste. Babette, der Spaltpilz. Daneben saß Alexander, leibhaftig, jedoch mit einem so unbeteiligten Gesichtsausdruck, als gehöre er gar nicht dazu. An seiner linken Seite hatten Lilli und seine Mutter Platz genommen, ein Stuhl war noch frei. In diesem Augenblick entstand einige Unruhe am Rand des Saals. Marie sah genauer hin. In einem weiten lilafarbenen Batikgewand schob sich ihre Mutter durch die Stuhlreihen, mit allerlei folkloristischen Holzperlenketten behängt, das lange graue Haar zu einem wippenden Pferdeschwanz festgezurrt. Sie kam zu spät, wie immer. Marie verzieh es ihr leichten Herzens. Wer war sie denn, Perfektion und Pünktlichkeit einzufordern, wenn ihr eigenes Leben im Chaos versank?

Unsicher blinzelte sie ins grelle Scheinwerferlicht. Alle waren sie da, die Hockeymütter, die Bastelmütter, die Karrieremütter, die Vollzeitmütter, und alle erwarteten sie eine perfekte Rede von der Vorzeigemutter Marie Hasemann.

»Liebe Eltern, liebe, ähm, Schülerinnen und Schüler«, begann sie stockend und ohne die geringste Ahnung, was sie eigentlich sagen wollte.

Weiter kam sie nicht. Da war er also, der befürchtete Blackout, und kein Zettel, keine wohlgeformte Rede rettete sie aus der Bredouille. Aber vielleicht plauderte sie einfach aus dem Nähkästchen, so wie Robin es vorgeschlagen hatte?

»Wir alle müssen lernen, und nicht nur in der Schule«, fuhr sie schon etwas flüssiger fort. »Ich selbst habe in den letzten Tagen sehr viel gelernt. Über wahre und falsche Freundschaft zum Beispiel.« Sie schleuderte Babette einen polarkalten Blick zu. »Über Vertrauen und Enttäuschungen.« Alexander wusste natürlich, dass er damit gemeint war, und verzog den Mund. »Über – Liebe.«

Es wurde still, sehr still. Kassandra Werner, die sich inzwischen gesetzt hatte, winkte ihr fröhlich zu und formte mit Daumen und Zeigefingern ein Herz. Ohne es zu wissen, inspirierte sie ihre Tochter damit zu weiteren Bekenntnissen.

»Auch über das Loslassen habe ich einiges gelernt«, erklärte Marie. »Gerade als Eltern wollen wir immer alles richtig machen. Wir orientieren uns daran, was angeblich nötig ist, setzen uns mächtig unter Druck und wälzen dicke Ratgeber, damit wir bei der Kindererziehung bloß nichts versäumen. Doch wer Angst vor Fehlern hat, kann auch viel falsch machen.«

Trotz ihrer ungeheuren Anspannung musste sie schmunzeln, weil sie diese Erkenntnis einem gewissen Holger-ich-bin-der-superempathische-Muskelprotz verdankte.

»Also hören wir endlich auf, irgendeiner Perfektion hinterherzujagen«, sagte sie mit fester Stimme. »Heute weiß ich: Persönlichkeit ist wichtiger als Perfektion, Akzeptanz ist wichtiger als Kontrolle, und Liebe ist das Allerwichtigste.«

Damit erntete sie spontanen Zwischenapplaus, was Marie gleichermaßen verwunderte wie anrührte. Hatte sie das alles wirklich gerade über die Lippen gebracht? Und fand das Gesagte wirklich so viel Zustimmung?

»In diesem Sinne wünsche ich Ihnen viel Vergnügen bei unserem Schulfest«, schloss sie schnell, um nicht am Ende noch von ihrer Rührung übermannt zu werden.

Ein nadelfeines Prickeln überlief ihren Rücken, als sie unter tosendem Applaus die Stufen zum Parkett hinunterstieg. Wohin sie auch schaute, überall blickten ihr wohlwollend lächelnde Gesichter entgegen. Nur Alexander und Babette tuschelten miteinander, was verflixt wehtat. Ging's vielleicht noch indiskreter? Was gab es denn da vor aller Augen zu tuscheln?

Marie hatte sich kaum an die seitliche Wand der Aula gedrückt, um von dort aus die Bühne im Auge zu behalten, als Scarlett neben sie trat.

»Gratulation, deine Rede war der Knaller. Du hast alle überrascht.«

»Am meisten habe ich wohl mich selbst überrascht«, erwiderte Marie flüsternd.

Ein hoher Pfeifton schrillte durch den Raum. Inzwischen hatte Frau Behrmann-Röckel die Bühne erobert und schraubte an dem Mikro herum, das sich akustisch zur Wehr setzte.

»Eins, zwei, drei, Test, Test, Test. Jetzt darf ich Ihnen unsere talentierten …«, ein neuerliches Pfeifen, »… Schülerinnen und Schüler vorstellen.«

Sie verzog sich trippelnd, und auf der Bühne erschien das Mädchen mit der Blockflöte. Sein quietschendes Ständchen wurde höflich beklatscht, so wie das Gedicht des schmalen Jungen und einige weitere Darbietungen, die dank elterlicher Unterstützung gebührenden Achtungsapplaus erhielten. Anschließend folgte ein kleiner Umbau. Marvin-Blue rollte ein Mischpult auf die Bühne und setzte sich Kopfhörer auf. Ein Klick, und fetzige Rap-Musik ließ die Aula erzittern. Als hätte er nie etwas anderes getan, stolzierte nun Robin auf seinen hohen Sandaletten bis zum Bühnenrand, wo er – ganz Diva – die Arme ausbreitete.

Ein erstauntes Raunen lief durchs Publikum. Es schien Robin genauso wenig auszumachen wie das grelle Scheinwerferlicht, das sich auf ihn richtete. Seelenruhig postierte er sich vor dem Mikrophon und wartete, bis das Raunen verstummte. Ein kleines Schnippen seiner ringgeschmückten Finger, und die Musik wechselte zu *We are the Champions*, dem Klassiker von Queen, allerdings neu abgemischt und mit hart pulsierenden Rhythmen unterlegt.

»Champions, yo, Bro, Hitlist to go«, rappte Robin los. »Immer alles geben, bloß nicht richtig leben, höher, weiter, schneller, sei der Topseller. Doch life strikes back, dann sind wir weg, deshalb macht euch locker, ihr kleinen Rocker.« Nach diesen sinnigen Reimen rülpste er Ton für Ton den Refrain: »We are the champions.«

Die Wirkung war unbeschreiblich. Eine Welle der Begeisterung fegte durchs Publikum, alle sprangen auf und sangen mit, der ganze Saal tobte wie entfesselt. Selbst die reiferen Generationen ließen sich von der allgemeinen Euphorie anstecken. Man sah in Ehren ergraute Köpfe im Takt der Musik headbangen, ein älterer Herr ruderte verzückt mit den Armen. Den Vogel schoss jedoch Maries Mutter ab. Bewundernswert gelenkig erklomm sie ihren Stuhl und vollführte etwas, das vage an einen Bauchtanz erinnerte.

Mit glühenden Wangen verfolgte Marie den Auftritt ihres Sohns. Noch nie hatte sie Robin so selbstsicher, so souverän erlebt. Die äußere Verwandlung schien etwas in seinem Inneren zum Leuchten zu bringen, das sichtbar aus ihm herausstrahlte. Nicht zuletzt passte seine originell gerappte Botschaft wie die Faust aufs Auge zu Maries taufrischen Lernprozessen.

»Er ist megatalentiert!«, schrie Scarlett gegen den lärmenden Jubel an. »Bist du stolz?«

»Unfassbar stolz!« Marie hob einen zitternden Daumen, in ihren Augen standen Tränen. »Das ist mein Junge!«

Nach zwei weiteren Strophen riss die Musik ab. Robin verbeugte sich mit einem letzten herzhaften Rülpser, jemand setzte eine im Bühnenhintergrund verborgene Nebelmaschine in Gang, dann schwebte Maries Sohn im Dunst des künstlichen Nebels davon, begleitet von donnerndem Applaus und Begeisterungspfiffen.

»Yo, Leute, das war Gloria von Doria!«, schrie Marvin-Blue in den Saal. »Jetzt wird abgetanzt! Schiebt die Stühle beiseite und rockt das Ding!«

Zu den Klängen einer Siebziger-Jahre-Discomusik, die wohl als Zugeständnis an die älteren Semester gedacht war, rückten die Gäste ihre Stühle an den Rand der Aula, bis in der Mitte eine leere Fläche entstanden war. Nie hätte Marie für möglich gehalten, wie hingebungsvoll nun getanzt wurde. Sie selbst verharrte stocksteif an der Wand, unfähig, auch nur einen kleinen Schritt zu wagen.

»Kleines, Kleines!«

Mit weit ausladenden Bewegungen kämpfte sich ihre Mutter durch das Gewühl, bis sie direkt vor Marie stand. Den Bruchteil einer Sekunde starrten sie sich an, dann fielen sie einander in die

Arme. Es war erlösend. Marie hatte immer gedacht, sie könnte auf mütterlichen Beistand verzichten, doch nie hatte sie deutlicher gespürt, wie sehr sie ihre Mutter brauchte.

»Mama, so schön, dass du da bist.«

»Ich wollte dich nie bedrängen«, schnaufte Kassandra Werner ergriffen, »aber ich habe immer gehofft, dass wir eines Tages wieder zueinanderfinden.«

»Es war überfällig«, hauchte Marie. »Danke, dass du gekommen bist.«

Über die Schulter ihrer Mutter hinweg suchte sie mit den Augen nach Alex und Babette in der tanzenden Menge. Doch außer Lydia Hasemann und Lilli, die sich an den Händen gefasst hatten und eine Art Ringelreihen aufführten, konnte sie niemanden aus ihrer Familie entdecken.

»Willst du mir die Dame nicht vorstellen?«, ertönte Scarletts Stimme.

»Oh, sicher.« Marie löste sich aus der innigen Umarmung. »Das ist meine Mutter Kassandra Werner, Mama, das ist Scarlett, meine – Freundin.«

Aus dem Augenwinkel registrierte sie, wie sehr sich Scarlett über die Etikettierung als Freundin freute. Aber es stimmte ja auch, Scarlett war längst so viel mehr als eine Assistentin.

»Robin ist phänomenal«, schwärmte Maries Mutter. »Der Junge macht sich. Und wie selbstsicher er sich auf der Bühne bewegt! Das hat er bestimmt von dir, Kleines.«

Ein nettes Kompliment, allerdings war es mit Maries Selbstsicherheit in Wahrheit nicht mehr weit her. Wo waren Alex und Babette? Hatten sie sich etwa heimlich, still und leise davongestohlen?

»Liebe Frau Werner, darf ich Ihnen kurz Ihre Tochter entführen?«, fragte Scarlett höflich. »Es gibt da eine Sache, die der Klärung bedarf.«

»Sicher«, nickte Maries Mutter. »Nur eine Frage, Kind: Wirst du heute in deinen vierzigsten Geburtstag hineinfeiern?«

Marie stutzte. Also hatte sich ihre Mutter den Geburtstag doch gemerkt?

»Eher nicht.« Sie atmete schwer. »Doch du bist morgen eingeladen, Mama. Vielleicht zu einem Kaffeeklatsch. Oder zu einem Glas Sekt, mal sehen.«

»Wie, du hast noch nichts geplant?«

»Über die Phase des Plänemachens bin ich hinaus«, seufzte Marie. »Ich schreibe dir morgen früh, ja?«

Nach einer weiteren Umarmung ließ sie sich von Scarlett nach draußen auf den Schulhof geleiten, der im Halbdunkel einiger rötlich schimmernder Laternen lag. Als Erstes traf sie auf Robin. Er wurde von seinen Klassenkameraden umringt, die ihn mit viel Schulterklopfen und respektvoll gemurmelten »Yos« feierten. Auch Johannes von Wangenheim war dabei. Seit er sich bei der Schulleitung als angehender Kleindealer geoutet hatte, trat er bei Weitem nicht mehr so großspurig auf wie vorher. Schuldbewusst senkte er den Kopf, als Marie auf Robin zuschritt, um ihm zu gratulieren. Küsse und Umarmungen waren in Gegenwart seiner Freunde natürlich verboten, deshalb beließ sie es bei einem »Wow, du warst mega«, bevor Scarlett sie weiterzog.

Dann sah sie Babette, die etwas eingeknickt auf einem Fahrradständer hockte. Mit Alexander. Maries Herz stand still. Sie war nah dran, einfach wegzulaufen. Auch im Tierreich gehörte der Fluchtreflex zu den effektivsten Verteidigungsmethoden, hatte sie mal gelesen, und schon der Anblick ihres Mannes in trauter Zweisamkeit mit Babette war zu viel für ihre schwindenden Kräfte. Was also tat sie noch hier? Scarlett, die ihre Gedanken zu erahnen schien, hielt sie zurück.

»Du solltest wissen, dass ich deinen Mann über Holger Christiansens Stripshow aufgeklärt habe«, berichtete sie im Flüsterton. »Es ist also alles wieder in Ordnung.«

»Nichts ist in Ordnung«, stieß Marie heftig hervor.

»Schatz.« Alexander erhob sich vom Fahrradständer. »Deine Rede hat mich umgehauen.«

»Jetzt sag's ihr schon endlich«, feuerte Babette ihn an.

Warum sie dabei lächelte, bedurfte keiner Erläuterung. Selbstverständlich genoss Babette ihren Triumph über die begriffsstutzige Ehefrau, die gemäß der alten Regel als Allerletzte erfuhr, dass sie schnöde betrogen wurde.

»Babette und ich«, Alexander erhaschte Maries Hand und presste sie an seine Brust, »wir haben an den vergangenen Abenden in der Tat weder gemalert noch sonst wie renoviert.«

Unwillig schüttelte Marie die Finger des Mannes ab, der im Begriff war, mit seiner typischen Umständlichkeit das Ungeheuerliche einzugestehen.

»Und weiter?«

»Wir haben geübt«, antwortete er. »Tangotanzen.«

Was für eine selten dämliche Ausrede.

»Denkst du, das kaufe ich dir ab?«, rief Marie erbittert. »Du und Tango, haha.«

»Warte doch erst mal«, wisperte Scarlett.

»Alex spricht die reine Wahrheit.« Jetzt erhob sich auch Babette vom Fahrradständer. »Alles fing in dieser Woche beim Elternabend an. Wir kamen ins Gespräch, als es um den Schulgarten ging, und er erzählte mir, es sei dein sehnlichster Wunsch, mit ihm Tango zu tanzen. Da passte es prima, dass ich auf meiner Weltreise auch in Buenos Aires Station gemacht habe, am Entstehungsort des Tangos, und ihn in den herrlichen alten Musikpalästen erlernen durfte.«

Ein hoher Pfeifton gellte in Maries Ohren. Ob er Frau Behrmann-Röckel zu verdanken war oder ihren überreizten Nerven, hätte sie nicht sagen können.

»Marie, Schatz«, erneut nahm Alexander ihre Hand. »Morgen ist dein vierzigster Geburtstag. Mit Babettes und Scarletts Hilfe habe ich ein Tanzlokal gefunden, wo heute Abend eine Live-Kapelle auftritt. Für einen kleinen Extrabonus sind die Musiker bereit, argentinischen Tango für uns zu spielen. Wir werden in dein neues Lebensjahr tanzen, nur wir beide.«

Wieder stand Maries Herz still, doch nur ganz kurz, bevor es gegen ihre Rippen zu trommeln begann.

»Ist das wirklich wahr?«

»Ja, denn Liebe ist das Allerwichtigste, so habe ich es heute der Rede einer sehr besonderen Frau entnommen«, antwortete Alexander zärtlich. »Nur dir zuliebe, Schatz, habe ich Tango gelernt.«

»Na, dann legt los!«, rief Scarlett. »Worauf wartet ihr noch? Was gibt es denn Schöneres als eine durchtanzte Nacht in den Armen eines geliebten Menschen?«

»Vielleicht ein Geburtstagspicknick in meinem Garten?« Babette lächelte Marie liebevoll zu. »Ich kann dir zwar nicht versprechen, dass ich supergesunden zuckerfreien Kuchen hinkriege, aber ich werde mir definitiv Mühe geben.«

Marie warf die Arme in die Luft, ziemlich durcheinander und

restlos glücklich. Jetzt erst merkte sie, wie viel ihr an Babettes Freundschaft lag und wie groß ihre Enttäuschung über den vermeintlichen Betrug gewesen war. Früher hätte sie das als negative Erfahrung abgehakt, doch in den vergangenen Tagen hatten sich ihre Prioritäten gewaltig verändert. Ein Leben ohne ihre neuen Freundinnen Babette und Scarlett war ebenso wenig vorstellbar wie ein Leben ohne Alexander.

»Danke, Babette, bei einer so wunderbaren Freundin darf's auch mal eine schlappe Donauwelle sein«, lachte sie befreit. »Die Königin aller Kuchenrezepte ist nämlich …«

»… Liebe.« Alexander strich ihr sacht durchs Haar. »Ich freue mich schon auf den Sonnenaufgang, so wie früher, weißt du noch?«

»Auf unserem Berg?«, raunte Marie in sein Ohr. »Dann sollten wir eine Decke mitnehmen, für den Fall, dass wir, na ja, auf gewisse Gedanken kommen.«

»Alles, was du willst, Schatz. Nur die Latexhandschuhe lass bitte zu Hause.«

»Latexhandschuhe? Was geht denn da bei euch ab?«, kicherte Scarlett.

»Sex ist das eine, Liebe das andere«, antwortete Alexander ungewöhnlich abgeklärt. »Nur aus diesem Grund habe ich mit Babette Tangotanzen geübt. Denn der größte Liebesbeweis besteht doch wohl darin, über seinen eigenen Schatten zu springen, um einem Menschen Liebe zu zeigen, der vergessen hat, sich selbst zu lieben.«

Nachwort

Liebe Leserinnen, liebe Leser, wie schön, dass Ihr Marie auf dem Weg ins Loslassen begleitet habt. Und mal ehrlich: Sind wir nicht alle ein bisschen Marie? Jedenfalls musste ich oft schmunzeln, als ich die Geschichte schrieb. Mehr als einmal habe ich mich selbst wiedererkannt: zum Beispiel in Maries Perfektionismus oder ihrer Manie, den Alltag exakt durchzuplanen. Ist ja auch nur menschlich. Wir wollen halt alles richtig machen – und setzen uns damit mächtig unter Druck. Entspannt geht irgendwie anders …

»Mach dich locker« möchte ich zum Anlass nehmen, einen großen Dank an die vielen Leserinnen und Leser auszusprechen, die mir seit langer Zeit die Treue halten. Denn es gibt ein Jubiläum zu feiern: Vor genau zehn Jahren erschien mein allererster Roman »Du mich auch.« Damals war ich richtig platt von der positiven Resonanz. Das beflügelte mich weiterzuschreiben, und seitdem spüre ich immer Eure guten Energien, wenn ich am Schreibtisch sitze.

Es macht mich übrigens richtig glücklich zu wissen, wie intensiv Ihr meine Geschichten lest. Aus Buchforen wie LovelyBooks und aus den vielen Briefen, die mich über den Verlag erreichen, weiß ich, dass Ihr die angesprochenen Themen sehr ernst nehmt und leidenschaftlich darüber diskutiert. Das freut mich riesig! Natürlich möchte ich unterhalten, andererseits ist es mir ein Anliegen, Themen mitten aus dem Leben aufzugreifen, Themen, die uns alle bewegen, manchmal heftig aufregen oder auch wieder zum Lachen bringen.

Danken möchte ich außerdem dem Aufbau Verlag für die gute Zusammenarbeit, namentlich meiner wunderbaren Lektorin Stefanie Werk, die mir seit zehn Jahren mit Kompetenz und Humor zur Seite steht. Desgleichen danke ich Heinke Hager von der Agentur Graf & Graf für ihre ebenso professionelle wie empathische Unterstützung. Ein besonderer Dank gilt an dieser Stelle auch den vielen engagierten Menschen im Hintergrund, die dafür sorgen, dass meine Bücher ansprechend gestaltet und veröffentlicht werden können.

Oft erreichen mich Zuschriften, in denen Ihr fragt, wie die Geschichten wohl weitergehen. Auch ich frage mich das oft, weil ich ja monatelang mit meinen Helden liebe und leide, fiebere und bange. Manchmal träume ich sogar von ihnen! Auch in diesem Fall war Marie immer in meinem Herzen und in meinem Kopf. Oft dachte ich: Was würde sie jetzt tun? Wie würde sie auf einen Überraschungsbesuch reagieren, auf ausverkaufte Nudeln im Supermarkt, auf die vielen kleinen Komplikationen, die jeder aus dem ganz normalen Alltagswahnsinn kennt?

Tja, und dann habe ich mir gedacht, wir könnten ja mal Marie und Babette fragen, wie es ihnen auf der Klassenreise nach Amsterdam ergangen ist. Vor meinem geistigen Auge treffe ich die beiden zwei Monate später in Eddy's Coffeeshop bei Espresso und Karamelllatte Frappé, beide ganz lässig in Jeans und bunten Sweatshirts.

Hey, ihr zwei, wie war's in Amsterdam?

Babette (lacht): Ein Knaller.

Marie (fängt ebenfalls an zu lachen): Manchmal wussten wir echt nicht mehr, wer eigentlich auf wen aufpassen muss: Wir auf die Schüler oder die Schüler auf uns.

Wieso, was habt ihr denn angestellt?

(Die beiden schauen sich vielsagend an)

Marie: Wird nicht verraten.

Babette: Ach, komm schon, Ellen darf ruhig wissen, dass du bei der Grachtenfahrt fast ins Wasser gefallen bist, weil du so entfesselt getanzt hast.

Getanzt? Auf einem Ausflugsboot?

Marie (etwas verschämt): Die Musik war so toll. Robin und Marvin-Blue hatten extra für die Reise eine Playlist zusammengestellt.

Babette: Die beiden verstehen sich wirklich super.

Marie: Und ich bin glücklich, dass wir jetzt alle so nah beisammen wohnen. Vor vier Wochen sind wir umgezogen, in die alte Meierei. Robin hilft täglich beim Ausmisten der Ställe, Lilli hat vor Kurzem mit dem Voltigieren angefangen. Die beiden sind sehr glücklich auf dem Pferdehof.

Also hat sich dein Leben stark verändert?

Marie: Komplett. Es ist bunter geworden – und fröhlicher.

Babette: Seit Marie nicht mehr denkt, sie müsste die perfekte Hausfrau spielen, lädt sie auch viel öfter Freunde und Familie zum Essen ein.

Marie: Bei gutem Wetter decken wir draußen eine lange Tafel, jeder bringt etwas mit, und wenn's nicht reicht, bestellen wir einfach Pizza. Das hätte ich mich früher nie getraut.

Babette: Meist ist Scarlett mit von der Partie. Man nennt uns drei schon die Unzertrennlichen.

Marie: Auch meine Mutter und meine Schwiegermutter kommen oft vorbei. Die beiden Damen haben sich sogar angefreundet.

Babette: Nur wenn es um Herrn von Hülse geht, werden sie etwas zickig. Aber ich glaube, Lydia macht das Rennen. Demnächst fährt sie mit dem Apotheker ihres Herzens zu einem Naturheilkundekongress. Da wird bestimmt so einiges passieren …

Marie: Jedenfalls liest sie nicht mehr so viele Todesanzeigen.

Was sagt denn Alexander zu dem Ganzen?

(Marie und Babette tauschen einen vergnügten Blick)

Marie: Er hat sich ziemlich verändert. Früher glänzte Alex ja durch aktives Nichtstun, jetzt hat er seine Liebe zum Heimwerken entdeckt. Am liebsten was mit Holz. Momentan zimmert er für uns eine Terrasse hinter dem Haus.

Babette: Vergiss nicht das Tanzen. Neuerdings ist er ganz wild darauf.

Marie: O ja, wir gehen jetzt regelmäßig tanzen. Überhaupt sind wir uns wieder viel näher als früher.

Und beruflich? Wie läuft's bei FeelBetterFood?

Marie: Super. Letzte Woche hatten wir den ersten Testlauf für das salzige Eis. Das hat richtig eingeschlagen. Zwei große Biomarktketten wollen es ins Sortiment nehmen.

(Eddy kommt an den Tisch und serviert mir einen Café Frappé mit hauchdünnen Schokoladenraspeln)

Eddy: Hallo Ellen. Wir tüfteln schon an neuen Rezepturen für Eddy's Eisträume. Gurke-Papaya-Minze zum Beispiel.

Mmmh, klingt vielversprechend. Aber hieß die Linie nicht mal Eddy's Best Frozen Snacks?

Marie: Also, diese ganzen englischen Ausdrücke à la Holger Christiansen fand ich irgendwann nur noch nervig. Deshalb haben wir die Produktlinie in Eddy's Eisträume umbenannt. So schlicht, so schön.

Apropos Holger – hast du noch mal was von ihm gehört?

Marie: Es scheint ihm gut zu gehen. Finanziell hat er sowieso ausgesorgt, weil die Firma bestens läuft. Wie man hört, arbeitet er zurzeit als Surflehrer in Costa Rica.

Babette: Da findet er bestimmt auch ein begeistertes weibliches Publikum für seinen knackigen Po.

Marie (schmunzelt): Es sei ihm gegönnt. Ich meine, er hat sich nicht gerade gentlemanlike benommen, allerdings habe ich es letztlich ihm zu verdanken, dass ich aufgewacht bin – und jetzt mit der Seele atmen kann.

Ende gut, alles gut?

Babette: Gut – ja, aber das Ende ist es ganz bestimmt noch nicht.

Marie: Manchmal habe ich das Gefühl, jetzt fängt das Leben erst richtig an!

LESEPROBE

JESSE Q. SUTANTO
LOVE WANTED
Oder wie werde ich meine Familie los
atb
ROMAN

Kapitel 1

Heute

Ich atme tief durch, bevor ich die Türen aufschwinge. Sofort quillt mir der Lärm entgegen, eine Kakophonie aus Mandarin und Kantonesisch, und ich trete beiseite, um meine Mutter vorzulassen. Nicht aus Respekt – ich meine, das natürlich auch, aber ich sehe es eher praktisch. Ma ist in der Chinatown von Jakarta aufgewachsen, einem Ort, an dem es vor Menschen wie in einem Ameisenhaufen wimmelt, und weiß deshalb bestens, wie man sich den Weg durch eine Menge bahnt. Egal wo. Wäre ich diejenige, die vorangeht, würde ich »Entschuldigung … ach Verzeihung, bitte … *Ah Yi* … könnte ich wohl … ich habe eine Reservierung …« krächzen. Bei all dem Lärm würde niemand meine Stimme hören, und wir müssten für immer vor dem Lokal stehen und warten. Zumindest so lange, bis der große *Dim-Sum*-Ansturm vorüber wäre.

Jetzt aber bahnt Ma uns den Weg durch die Massen von Familien, die auf ihre Tische warten, und ich hätte sie längst verloren, würde sie mich nicht mit eisernem Griff wie eine Dreijährige hinter sich herziehen. Sie gibt sich nicht damit zufrieden, am Empfang zu warten, sie erstürmt das Lokal, als würde es ihr gehören, und scannt mit Adleraugen den Gastraum.

Wie soll ich das Chaos in einem *Dim-Sum*-Restaurant im Herzen des San Gabriel Valley um elf Uhr beschreiben? Im Saal stehen an die hundert runde Tische, an denen jeweils eine Familie mit meist drei bis vier Generationen sitzt – man sieht also viele grauhaarige, runzlige *Ah Mahs* mit pausbäckigen Babys auf dem Schoß. Kellnerinnen schieben Servierwagen herum und würden bei niemandem anhalten, der sie »Kellnerin« nennt. Man muss sie *Ah Yi* – Tantchen – rufen und stürmisch winken, wenn man sie sieht. Wenn sie dann stehen bleiben, stürzen sich alle auf sie wie die Geier und ringen um die Bambus-Dampfgarer auf dem Wagen. Sie schreien durcheinander, dass sie *Siu Mai* – offene Dumplings mit Schweinefleisch, Garnelen und Pilzen – oder *Har Gow* – durchscheinende Krabben-Dumplings – oder *Lo Mai Gai* – in ein Lotusblatt gewickelte Reisbällchen mit Huhn – haben wollen, und die *Ah Yis* wissen genau, welches Gericht sich in welchem der Dampfkörbe verbirgt.

Mein Mandarin ist fürchterlich, und Kantonesisch kann ich schon gar nicht. Ma und die Tanten versuchen immer wieder, meine Sprachkenntnisse zu verbessern, indem sie entweder Mandarin oder Indonesisch mit mir sprechen, aber sie geben meist schnell wieder auf und wechseln ins Englische, weil ich sonst nur die Hälfte verstehe. Ihr Verständnis der englischen Sprache wiederum ist ein wenig eingeschränkt, aber immer noch erheblich besser als mein Mandarin oder Indonesisch. Das ist ein weiterer Grund, weshalb ich es so schwer finde, Essen im *Dim-Sum*-Lokal zu bestellen. Bis eine *Ah Yi* mich endlich wahrnimmt und meine Bestellung versteht, sind die leckeren Sachen meist schon weg. Übrig ist dann nur noch so fades Essen wie teigige vegetarische Dumplings oder gedämpfter Pak Choi.

Aber heute – heute ist ein guter Tag! Ich schaffe es, zwei Portionen *Har Gow* zu ergattern, was mir mit Sicherheit die Anerkennung von Großer Tante einbringen wird, und bekomme sogar einen Schwung *Lop Cheung Bao* zu fassen – chinesische Würstchen im Schlafrock. Fast macht das all die Mühe wett, den die wöchentliche Anreise zu diesen *Dim-Sum*-Treffen kostet.

Große Tante nickt anerkennend, als die *Ah Yi* unsere Bambus-Dampfkörbe in die Tischmitte stellt, und mich überkommt der fast überwältigende Drang, mir auf die Brust zu schlagen und laut zu krähen. *Ich habe diese* Dim Sum *mit Garnelenfüllung erbeutet! Ich!*

»Du musst mehr essen, Meddy. Du brauchst morgen all deine Kraft«, sagt Große Tante auf Mandarin und wirft zwei Stück geschmorte Schweinerippchen auf meinen Teller, während ich die Dumplings an alle verteile und Tee einschenke. Zweite Tante schneidet die *Char Siu Baos* – Hefeteigtaschen mit Schweinefleischfüllung – in zwei Hälften und legt jeder von uns eine auf den Teller. Da der Tisch rund ist, kämen alle selbst bequem an die Gerichte, aber bei chinesischen Familienessen serviert nun mal jeder jedem, weil es von Liebe und Respekt zeugt, was wiederum nach sich zieht, dass wir alle es auf möglichst auffällige Weise tun. Was hätte es für einen Sinn, Große Tante den größten *Siu Mai* zu geben, wenn es niemand sieht?

»Danke, Große Tante«, sage ich pflichtschuldig und lege einen dicken *Har Gow* auf ihren Teller. Ich antworte nur auf Englisch, egal, welche Sprache meine Familie gerade spricht, weil Zweite Tante sich ständig beschwert, meinem Kampf mit Indonesisch oder Mandarin zu lauschen, lasse ihren Blutdruck steigen. »Du solltest auch mehr essen. Wir zählen morgen auf dich. Und auch auf dich, Zweite Tante.« Der zweitgrößte *Har Gow* kommt auf ihren Teller. Den drittgrößten bekommt Vierte Tante, und der letzte ist für Ma. Das zeigt, dass meine Mutter mich gut erzogen hat, denn ich kümmere mich erst um andere und dann um uns selbst.

Große Tante wedelt meine Plattitüden mit dick beringter Hand davon. »Wir zählen alle aufeinander.« Vier Köpfe mit aufgetürmten Frisuren nicken. Vierte Tante hat die höchste Turmfrisur, worüber Ma sich mir gegenüber regelmäßig aufregt.

»So ein Aufmerksamkeitsbeil«, sagte sie mal, was ebenso erschreckend wie komisch klang. Ich fragte, wo sie das Wort gehört habe, und sie sagte, bei unserer Nachbarin, Tante Liying, was mit Sicherheit gelogen war. Aber nach sechsundzwanzig Jahren mit meiner Ma wusste ich es besser, als mit ihr zu streiten. Ich erklärte ihr einfach, es heiße »aufmerksamkeitsgeil«, und sie nickte und murmelte »keil, nicht beil … kein großer Unterschied« vor sich hin, während sie weiter Schalotten hackte.

»Okay«, meint Große Tante nun und klatscht fest in die Hände. Wir setzen uns alle gerade hin. Große Tante ist zehn Jahre älter als Zweite Tante und hat ihre Schwestern gewissermaßen großgezogen, während meine *Nainai* arbeiten ging. »Haare und Make-up?«

Zweite Tante nickt, zieht ihr Handy hervor und setzt die Brille auf. »*Apa ya*, wie hieß das noch mal … der Name dieser App, die Meddy mir für Styling gezeigt hat, Pintasowieso?«

»Pinterest«, werfe ich ein. »Soll ich dir eben helfen …?«

Große Tante wirft mir einen strengen Blick zu, und ich ziehe den Kopf ein. »Nein, Meddy, du darfst nicht helfen. Wenn Zweite Tante morgen bei der Braut die App nicht allein findet, verlieren wir unser Gesicht. Sie erwarten von uns, dass wir professionell arbeiten«, sagt sie. Oder zumindest glaube ich, dass sie das sagt, denn sie spricht so schnelles Mandarin, dass ich kaum folgen kann. Allerdings habe ich die Worte für »Gesicht verlieren« verstanden, weil es eine ihrer Lieblingsphrasen ist.

Zweite Tante schürzt schmollend die Lippen, und in ihrer linken Wange zuckt es. So wie Vierte Tante meine Ma wahnsinnig macht, so gibt es auch zwischen Zweiter und Großer Tante jede Menge Spannungen. Ich habe keine Ahnung, warum; vielleicht hat es damit zu tun, dass sie die zwei älteren sind. Vielleicht hat es mit ihrer komplizierten Vergangenheit zu tun. In der Familie meiner Mutter gab es ziemlich viel Drama, vor allem in Jakarta. Über die Jahre habe ich dies und das darüber aufgeschnappt, hauptsächlich von Ma.

»Ha!«, triumphiert Zweite Tante nun und streckt uns ihr Display entgegen, als hätte sie König Artus' Schwert aus dem Stein gezogen. »Ich hab's. Das ist die Frisur, die die Braut sich ausgesucht hat. Ich habe sie bei Meddy ausprobiert, und es sah wunderschön aus.« Sie sieht mich an und wechselt zu Englisch. »Meddy, du hast Foto, ich gemacht von dein Haar?«

»Habe ich«, antworte ich und hole mein Handy aus der Tasche. Ich rufe das Bild auf, und Zweite Tante hält es neben ihr Handy, damit alle vergleichen können.

»*Wah*«, sagt Ma. »Das sieht ja genauso aus wie bei dem Model! Sehr gut.«

Zweite Tante lächelt glücklich.

Vierte Tante nickt und sagt auf Englisch: »Ja, sie sind fast identisch. Beeindruckend!« Ihr Englisch ist das beste von allen, was wiederum etwas ist, das Ma ihr nie verzeihen wird, obwohl Mas Englisch etwas besser ist als das ihrer älteren Schwestern. Meine Mutter behauptet, Vierte

Tante bevorzuge den Gebrauch »großer« Wörter (also alle mit mehr als zwei Silben), nur um sie zu ärgern. Ich neige dazu, Ma recht zu geben, aber es ist trotzdem eine der vielen Wahrheiten, die wir nie mit Bestimmtheit wissen werden.

»Der Locken zeigen nicht gut in Asia-Haar«, sagt Große Tante. Dass sie Englisch spricht, heißt, dass sie den Tadel teilweise an mich richtet, woraufhin ich sofort ein schlechtes Gewissen bekomme, auch wenn es definitiv nicht meine Schuld ist. »Warum du gewählt blonde Frisur als Vorlage?«

Zweite Tante funkelt sie böse an. »Ich nicht gewählt. Braut gewählt. Kunde hat immer recht, weißt du nicht?« Sie sticht auf ihren *Har Gow* ein und beißt verärgert davon ab.

»Hmm.« Große Tante seufzt. »Hätten sagen müssen zu Braut, dass mit Asia-Haar anders als mit blonde Haar. Aber …«, fügt sie schnell hinzu, als Zweite Tante zu explodieren droht, »… egal. Zu spät. Weiter in Tagesortung …«

»Tagesordnung«, korrigiert Vierte Tante.

»Was?«, fragt Große Tante.

»Ordnung. Es heißt Ordnung und nicht Ortung. Ortung ist, wenn du dich vom Satelliten finden lässt und …«

»Tagesordnung, okay.« Große Tante lächelt Vierte Tante an, und Vierte Tante lächelt so selig zurück, dass man meinen könnte, sie sei wieder ein Kind. Ma erzählt immer, Vierte Tante sei Großer Tantes Liebling, weil sie das Küken der Familie und dabei so hilflos und anhänglich war, dass sie Großer Tante das Herz geradewegs aus der Brust gerissen habe.

»Gerade Wege rausgerissen«, grummelt Ma des Öfteren. Ich habe nie nachzufragen gewagt, ob meine Mutter als zweitjüngste Schwester bis zur Geburt von Vierter Tante vielleicht selbst Großer Tantes Liebling gewesen war.

»Blumen?«, fragt Große Tante nun den nächsten Programmpunkt in Mandarin ab. Ich atme kurz durch.

Ma strafft die Schultern. »Alles erledigt. Lilien, Rosen, Pfingstrosen. Ah Guan wird sie frühmorgens zur Insel bringen.«

Sie meint Santa Lucia, eine große Insel vor der südkalifornischen Küste in Privatbesitz, mit teils noch unberührten goldenen Stränden, spektakulären Felsenküsten und seit einem Monat einem der luxuriösesten, exklusivsten Ferienresorts der Welt: dem *Ayana Lucia*. Genau dort beginnt morgen die zweitägige extravagante Hochzeitsfeier von Jacqueline Wijaya, Tochter des größten indonesischen Textilunternehmers, und – kein Scherz – Tom Cruise.

Nun ja: Tom Cruise Sutopo. Der Bräutigam heißt tatsächlich so, ich habe das überprüft. Überseechinesen nennen ihre Kinder gern nach Berühmtheiten und/oder Markennamen (ich habe einen Cousin namens Gucci, der sehr weit wegzog, sobald er volljährig war) oder nach allseits beliebten westlichen Namen, die sie aber falsch schreiben. Beispiel: Meddelin. Meine Eltern meinten eigentlich Madeleine, doch in ihrer Schreibweise ähnelt es eher dem englischen Verb *to meddle*: sich einmischen. In meiner Kindheit nannten meine Cousins mich immer »Meddling Meddelin«, weshalb ich mich absolut niemals in jemandes Angelegenheiten einmische. Also deshalb *und* weil meine Mutter und Tanten sich schon so ausgiebig einmischen, dass es für die ganze Familie reicht.

Jedenfalls sind die Eltern von Tom Cruise Sutopo Eigentümer von … irgendetwas. Irgendetwas Großem. Palmölplantagen, Kohleminen … so was in der Art. Es geht also um eine Hochzeit zweier Milliardärsfamilien in einem neu errichteten Feriendomizil, weshalb Große Tante und wir anderen verständlicherweise nervös sind. Ich habe keine Ahnung, wie wir es geschafft haben, diesen Auftrag an Land zu ziehen. Na gut, habe ich doch: Der Mann von Vierter Tante ist – hoffentlich kriege ich das jetzt hin – der Bruder des Schwiegervaters von Jacquelines Cousin. Wir sind also praktisch verwandt. Bei uns Überseechinesen ist das immer so: Jeder ist auf irgendeine Weise mit jedem anderen verwandt, verheiratet oder verschwägert, und geschäftliche Deals kommen zustande, weil irgendjemandes Schwiegerdingsbums den entfernten Cousin irgendeines Freundes kennt.

Ich dachte, unser peinliches Geschäftsmotto, auf das Große Tante mächtig stolz ist – *»Wer sich traut, vertraut den Chans – und gibt dem Glück die beste Chance«* –, würde die Brautleute eher abschrecken, aber sie fanden es tatsächlich witzig und meinten, bei diesem Spruch seien sie noch sicherer, dass sie uns für die Gestaltung ihres großen Tages engagieren wollen.

Gerade erzählt Ma, wie sie es geschafft hat, die außergewöhnlich schönen Blumen zu besorgen. »Die Arrangements werden … wie sagt man auf Englisch, Meddy? Exquietschi …?«

»Meinst du exquisit?«, wirft Vierte Tante ein, und Ma starrt sie mit dem bösesten aller bösen Blicke nieder.

»Großartig«, sagt Große Tante schnell und unterbricht den atomaren Blickkontakt zwischen Ma und Vierter Tante. »Und als Letztes … die Musik. Alles okay?«

Vierte Tante zähmt ihren eisigen Blick zu einem zufriedenen Lächeln. »Natürlich. Die Band und ich haben Tag und Nacht geprobt. Ständig kommen Leute ins Studio, um mich singen zu hören.« Ihre Lebensgeschichte gibt es in zwei Versionen. In der ersten ist sie ein gefeiertes Wunderkind mit einer Stimme, die die Zeitungen als »engelsgleich« und »nationales Kulturgut« beschreiben. Demnach war Vierte Tante auf dem besten Weg zu Ruhm und Erfolg, beschloss jedoch, ihn zu verlassen, als ihre Schwestern nach Kalifornien auswandern wollten. In der zweiten ist sie eine mittelmäßige Sängerin, die arglistig die restliche Familie überredet, nach Kalifornien zu ziehen, um das Hirngespinst einer Hollywoodkarriere zu verfolgen. Eine Version stammt von Vierter Tante, die andere von meiner Mutter.

»Und die Torte?«, fragt Zweite Tante mit Blick auf Große Tante. »Unsere Hauptattraktion muss dieses Mal perfekt sein – im Gegensatz zu dem Ding, das du bei der Tochter von Mochtar Halim abgeliefert hast.« Sie seufzt dramatisch auf. »Jetzt sind wir alle abgeschminkt.« Hm, das kann nicht stimmen. Ich gehe die Worte in Gedanken noch mal langsam durch. Wahrscheinlich hat sie gesagt, dass Große Tante uns alle das Gesicht hat verlieren lassen. Ich muss wirklich an meinem Mandarin arbeiten.

Fakt ist jedenfalls, dass Zweite Tante ihrer Schwester hiermit einen echten Tiefschlag verpasst hat. Cheriss Halims Hochzeit ist ihr Lieblingsthema, weil Cheriss eine äußerst knifflige Torte bestellt hatte: fünfstöckig und quasi auf dem Kopf stehend, mit der kleinsten Etage ganz unten und der größten zuoberst. Große Tante, die viele Jahre lang als Erste Konditorin für das Ritz-Carlton in Jakarta gearbeitet hat, war überzeugt, dass sie es schaffen würde. Aber irgendwas ging schief. Ich weiß nicht, woran es lag – vielleicht hatte sie die Statik nicht richtig berechnet, vielleicht war es für eine südkalifornische Sommerhochzeit am Strand ein sowieso unmögliches Unterfangen. Wie auch immer – unter kollektivem erschrockenem Aufstöhnen der versammelten Hochzeitsgesellschaft neigte sich der gigantische Turm im Zeitlupentempo zur Seite und kippte auf eines der Blumenmädchen. Es war das einzige Mal, dass ein Video von uns viral ging, und Zweite Tante wird es Große Tante nie vergessen lassen.

Großer Tantes Nasenflügel beben. »Ich bin nur hier, um Sojasoße zu kaufen.«

Okay, das kann jetzt definitiv nicht stimmen. Ich lehne mich zu Ma und flüstere: »Warum redet Große Tante von Sojasoße?«

»Ts.« Meine Mom schnalzt tadelnd mit der Zunge. »Deswegen ich sage ständig: Gut aufpassen im Chineschunterricht! Große Tante sagt Zweiter Tante, soll kümmern um ihre eigene Sachen.«

»Danke, dass du dir Gedanken machst, *Meimei*«, sagt Große Tante mit leicht verkniffenem Mund. Oh, sie ist wirklich sauer. *Meimei* – kleine Schwester – nennt sie die anderen nur, wenn sie daran erinnern will, dass sie die älteste ist. »Natürlich ist alles bereit. Die Torte ist in allerbester Ordnung, mach dir um mich keine Sorgen.« Sie schenkt Zweiter Tante ein so süßliches Lächeln, wie man es aus Filmen kennt, wenn der Verbrecher heimlich die Giftspritze ansetzt. Dann sieht sie mich an.

Ich rutsche nervös auf meinem Sitz hin und her. Große Tante ist, ihrem Namen entsprechend, größer als ihre Schwestern, vor allem im Umfang. Nach zwanzig Jahren als Erste Konditorin ist das wohl unvermeidlich. Aber es